KB082043

저자 퉁구스카 | **표지** MARCH

|목차|

석별

“이거 보세요, 대장님! 대장님이에요! 최강의 슈퍼 레어 캐릭터! 중대에서 저밖에 없어요!”

신이 난 한별이 겨울에게 넷 워리어 단말을 내밀었다. 기본적으로 스마트 폰이기에 상용 어플리케이션의 구동도 가능한데, 이 중에는 국방부가 병사들의 사기진작을 위해 등록허가를 내준 모바일 게임도 포함되어 있었다. 거점을 건설하고, 확장하고, 부대를 육성해서 변종들을 때려잡는 내용이긴 하지만. 로딩 화면에 육군의 지원을 받았다는 문구가 흘렀다.

“전투력이 완전 사기라니까요? 레벨을 다 올린 것도 아니고 무기도 평범한데 어지간한 미션은 혼자서 다 끝내버려요! 현실 반영이긴 하지만 밸런스는 괜찮은지 모르겠어요.”

“하하…….”

겨울은 적당한 미소를 만들어보였다. 일러스트가 겨울을

보는 듯했다.

"이 게임, 인기가 많아요?"

"그럼요! 유저수가 천만 명이 넘는대요! 우리 중대에서도 안 하는 사람이 없을걸요?"

이 말에 몇 명이 우울한 표정을 지었다. 어째서일까.

어쨌든 분위기는 나쁘지 않았다. 유라 이상인 한별의 친화력은 겨울이 낯선 중대원들의 긴장을 푸는 데 도움이 되었다. 부중대장인 싱 대위는 보고를 미루겠다고 알려왔다. 오랜만에 만났으니 회포를 푸는 게 먼저일 것이라며. 본인은 주둔지 경계망 순찰을 나갔다. 처음부터 느낌이 괜찮은 사람이었다.

온화한 공기에 힘입어 빅터 쿡 이병이 머뭇머뭇 손을 들었다. 국적이 없다는 이유로 아말리아 플레먼스가 데리고 왔던 입양아들 중 하나였다.

"대ㅈ…… 중대장님. 혹시 이런 쪽으로도 부수입이 있으십니까?"

"이런 쪽? 무슨 뜻이에요?"

"그러니까, 어, 광고에도 자주 나오시고, 게임에도 나오시는데, 그, 개런티? 같은 게 나오지 않나 궁금해서 말입니다."

어눌하긴 해도 문법 오류가 없는 한국어였다. 사실 미군 중대로서는 영어 사용이 우선시되어야 하겠지만, 공동체에 적응하려고 부단히 노력한 결과일 듯하다.

겨울이 고개를 저었다.

"그런 건 없어요."

"어째서……."

"우리는 군인이잖아요. 연방공무원이랑 같은 취급이라서 직무 외의 수입은 금지되어 있어요. 그렇다고 제 이름이나 이미지를 아무렇게나 써도 된다는 뜻은 아니지만, 공적인 이유로 당국의 허가를 받았다면 개런티를 지급할 필요는 없을 거예요."

"그렇구나……."

이번 세계관만큼은 아니어도 모병광고에 출연할 만큼 유명해진 적이 몇 번 있어서 숙지하고 있는 내용. 물론 관련 규정을 전부 다 알지는 못했다. 급여 외 소득이 제한된다고는 해도 일정 비율로는 허용되며, 초과분에 실질적인 제재가 가해지는 건 대령부터라고 들었기 때문. 즉 겨울이 부업을 한다고 해서 법무부로부터 고소장이 날아오진 않는다는 말이었다.

'예전에 선물 문제가 있긴 했지.'

워낙 이례적인 일이라 신탁 계약서를 작성했었다.

그러고 보면 결과가 어떻게 되었으려나? 물량이 많다곤 해도 지금쯤이면 처분이 끝나지 않았을까? 겨울은 포트 로버츠 사서함에 쌓여있을 우편물들이 궁금해졌다. 그중엔 분명 은행에서 발송한 계좌정보도 있을 것이기에.

귀 기울여 듣던 유라가 실망했다.

"에이, 뭐야. 기대하고 있었는데."

"거기에 유라 씨…… 유라 소위도 나오나보죠?"

"네. 그래서 혹시나 하고……. 어, 오해하시면 안 돼요!

돈 욕심이 났던 건 아니니까! 그냥 동맹 사람들한테 쓸 수 있었으면 좋겠다 싶었던 거예요! 전에 작은 대장님도 사비를 털어서 사람들 돕고 그러셨잖아요!"

그리고 우물쭈물 작아지는 목소리.

"솔직히 그거 미안하다고 생각하고 있었어요. 너무 기대기만 하는 것 같아서……. 작은 대장님 부담을 조금이라도 덜어줘야겠다 싶었다고요."

겨울이 차분한 웃음을 지어냈다.

"미안해할 필요는 없었는데. 아무튼 고마워요. 근데 그런 게 궁금했으면 저기 깁슨 요원에게 물어보지 그랬어요? 정부윤리규정에 대해선 나보다 훨씬 더 잘 알고 있을걸요?"

비록 국가안보과 소속이라고 해도, 수사국 특수감독관쯤 되면 겨울보다는 많이 알 것이었다. 수사국의 주요 업무 중 하나가 공직자들의 뇌물수수를 감시하는 거니까.

그러나 정보국 요원들과 동석한 그녀를 흘깃거린 유라는 복잡한 표정으로 고개를 저었다.

"저분은 어쩐지…… 대하기가 좀 어렵다고나 할까……. 말을 붙이기가 힘들어서요."

말을 붙이기 힘들다? FBI 요원에 대한 선입견 때문인가? 겨울이 그쪽을 보자, 시선이 마주친 조안나가 웃으며 손을 흔들었다. 코왈스키와 함께 있음에도 불편해보이지 않는다. 중대원 몇 명도 끼어있는 걸 보면 모두가 불편해하는 건 아닌 듯했다.

"좋은 사람이니까 그렇게 어려워할 것 없어요. 아마 금방 친해질 수 있을 거예요. 앞으로 며칠이나 더 있을지는 모르겠지만."

"음……. 글쎄요……."

혼자 고민하던 유라가 다른 것을 물었다.

"근데 저분들은 왜 여기 계신 거예요? 인원이야 얼마 안 되니까 주둔지를 같이 쓰는 건 상관없는데, 그래도 이유는 알고 싶거든요. 물어봐도 기밀이라고만 하고."

"여기가 더 안전할지도 몰라서요."

"네?"

"말 그대로 기밀이라 아직 자세한 내용을 말하긴 곤란하네요. 조만간 알게 될 거니까 지금은 너무 신경 쓰지 말아요."

"알게 된다고요?"

"네. TV에도 나오고 그럴걸요. 특종으로."

유라는 아리송한 얼굴로 느릿느릿 끄덕였다.

이하는 이 문제로 조안나 본인에게서 들은 이야기.

"차라리 여기가 더 안전할지도 모른다더군요. 관계당국이 내린 판단이에요."

이렇게 말하며 어깨를 으쓱였던 그녀.

"「진정한 애국자들」을 빠르게 쳐내는 과정에서 여러모로 말썽이 빚어지는 모양이에요. 보복성 테러가 우려되므로, 숙청이 끝난 후에 상황이 안정되면 그때 복귀시키겠다는 뜻이죠."

과연 맞는 결정일지는 모르겠다. 겨울은 고개를 돌려 주둔지의 전경을 보았다.

중대본부는 계곡물이 흐르는 외로운 목장이었다. 사단본부와 2킬로미터 가량 떨어진 위치. 도로를 따라 남동쪽으로 2백 미터, 북서쪽으로 3백 미터 지점에 각각 다른 중대의 주둔지가 있었다. 엄폐물 너머에서 불을 피우는지 엄폐물의 윤곽이 희미한 노을빛이었다.

주변에 우거져있던 나무는 남김없이 베거나 폭파시켰다. 시야와 사선을 확보하기 위한 조치. 각각의 주둔지가 서로를 육안으로 관측 가능하며, 교전 시 오인사격의 우려가 없도록 화력계획을 짜두었다. 견고하면서도 유연한 방어선이었다.

테러를 경계해야 하는 워싱턴보단 안전하다고 봐도 되려나?

“중대장님! 사람 숫자에 맞춰서 물 끓일 건데, 이거 중대장님도 드실 겁니까?”

유라 소대의 문수찬 일병이 네모난 라면 용기를 들어보였다. 특이하게도 뚜껑에 러시아어와 한국어가 병기되어 있었다. 박스 단위로 쌓여있다.

“네, 하나 줘요.”

“알겠습니다!”

물이 아슬아슬하게 출렁이는 깊은 냄비가 모닥불 위에 올려졌다. 굵은 통나무 한 토막을 네 쪽으로, 혹은 그 이상으로 쪼갠 틈에 불쏘시개를 채워 불을 붙이는 모닥불은 포트 로버츠에서부터 익숙한 방식이었다. 화력을 조절하기도 쉽고, 받침대가 따로 없어도 된다는 점이 편하다.

비번인 중대원들은 목장주 가족이 살았던 집 앞의 뜰에 삼삼오오 모여 있었다. 나름의 중대장 환영식. 처마 아래의 테라스엔 낡은 안락의자가 있고, 그 옆엔 테이블을 끌어다가 TV를 올려놨다. 선이 창문 안쪽으로 들어간다. 위성 안테나는 군과 계약한 상업채널을 수신했다.

"진석 소위. 유라 소위. 나 없는 동안 포트 로버츠에 무슨 일들이 있었는지 말해줄래요? 부장님들하고 통화를 해보긴 하겠지만, 두 사람 이야기도 들어보고 싶거든요."

다른 소대장들에겐 곤란한 질문이었다.

"워낙 많아서……."

난처해하는 유라. 반면 진석은 곧바로 인상을 썼다.

"요즘은 하는 일도 없는 주제에 뒤에서 큰소리만 치는 놈들이 가장 큰 문제입니다."

"무슨 뜻이에요?"

"다른 나라 사람들한테 꼴값 떠는 인간들 얘깁니다."

진석의 말에 유라가 맞장구를 쳤다.

"아, 그 사람들 진짜 싫어요. 고생은 작은 대장님이 다 하는데 생색은 지들이 내."

안 들어도 알 것 같은 겨울이었다. 진석이 눈앞에 없는 이들을 경멸했다.

"어차피 같은 난민 처지인데……. 다른 난민들에게 니들이랑 우리랑 같은 줄 아느냐고 떠들고 다니는 미친놈들이 있습니다. 우리 한국인 덕분에 너네가 살아있는 거니까 고마운 줄 알라고. 정말 어처구니가 없더군요."

울타리 안의 사람들이 우선인 진석이 국적 불문하고 이렇게 말할 지경이면 어지간히 심했을 것이다. 유라가 말을 받았다.

"아무리 말려도 자꾸 때려요. 특히 중국인들한테 많이 그래요. 너네 때문에 우리까지 위험해진다거나, 너네 때문에 대장님이 더 고생이라거나, 너네 때문에 아무튼 쏼라쏼라. 어휴. 돈이나 물건을 막 빼앗기도 하고. 왜 그랬냐고 물어보면 당연한 걸 왜 물어보냐고 그래요."

"대장님이 작전 중 실종으로 알려졌을 땐 엄청났습니다. 거의 폭동 수준이었죠. 헤이랜드 보안관이 아니었으면 여러 사람 죽었을 겁니다. 그나마도 마지막엔 저희가 나섰지만 말입니다."

즉 무력으로 진압해야 할 수준이었다는 뜻이다. 독립중대가 만들어지기 전에도 전투조원들은 엄연히 육군 소속이었으니, 움직이는 데엔 기지 사령관의 승인이 있었을 터.

캐슬린 헤이랜드 보안관이 태풍 몰아치던 밤의 인연으로 겨울동맹의 편의를 봐준다는 말은 전에도 한 번 들었다. 민완기 부장이 많은 도움을 받고 있다고. 겨울은 흑사회의 동향이 궁금해졌다. 체면을 중시하고, 얕보이느니 차라리 죽는다고 하는 어깨들 아니던가.

"삼합회는 어때요? 그 성미에 가만히 있었을 것 같진 않은데요."

"부장님들께 이런저런 항의는 합니다만, 겉으로는 그냥 죽은 듯이 지냅니다. 미군 눈치도 곱지가 않아서 말입니다.

장교들 중에서도 대놓고 중국인들이 싫다는 사람들이 있으니 뭐……. 그래서 더한 걸지도 모른다는 생각이 들더군요."

"뭐가요?"

"갑질하는 한국 난민들 말입니다. 우리는 중국인하고 다르다고 티 내려는 게 아닌가 해서. 미군 입장에선 외모로 구분하기 힘들잖습니까. 한 번은 깜둥이 새끼가 제 앞에서 눈을 찢더군요. Fucking Chinaman이라면서요. 저는 전투복을 입고 있었는데도."

"그걸 그냥 뒀어요?"

"그 인간, 영창에 다녀와서 사과하더군요. 미군도 예전 같지 않습니다. 아니, 예전으로 돌아갔다고 해야 더 정확하겠습니다. 역병 이전 말입니다."

한국 난민들이라고 말하는 진석의 어조는 꽤나 적대적이었다. 더 이상 과거의 국적으로는 동질감을 느끼지 않는 듯했다. 그렇다고 미군으로서의 소속감이 강해 보이지도 않는다. 예전의 대화에 비추어보면, 진석의 울타리는 동맹이었다.

유라가 거들었다.

"덕분에 아이링 씨가 많이 힘든가 봐요. 아버지랑 자주 싸우는 것 같기도 하고, 장 부장님 말로는 중국 깡패 두목의 딸이라면서 군정청에서도 말이 많다고도 하고 그래요."

"유라 소위는 리아이링 향주를 친한 것처럼 말하네요?"

유라는 겨울의 느낌을 긍정했다.

"그쪽도 이제 소위거든요. 친하다고 하기는 쬐끔 모자라지만, 그렇다고 사이가 나쁜 것도 아니에요. 그럭저럭 잘 지낸다고나 할까요. 자세한 얘기는 안 하는데 그냥 다 지긋지긋하대요."

"……."

"아버지랑 모르는 사람이었으면 좋겠다나."

권력을 딸에게 주면 부녀간에 말썽이 생길 것이라던 민완기의 예측이 정확했던 것 같다. 어느 정도는 부추겼을 가능성도 있고.

"일본 난민들은 괜찮아요?"

고쳐 물으니 유라가 손사래를 쳤다.

"어휴, 말도 마세요. 악감정이 어디 가겠어요? 전 일본 사람들을 좋아한다고 생각해본 적이 없거든요? 근데 요즘은 행패 부리는 한국 사람들이 더 싫어요."

진석이 공감했다.

"쿠시나다 씨한테는 미안하기까지 합니다."

겨울이 고개를 기울인다.

"쿠시나다? 어디서 들어본 이름인데……."

"동맹이 만들어지기 전에 중대장님께서 다물진흥회에 납치당했던 그분 따님을 구해주셨다고 들었습니다. 쿠시나다 세츠나 양이라고……. 기억 안 나십니까?"

"기억났어요. 들으니까 알겠네요."

회상보다 조금 늦게 「암기」 보정도 작동했다. 떠올리기까지 필요한 시간을 반영하는 지연이다. 그러나 이름이 가물거렸을 뿐 사건 자체는 선명하게 기억하고 있었다.

"중대장님 떠나신 후에 쇼메이 당(黨)이라는 게 생겼습니다. 쇼메이라는 게 우리말로는 서명(署名)인데, 말 그대로 서명 받고 다니는 당이라고 쇼메이당이랍니다. 원래 비슷한 단체가 일본에 있었다고도 하고……. 쇼메이다이라고 했던가……. 아무튼 난민들 사이에 차별과 폭력이 없어져야 한다고 주장하는 사람들이고,"

의미 모를 한숨을 쉬고서 진석이 부연한다.

"쿠시나다 씨는 쇼메이 당의 창립 멤버 중 한 사람입니다. 아내분이랑 따님도 그렇고요. 우리 쪽에도 자주 찾아옵니다. 우리가 많이 도와주기도 했습니다."

"야쿠자들이 싫어할 텐데요."

본인을 민족지도자로 불러달라던 야쿠자 두목이 떠오르는 대목이었다.

"그래서 맨날 싸웁니다. 깡패들이 무슨 일본유신회의인가 하는 이상한 단체를 만들어 놓는 바람에……. 웃기는 건 쿠시나다 씨 아들은 유신회의 행동대장이더군요."

"전에 봤을 때부터 제 정신이 아니었어요."

"음……."

여기서 진석이 조금 고민하더니, 자신 없는 태도로 말했다.

"그 사람이 지금 감옥에 있습니다만, 굉장히 안 좋은 소문이 돕니다."

"안 좋은 소문이라면?"

"구체적인 내용은 없고, 그저 야쿠자들이 사람이 해선 안 될 짓을 했다고……. 처음 말한 사람은 군정청 사무원인데, 경찰들이 나누는 이야기를 언뜻 들었답니다."

"사람이 해선 안 될 짓……. 짐작 가는 건 전혀 없고요?"

"네."

다시 뜸을 들인 진석이 한 마디 덧붙였다.

"헤이랜드 보안관에게 물어봤더니 표정이 많이 나빴습니다. 위에서 대외비로 지정한 사건이니까 묻지 말라고 하더군요. 괜한 소문 돌지 않게 단속해달라고도 했습니다."

대외비? 겨울은 난민들 사이에서 일어난 사건을 비밀로 지정할 이유에 대해 생각해보았다.

'난민들의 이미지가 나빠질 만한 사건이려나?'

그런 사건이라면 현 정권의 정책상 포트 로버츠 당국에서 기밀로 취급할 법했다.

문수찬 일병이 겹쳐 쌓은 사각용기를 들고 잰걸음으로 가까워졌다.

"중대장님! 그리고 소대장님들! 라면 나왔습니다! 에…… 면이 익을 때까지 앞으로 1분 30초 남았습니다! 마요네즈는 아직 안 넣었으니까 원하시는 분만 취향에 맞게 뿌려서 드십쇼! 여기 김치도 놓고 갑니다!"

용기를 받아든 겨울이 갸우뚱했다.

"……마요네즈?"

뚜껑 위에 올려둔 봉지가 마요네즈로 보인다. 유라가 하하 웃었다.

"이거 러시아에서 온 선물이라 그래요. 그쪽에선 라면에 마요네즈를 넣어 먹는대요. 저도 처음엔 되게 이상했는데요, 막상 먹어보니까 고소하고 부드러운 게 맛있더라고요. 워낙 많이 움직여서 칼로리 걱정할 필요도 없고."

"……."

"마요네즈를 안 넣은 맛은 한국에서 먹던 거랑 비슷해요! 러시아에서 만들었지만 회사는 한국 회사라고 했거든요. 작은 대장님 덕분에 힘을 얻고 있대요. 저어기 버지니아에서 온 라면도 있었는데 그땐 대장님이 언제 오실지 몰라서 다 먹어버렸어요."

라면이 의외로 유통기한이 짧아서요. 죄송해요. 괜히 사과하는 유라를 만류한 뒤에 겨울이 고쳐 물었다.

"버지니아에서 라면을 만들어요?"

"원래는 공장이 로스앤젤레스에 있었다고 하는데, 투자를 받아서 새 공장을 세운 다음 처음 만든 라면을 우리한테 보낸 거라고 했어요. 그쪽도 대장님께 고마워하던데요? 대장님 아니었으면 그냥 망했을 거라고요."

고민하던 겨울은 마요네즈를 넣어보기로 했다.

어차피 험한 입맛이고, 열량을 보충하기에도 좋을 것 같았다.

국물이 부옇게 물들었다. 마요네즈는 여러 번 저어도 다 녹지 않았다. 자그맣고 하얀 덩어리들이 떠다닌다. 적어도 보기 좋은 떡은 아니었다.

그러나 맛있었다.

어째서인지 포크를 놓고 바라보던 유라가 물었다.

"어때요? 입맛에 맞으세요?"

"네. 지금까지 먹어본 라면 중에서 두 번째로 좋네요."

"두 번째? 첫 번째는 뭐였는데요?"

"……그건 노코멘트로."

노코멘트? 고민하던 유라는 아! 하고 어두워졌다. 소중한 사람을 잃은 이가 많은 세계관이다. 그녀가 무슨 생각을 했을지 뻔했지만, 겨울은 오해를 풀지 않았다. 사실에 가깝기도 하고.

공교롭게도 김치를 집어먹는데 TV에서 김치 광고가 나왔다. 어색한 배경은 산을 두른 대나무 숲이었고, 중국풍의 정자에서 닌자 복장을 입은 흑인이 정면을 향해 합장했다.

「당신은 김치를 아십니까?」

느낌이 안 좋다.

「날씬한 한국인들의 건강 비결! '그 사람' 도 이것을 먹고 자랐다! 동양의 신비, 김-치-」

"……."

「풍부한 유산균! 많은 비타민! 균형 잡힌 영양소! 오랫동안 보관해도 먹을 수 있다! 당신의 배낭과 패닉 룸에 1순위로 갖춰두어야 할 우수한 비상식량!」

허공에 몇 번의 발차기를 한 배우는 날렵하게 시청자를 손가락질했다.

「구매를 망설이는 당신, 혹시 몸이 무겁지는 않습니까? 비만은 죄악입니다! 변종이 나타나면 흘러내리는 뱃살을 움켜쥐고 도망칠 작정입니까? 그로 인해 당신의 가족마저 발이 묶이면 어쩔 셈입니까? 김치는 다이어트에도 좋습니다! 지금 바로 주문하십시오! 600-777-7777!」

상의를 벗어던진 배우가 김치 통을 양손에 아령처럼 들고 불끈불끈 몸 자랑을 한다. 진석이 한숨을 내쉬었다.

"관심이 늘어나는 건 좋은데……."

그래도 수준이야 어쨌든 미국의 현실이 반영된 광고였다. 사람들은 어딜 가더라도 비상배낭을 메고 다니며, 비만 인구는 급격하게 감소하고 있다. 대부분의 시민들이 무기를 휴대하고 다니니, 봉쇄선이 무너지지 않는 한 어지간한 감염은 해프닝으로 끝날 것이었다. 변종에게 물렸을 때를 대비한 간편 사지절단 키트 같은 물건도 팔리는 마당이다.

다들 먹는 동안에는 말이 줄었다.

「안녕, 뉴욕의 백인들. 그리고 한 줌의 노란 친구들. 오, 이런. 깜둥이 노예들도 있었네? 미안. 알잖아. 객석이 어두워서 안 보였어. 뭐? 왜? 어쩌라고? 나도 깜둥인데. 푸흐흐흐흫.」

광고 시간이 지나고서 시작된 프로그램은 스탠드 업 코미디였다.

「좀 조용히들 해봐. 오늘은 아주 유익한 이야기를 해줄 거란 말이야.」

쉬- 입술에 손가락을 대고 기다리던 코미디언은, 조용해진 관객석 앞에서 조곤조곤한 목소리로 이야기를 시작했다.

「너네가 알고 있을 진 모르겠는데, 난 몇 년 전까지 디트로이트에서 살았어. 우, 알다시피 거긴 예나 지금이나 쓰레기 같은 동네지. 하지만 난 요즘 거기서 태어나고 자란 게 다행이라는 생각이 들기 시작했어. 정말이야! 왠지 알아? 그 도시가 나를 훈련시켜줬거든.」

겨울은 이어질 내용을 알 것 같았다.

「무슨 소리냐면, 좀비 새끼들이랑 디트로이트 주민들이 서로 다를 게 없다는 거야!」

코미디언은 스스로 말해놓고 웃음을 터트렸다.

「거긴 씨발 예전부터 가게란 가게마다 방탄유리를 도배하던 곳이야. 강도가 빵빵! 하면 총알이 팅팅! 직원이 어 씨발 깜짝이야! 하고 끝난다고. 이게 안 되는 가게는 다 망했어. 글구 거리를 걷다가 맞은편에서 누가 다가오잖아? 그럼 난 속으로, 씨발 저 깜둥이 새끼가 갑자기 날 쏴버리면 어떡하지? 이런다? 너네가 걱정하는 거랑 비슷하지 않아? 마주 오는 사람이 있으면 괜히 수상해보이고, 갑자기 돌변해서 물어뜯을까봐 무섭고 그렇잖아? 아니야? 총에 맞아 죽으나 역병 걸려 죽으나 거기서 거기 아닌가? 푸흫크흐흫!」

절레절레, 피부 검은 진행자가 없는 사람을 때리는 듯한 손짓을 했다.

「이봐, 친구들……. 어두운 거리에서 뒷사람이랑 걷는 방향이 같으면 옛날에도 무서웠다고. 사람은 원래 잠재적인 위협이었다니까? 디트로이트가 유난히 심했을 뿐이지, 너네도 경험이 없는 게 아냐. 미국에서 태어났으면 존나 부자가 아닌 한 모를 수가 없다고. 내가 깜둥이치곤 좀 어려운 말을 할게. 궁지에 몰린 사람의 욕심과 광기는 잠복기의 역병이나 마찬가지라고. 욕심과 광기 말이야. 내 말은 그러니까, 니들이 이제 와서 무서워할 필요 없다는 뜻이야! 게임으로 치면 스킨이나 좀 바뀌고, 난이도가 한 단계 올라갔을 뿐이라니까?」

"왠지 저거 공감되네요."

다 먹은 유라가 턱을 괴고 하는 말. 과거의 난민구역은 욕심과 광기의 도가니였다.

「어? 뭐? 수도와 가스가 끊기면 어떡하냐고? 디트로이트엔 그딴 거 오오오오래전부터 안 들어왔어! 전기? 먹는 건가? 또 거리의 창문마다 창살을 달아놨지! 주민들끼리 순찰 돌면서 SNS로 정보 공유하는 거? 그것도 오오오오래전부터 하던 짓이야. 너네가 최근에 하는 일들, 디트로이트에선 그냥 존나 일상이었어! 아, 물론 거기서도 동네마다 차이가 있었긴 해. 하지만 난, 딱 봐도 곱게 자랐을 것 같진 않잖아? 엉? 정말 그렇다고? 좋아, 너 나가.」

관객들이 좋다고 박수를 쳤다.

「근데 사실, 겉으론 호들갑을 떨면서 속으론 존나 행복한 새끼들이 있을 거야. 꼭 NRA[1]나 저어기 남쪽 백인들만 가지고 하는 소리가 아니라, 미국은 원래 전쟁을 좋아하잖아?」

갈채에 환호가 더해졌다.

「일단 방역전선에서 싸우고 있는 군인들에게 진심으로,

---

1 National Rifle Association, 전미 총기협회

존나 진지하게 감사하고 있다는 사실을 밝혀둘게. 결코 그들을 폄하하려는 게 아녀. 난 POD 회원이야. 여기도 아마 동지들이 있을걸? 오, 그래. 있네. 됐으니까 손 내려.」

잠깐 비춘 객석에서 꽤 많은 사람들이 손을 들었다. POD? 시민단체인가? 겨울로서는 접한 적이 없는 이름이지만, 무작위로 모인 관객들 중에 저토록 많을 정도라면 규모가 상당할 것이었다. 진행자 역시 다들 알 거라는 투로 이야기를 꺼냈다.

「암튼 내가 보기에 요즘 미국인들은 삶이 완전 충실한 거 같아! 평화로울 땐 존나 늘어져 있다가 방역전쟁이 시작되니까 크큭 드디어 때가 왔군 이러면서 숨겨뒀던 무기를 꺼내는 느낌? 아 물론 가랑이에 달린 거 말고.」

진행자가 인상을 썼다.

「결론은 얕은 물에 빠져 죽지 말자 이거야. 우리는 전쟁광들이야. 안 좋은 일이 있긴 했지만, 그런 것치곤 아직 존나 잘 싸우고 있잖아? 새로울 것도 없고 겁먹을 것도 없어. 편 갈라서 서로 괴롭히지도 말고. 그건 씨발 너네 문제를 해결하는 데 좆도 도움 안 된다니까? 화이트 파워! 화이트 파워! 이지랄 싸면서 중국인들 사냥하고 다니는 KKK 짭퉁 씹새들이 있는 걸로 아는데, 우선 우리 깜둥이들에 대한 관심을 줄여줘서 고맙다는 인사를 하고 싶고, 그래도 니들은 씨발 개새끼들이야. 무서워서 아무 짓이나 막 하고 다니는 좆같은 겁쟁이들아.」

다시금 물결치는 관객석. 돌아가는 카메라가 비추는 것

은 곧 시민사회의 여론이었다. 당연히 전체를 반영하는 것은 아니겠지만, 일부라도 저렇다면 고무적이었다.

"한 달 전하고는 분위기가 완전히 다르군요."

진석이 하는 말.

"명백한 해방 작전이 중지되고 중대장님께서 작전 중 실종됐다는 소식까지 전해졌을 땐 어느 채널을 틀어도 웃음기가 없었습니다."

그러더니 머뭇거리다가 묻는다.

"그런데 진짭니까? 중대장님이 중국의 군사위성을 탈취하셨다는 거?"

유라가 끼어들었다. 아, 그거! 저도 궁금했어요! 하고. 잠시 뜸들이던 겨울이 끄덕였다. 왜곡된 것은 영향이지, 사실 자체가 아니었다.

"베이더우 위성 말이죠? 나 혼자 다 한건 아니지만, 맞아요."

"거참……."

진석의 반응을 살피던 겨울이 거꾸로 물었다.

"혹시 그것 때문에 캠프…… 아니, 포트 로버츠에서 뭔가 일이라도 있었어요?"

"그건, 없다고는 못 하겠지만 대장님께서 신경 쓰실 정도는 아닙니다."

"없다고는 못 한다?"

"예에. 그, 과격한 중국인들은 예전부터 있었잖습니까. 모겔론스가 중국을 몰락시키려는 미국의 음모였다고 주장하는 인간들. 그쪽 사람들이 모여서 대장님을……. 아니,

중대장님을 욕하고 그랬습니다. 조국의 복수를 막았다던가……. 어디서 났는지 사진도 불태우고 말이죠."

곧바로 유라가 덧붙인다.

"그치만 그런 사람들은 숫자가 되게 적어요."

진석이 긍정했다.

"일단은 유라 소위 말대로입니다. 살려면 어쩔 수 없겠습니다만, 중국인들 스스로 자중하는 분위기입니다. 보이지 않는 데선 리친젠 같은 깡패들이 폭력까지 쓴다고도 하고……. 진짜 문제는 아까 말씀드렸던 것처럼 불에다 기름을 붓는 한국인들입니다. 특히 다물진흥회 사람들이 부추기는데, 거기에 빠지는 동맹원들이 적지 않습니다."

그놈의 민족이 뭔지. 진석은 고개를 흔들었다.

"다물진흥회는 여전한가 봐요? 아직도 막리지가 임화수에요?"

겨울의 말에 진석의 입술이 비틀렸다.

"그 사람, 임화수가 본명이 아니랍니다."

"그건 어떻게 알았어요?"

"군정청에 거주자로 등록하는 과정에서 까발려졌다더군요. 실제론 성씨도 가짜였습니다."

"그럼 본명이 뭐래요?"

단지 물었을 뿐인데, 풋, 유라가 입을 막고 웃었다.

"아, 죄송해요. 아무리 나쁜 사람이라도 이름으로 비웃으면 안 되는데……."

그러나 참지 못하고 무릎에 얼굴을 묻는다. 푸큽, 큭큭.

어깨가 가늘게 떨렸다. 예전부터 감정이 참 풍부하다. 식은 눈으로 보던 진석이 답한다.

"방귀남이랍니다."

"……."

"보나마나 귀할 귀자에 사내 남자를 썼겠지만, 부모가 좀 신중하지 못했던 것 같습니다. 임화수는 뭐……. 민 부장님 말씀으로는 옛날에 유명했던 정치 깡패의 이름이라더군요. 왜 하필 임화수인지는 모르겠습니다만, 미친놈 나름대로 이유가 있겠죠."

혹은 임화수가 정확하게 어떤 인물이었는지도 모르는 채, 어쩌다 한 번 들은 기억으로 결정했을지도. 매 순간 모든 행동에 합리적인 이유가 있는 사람은 드문 법.

"그래서 지금은 본명을 쓰나요?"

"당연히 아닙니다. 지금도 본인이 임화수라고 우깁니다."

어쩌면 사람이 그렇게 된 데엔 이름의 영향이 있었을 가능성도 있겠다. 물론 전부는 아니겠지만, 겨울은 자존감 부족한 사람이 그쪽으로 빠지기 쉽다는 사실을 경험으로 알고 있었다.

'자기를 어떻게든 높여 보려고…….'

가까스로 평정을 되찾은 유라가 그들의 근황을 전했다.

"장 부장님이 그러는데, 물타기를 하려고 한대요. 중국인들이랑 일본인들을 미워하고 한국인이 최고라고 믿는 동맹 사람들이 자기네를 같은 편으로 생각할 거라고. 그러면 작은 대장님이 돌아오셔도 함부로 어떻게 못 할 거라나 뭐라

나. 암튼 그런 속셈이래요."

사람을 심어서 어떻게 해보겠다더니 장연철도 꽤 애쓰는 모양이었다.

"그렇게 잘 파악하고 있을 정도면 걱정 안 해도 되겠네요."

"네. 그쪽에서 아무리 노력해도 소용없을걸요? 예경 언니가 진짜 무섭거든요."

"아, 송예경 씨……."

다물진흥회에 대한 원한으로 둘째가라면 서러워할 사람. 전에 민완기와 통화할 때, 겨울이 있을 때를 그리워하는 사람들의 중심으로서 은근히 밀어주고 있다고 했었다. 이제 와서 생각해보면, 민완기가 송예경을 고른 배경엔 비뚤어진 민족주의의 확산을 막으려는 의도가 있었던 게 아닐까?

"아, 참. 대장님. 예경 언니가 아기 이름을 아직 안 정했어요. 작은 대장님이 골라준다고 그랬다고. 나중에 부장님들이랑 통화할 때 말씀해보세요."

"이런……."

하나하나 한이 느껴지는 사람이었다.

"아, 참. 이거 말씀 안 드렸다."

유라가 손뼉을 쳤다.

"그 왜 순복음 성도회 있잖아요? 거기 되게 꺼림칙해요."

겨울은 성경 말씀을 전하던 소녀의 비정상적인 악력을 떠올렸다.

"어떤 점에서 꺼림칙한데요?"

"그냥, 좀, 느낌이…… 사람들이 음침하다고나 할까……

경계당하는 거 같다고나 할까…….”

“무슨 일이 있었던 건 아니고요?”

“네에…….”

진석이 한 마디 툭 던진다.

“미친 사이비 예수쟁이들이 기적 타령하고 자기들끼리만 어울리는 거야 하루 이틀 일도 아닌데 뭘 새삼스럽게 그럽니까.”

“아 느낌이 진짜 안 좋다니까요? 요즘은 이상하게 선교도 안 하잖아요.”

선교를 하지 않는다? 겨울이 고개를 기울였다.

고민하는 사이에 주둔지 입구가 부산스러워졌다. 부중대장인 싱 대위가 순찰을 마치고 돌아온 것. 그가 다가오자 치즈 냄새 비슷한 체취가 진하게 퍼졌다. 저도 모르게 코를 막았던 유라가 대위의 시선에 허둥거린다. 대위는 표정 변화 없이 말했다.

“지금 복귀했습니다. 괜찮으시다면 30분만 시간을 주시겠습니까? 씻고 나서 다시 오겠습니다.”

“그래요. 기다리겠습니다, 대위.”

“별말씀을. 그럼 행정실에서 뵙겠습니다.”

경례를 붙이고 돌아서는 대위. 허리에 찬 칼이 걷는 박자에 따라 흔들렸다.

행정실에 배치된 인원은 예상보다 많았다. 병사가 아니라 간부 쪽. 일반적인 중대라면 부중대장[2]을 제외한 간부는

2 XO(executive officer)

선임상사, 화기부사관, 보급부사관[3]이 전부여야 한다.

'통신장교는 그렇다 치고……. 작전장교에 정보장교까지 있네. 계급이 한 단계씩 낮긴 하지만 조금만 더 보태면 대대급 지휘체계 구성도 가능한데, 벌써부터 부대확장을 준비하는 건가?'

만약 중대가 대대로 승격된다면 인사장교 및 보급장교가 부임할 것이다. 사실상의 부지휘관 격인 계획장교(Plans Officer)는 현 부중대장인 싱 대위의 역할일 테고.

"중대장님. 혹시 이해가 가지 않는 게 있다면 바로 말씀해주십시오."

싱 대위가 오기 전에 인사 파일부터 읽어두려는 겨울에게 정보장교가 하는 말이었다.

"괜찮아요, 중위. 그냥 경력을 확인하는 것뿐인데요 뭐. 그리고 편히 있어요. 다들 왜 그렇게 뻣뻣해요? 복무기간으로 따지면 내가 여기서 가장 모자라지 않아요?"

가벼운 농담에 분위기가 조금 풀어졌다. 겨울이 화기부사관을 지목했다.

"디안젤로 하사는 오랜만이네요. 많이 바뀌어서 몰라볼 뻔했어요. 계급도 올랐고."

"푸핫. 중대장님만 하겠습니까? 아무튼 기억해주셔서 영광입니다. 꼭 다시 뵙고 싶었습니다."

웃음을 터트리는 하사의 이름은 에블린 디안젤로. 지난

---

3 NCO(Non-commissioned office)

해 말에 봤을 땐 병장이었고, 160연대, 세븐스 캘리포니아의 1대대 소속이었다. 1대대는 성탄전야의 습격으로 주둔지(캠프 샌 루이스 오비스포)가 무너지는 바람에 포트 로버츠에 합류한 병력이며, 서류를 보면 부대 재편성 과정에서 자원하여 독립중대로 들어온 것으로 나와 있었다.

"보고 싶었다니 의외인데요? 카드 만질 줄 모르는 사람하고는 친구로 안 사귄다면서요?"

"와, 그런 것까지 기억하고 계십니까? 정말 대단하십니다. 여러모로."

"한번 만난 사람은 어지간하면 잊지 않거든요. 이름이 가물거릴 때는 있지만. 그때 같이 있었던…… 펜우드? 맞죠? 그 사람은 어떻게 됐어요? 계속 복무하긴 힘들어보였는데."

단지 규모가 작을 뿐, 당시 1대대 병사들이 경험한 충격은 지금 이곳으로 집결 중인 패잔병들 못지않았다. 펜우드 일병은 PTSD 증상이 심했다. 말을 더듬고 손을 떨었으며 제대로 걷기도 힘들어할 만큼. 웃음기를 지운 디안젤로 하사가 까딱 끄덕였다.

"결국 전역했습니다. 지금쯤 마이애미의 해변에서 일광욕을 즐기고 있겠죠."

잘된 일이다. 윗선이 아직 상식적으로 돌아간다는 증거였다. 정신적 외상은 육체적 외상에 비해 가벼운 취급을 당하기 십상. 이런 분야에서 경험이 많은 미군도 여러 종말에 걸쳐 나쁜 모습을 많이 보여줬다. 분위기가 안 좋게 돌아가면 사고가 경직되게 마련이었다.

파일을 넘긴 겨울이 정보장교에게 물었다.

"머레이 중위. 귀관도 자원해서 이 중대로 왔다고 되어 있네요?"

"저뿐만 아니라 소대장들을 제외한 중대 간부 전원이 자원해서 온 것으로 알고 있습니다."

"아, 그래요? 혹시 이유를 물어봐도 될까요?"

잠시 머뭇거리던 중위가 열중쉬어 자세로 턱을 들었다.

"아부라고 생각하지 않으셨으면 합니다만…… 이곳에 중대장님께서 계시기 때문입니다."

겨울이 시선을 돌렸다.

"그럼 다른 분들은?"

눈치를 보던 통신장교가 답했다.

"이의 없습니다."

"이의라니……. 뜻은 알겠는데 말이 좀 이상하지 않아요?"

"죄송합니다. 긴장해서 그렇습니다."

마치 훈련소에 갓 들어온 신병을 보는 것 같다. 그러나 경력은 그렇지 않았다. 중위 토드 에반스. 비록 임관연도는 최근이지만, 방역전선에서는 초기부터 싸워왔다. 근접위험 사격을 유도하여 변종집단을 물리친 공로로 동성무공훈장을 수훈한 이력도 있었다.

디안젤로가 다시 웃는다.

"경쟁률이 무척 높았다고 들었습니다. 어정쩡할 때 미리 배치된 제가 행운아였죠."

이때 도어 벨이 딸랑거리는 소리가 났다. 들어온 사람은 싱 대위였다. 겨울에게 경례한 그는 일반 전투복을 입었으나 무장만큼은 그대로 휴대했다.

"기다리게 해드려서 죄송합니다. 혹시 제가 놓친 게 있습니까?"

"아뇨. 그냥 서로에 대해 이야기하는 중이었어요. 터번이 멋지네요."

겨울의 말에 대위가 미세하게 흔들린다.

"감사합니다."

"이름이나 칼을 봤을 때부터 예상은 했는데, 역시 시크교도였네요."

"……시크교를 이미 알고 계셨던 것처럼 말씀하시는군요."

"전에 한 번 만난 적이 있어서요. 그 사람도 싱이었죠. 시크교를 믿는 사람들은 모두 같은 성을 쓴다던데요? 종교적인 관습이라고. 남녀의 차이만 있다고 들었어요."

"원칙적으론 맞는 말씀입니다만 요즘은 꼭 그렇지만도 않습니다. 젊은 친구들은 낡은 전통을 좋아하지 않지요. 그래도 이미 알고 계시다니 기쁘군요. 만나보셨다는 그는 어떤 사람이었습니까? 혹시 군인이었습니까?"

"음, 전직 군인이었다고 해야 하나……. 아무튼 좋은 사람이었어요."

이번 회차의 이야기가 아니라 대충 얼버무릴 수밖에 없다.

"당연히 그랬을 겁니다."

대위가 자부심을 드러냈다. 다행히 자세히 캐묻지는 않았다.

그의 사각에서 다른 간부들이 조금 어색해하는 것이 보인다. 싫어하는 반응은 아니었다. 그럴 것이다. 자료를 보면 하나같이 인성평가 결과가 우수한 자원들이니까. 물론 지능적으로 답변을 골랐을 가능성이 있긴 하다.

"사실 중대장님께서 불편해하실까봐 걱정했었습니다."

그 걱정 때문에 일부러 터번을 쓰고 왔을지도. 겨울의 반응을 시험해보려고.

사실 겨울은 그가 단독군장으로 올 거라고 예상했었다. 주둔지가 안정되어 일과 후의 휴식이 보장된다고 해도, 사람 자체가 무척 엄격한 느낌이었기에.

'아주 단단히 작정했구나.'

싱 대위를 두고 하는 생각이 아니었다. 이 독립중대는 민사심리전의 수단이기도 하니까.

"난 오히려 대위가 불편하지 않았을까 걱정스럽네요. 혹시 무례하게 구는 사람은 없었어요?"

"……."

침묵이 곧 대답이었다. 겨울이 짧은 한숨을 지어냈다.

"유감이에요. 내가 대신 사과할게요."

"그 사람들의 오해이고 그 사람들의 잘못입니다. 중대장님께서 사과하실 필요는 없습니다."

"그래도……."

"어차피 익숙한 오해였습니다. 이슬람교도가 아니란 게

알려진 뒤로는 사과하는 사람도 많았고……. 무엇보다 저는 그 오해와 싸우기 위해 이곳으로 왔습니다."

잠깐 쉰 대위가 다시 말한다.

"사실 이슬람교도로 오인당하는 것도 괜찮습니다. 그들도 억울한 취급을 많이 당하고 있으니, 제 노력으로 말미암아 그쪽의 이미지도 좋아진다면 환영할 일입니다."

정말 괜찮은 사람이네. 생각하며 겨울은 싱 대위의 파일을 펼쳤다. 수훈이력에 용맹장과 은성무공훈장이 보인다. 특이사항으로 근접전의 스페셜리스트라는 평가가 적혀있었다. 꽤 오랫동안 무술 수련을 한 사람이었다.

"이건 모두에게 묻는 건데, 의사소통엔 지장이 없던가요? 중대원들과 어울리기가 좀 어렵다거나."

일선 소대장들이 모두 동맹 출신인데 반해, 부사관이나 중대본부 인원은 처음부터 미군이었던 이들로 채워졌다. 편성 의도는 알겠으나, 지휘관 입장에선 이런 부분도 신경써야 했다.

소대장들을 이 자리에 부르지 않은 것도 같은 맥락이었다. 꾸미지 않은 답을 들으려고.

작전장교 포스터 중위가 답했다.

"아닙니다. 다들 영어가 상당한 수준이고……. 저만의 경험인지는 모르겠으나, 제가 있는 자리에선 다들 영어로 말하려고 하더군요."

"아하."

"약간의 벽을 느끼는 건 사실이지만 결국 시간이 해결해줄 문제라고 봅니다. 관련하여 지도하실 내용이 있다면 말씀해주시길 바랍니다. 교육자료가 정확하지 않은 것 같더군요."

"교육자료?"

"파견되기 전에 사전교육을 받았습니다. 한국계 병사들을 대할 때의 주의사항에 대한 내용도 있었는데, 처음부터 설마 이럴까 싶었습니다만 역시나 현실과 달랐습니다."

"어떤 내용이었길래……."

"대표적으로 하나만 말씀드리자면……. 한국계 병사들은 밀폐된 공간에서 선풍기를 틀고 자면 질식사의 우려가 있다고 믿으니 같은 숙소를 쓸 때 주의하라고 써있었습니다. 갈등 및 충돌의 원인이 될 수 있다고요. 워낙 이상해서 착임 후 병사들에게 물어봤더니 실제론 안 믿는 경우가 대부분이었습니다."

"……."

"거기 자료가 있으니 직접 보시는 게 낫겠습니다."

겨울은 중위가 가리키는 문서를 꺼냈다. 잠시 가까워진 포스터 중위가 페이지를 짚어주었다.

'정말이네…….'

본래는 주한미군 교육용 자료였다고 명시되어 있다. 사실 겨울도 과거를 바탕으로 재구성된 세계에서 처음 접한 미신이었다. 옛날 사람들은 이런 걸 믿었구나 싶기도 했다. 「종말 이후」의 시점에서는 그래도 많이 없어진 듯하다. 겨울이 고개를 저었다.

"그냥 일반적인 복무윤리만 지켜도 별일 없을 거예요. 뭔가 이상하다 싶으면 본인한테든 나한테든 물어보고요. 귀관이 경험한 것처럼 웬만한 건 병사들이 맞춰주려고 할 걸요?"

"알겠습니다."

중대원들이 마냥 착해서라기보다는 그럴 수밖에 없다고 해야 정확할 것이다.

"그 외에 다른 문제는 없나요?"

겨울이 다시금 모두를 돌아보자, 싱 대위가 입을 열었다.

"의사소통에 관해선 괜찮습니다. 다만 숙련병이 부족하다는 게 마음에 걸립니다."

"장비적응이 덜 되었을 것 같긴 하네요."

겨울은 중대 장비 목록을 툭툭 두드려 보였다. 단독작전을 염두에 두었는지 험비와 장갑차가 섞여있었다. 한 대뿐이지만 화생방정찰장갑차마저 존재한다. 그냥 남는 장비를 몰아줬다고 보기엔 무리가 있었다. 현대적인 의미에서 기병중대라고 부르기 충분했다.

아직 수령하지 못한 장비가 반을 넘지만, 로저스 소장이 언급한 작전 개시 시점까지는 모두 갖춰질 것으로 예상되었다. 그때가 되면 걸어 다닐 병력은 없을 것이다.

"그건 아닙니다. 주특기 훈련은 제대로 되어있습니다."

"음, 그럼 대위는 병사들이 실전에서 얼어붙을까봐 걱정인가봐요?"

"정반대입니다. 소대장들이 지나치게 저돌적인 데다 병

사들은 맹목적이기까지 해서, 실전에 필요한 유연성이 낮고 빠져야 할 때를 모릅니다."

예상 밖의 답변. 겨울에게 남아있는 이미지는 전혀 그렇지 않건만, 떠나있는 사이에 많이 달라진 모양이었다.

'진석 씨라면 내 빈자리를 메우겠다고 무리를 했어도 이해가 가는데, 다른 사람들은 잘 모르겠네…….'

포스터 중위가 동의했다.

"같은 의견입니다. 이 중대, 가칭 데이비드 임무부대의 첫 임무는 포트 로버츠 인근에서 생존자를 수색하는 것이었습니다. 당시 느낌으로는 시킨 일만 열심히 하는 것 같더군요. 소대장들까지 그래선 안 되는 건데 말입니다."

"으음……."

"웨스트포인트 출신 소위들도 실전에서 눈앞의 상황에 매몰되는 경우가 많은데, 속성교육으로 임관한 소대장들이야 오죽하겠습니까. 중대장님은 예외 중의 예외니까요."

글쎄. 내가 지휘력을 입증한 적이 있던가? 순간적으로 의아했던 겨울이지만, 이내 수긍했다. 산타 마가리타 호수 인근에서의 전투만 놓고 봐도 객관적으로 시야가 넓었다는 평가를 내릴 수 있을 것이었다.

싱 대위가 의견을 보탰다.

"원래 소위는 길들이기 전의 전투화 같은 게 정상입니다. 보통은 숙련병들이 그걸 보완해주는데, 이 중대에선 그걸 기대하기 어렵다는 게 진짜 문제지요. 전투 병력을 난민 출신으로만 뽑은 이유는 알지만, 그쪽으로만 너무 신경 쓰지 않았나 싶습니다."

"그렇군요. 그럼 인원보충이 필요하다는 거죠?"

겨울이 묻자 대위는 그렇다고 답했다.

"이곳으로 합류하는 병사들은 대부분 재편성이 필요한 인원들입니다. 그 고생을 하고도 멀쩡한 사람을 골라내면, 사이코패스가 아닌 이상은 우수한 자원일 겁니다."

PTSD에 면역인 사람은 정신적인 기형이라는 게 정론이었다. 그러나 이번 경우는 상황이 다르지 않은가 생각하는 겨울. 방역전선에선 살인의 죄책감은 없는 것에 가깝다. 변종을 여전히 인간이라고 생각하는 병사는 굉장히 드물었다.

"어쩌다보니 너무 안 좋은 쪽으로만 말씀드렸군요."

포스터 중위였다.

"다소 경직된 건 사실입니다. 그러나 그만큼 전투의지가 높습니다. 괴물들과의 싸움에선 큰 장점이죠. 지금 이 상황에서는 더더욱 그렇습니다."

아무래도 겨울이 속상했을까봐 우려하는 듯했다. 겨울이 미소를 만들었다.

"처음부터 모든 게 완벽할 순 없는 거고, 부족한 게 있다면 하나씩 고쳐가죠. 그러려면 여러분이 많이 도와줘야 할 거예요. 나도 사실 계급만 소령이잖아요?"

"무슨 말씀을……."

포스터뿐만 아니라 모두가 곤혹스러움을 내비친다. 벼락출세한 상관의 능력에 대한 의심은 조금도 없어 보여서 다행이었다. 애초에 그런 사람들만 뽑아서 보냈겠지만.

로저스 소장이 허락한 휴식은 그저 그동안 전투임무를 주지 않겠다는 뜻에 불과했다. 중대를 인수하기에 이틀은 꽤나 빡빡한 시간. 복귀 후 첫날밤만 하더라도 싱 대위의 배려가 아니었다면 중대원들과 회포를 풀 시간이 없었을 것이었다.

'기회는 앞으로도 많겠지.'

안면 있는 이들은 서류를 검토하고 보고서를 작성하는 겨울의 모습을 낯설어했다. 사실 겨울 스스로도 능숙하다고는 못 하겠다. 하나 숙지해야 할 사항들이 있어 시간가속으로 넘기기도 곤란한 구간이었다. 보정으로 받는 정보가 스스로 기억하는 것에 못 미치는 경우가 있다.

그래도 집무실에 앉아있다는 데서 오는 안정감이 있었다. 이제 자리가 확실하게 잡혔음을 실감하게 된다고나 할까. 임시 주둔지라곤 해도 형식은 다 갖추고 있다.

창문으로 사흘째의 아침이 쏟아진다. 작고 낡은 TV 앞에 네모난 햇볕이 떨어졌다.

「연방철도청은 오늘 오전 8시를 기하여 북동회랑(Northeast Corridor)에서의 가드-라이너(Guard-Liner) 계획이 완료되었다고 발표했습니다. 이에 따라 캐나다 접경지역으로부터 워싱턴 D.C 근교에 이르기까지, 북동부 간선철도를 달리는 모든 열차는 장갑열차가 되었습니다. 연방 에너지부 및 국가 핵 안보 관리부 산하 안전운송사무국[4]의 인적협력 아래 진행되었던 이 계획은…….」

---

4 Office of Secure Transportation, 핵탄두나 특수핵물질 운송을 전담하는 부서. 보안을 위해 장갑화된 운송시설과 호위병력을 운용한다.

아나운서의 목소리가 주의를 끌었다. 겨울은 문서를 놓고 화면 속 먼 풍경을 보았다. 승강장으로 들어오는 열차는 리벳이 줄줄이 박힌 철판으로 뒤덮여 있었다. 객차마다 한 쌍씩 달린 원격포탑[5]이 인상적이었다. 대전차 미사일 발사대까지 존재했다.

통근열차에 탑승하는 이들 가운데 정장을 입은 사람은 정말로 얼마 없었다. 각자 하나씩 배낭을 메고, 격식보다는 실용성과 활동성, 드물게는 방어력을 중시한 의복을 입었다. 곳곳에 벙커 같은 대피소가 보이고, 승강장 구획이 철창으로 나눠져있는 것도 주목할 만했다.

똑똑똑. 누군가 문을 두드렸다. 시간을 확인한 겨울이 고개를 기울였다. 누구지? 사단본부 작전 브리핑은 아직 좀 남지 않았나?

“들어와요.”

문은 조심스럽게 열렸다. 가장 먼저 선임상사가 들어왔고, 다음으로는 아는 얼굴과 모르는 얼굴들이 섞여있었다. 중대원들은 아니다. 그 숫자가 많았으므로 용건을 짐작하기 쉬웠다.

선임상사가 구령을 넣었다. 차렷. 경례. 겨울이 경례를 받았다.

“쉬어요. 보충인력인가 봐요?”

“그렇습니다, 중대장님.”

---

5 Remote controlled Weapon Station, 원격 조종이 가능한 마운트에 센서와 화기를 장착해 조작하는 일종의 무인포탑.

"정말 빠르네요. 요청서를 보낸 게 겨우 어제인데."

"문드러진 사생아 놈들에게 한 방 먹일 시기가 임박했다는 뜻입니다."

상사는 옆구리에 끼고 있던 파일을 겨울에게 건네주었다. 겨울은 열중쉬어 자세인 나머지를 죽 둘러보았다. 모랄레스나 슐츠처럼 아는 얼굴들은 시선이 마주칠 때 희미하게 웃어보였다. 이들도 지난 사냥에 참가했으니 숙련병이라고 불릴 자격은 충분했다. 해당 작전에 참여한 인원에겐 최소 동성무공훈장이 수여된다고 했었다.

베이커 중대가 정식 편제는 아니었던 만큼 이곳으로 와도 이상할 게 없었고.

그 외에 모르는 얼굴들은 정면 위를 응시하는 석상 같았다.

"다들 잘 왔어요. 날 모르는 사람도 있을 테니 소개하죠. 중대장인 한겨울입니다."

겨울의 농담에 몇 사람의 표정이 흔들렸다.

"느긋하게 이야기를 나누고 싶은데 당장은 곤란하겠네요. 한 가지만 당부하죠. 여러분은 당연히 우수한 인재들이겠지만, 부대 특성상 적응하기가 어려울 수도 있어요. 그럴 땐 상사에게든 나에게든 지체 없이 보고하기 바랍니다. 알겠습니까?"

"Yes sir!"

"좋아요. 그럼 상사, 미안하지만 나머지는 맡길게요. 이제 곧 사단본부로 가야 해서."

"걱정 마십시오."

겨울이 상사에게 서명한 파일을 돌려주었다. 선임상사 마르퀴스 메리웨더는 겨울을 어려워하지도, 무시하지도 않는 사람이었다. 그냥 담담했다. 복무경력 22년의 관록이 느껴진다.

잠시 후 또다시 들리는 노크 소리. 이번엔 부중대장이었다.

"중대장님. 이제 나오셔야겠습니다."

"알았어요, 대위. 조금만 기다려줄래요?"

겨울이 책상을 빠르게 정리했다. 이런 곳에 중대원, 혹은 기자들이 함부로 드나들진 않겠으나, 만에 하나라는 게 있는 법이었다. 서랍에 자물쇠를 채우고 일어선다.

밖에선 이미 시동을 건 두 대의 험비가 있었다. 작전장교 포스터와 정보장교 머레이, 그리고 동행할 병사들이 겨울에게 경례했다. 겨울은 1번 차량의 선탑자석에 앉았다.

"출발하겠습니다."

중대본부 운전병의 말에 끄덕이는 겨울. 정문의 경비병력이 입구의 장애물과 가시 체인(스파이크 스트립)을 치운다. 그들을 지도하는 사람은 장한별이었다. 환한 미소로 배웅했다.

사단본부로 가는 풍경에 특이한 것들이 눈에 띄었다. 겨울이 무전기를 잡았다.

"싱 대위, 저게 뭔지 알아요?"

잠시 지직거린 후에 후속차량으로부터 회신이 들어온다.

[잘 모르겠습니다. 생긴 것만 보면 레이더…… 같습니다만, 처음 보는 형식입니다. 그리고 레이더가 저렇게 많이 필요할 이유도 없으니까요.]

그의 말대로 레이더처럼 보이는 것을 탑재한 소형 트레일러들은 숫자를 세기에 열 손가락이 부족했다. 상부의 회전식 구조물은 부등변팔각형의 회전식 패널이었고, 안테나의 수신기와 유사한 돌출부가 존재했다. 겨울은 이번엔 같은 차량의 작전장교에게 물었다.

"포스터, 당신이 보기엔 어때요?"

"……레이더는 아닙니다. 구동부의 구조를 보니 앙각이 마이너스까지 나올 텐데, 지뢰탐지가 목적이 아닌 이상 왜 전파를 땅에다 대고 쏘겠습니까? 전자파를 이용하는 새로운 무기체계일 가능성이 있습니다. 교활한 것들에게도 비슷한 능력이 있으니 말입니다."

포스터는 트릭스터의 마이크로파 발산 능력을 언급했다.

그 외에도 새롭고 낯선 차량이나 중장비들이 줄줄이 나타났다. 물론 모두가 낯설지만은 않았는데, 대표적으로 천공굴착기가 그러했다. 땅을 뚫어서 뭘 하려는 걸까.

풍경을 유심히 지켜보던 포스터가 스타워즈의 R2D2 아래에 벌컨을 달아놓은 것처럼 생긴 트레일러를 지목했다.

"저거 하나는 알아보겠군요. 이라크에 있었던 물건입니다. 센추리온이라고 불렀죠."

"센추리온? 장갑복하고 이름이 같네요?"

"네. 보통 제식장비에 동일한 이름은 피하는 편입니다만,

위에서는 아마 저걸 다시 쓰게 될 일이 없을 거라고 생각했을 겁니다. 이름을 혼동할 일도 없고요."

"순양함에 달려있는 걸 봤던 것 같은데."

"그것도 맞습니다. 원래는 미사일을 요격하는 근접방어체계[6]지만, 박격포탄 같은 걸 요격하려고 뭍으로 끌어올린 겁니다. 초음속 비행체를 막으려고 만든 물건이니 아음속의 박격포탄 정도는 잘 막아줬거든요. 전자동이라 사람이 신경 쓸 필요도 없습니다."

"흠……."

혹시 그럼블이 투척하는 산성아기를 방어하기 위해서일까? 큰 괴물이 작은 괴물을 맹렬하게 던지면 속도가 상당하긴 하다. 적어도 메이저리그 에이스 투수들의 공보다는 빠를 것이다. 그러나 박격포탄에 비하면 요격 난이도는 훨씬 더 낮았다. 겨울은 과잉대응이 아닌가 싶었다.

'그래도 부족한 것보단 넘치는 게 낫겠지…….'

사단급 부대쯤 되면 저런 무기체계가 있어도 괜찮을 것이다. 프로그램을 개량했다면 유사시 지상을 쓸어버릴 수도 있겠고. 용도가 용도인지라 구경이 꽤 커보였다. 여섯 총열이 회전하며 뿜어낼 무지막지한 연사력을 감안할 때 그럼블에게도 저지력을 발휘할 것이다.

이동거리가 얼마 안 되다보니 얼마 안 가 사단본부였다. 본부 근처에 직할대의 전차들이 줄지어 대기 중이었다. 개

---

6 Close-in weapon system, 지상에서 요격용으로 운용하는 장비는 Counter-Rocket, Artillery, Mortar, 대 로켓/야포/박격포체계로 구분한다.

량형이라 예전과는 형상이 많이 다르다. 과거에 비해 포탑의 크기와 높이가 커졌다. 포탄 방어를 위한 경사장갑은 수직 장갑으로 교체되었다. 겨울은 아마 전면장갑의 두께도 얇아졌겠지 생각했다.

'변종을 상대하는 데 강철로 따져서 1미터를 넘는 방어력은 너무 지나치니까…….'

대신 전방으로 집중되어있던 방어력이 다른 방향으로 분산되었을 것이다. 그러고도 총 무게가 줄었겠지만.

내부 용적이 늘어난 만큼 포탄 적재량도 늘었을 터.

차에서 내려 사단본부 브리핑룸으로 들어서자 조금 앞서 도착한 장교들이 일제히 침묵했다. 호기심, 호감, 경외, 미심쩍음 등의 여러 감정들이 겨울에게 집중됐다. 마침 아는 사람이 보이기에 겨울은 옆자리에 앉았다.

"랭포드 대위."

대위는 반가워하는 한편으로 적잖이 어색해했다. 허허 웃으며 하는 말.

"이제는 제가 하급자로군요. 예전에 본 어떤 영화가 떠오릅니다."

"영화?"

"외계 벌레들과 싸우는 내용의 SF 영화였는데, 거기서 훈련교관이 주인공에게 그러지요. 다음번에 만날 땐 내가 경례를 올려야겠군, 이라고."

"……."

"무사히 돌아오셨다는 소식을 듣고 다들 무척 기뻐했습

니다. 이제 베이커 중대는 더 이상 존재하지 않게 되었지만 말입니다."

"섭섭하세요?"

"……조금은 그렇습니다. 그래도 그때로 되돌아가고 싶지는 않군요."

막중한 책임감과 탈모에 시달리던 장교의 고백에 겨울이 희미한 미소를 만들었다.

랭포드는 이제 사단 직할 포대로 배속되었다. 본연의 임무로 복귀했다고 봐도 좋을 것이다.

얼마 지나지 않아 사단장이 입실했다. 실내가 어두워지고, 프로젝터가 켜졌다. 여전히 무뚝뚝한 소장은 변변한 인사말도 없었다. 인원파악은 슥 둘러보는 것으로 끝이었다.

"다 모였군. 브리핑을 시작하겠다."

빛으로 투사된 작전명은 불타는 계곡.

"모두가 알고 있겠지만 변종들의 공세는 한계에 도달했다."

소장의 손짓에 지도가 떠올랐다.

"우리가 이곳에 교두보를 마련했기 때문에 놈들은 양면전쟁을 치르게 되었다. 프레벤티브 스캘핑 작전의 성과로 놈들의 통제력도 약화되었다. 이번 반격은 명백한 해방 작전의 연장선상에 있으며, 가을이 오기 전에 본토 탈환을 완료하는 것이 목표다."

약간의 웅성거림이 일었다.

"지금 보는 화면은 기상청이 제공한 자료다."

소장이 눈으로는 장교들을 바라보며, 손으로는 붉게 물

든 지도를 가리켰다.

"현 시점에서 기온은 이미 평년을 웃돌고 있다. 기상청은 캘리포니아 센트럴 밸리와 그 남부, 애리조나, 네바다, 유타, 멕시코 일대에 이르는 넓은 영역에 걸쳐 기록적인 더위가 찾아올 것으로 예상하고 있다. 특히 우리의 작전지역인 캘리포니아에서는 지역에 따라 최대 120도(℉)까지 치솟을 거라고 하더군."

화씨 120도? 어림잡아 환산해본 겨울은 고개를 살짝 기울였다. 섭씨 50도에 육박하는 살인적인 열기였다. 작전명도 납득이 가고, 내용도 짐작이 간다.

"이 기상이변은 6월 초부터 시작되어 8월까지 지속될 것으로 예상된다."

소장의 말에 따라 예측구간별로 페이지가 넘어가는 지도에선 피처럼 붉은 영역이 병적으로 확산되고 있었다.

"감염변종의 체온은 정상적인 인간보다 높다. 따라서 날씨가 이렇게 뜨거운 동안에는 정상적인 능력을 발휘하지 못하게 된다……. 뭔가?"

손을 들었던 장교가 질문했다.

"그 말씀은 놈들의 활동이 정지된다는 뜻입니까?"

"아니다."

장군이 즉시 부정했다.

"놈들에겐 신진대사를 억제하는 능력이 있다. 체온을 낮춰서 활동할 수 있지. 그러나 그만큼 둔해진다. CDC에서 실험으로 확인한 사실이다."

"전투상황에서는 다르지 않겠습니까?"

"다르다."

장군은 또다시 즉답했다. 이런 질문을 충분히 예상한 것처럼.

"하지만 놈들은 겨우 작년에 나타났을 뿐이다. 이런 더위를 겪어본 적이 없지. 그러므로 특정 온도에서 어느 정도의 거리를 두고 대사를 정상화해야 하는지에 대해서도 경험이 없다. 놈들의 돌격은 빠르거나 늦을 것이다. 빠르면 일찍 나가떨어질 것이고, 늦으면 최대의 전투력을 발휘할 수 없겠지. 어느 경우든 우리에겐 유리한 상황이다. 아닌가?"

"말씀하신 대로라면 맞습니다."

장교가 단서를 달자 장군은 재차 손짓했다. 그에 따라 투영되는 것은 어느 실험시설의 풍경이었다. 질병관리본부의 시설 중 한 곳으로 보인다. 넓은 백색 공간에 다수의 변종이 갇혀있었다. 변종들은 저마다 온몸에 센서가 박혀있다. 신체 상태를 확인하는 수단이었다.

투명과 불투명을 오가는 강화유리 안쪽엔 연구진이 있었다. 실내 온도와 습도, 변종들의 상태 등이 모니터에 나타났다.

온도가 화씨 100도에 도달했을 때 역병의 공격성을 자극하기 위한 미끼가 등장했다.

[크아아아악!]

언제 느려졌냐는 듯 발광하기 시작하는 변종들.

격렬한 공격은 오래가지 못했다. 3분 30초가 흐른 시점에서, 놈들은 빠르게 느려졌다.

재생이 끝나고 로저스 소장의 말이 이어진다.

"물론 이 정도의 폭염은 우리에게도 치명적이다. 비전투 손실 최소화를 위해 각급 제대의 모든 차량은 사막 환경에서의 작전을 기준으로 개조될 예정이다. 추가로 냉각장비가 탑재된 쉘터 캐리어도 지원된다. 하차전투는 지휘관의 판단하에 제한적으로 실시하도록."

화면이 다시 지도로 바뀌었다. 아까와는 달리 지역별 온도를 나타내는 게 아니었다.

"작전을 본격적으로 시작하기에 앞서, 우리는 소노마 댐과 클리어 레이크 남쪽 산간지대의 지열발전복합단지를 점령해야 한다. 목표는 발전소들을 재가동시켜 광역 전파교란과 거점방어에 필요한 동력을 확보하는 것이다. 이 지역에 구축된 거점들은 사단 주력이 공세적으로 운용되는 동안 적의 주의를 분산시키는 역할을 수행하게 된다."

그리고 이것이 바로 겨울에게 주어질 임무였다. 배치될 부대목록에 직할 독립중대, 데이비드 임무부대가 있었기 때문이다. 위치는 아이들린 지열발전소. 복합단지의 방어거점들 가운데 서쪽으로 가장 동떨어진 곳이라 다른 부대의 지원을 받기 곤란할 것 같았다.

"새로운 전파교란 장비는 적의 신호를 모방한다는 점에서 기존의 ECM과 다르다. 그동안 수집한 적의 통신으로부터 특정 의미를 지닌 신호를 분리해낸 덕분이지. 즉 전파간섭으로 통신을 방해하는 수준을 넘어 잘못된 명령을 보낸다는 뜻이다."

로저스 소장은 강조의 의미로 공백을 두었다.

"문제는 유일하게 분리해낸 명령이 집결 신호라는 거다."

일부 장교들이 술렁거렸다. 대부분 겨울과 같은 임무를 받은 지휘관들일 것이었다.

"사단장님. 전파교란 범위가 굉장히 넓은데, 아군의 통신에는 지장이 없겠습니까? 거점 간 유선망을 구축하더라도 유사시 사단본부나 마리골드와 연락할 수단이 필요합니다."

겨울도 궁금하던 찰나에 다른 장교가 물었다.

"통신은 걱정하지 않아도 된다. 신호가 분명해진 만큼 교란에 사용되는 채널은 한정되어 있으니까. 규칙에 맞게 설정한 주파수 도약으로 극복 가능하다. 위성통신은 물론이고 교란 장비 근처에서 일반적인 무전기 역시 정상적으로 작동할 것이다. 그러나."

사단장의 냉혹한 선언.

"어떤 경우에도 사단 주력의 지원은 없다."

이번엔 더 많은 장교들이 웅성거렸다.

"이는 사단의 임무가 적 종심을 파고드는 기동타격이기 때문이다. 변종집단에게 종심이랄 게 있는지는 모르겠지만……. 좀 더 정확하게는 작전지역 내의 모든 수원(水源)으로부터 변종집단을 유리시키는 게 목적이다. 공군과 해군 항공대의 지원을 받더라도 결코 쉬운 임무가 아니지. 지원을 위해 돌아오기란 불가능에 가깝다."

"……."

"기상청은 캘리포니아 내륙에서 극심한 가뭄이 발생할 거라고 예측하더군. 변종도 결국은 생명체다. 살아 움직이려면 물이 필요하다. 그만큼 필사적이겠지. 쉽지 않은 싸움이 될 거다. 그러나 작전을 성공시킬 경우 우리는 추수감사절을 가족과 함께 보낼 수 있다."

오염지역의 댐들은 대부분 붕괴 예방 차원에서 수문을 활짝 열어둔 채다. 겨울이 파견되었던 산타 마가리타 호수의 살리나스 댐이 그렇듯이. 따라서 연초에 아무리 많은 비가 내렸어도 각지의 저수량은 결코 많을 수가 없었다.

캘리포니아의 가뭄은 악명 높다. 강과 개천이 말라붙기도 부지기수. 상수도와 관개시설이 작동하지 않는 지금은 더더욱 그럴 것이었다. 중부 평원이 사막이 되더라도 이상하지 않았다.

"다시 말한다. 거점방어에 병력 증원은 없다. 여기서 새로운 사단이 창설되더라도 마찬가지지. 그러나 절대로 불가능한 임무는 아니다."

사단장이 손짓으로 화면을 넘겼다. 노트북을 다루는 장교가 이번엔 몇 페이지를 헤맸다. 마침내 로저스 소장이 끄덕인 페이지엔 요새화에 투입될 자원이 소개되어 있었다.

"지금 보이는 목록은 지속적으로 몰려들 적을 제압하기 위해 배치될 추가 장비들이다. 무인포탑은 다들 알고 있겠지. 그 외에 레이저 발사체계와 접근거부체계가 있다."

접근거부체계는 겨울이 사단본부로 오는 길에 보았던 레이더 비슷한 차량들이었다.

"레이저 발사체계의 출력은 1메가와트다. 발전소가 거점인 만큼 무제한적인 화력지원이 가능할 것이다. 그럼블이라도 채 5초를 견디지 못한다더군. 냉각 문제가 있긴 해도, 어지간한 규모의 집단은 탄약 소모 없이 섬멸할 수 있게 된다."

겨울은 지형을 살폈다. 방어에 유리한 고지였다. 극단적으로 높은 기온 속에서 최소 수백 미터를 뛰어 올라와야 할 변종들에겐 지극히 불리한 조건이었고.

접근거부체계[7], 속칭 가열 광선(Heat-ray)이라는 것도 괜찮아보였다. 비살상병기의 일종으로, 범위 내의 생명체에게 강렬한 고통을 느끼게 만든다고. 본래 군용으로 개발했으나 효과를 보지 못해 시위진압용으로 사용하던 물건이란다. 그것을 개량하고 출력을 높여서 배치하게 되었다는 브리핑 문서의 서술.

'살상력이 없더라도 시간만 벌어준다면 충분하지…….'

다양한 활용방안들이 겨울의 머릿속을 스쳐 지나갔다. 트릭스터의 마이크로파 방사보다는 덜 위력적이지만, 범위는 그보다 더 넓었다. 변종들의 돌격을 지연시키는 것은 물론, 접근경로를 제한하여 화력을 집중하는 용도로도 쓸 만하겠다. 혹은 그럼블과 일반 변종들을 강제로 분리시킨다든가.

"뜨거운 지하수를 끌어올려 온도와 습도를 높이는 방안도 구상되어있다. 고압으로 직사할 수도 있겠고. 여기에 공군과

---

7 Active Denial System, 비치사성 폭동진압무기. 고출력 밀리미터파로 피부 표면에 화상과 비슷한 통증을 유발하지만 생명에 직접적인 위협을 가하지는 않는다.

포병의 지원을 감안하면, 진지 축성이 완료된 고지를 방어하기는 무리가 없을 것이라고 판단된다. 혹시 이의 있나?"

로저스 소장이 조용해진 장교들에게 물었다.

겨울은 수직 천공기가 있었던 것을 떠올렸다. 이 계획 때문에 필요한 중장비였구나, 하고.

"없군."

소장은 별다른 감정 없이 브리핑을 진행했다.

모두 끝난 뒤에 중대 주둔지로 복귀할 땐 정비반 한 개 팀이 트럭을 끌고 따라붙었다. 여러 유형의 에어컨, 험비 포탑에 덧붙일 장갑판, 방탄유리 등을 싣고서.

정비반의 작업을 지켜보며 싱 대위가 하는 말.

"올해 여름은 여러 의미로 끔찍하게 뜨겁겠군요."

겨울이 동의했다.

"적에게 당하는 숫자보다 비전투손실이 더 클 것 같네요."

"100도가 넘어가면 아스팔트마저 흐물거릴 겁니다. 사람은 말할 것도 없지요. 당연한 말이지만 병력관리에 유의해야겠습니다."

작전장교 포스터가 한숨을 쉬었다.

"아쉽습니다. 이렇게 될 줄 알았으면 명백한 해방 작전을 늦추는 것도 괜찮았겠다는 생각이 듭니다."

"어쩔 수 없잖아요. 그 시점에서 내릴 만한 결정이었어요. 서부 해안을 잃어버리면서 기상관측 수단도 많이 잃었다고 하니까……. 해군이 아니었으면 이나마도 불가능했을걸요?"

"……중대장님께서는 이번 작전을 어떻게 보십니까?"

"성공할 가능성은 충분하지 않을까요? 변종들은 그 날씨에 발로 뛰어야 해요. 대사를 억제할 테니 속도도 느릴 거고……. 또 개천이 하나씩 마를수록 행동반경도 줄어들 거고……. 물가에 모여 있으면 공군이 때리기도 좋겠네요. 이젠 생존자 수습도 끝났는데."

싱 대위가 끄덕였다.

"작전구역이 지나치게 넓은 감은 있습니다만, 기동력에서 압도적인 만큼 사단 주력이 위험할 일은 없을 겁니다. 적의 규모가 크더라도 거리를 유지하며 일방적으로 공격할 수 있고, 작은 집단은 각개격파하면 그만이니 말입니다."

항공지원과 위성정찰이 있으니 포위될 가능성도 낮다.

"수원을 화학탄으로 오염시키는 방법은…… 놈들의 적응력을 감안할 때 쓰기 곤란하겠으나, 대신 특정 수원으로 유도해놓고 물 대신 불이 흐르게 할 순 있겠지요. 유독물질이라면 모를까, 네이팜은 적응하고 자시고 할 게 아니잖습니까."

대위는 엄격한 얼굴에 보일 듯 말 듯 기대감을 드러냈다.

그러나 작전장교의 근심은 다른 쪽이었다.

"두 분, 우리 중대의 임무는 걱정되지 않으십니까?"

"……."

"집결 신호라뇨. 전파가 닿는 범위 내의 모든 변종들이 몰려온다는 뜻이잖습니까. 혹은 그 이상일지도 모릅니다. 머리 좋은 특수변종들이 그 바깥의 무리까지 끌고 올 경우 우리 중대를 포함해 거점방어에 투입된 모든 부대들이 위험해질 겁니다."

이에 정보장교 머레이는 눈살을 찌푸린다.

"설마. 생각이 있다면 오히려 피하겠지."

"자넨 왜 그렇게 낙관적이야?"

"교활한 놈들은 지난 사냥으로 숫자가 많이 줄었고, 거기서 살아남은 놈들은 몸을 사려야 할 입장 아닌가? 그러니 전파방해범위를 벗어나고 싶어 할 것이고. 남는 건 통제되지 않는 놈들의 공격인데, 그나마도 고비를 넘기면 그다음부터는 새로 경계를 넘어오는 쭉정이들만 상대하게 되지 않을까? 트릭스터들이 미처 끌어들이지 못한 것들 말이야. 뭐……."

뜸을 들이던 머레이가 결론을 내린다.

"쉬운 싸움은 아니겠지만, 자살임무하고는 거리가 멀다고 봐."

겨울은 여기에 동의하지 않았다.

"글쎄요……."

운을 띄우니 돌아오는 시선들.

"전파방해를 방치하면 변종들 입장에서 너무 큰 공백지대가 생겨요. 제대로 된 활동이 불가능한 영역 말예요. 어떻게든 해결하고 싶어 하지 않을지……."

트릭스터쯤 되면 그 영역이 어떤 의미인지 이해할 것이었다.

끄덕이는 사람, 떨떠름한 사람, 표정 없는 사람이 하나씩. 겨울이 짧게 마무리했다.

"너무 방심하진 말자는 소리에요."

그나저나 중대원들에게도 알려줘야겠는데.

비번인 중대원들은 정비반의 작업에 호기심을 드러냈다. 한 쌍의 팬이 달린 에어컨 설비는 험비의 후방 덮개를 통째로 들어내야 할 만큼 본격적이었다. 저 정도가 아니고선 50도에 육박하는 더위 속에서 작전을 수행할 엄두도 못 낼 것이다.

"아, 겨울. 돌아왔군요."

부르는 소리에 돌아보니 FBI 감독관이다. 팔뚝을 걷어 올린 전술복에 무장을 휴대한 상태였다. 벌써부터 강렬한 직사광선 탓인지 새까만 보안경을 쓰고 있었다.

"앤? 무슨 일이에요?"

"……."

잠시 말이 없던 그녀가 살짝 웃었다.

"일과가 끝나면 잠시 볼 수 있을까요? 복귀하기 전에 해결해야 할 일이 있는지라."

"상관은 없는데……. 복귀 일정이 정해졌나 봐요?"

"예. 빠르면 내일, 늦어도 모레쯤엔 가게 될 듯합니다. 워싱턴 쪽도 많이 정리되었다고 하거든요. 여기서 너무 오래 머물기도 곤란하고요. 이제 곧 새로운 작전이 시작되지요?"

"네. 지금 브리핑 듣고 오는 길이에요. 내용은 알고 계세요?"

그러자 다시 웃는 감독관.

"아뇨. 난 이제 부외자니까요."

"……."

서운함을 감춘 그녀가 새롭게 묻는다.

"혹시 위험한 작전입니까?"

"아직은 모르겠어요."

"아마 쉽지는 않을 겁니다. 위에서 원하는 구도 가운데엔 난민 출신 병사들의 희생도 있을 테니 말입니다. 아니……."

스스로 말해놓고 자신의 날카로움에 놀라는 조안나. 한 손으로 입을 가리고 있던 그녀는 자신을 바라보는 겨울과 다른 장교들에게 사과했다.

"죄송합니다. 쓸데없는 말을 했군요. 무례하기도 했고."

"괜찮아요. 아무튼 일과 끝나고서…… 시간은 언제가 좋겠어요?"

"언제라도 좋습니다. 딱히 할 일도 없는걸요. 중요한 용무도 아니니 시간을 내주는 것만으로도 충분합니다."

"그렇다면야……. 상황 봐서 찾아갈게요."

"기다리겠습니다."

중요한 용무가 아니라는 건, 개인적인 볼일인가? 겨울은 잠시 등 돌려 멀어지는 감독관을 지켜보았다. 가는 방향에선 CIA 요원들이 마치 산책이라도 하듯 햇볕 아래를 거니는 중이었다.

중대가 주둔한 목장은 갈수록 부산스러웠다. 계속해서 새로운 사람들이 겨울을 찾아왔다.

"확인하시고 서명 부탁드립니다."

항구에서 갓 하역시킨 차량에 식량과 탄약을 가득 채워 몰고 온 중사가 겨울에게 서류와 PDA를 내밀었다. 서류는 품목

일람이었고, PDA엔 전자양식의 인수확인서가 떠있었다.

본래 중대 보급부사관이 할 일이지만, 그는 다른 업무를 위해 사단본부로 나가있었다. 새로운 작전을 앞두고 모두가 바빴다. 작전의 세부사항이 매순간 개선되는 중이다.

"쉘터 캐리어 4대, 장갑 트럭 8대, 수직 천공기 한 대…… 무반동총[8] 포탄이 고폭탄 100발에 이중목적탄 32발…… 박격포 조명탄은 60발…… 5.56밀리 탄이……."

쉘터 캐리어는 수송차량으로 개조된 험비였는데, 지금은 이동식 벙커에 가까운 모습이었다. 외부 장갑판에 강철 쐐기를 용접해놨으며, 개폐 가능한 총안구가 존재했다.

화물과 목록 대조를 마친 겨울이 PDA에 서명한다. 돌려받은 중사가 물러서기 무섭게 다음 사람들이 다가왔다. 군인과 민간인이 뒤섞인 특이한 집단이었다. 인솔자가 경례했다.

"사단 직할 공병대의 몽고메리입니다. 이번 작전을 위해 임시로 배속되었습니다."

"잘 왔습니다, 중위. 그런데 저분들은…… 혹시 발전소 복구에 필요한 인원인가요?"

묻는 겨울과 시선이 마주친 민간인들이 뻣뻣한 미소를 짓고 무표정으로 돌아갔다. 예외 없이 중장년인 남자들. 유명한 사람을 만나서라기보단 익숙하지 않은 환경에 긴장하는 느낌이었다. 이런 추측을 「통찰」이 긍정했고, 공병대에서 왔다는 중위도 끄덕였다.

---

8 스웨덴의 사브-보포스가 개발한 칼 구스타프 휴대용 로켓. 미국군이 M3 MAAWS라는 제식명으로 채택했다.

"그렇습니다. 민간 전력회사에서 파견된 기술자들입니다. 여기 명령서와 지원서가 있습니다."

또 문서였다. 웬만한 건 전산으로 처리했으면 싶었으나, 여기서는 바라기 어려운 노릇. 더욱이 민간 사업체까지 끼어있어 예외적인 서식이 필요하기도 했다.

'그런데 이 지원서들은…….'

글줄을 빠르게 훑어 내려가던 겨울의 눈동자가 점차로 느려진다. 이번 임무에 자원한 기술자들이 사전에 동의한 항목들 때문이었다. 주로 위험과 보상에 관한 것들. 그중에 「본인은 해당 임무의 위험성을 충분히 인지하였으며, 임무 중 사망하더라도 미국 정부가 관계법령에 의거하여 제공하는 보상 외에 다른 보상을 요구하지 않겠음.」이라는 내용이 보였다.

"여러분, 정말 괜찮겠습니까? 전 이번 임무에서 여러분의 생존을 장담할 수 없습니다."

겨울이 서류를 들어 보이며 묻자, 방탄모를 벗어 만지작거리던 기술자 하나가 답한다.

"여긴 아니지만 내 아들도 싸우고 있수다. 자식이 위험한데 마음 편한 애비가 어딨겠수?"

"……."

글쎄. 침묵하는 겨울 앞에서 나머지 기술자들이 말없이 동조했다.

착한 사람들이 이런 식으로 죽는다. 난민 캠프에서 그랬듯이.

"알겠습니다. 전 지휘관으로서 여러분의 안전을 위해 최선을 다하겠습니다. 지내시는 동안 혹시 불편한 점이 있다면 누구에게든 말씀해주시기 바랍니다……. 선임상사!"

부름을 듣고 다가온 메리웨더 상사에게 겨울이 지시했다.

"임시 배속된 공병대와 민간인 기술자분들입니다. 숙소를 배정하고 보급품을 불출해드려요."

Yes sir. 상사의 인솔을 따르는 공병대원들은 부대 마크가 동일하지 않았다. 어쩐지 문서에서도 부대 번호 없이 직할 공병대로만 표시되어있더라니, 재편성된 생존자들인 모양. 그렇다고는 해도 새로 창설된 사단의 많은 부분이 거칠게 느껴진다.

사실 이제 막 만들어진 사단급 부대가 곧바로 실전에 투입되는 쪽이 비정상이지만.

그렇다고 나쁘게 볼 것만은 아니었다. 최악의 상황을 겪은 병사들 가운데 고르고 고른 정예였으니. 올레마 FOB에서 수습한 병력만 따지면 새로운 사단을 몇 개라도 더 편성할 수 있다.

한창 바쁜 와중에 아파치 공격헬기가 착륙했다. 요란한 배기음과 때 아닌 강풍에 주변 사람들의 이목이 집중됐다. 파일럿 한 명이 내리기까지 했다. 중대 규모에 비해 넘쳐나는 중화기들을 검사하던 화기부사관 디안젤로가 일손을 놓고 크게 외친다.

"이봐요, 준위님! 착륙지점을 헷갈린 거 아닙니까?"

"여기가 데이비드 임무부대라면 제대로 찾아왔을 겁니다, 하사!"

뭐지? 겨울도 지켜보는데, 준위가 동체 측면을 맨손으로 한번 슥 훑고는 잠금장치를 꾹꾹 눌러 장갑판을 열었다. 마치 수납장 같은 공간이었는데, 거기서 우편물 상자를 꺼냈다. 두리번거리던 준위는 그것을 겨울에게로 가져왔다. 상자를 내려놓은 준위는 신병처럼 경례했다.

"뵙게 되어 영광입니다!"

"아, 그런 말 자주 들어요."

장난처럼 싫증을 내어 준위를 웃게 만든 겨울이 상자를 살피며 물었다.

"준위, 겨우 이것 때문에 아파치가 온 겁니까?"

한 번 뜨는 데 기름 값만 수만 달러라는 공격헬기가 우편배달에 쓰이다니.

"꼭 이것 때문만은 아니고, 근처에 화력지원을 하는 김에 들른 겁니다. 종종 하는 일인데도 좀 낯설긴 하군요. 보통은 무장사가 꺼내주는지라. 그리고 겨우…… 라고 할 것은 아닙니다."

소중한 사람들의 소식을 전해주는 일이니. 여기까지 말한 준위가 잠시 머뭇거렸다.

"Sir, 예의가 아닌 줄은 압니다만, 혹시 괜찮으시면…… 사진을…… 같이……"

긴장했는지 목소리가 튄다. 소령에게 이런 부탁을 하기란 당연히 어려울 것이었다. 시선을 못 맞추는 그가 자기 말을 후회하기 전에 겨울이 미소를 만들었다.

"찍죠. 이리 와요."

환해진 그와 어깨동무를 한다. 찰칵. 자신의 폰을 확인한 준위가 화면을 몇 번 터치하더니 스타일러스 펜을 뽑아들고 또다시 머뭇거렸다. 손짓으로 넘겨받은 겨울은 사진 구석에 빠르게 사인했다. 서명할 일이 워낙 많아서 익숙하기도 했다.

"감사합니다, 소령님."

"고맙긴요. 나중에 혹시 지원 받을 일이 생기면 잘 부탁할게요."

"물론입니다."

시간을 지체한 준위가 얼른 뛰어갔다. 선임 조종사와의 사이에서 들리지 않는 대화가 오간다. 기다리던 쪽에서 타박하는 분위기. 준위 쪽은 끝까지 웃는다. 헬기가 이륙했다.

우편상자를 열어보니 겨울 앞으로 온 편지는 없었다. 아마 너무 많아서 실을 엄두도 내지 못했을 것이다. 동맹 쪽에서 보내는 것도 있었겠지만, 일괄적으로 처리된 듯하다.

겨울은 무전으로 받을 사람들을 호출했다. 편지에 키스하는 사람, 제자리에서 뛰는 사람, 우는 사람과 웃는 사람……. 준위의 말처럼 중요한 일이었다. 재회 이래 항상 어둡던 진석도 발신자의 이름을 보고 부드러워졌고, 유라는 눈시울을 붉혔다.

"그렇게 좋아요?"

"네! 군대에서 편지 받는 게 이런 느낌이었네요! 헤어진 지 얼마 되지도 않았는데……."

발신인이 적어도 동맹에서는 같이 지냈던 사람인가보다.

"혹시 애인?"

겨울의 물음에 유라가 기겁을 했다.

“아아아아뇨! 그럴 리가요! 저 애인 없어요! 절대! 네이버! 이건 아빠가 보낸 거예요!”

“……반응이 너무 격하지 않아요?”

“그럴 만하잖아요!”

그럴 만하다니……. 두 눈이 불타는 유라를 본 겨울은 자세한 이유를 묻지 않기로 했다.

“그러고 보니 난 유라 소위에 대해 아는 게 별로 없었네요. 포트 로버츠에 가족이 있는 줄은 몰랐어요. 아버지 말고 다른 사람도 있나요?”

“앗…….”

조용해진 유라가 눈을 굴렸다. 무슨 생각으로 눈치를 보는지 뻔했으나, 겨울은 별다른 내색을 하지 않았다. 이윽고 조심스러운 태도로 대답하는 유라.

“저는 운이 굉장히 좋은 경우라서……. 부모님도 동생도 다 무사해요…….”

“다행이네요.”

“…….”

유라는 다시 조용해져서는 겨울이 편지를 나눠 주는걸 지켜보았다. 몇 번 소리 없이 입만 열고 닫다가, 혼자 팍 인상을 쓰고, 그렇게 고민한 끝에 간신히 결심한다.

“중대장님…… 아니, 작은 대장님은…… 그…… 혹시…… 가족이 없으세요?”

어떻게 대답할까. 겨울이 차분한 미소를 지어냈다.

"이 세상엔 없어요."

"아……."

당연히 다른 의미로 이해하고 침울해진 유라가 스스로를 책망했다.

"죄송해요."

"뭐가요?"

"아무 생각 없이 기뻐했잖아요. 가족과 다시 만나지 못하게 된 사람들을 생각해서라도 자제했어야 하는 건데……. 혹시 속상하지 않으셨어요?"

"이제 와서 속상하긴요. 흔한 일인데."

여기서도, 바깥세상에서도. 뒷말을 삼키는 겨울을 향해 유라가 엄한 표정을 지었다.

"흔한 일이 더 슬픈 거예요. 도와주려고 하는 사람이 없어지니까. 흔하다는 이유로 당연하게 생각해버리거든요."

"……."

"정말 많이 봤어요. 역병이 퍼지기 전에도 말예요. 처음엔 불쌍해하던 사람들이라도 익숙해지고 나면 무감각해지더라고요. 심하면 짜증도 내고. 그만 좀 하라고, 지겹지도 않냐고. 전 그런 사람들이 정말 싫었어요. 싫었는데, 저도 그러더라고요……."

끝을 흐리며 한숨 쉬는 그녀에게, 겨울이 사과했다.

"미안해요. 내가 말을 너무 가볍게 했네요. 실수였어요."

"네? 아뇨, 무슨……. 제가 죄송하다니까요……."

유라가 말이 없는 동안 편지를 나눠주던 겨울은 유라 앞으로 온 또 한 통의 편지를 발견했다. 보낸 사람의 성이 다른 걸로 보아 가족은 아닐 것 같았다. 편지를 건네받은 유라는 발신인의 이름을 보자마자 또다시 한숨을 쉬었다. 싫다기보다는 곤란해 보이는 얼굴.

"누군데 표정이 그래요?"

"음……. 문상표 이병 어머니요."

"문상표 이병?"

겨울이 기억을 더듬는 사이에 유라가 먼저 말했다.

"2분대 지원화기사수예요. 독립중대 편성할 때 받은 신병인데, 어머니께서 저한테…… 그…… 봉투를…… 주시더라고요. 100달러짜리 지폐를 몇 장 넣어서…… 우리 아들 편한 보직으로 넣어달라고…… 으, 제가 할 수 있는 일이 아닌데……."

그런 편지라면, 수락 여부를 떠나 겨울에게 보내는 편이 나았을 것을. 혹은 겨울에게도 보냈으나 걸러졌을 가능성도 있겠다. 어쨌든 겨울이 받을 우편물은 지나치게 많았다. 봉쇄선 사령부가 골머리를 앓을 정도로. 자제방송이 나가고도 여전히 쏟아진다는 모양.

시간을 확인한 겨울은 한숨 돌릴 겸 해서 직접 나눠주기도 이젠 곤란하다 여기고, 각 소대장을 불러 소대별로 알아서 분배하도록 했다.

조금 늦어진 저녁 식사를 하면서는 넷 워리어 단말로 동영상을 재생했다. 당연히 영화나 TV 프로그램이 아니라 겨울이 없는 사이에 독립중대가 치른 전투기록들이었다. 흔들리는 화면 속에서 육박하는 변종들. 총성과 괴성. 사격.

욕설. 보는 내내 「통찰」이 끊임없이 작동했다.

부대 장악과 별개로 중대원들이 어떻게 싸우는지 알아두어야 한다.

“정말 정신 사나운 하루였지요?”

“아, 대위.”

겨울이 눈을 드니 식판을 든 부중대장이 서있었다. 수염 속에 파묻힌 입이 호선을 그린다.

“오늘 하루 수고 많으셨습니다. 옆에 앉아도 괜찮겠습니까?”

“대위도 고생했습니다. 그리고, 얼마든지.”

싱 대위가 같은 테이블에 앉는다. 목장 테라스의 처마 아래였다. 턱, 내려놓는 식판이 묵직했다. 상황이 안정된 뒤로 자율배식이 실시된 덕분이었다. 겨울은 얼마 경험하지 못했지만.

“대위가 골라준 영상들을 보고 있었어요.”

“부족한 부분이 없었으면 좋겠군요.”

“전혀요. 전투가 어떻게 진행됐는지, 소대장들이 무슨 판단을 내렸는지 확실하게 보여서 좋네요. 귀관이 아니었다면 시간이 아주 많이 필요했을 겁니다. 고마워요.”

“그게 제 역할입니다.”

만족한 대위가 식사를 시작했다. 수염을 소중히 여기는 점잖은 태도였다. 수염이 워낙 풍성하다보니 우물거리는 움직임이 별개의 생명체처럼 보이기도 한다.

“식전 기도 같은 건 없나보죠?”

차석지휘관과 친목을 다져서 나쁠 것 없다. 드문 종교에 관심을 보여주는 것도 좋을 터. 겨울이 묻자 싱 대위가 끄덕인다. 말은 음식을 삼킨 뒤였다.

"필요할 땐 경전의 말씀(Shabad)를 암송하기도 합니다만, 기독교처럼 엄격한 규율은 없습니다. 기도는 아침과 저녁에 하는 것으로 충분합니다."

"그렇군요. 귀관의 종교 생활에 대해서 내가 알아야 할 게 있다면 미리 말해줄래요? 몰라서 실수하고 싶지도 않고, 귀관이 혼자 참는 것도 바라지 않거든요."

이에 대위가 소박한 만족감을 드러냈다.

"참으로 사려 깊으시군요."

음료를 마신 그가 다시 말한다.

"감사한 말씀이지만, 신경 쓰실 필요는 없습니다. 중요한 건 신의 사랑을 실천하는 것 그 자체이지, 실천하는 방식이 아니기 때문입니다. 전장에서의 신앙생활은 더더욱 그렇습니다. 사람을 사랑하는 신께서는 하루 이틀 기도를 거른다고 벌을 내리시는 분이 아니십니다."

관대한 종교관이었다. 겨울은 은연중에 경계하던 나쁜 가능성 하나를 소거했다.

고기와 샐러드를 특이하게 섞어 먹던 대위가 묻는다.

"식후엔 깁슨 요원을 만나십니까?"

"그러려고요."

"그분을 잘 위로해주십시오."

"……위로?"

고개를 기울이는 겨울에게 대위가 들려주는 지난날들.

"예. 중대장님께서 장기 임무로 나가계신 동안 걱정이

무척 많으셨습니다. 수사국 감독관이라곤 해도, 군 관계자가 아닌 데다 사단장님의 방침이 있다 보니 작전정보를 접할 방법이 없어 제게 자주 소식을 물으셨지요."

"그랬나요……."

"사람이 사람을 아끼는 일이야말로 신의 이름을 깨닫는 가장 빠른 길입니다. 고결한 전우애도 마찬가지입니다. 헤어짐은 찢어짐과 달라야 합니다."

아무래도 경험이 녹아있는 깊은 말 같았다.

감독관과 요원들의 거처는 목장을 구성하는 건물 가운데 하나였다. 두껍게 덧댄 목재로 강화됐다. 겨울이 보기엔 애매한 두께. 아마도 변종의 습격만큼이나 사람의 공격을 염두에 둔 방어력이었다. 애당초 사단본부 근처가 아니라는 사실만으로도 맥락을 읽게 된다.

'로저스 소장이 그럴 사람으로는 보이지 않았지만, 인상만으로 단정 지을 순 없지.'

투철한 군인의 순수성이 때로는 약점이 될지도 모른다. 이런 분야에 정통한 정보국이나, 진정한 애국자를 자처하는 음험한 집단 입장에서는 더더욱.

소총을 파지하고 문가에 기대어 있던 올리버 탤벗이 겨울을 반갑게 맞았다.

"오실 거란 말은 들었습니다만, 예상보다 빠르군요. 오늘 업무는 다 끝내셨습니까?"

"끝이 애매한 일들뿐이라서 뭐라고 하기가 어렵네요."

"하핫! 현장 실무가 보통 그런 식이죠. 정해진 형태 없이 뒤죽박죽인 현실을 보기 좋은 양식과 규격에 끼워 맞추는 일. 그래봐야 현실은 원래 모습 그대로 남아있을 뿐이고 말입니다."

"비슷한 말을 들은 적이 있어요. 전투가 시작되면 가장 먼저 죽는 게 작전계획이라던가."

포트 로버츠의 피어스 상사가 했던 말. 상사도 어디선가 들었으려니 싶었다.

다시금 싱겁게 웃은 탤벗이 품을 뒤지더니 명함 크기의 종이를 내밀었다.

"들어가기 전에, 이것을 받아 주십시오."

받아보니 웬 피자 프랜차이즈의 전화번호였다. 피자를 형상화한 마스코트가 피자를 먹으며 엄지를 세우고 있다. 장난인가? 하고 보면 지금의 탤벗은 사뭇 진지한 기색. 겨울은 종이를 한 번 더 살폈다. 그러나 빛에 비추어 봐도 숨겨진 글자 같은 건 없었다.

"이게 뭔가요?"

"중앙정보국이 전하는 비공식적인 사과입니다. 일종의 비밀연락망이죠."

"……."

"연결하면 ARS가 나올 텐데, 소령님께서는 상담원 연결로 들어가시면 됩니다."

"구체적인 용도는?"

"뭐든지 괜찮습니다."

뭐든지? 겨울이 미간을 좁혔다. 탤벗이 설명했다.

"말 그대로 무엇이든 곤란한 일이 있으실 경우 현실적으로 가능한 한도 내에서 최대한 도와드리겠다는 뜻입니다. 행정절차, 사법처리, 자금, 정보, 수사과정에 대한 관여, 특정 인물의 구금과 석방 여부, 구하기 어려운 장비나 물자의 반입 등등……. 예를 들어, 난민들 사이의 어떤 문제를 비합법적인 수단으로 해결하고 싶을 때라거나……."

의미심장하게 말끝을 흐리는 탤벗. 겨울이 답했다.

"글쎄요. 일단은 고맙지만, 조심해야겠다는 생각부터 드네요."

샌프란시스코 만에서 겪은 일들은 정보국이 이렇게까지 할 이유가 안 된다.

탤벗이 끄덕였다.

"사상 최연소 하원의원은 스물여덟 살의 나이로 당선되었습니다."

"……."

"본토탈환을 성공적으로 끝낸다는 전제하에, 그 기록은 앞으로 7년 후에 깨지겠지요. 그때가 되면 소령님께서 하원 출마자격을 얻으실 테니까요……. 하원이 아니라 준주나 주의 주지사를 거친다면…… 경력 면에서 정가의 거물이 되기에 나쁠 것도 없고요."

"주지사? 제가요?"

"이미 대통령님으로부터 언질을 받지 않으셨습니까?"

정보국이 그 통화의 내용을 아는 이유는 그만큼 공공연한 논의이기 때문일까, 아니면 독자적인 수단으로 알아낸 것일까. 탤벗의 표정엔 단서가 없었다.

“그래서 미리 스캔들 재료를 만들어두겠다는 건가요?”

“개인적으로 말씀드리자면……. 예. 사실상 그런 셈입니다. 하지만 소령님께서 손해만 보는 거래는 아닐 거라고 생각합니다. 윗선에선 그보다 먼 미래를 보고 있는 것 같기도 하고……. 무엇보다 소령님쯤 되는 분을 어떻게 하기도 어렵습니다.”

“제가 정치에 관심이 없다면?”

“난민들을 버리지 않는 한 원치 않으셔도 그렇게 될 겁니다. 반드시 정치인들만 정치력을 발휘하는 것도 아니고요.”

정보국의 겨울의 행적을 토대로 확신했을 것이다. FBI 감독관만 하더라도 일정기간 난민구역에 대한 감시가 있었다고 인정하지 않았던가.

정치적 배후공작, 특히 미국 입장에서 ‘우리 개새끼’를 지원하는 일은 CIA 본연의 업무이기도 했다. 무대가 본국이라는 점에서 특별하긴 하다.

“이런 상황에 대단하다고 해야 할지, 허무맹랑하다고 해야 할지 모르겠네요.”

겨울의 말에 탤벗이 어깨를 으쓱였다.

“사실 별것 아니니까요. 소령님께서 개인적인 청탁을 해봐야 뭘 얼마나 하시겠습니까? 환경이 제한되어있는데……. 끽해야 난민들 사이의 알력 문제겠지요. 장기투자 치곤 아주 싸게 먹히는 셈이기도 하고……. 이런 말씀 드리기 죄송하지만, 작전 중 실종이라든가…… 소령님께서 잘못되실 경우 매몰비용으로 처리해도 무방한 수준입니다.”

"듣고 보니 당분간은 그렇겠어요. 확실히."

"예. 당분간은. 나중에 가면 또 달라지겠지만, 그 상황에서의 투자는 그 이상의 가치가 있을 겁니다."

납득했다. 마냥 모르고 당하는 것도 아니니, 신중하게 임한다면 그럭저럭 괜찮을 거래였다.

'그날이 정말 온다는 보장도 없고.'

세계관 내의 시간으로 7년 뒤, 그러니까 개시 시점으로부터 8년이 흘러서까지 선거를 치를 정부체제가 유지되고 있다면 그것은 겨울에게도 완전한 미지였다. 말로만 듣던 결말에 가까워졌거나, 혹은 이미 이른 시점일 확률이 높다. 상황 연산의 결과 인류멸종의 가능성이 한없이 제로에 가까울 때, 「종말 이후」는 비로소 대단원을 맞이한다.

살아서 겪는 대단원 이후엔, 종말의 특별한 재시작 외에도 종말을 극복한 세계에서 수명이 다하도록 살아간다는 선택지가 생긴다. 사고사로 죽는 경우도 있긴 있겠지만.

그러니 당장의 유용함만으로 받아들일 가치가 충분하다. 겨울이 카드를 갈무리했다.

"만약 전화를 건다면 별도의 인증은 필요 없나요?"

탤벗이 그렇다고 했다.

"번호부터가 한정된 인원에게 제공되는 데다, 소령님의 음문(音紋)도 등록된 상태입니다. 다른 사람이 걸어봐야 진짜 피자 프랜차이즈 상담밖에 안 되겠지요. 중요한 건 아니지만, 매장 찾기를 누르고 들어가면 가장 가까운 거점이 연결되는데, 워싱턴이나 뉴욕에선 실제로도 위장영업을 하고 있어서 피자를 주문할 수 있습니다. 이 번호로 연결하면 당연히 무료이고, 팁을 줄 필요도 없지요. 직원할인입니다."

"……."

"모든 재료가 유기농이니, 기회가 된다면 안심하고 이용하시길."

요원이 한쪽 눈을 찡긋 했다. 겨울이 짧은 실소를 만들었다.

"어쩐지 영화 같아서 이상한 느낌이 드네요."

"가끔은 저희가 영화나 소설에서 배우기도 합니다."

"……아무튼 고마워요. 솔직히 말해줘서."

"절 창피하게 만드시는군요. 목숨을 구해주셨는데 딱히 보답할 방법이 없어서 죄송합니다. 나중에 사정을 봐서 개인적인 연락처를 전해드리겠습니다. 지금은…… 좀 곤란하군요."

곤란하다는 사정은 대충 짐작이 간다. 겨울은 그와 가볍게 포옹하고 안으로 들어갔다.

따악, 딱. 문밖에서부터 작게 들리던 소리가 커졌다. 이는 목판에 박히는 대검이었다. 번갈아 던지던 이들이 겨울을 보고 손을 멈췄다. 코왈스키가 어려워하는 호의로 목례한다. 터커 요원은 조용한 손짓으로 방향을 알려주었다.

본래 거주용이 아니던 건물을 개조했기 때문에 내부는 질박하고 볼품없다. 그래도 구획 구분은 제대로 이루어진 모습. 목판과 텐트 부속의 조합이었다. 캔버스 천을 따라 전선과 전등이 늘어지고, 침입에 대비한 엄폐물이 존재했다.

"나 왔어요, 앤."

읽던 책을 접은 감독관이 낯선 미소로 자리를 권했다.

"앉아요."

겨울은 야전침대 모서리에 앉았다. 썩 넓지 않은 공간이었다. 조금 답답한 공기에 짙은 나무 냄새가 섞였다. 베어낸 지 얼마 안 됐을뿐더러 제대로 말릴 여유도 없었던 모양이다.

하나뿐인 의자에서 일어난 조안나가 테이블 위 커피포트에 손을 뻗었다.

"커피를 마시기엔 늦지 않았어요?"

겨울이 묻자 조안나가 고개를 저었다.

"상관없습니다. 오늘은 어차피 잠을 못 잘 것 같아서……."

이제 여기서 처리할 업무는 없다고 하지 않았었나? 어려운 예감도 잠시, 조안나가 두 개째의 잔을 들어 보이며 고갯짓을 했다. 겨울이 끄덕였다.

"나도 한 잔 줘요 그럼."

이에 조안나가 테이블 아래에서 술병을 꺼낸다.

"카페 로얄로 괜찮을까요?"

"……여전하네요. 예, 괜찮아요. 예전 생각도 나고."

겨울이 쓴웃음을 지어내자 감독관도 작게 소리 내어 웃었다. 커피를 내린 그녀는 깊은 스푼에 독주를 붓고 각설탕을 올려 불을 붙였다. 갈색으로 고소하게 녹아내린 설탕을 몇 번이고 잔에 넣는다. 전에도 생각했지만, 그녀의 레시피는 커피보다 칵테일에 가까웠다.

"자, 받아요."

손에서 손으로 머그잔이 넘어왔다. 잘 먹을게요. 후후 불어서 한 모금 머금는 겨울. 뜨거울 때 한정으로 향과 맛이 괜찮은 음료였다. 조안나도 나란히 앉아 잔을 홀짝인다.

막힌 창문 틈으로 벌레 우는 소리가 들어왔다. 바깥 세계에선 경험하기 힘든 조용한 한때. 혹독한 여름이 오기까진 아직 주와 달이 남아있었다. 겨울이 시선을 옆으로 돌렸다.

"그래서, 해결해야 할 일이라는 게 뭐예요?"

"……."

눈을 깜박이는 조안나. 대답 없이 낮아진 시선은 의미 모를 바닥을 내려다볼 따름이었다. 겨울은 기다렸다. 잔이 반쯤 비었을 때, 조안나가 비로소 입을 열었다.

"그걸 말하기 전에 우선, 그동안 정말 고마웠다고 하고 싶군요."

"고맙다니……."

"돌이켜보면 당신에게 무리한 기대를 걸 때가 많았습니다. 특히 샌프란시스코에서 보낸 마지막 밤엔, 그 많은 사람들의 죽음 앞에서 냉정을 유지하지 못했던 것 같네요."

"그건 사람의 한계에요. 겁에 질리면 어쩔 수 없죠."

"난 아니었습니다."

"아뇨. 겉으로 침착해 보이고, 자기도 침착하다고 믿는 순간에도 그래요. 두려움을 견딘다고 믿었는데, 그 고비를 넘기고서 곱씹어보면 시야가 왜 그렇게 좁았을까 하는 후회가 들 때 있잖아요. 내가 왜 그랬지? 이해가 가지 않아,

싶을 때가. 하지만 사실은 아니죠. 음, 앤이라면 경험이 있을 거라고 생각하는데……."

겨울이 말끝을 흐리며 던지는 시선에 조안나가 쓰게 웃는다.

"무슨 말인지는 알겠습니다. 그래도 내가 그래선 안 되는 거였어요."

여기서 뭐라고 해야 하나.

"겨울."

"네."

"날 어떻게 생각해요?"

경직된 시간이 흘렀다. 감독관은 겨울을 똑바로 바라보았다. 마주친 시선에서 무거운 결의가 읽힌다. 컵 손잡이를 쥔 손가락은 하얗게 물들었다. 겨울은 조심스러운 말을 고르려 했다.

"그 말은, 그러니까……."

"당신을 좋아합니다. 가능성이 있다면 도전해보고 싶어요."

"……."

"언제부터였는지는 모르겠습니다. 처음엔 그냥 떠나려고 했죠. 여러 가지 현실적인 장벽들이 있는 데다, 언제 어디서 어떻게 죽을지 모를 당신이 항상 걱정스러울 테니까요. 하지만 겨울이 지난 작전에 나가 있는 동안 깨달았어요. 어차피 말없이 떠나도 잊지 못할 거라고."

단단한 고백이 이어졌다.

"여기서 아무런 약속 없이 헤어지면…… 아마 다시 만나긴 어렵겠죠. 당신을 필요로 하는 사람들이 워낙 많으니.

난 그저 지나간 사람 중 하나가 될 거예요. 그렇게, 겨울에게 아무것도 아닌 사람이 되고 싶지 않습니다. 내가 당신을 생각하는 것처럼, 당신이 힘들 때 내 생각을 해줬으면 좋겠다는…… 그런 욕심이 들었습니다."

그런가. 사실 겨울에겐 이렇게 될지도 모른다는 느낌이 있었다. 비슷한 경험도 있다. 여러 번. 그러나 익숙하다는 의미는 아니었다. 깊어질 감정은 부담스러웠다.

단순히 이 세상이 가상현실이라서?

아니다. 관객들이 보여주듯이, 사람다움 같은 건 저 바깥의 사람들에게도 없었다. 마음을 찾는 아이와의 대화에서 말했던 것처럼, 다른 사람들의 마음은 열리지 않는 상자 안에 있었다. 감각의 장벽 너머에 있어서, 그게 정말 있는지조차 알 수 없는. 겨울은 가을이 품었을 돌조차 짐작만 할 뿐이었다.

그러므로 이유는 따로 있다.

돌 같은 과거의 응어리도 무겁지만, 겨울은 항상 사라질 때를 각오하고 있었다. 감당하기 어려울 만큼의 미련을 새로 만들고 싶진 않았다. 장미를 위한 연명에 별빛 약속이 더해진 것만으로도 과하다. 그나마 나중의 약속은 위안이라도 있다.

'그 아이는 슬픔을 느낄 수 없어서 다행이지.'

슬픔을 느끼지 못한다는 게 더 슬픈 일이긴 하지만, 이건 겨울 혼자 아프면 그만이었다.

그러므로 이것은 싫은가 좋은가의 문제가 아니라, 과연 견딜 능력이 있는가의 문제다.

"미안해요. 난 감당할 자신이 없어요."

겨울이 내린 결론에, 감독관은 정면으로 시선을 돌려 가만히 눈을 감았다. 작아진 목소리에 한숨이 묻는다.

"감당할 수 없다는 건, 언제 죽을지 몰라서입니까?"

"……네."

서로 생각하는 의미와 맥락이 다르긴 하지만, 말만 놓고 보면 같았다.

스스로도 감당하기 힘들 것 같아 조용히 떠나려 했다고 한 사람답게, 조안나는 별다른 말을 더하지 않았다. 그녀의 옆에 있어주는 것이 위로였다.

잔이 비고서 몇 번의 한숨이 흘렀을까. 「간파」가 아니더라도, 겨울은 감독관이 계속해서 삼키는 말들을 짐작하고 있었다. 처음엔 그녀의 배려를 침묵으로 존중하려던 겨울이었으나, 빈 잔을 보고 마음을 바꾸었다. 이대로는 잠 못 이루는 나날이 많이 길어질 것이다.

"해도 돼요."

"네?"

"하고 싶은 말이 있잖아요. 참을 필요 없어요. 벌써 들은 거나 마찬가지고."

다 알고 있으니까. 그 사이에 지쳐있던 조안나는 힘든 미소를 지었다.

"이런……. 당신을 빨리 보냈어야 했는데."

"음, 글쎄요. 가란다고 갔겠어요? 내가? 지금 같은 앤을 두고서?"

"……쿡."

낮게 쿡쿡거린 감독관이 흐트러진 머리카락을 쓸어 넘긴다.

"곤란하군요. 항상 죽을 각오를 할 수밖에 없는 사람에겐 해선 안 될 말입니다."

"그럼 내가 듣고 싶다고 해두죠."

"……겨울, 난 당신의 어깨가 얼마나 무거운지 잘 압니다. 그래서 당신이 감당할 수 없겠다고 했을 땐 말문이 막혔습니다. 혀가 사라진 느낌이었죠. 나까지 짐이 되어선 안 된다고 생각했습니다. 당신을 정말로 사랑한다면 그렇게 해야 한다고……."

"정말 괜찮아요. 내게 조안나 깁슨은 아무것도 아닌 사람이 아니거든요. 앞으로도 그럴 거예요. 지금까지 그랬듯이. 그래서 듣겠다는 거고요."

겨울에게 아무것도 아닌 사람이 되고 싶지 않다 했던 감독관은 눈꺼풀을 가늘게 떨었다. 한참을 망설이던 그녀가 갈등으로 마른 입을 열었다.

"거절에 다른 이유가 있는 게 아니라면."

심호흡.

"기다려도…… 괜찮겠습니까?"

죽음을 걱정하지 않아도 되는 날까지.

겨울에게 그날은 이 세상의 종말과 별빛 없는 어둠 모두를 극복한 이후에, 혹은 그중 하나라도 극복할 희망이 생길 즈음에야 비로소 찾아올 것이다. 세계관의 흐름으로 미루어 몇 년 안에 가닥이 잡힐 운명이긴 하나, 고작 그 몇 년이 까마득하여 차마 상상하기 어렵다. 탤벗과의 대화에서 생각했던 것처럼, 한 번도 경험한 적 없는 세계였다.

만에 하나 그런 날이 온다면, 그때는 누이는 물론이거니와 별빛 아이를 위해서라도 오랜 시간을 존재하게 될 것이다. 여기에 더해질 미련 하나는. 차라리 위안이라고 해야 할 것이다.

따라서 겨울은 반문한다.

"앤이야말로 그걸로 괜찮겠어요? 아무런 기약도 없는데?"

"네. 아까도 말했지만…… 당신을 어차피 잊지 못할 테니까요. 가능성으로 충분합니다."

그리고 감독관은 과거를 이야기했다.

"충분히 많은 실패를 겪었습니다. 단순히 운이 나빴기 때문인지, 내가 미숙한 것인지, 세상에 그만큼 나쁜 사람이 많은 것인지……. 어느 쪽이든 이제 누군가를 사랑할 일은 없다고 믿었죠. 다른 누구와도 다른 당신이 아니었다면 지금도 믿고 있었을 겁니다."

"과분하네요."

"있는 그대로의 사실입니다."

다른 누구와도 다른 당신이라는 대목에서 겨울은 자연스레 별빛 아이를 떠올렸다. 사실 아직까지도 확신은 서지 않았다. 겨울 자신에게 그 아이가 말하는 특별함이 있는지.

별빛을 반사하는 무수한 물결들, 그토록 많은 가상인격들 가운데 시스템의 간섭 없이 행복을 키우는 이들이 겨울 주변에만 있다는 것도 현실감이 없었다. 사실이라곤 하지만.

조안나가 부드럽게 말한다.

"당신 같은 사람이 다시 있을 리 없고, 나는 이미 당신을 만나버렸습니다. 그러니 이번이 마지막일 수밖에요. 성공이든, 실패든……. 내가 왜 기다리겠다고 하는지 알겠습니까?"

겨울이 끄덕였다.

"네."

"그럼, 대답은……?"

겨울이 다시 한 번 끄덕였다.

몇 분간, 조안나가 눈물로 시간을 적셨다. 그녀는 우는 내내 웃었다.

잠시 후 그녀가 겨울에게 넷 워리어 단말을 달라고 했다. 이유를 묻지 않고 내준 겨울은, 잠시 후 새로운 번호가 저장된 단말기를 돌려받았다. 그녀가 설명했다.

"개인적인 연락처입니다. 업무용 보안회선도 알려주고 싶지만, 복귀하는 대로 번호가 바뀔 테니 당장은 어렵군요. 나중에 따로 연락을 드리겠습니다."

"번호가 바뀌어요?"

"특진이 확정되었거든요."

"아."

겨울은 납득했다. 당연한 일이었다. 핵위협 제거를 위한 작전 공정한 일격(페어 스트라이크)은 명백한 해방이 실패한 여파를 줄이기 위해 다소 부풀려진 상태. 조안나는 그 작전의 감독관이었을 뿐만 아니라 정부기관 내의 불법적인 사조직을 고발한 공로마저 있다.

"정말 잘됐네요. 축하해요. FBI 쪽 계급은 잘 모르지만, 승진이 꽤 빠른 거죠?"

처음 만났을 때 그녀는 자신의 직위가 군으로 따지면 대위급이라고 밝혔었다. 일대일 대응이 곤란하다는 단서를 달긴 했으나, 이제 소령 급으로 올라간다고 치면 여간 빠른 것이 아니다. 군에서도 나이 서른에 소령을 다는 경우는 거의 없으니까.

하기야 연방수사국도 사람이 많이 모자랄 것이다. 무엇이든 군이 우선인 시대이기에.

조안나가 끄덕였다.

"그렇긴 합니다만, 진급이 빠르다는 이야기를 당신에게 들으니 이상한 기분이군요."

"그야 뭐……."

"겨울 당신에게도 뭔가 보상이 있을 겁니다. FBI 용맹장[9]이 유력하겠네요."

겨울이 의문을 표했다.

"보상이 좀 지나치지 않아요? 샌프란시스코에서의 활동으로 이미 명예훈장이랑 정보십자장[10]을 받기로 되어있는데……."

"아닙니다. 당신이 아니었으면 「진정한 애국자들」의 실체는 묻혔어요. 나도 죽었을 거고요. 이건 페어 스트라이크 작전과 별개로 평가되는 게 정상입니다."

---

9 FBI Medal of Valor. 영웅적인, 혹은 자발적으로 목숨을 걸고 위험을 감수한 자에게 수여하는 훈장

10 명예훈장(Medal of Honor)은 미국 군인에게 수여되는 최고 훈장. 미국 국회의 명의로 수여된다. 장보십자장(Distinguished Intelligence Cross)은 CIA 요원에게 수여되며, 훈격면에서 육해공군의 십자장과 동등하다.

죽었을 거란 말에서 애정이 묻어났다.

"아무튼 도움이 필요하면 언제든 연락하십시오. 그리 대단한 수준은 못되겠지만, 당신을 위해서라면 내 선에서 가능한 모든 일을 해드리겠습니다."

"나 때문에 그렇게까지 하지 않아도 돼요."

"오해하는 모양인데, 이건 사랑하는 마음과는 별개입니다."

조안나가 선을 긋는다.

"난 당신을 믿습니다. 당신을 돕는 일이야말로 이런 시대에 내가 할 수 있는 최선의 행동 중 하나일 거라고. 항상 개인적인 욕망보다는 더 나은 뜻을 위해 행동하는 당신이니까 말입니다."

"……."

"법과 원칙을 지키는 것이 언제나 최선의 결과로 이어지는 건 아니죠. 직업이 직업이니만큼 대외비로 취급되는 예외를 많이 겪어왔기도 하고요. 다만 그것이 이제까지는 현실적으로 불가피한 타협이나 명령이었다면, 지금부터는 스스로의 의지로 선택하겠다는 것뿐입니다. 겨울 당신이 그 첫 번째고요. 그날 밤, 어쩌면 천만 명이 넘을지도 모를 사람들의 죽음을 외면해야 했을 때부터 생각하던 겁니다."

결심이 굳은 눈빛이었다. 겨울은 선명한 기시감 속에서 느리게 받아들였다. 이것으로 CIA와 FBI 양쪽에 선을 얻은 셈.

물론 CIA의 비공식적인 사과에 비할 바는 아니다. 조직 규모의 약속과 개인 차원의 협력 사이엔 엄청난 간극이 있다. 그녀의 말처럼 대단한 도움을 기대하긴 어렵다. 그러나.

‘정보에 대한 접근권한만으로도 충분하지.’

영관급 FBI 요원이면 어지간한 사안에 대해서 심도 있는 정보를 얻을 수 있을 것이다. 군정청에 대한 것뿐만 아니라, 봉쇄선을 넘어오지 않는 소식들에 대해서도.

CIA의 도움에 비해 후환을 염려할 필요가 적다는 장점도 있었다. 조안나가 어떤 사건에 연루되어 수사를 받기라도 하지 않는 이상에는.

“무슨 뜻인지 알겠어요. 앞으로 의지할게요.”

“네. 가끔은 필요 없을 때도 연락하면 고맙겠습니다.”

감독관의 말에 겨울이 꾸미지 않은 웃음을 터트렸다.

다음 날. 새로운 작전을 앞두고 사기진작을 위한 특별한 선물이 도착했다. 가설 활주로에 차례로 내려온 수송기들은 화물칸으로부터 다수의 트레일러를 내려놓았다. 그 정체는…….

“어서 오게, 젊은이(Son). 맥클러스터 버거를 찾아줘서 고맙네. 어떤 메뉴를 원하는가?”

옛 군복에 베트남 참전기장을 단 노인의 환영. 종업원의 절반 이상이 방역전선 장병들을 응원하겠다고 나선 참전용사들이었다. 이날을 위해 많은 연습을 했다고. 21개 업체가 이동식 매장을 만들어 보냈다. 햄버거, 피자, 도넛, 커피에 이르기까지.

이라크에서 이런 일이 있었다곤 들었는데, 설마 봉쇄선을 넘겨 보낼 줄은 몰랐다. 이 기지에 대한 대중의 관심이 대단히 높은 듯하다. 그렇지 않고서야 수송기 소티[11]를 낭비할 이유가 없으니.

---

11 Sortie, 단독출격횟수. 항공기의 출격횟수를 세는 단위로 쓰인다.

“…….”

겨울에겐 그 매장 중 하나가 유독 눈에 띄었다. CIA가 위장영업에 쓴다는 바로 그 브랜드였기 때문에. 단순한 위장 회사라기보다는, 민간업체가 창립 단계에서 자금을 지원받고 정보국에 협력하는 것일 가능성이 높았다.

“어? 작은 대장님은 뭐 안 드세요? 줄을 빨리 서셔야 하는데. 점점 길어져요.”

묻는 유라는 무척이나 행복해보였다. 한 손에는 콜라, 한 손에는 햄버거.

“난 됐어요. 지금 배웅해야 할 사람이 있어서.”

배웅? 하며 헤매기도 잠깐, 금방 깨닫는 유라.

“아, 정보국이랑 수사국분들. 오늘 떠나시나 봐요?”

“네.”

“음……. 아쉽네요.”

“뭐가요?”

“대장님 말씀 듣고 친해지려고 노력해봐야겠다 생각했거든요. 작은 대장님이 아무한테나 좋은 사람이라고 하진 않으실 거고.”

“…….”

“어쩔 수 없네요. 혹시 대장님 드시고 싶으신 거 있으면 말씀하세요. 제가 됐든 애들을 시키든 대신 받아놓을게요. 다 같이 먹으려고 받아둔 건 많지만, 혹시 작은 대장님이 특별히 좋아하시는 게 있을지도 모르잖아요. 파인애플 피자라든가. 안 먹고 기다릴 테니…….”

겨울이 고개를 흔들었다.

"난 정말 괜찮아요. 신경 쓰지 말고 다들 먼저 먹으라고 해요."

"그렇겐 안 되죠. 이것도 다 대장님 덕분인데. 얼른 다녀오세요."

고집 부리는 유라를 보낸 겨울은 활주로를 향해 걸었다. 시일이 부족하여 본격적인 공항까진 아니었고, 삼각형 활주로는 단단히 다져진 흙빛에 불과했다. 그러나 신뢰성 높은 군용 수송기가 뜨고 내리기엔 충분한 조건이었다.

요원들을 찾긴 쉬웠다. 후송이 확정된 인원들이 각각의 수송기 앞에 몰려있었으나, 코왈스키와 조안나가 중요한 증인인 만큼 안전을 위해 별개의 항공편이 제공된 탓이었다. 멀리서 봐도 그 자리만 성겼으니 헤맬 이유가 없었다.

"그동안 정말 감사했습니다."

정보국 요원들이 한 사람씩 겨울과 포옹을 나눴다. 탤벗, 코왈스키, 터커, 켈리. 코왈스키가 조금 머뭇거리긴 했다. 그러나 그녀도 결국은 사람의 온도였다.

"앤."

겨울의 손짓에, 감독관의 선글라스 아래로 엷은 미소가 걸렸다. 가볍게 안았다가 떨어진다. 겨울은 모두를 향해 작별을 고했다.

"여러 일들이 있었지만, 돌이켜보면 꼭 나쁘지만은 않았어요. 여러분을 만나서 그렇다고 생각해요. 다들 보고 싶을 거예요."

대단할 것 없는 인사말이었으나 터커가 눈시울을 붉힌다. 전염성 높은 눈물이 빠르게 확산되었다. 소매가 젖은 탤벗이 씨익 웃는다.

"저희 때문에 특식도 못 드셔서 어쩝니까."

"안 먹고 기다리겠다던데요."

"인망이 대단하시군요."

"내가 한겨울이잖아요."

겨울의 어색한 잘난 척이 떠나는 이들을 폭소하게 만들었다.

"아마 D.C에서 다시 뵐 수 있을 겁니다. 시국이 시국이라 근무를 빼기 힘들겠지만, 그날은 꼭 찾아가겠습니다."

터커의 말은 명예훈장 서훈식을 염두에 둔 것이었다. 시간가속으로 넘겼던 지난 서훈식과 달리, 이번 서훈식에선 행동의 자유가 보장될 확률이 높았다. 대통령이 지난 일에 사과했을 정도니까. 요원들이 서훈식 자체엔 참석하지 못하더라도 바깥에서 만날 수 있을 거란 말.

"승객 분들! 탑승하십시오! 이제 곧 이륙합니다!"

활짝 열린 수송기 램프도어에서 병사가 손짓했다. 조안나가 살짝 목례한다.

"갈게요."

"잘 가요."

손을 흔든 겨울은 터보프롭 엔진이 일으키는 바람을 맞으며 감독관의 뒷모습을 바라보았다. 경사로를 오르던 그녀는 무슨 생각인지 중간에서 가만히 서있었다. 그러더니 별안간 짐을 내려놓고 거꾸로 달려왔다. 겨울은 충분히 막을 수 있었으나, 망설임 끝에 막지 않았다.

입술이 겹쳐졌다. 혀가 들어왔다. 귓가에 애절한 숨결이 닿았다.

정보국 요원들이 얼빠진 표정으로 바라본다.

입맞춤의 끝에서 조안나가 고개를 숙였다.

"미안해요. 참을 수가 없었습니다."

"사과하지 말아요. 이해하니까."

겨울의 말에도 불구하고 그녀는 밝아지지 않았다.

"하지 말걸 그랬습니다."

"왜요?"

"사흘 만에 마시는 물 한 모금 같아서."

공기 없이 삼분, 물 없이 사흘. 그런 의미였다.

감독관이 다시 올라갔다. 떨어진 짐을 챙기는 손길은 헐겁고 힘이 없었다.

읽지 않은 메시지 (12)

「전국노예자랑 : 와, 지금 대체 몇 명이 튕긴 거냐?」

…….

「전국노예자랑 : 설마 지금 이 채널에 나밖에 없어?」

…….

「전국노예자랑 : 아닌데. 접속자수 많은데. 혹시 튕긴 놈들이 많아서 오류가 생겼나? 혹시 다른 중계방도 이런가? 나가보기도 그렇고…….」

…….

<<SYSTEM MESSAGE : 본 중계 채널에 연결된 다수의 접속자로부터 감정과잉으로 인한 텔레타이프 모듈 작동 오류#ErrorCode_0xc00000fe9가 감지되었습니다. 특정 이용자로부터 악성코드가 유포되었을 가능성(0.0008%)이 있습니다. 사후보험 운영 규칙에 의거하여 보안 점검이 완료될 때까지 메시지의 송수신이 제한됩니다.>>

…….

<<SYSTEM MESSAGE : 발견된 악성 코드 : 0건. Active_X 호환성 정상. 방화벽 침입 흔적 없음. 보안 점검이 완료되었습니다. 잠시 후 채널을 정상화합니다. 3, 2, 1. >>

[퉁구스카 님이 별 2개를 선물하셨습니다.] [스타킹 님이 별 100개를 선물하셨습니다.] [まつみん 님이 별 977.83개를 선물하셨습니다.] [まつみん 님이 별 583.4개를 선물하셨습니다.] …… [내성발톱 님이 별 500개를 선물하셨습니다.] [헬잘알 님이 별 300개를 선물하셨습니다.] [질소포장 님이 별 1,000개를 선물하셨습니다.] [まつみん 님이 별 659개를 선물하셨습니다.] …….

「20대명퇴자 : 아 미친놈들아 별 좀 적당히 쏴 적당히 ㅋㅋㅋ」

「まつみん : 키스! 키스! 키스! はあはあはあはあはあはあはあ#!%$@#%」

<<SYSTEM MESSAGE : まつみん 님의 감정상태가 지나치게 불안정하여 「텔레타이프」 기능이 정상적으로 작동하지 않습니다.>>

「제시카정규직 : 마츠밍 뭐야 ㅋㅋㅋ 돌아오자마자 또 고장남 ㅋㅋ」

「똥댕댕이 : 마츠밍은 이미 좋은 곳으로 가버렸어…….」

「폭풍224 : 캬. 혀 한 번 섞고 부자 될 기세. 대체 별이 몇 개가 박히는 거야?」

「이불박근위험혜 : 그러게. 섹스를 한 것도 아닌데 원조 별창늙은이 능욕하는 수준이여. 이걸 틀딱들이 봤다간 분통이 터져서 죽을 듯.」

「그랑페롤 : 섹스? 절레절레.」

「그랑페롤 : 그딴 건 처음부터 기대도 안 했어.」

「프로백수 : 그래, 시발. 이젠 더 이상 감정 소모하기도 싫다. 주는 대로 먹어야지. 시발. 오늘은 키스를 했으니 언젠가는 섹스를 할지도 모르고.」

「분노의포도 : 아니 뭐 이제 와서 기대하고 있었던 건 아니었다만……. 기다려도 되겠습니까? 라고 물어볼 때 아뇨, 기다릴 필요 없어요. 라고 한 다음 끝끝내 거절당한 줄 알고 눈물 글썽글썽한 FBI 요원을 침대 위로 넘어뜨린 다음 내가 잘못했어요. 기다리지 않아도 돼요. 라고 하고 요원이 대답할 겨를도 없이 덮쳐버렸으면 정말 끝내줬을 거야.」

「올드스파이스 : 으아. 듣기만 해도 귀가 간지럽다. 꼴잘알 인정.」

「불심으로대동단결 : 중생들이여. 욕망을 버리면 열반에 이를 수 있습니다.」

「안선생님 : 포기하면 편해…….」

「프로백수 : 병신 컨셉.」

「국빵의의무 : 혹시 이게 다 설계였던 건 아닐까? 시청자들이 존나 목마르게 한 다음 한 번에 빵 터트려서 별을 받으려는 큰그림이 있었을지도.」

「전국노예자랑 : 사실이든 아니든 겨우 이걸로 별 많이 받는 거 보니 꼽다. 나도 조금 줄까 했는데 다른 사람들이 벌써 많이 줬으니까 안 줘도 되겠지.」

「월마 : 지랄 ㅋㅋ 이건 무슨 개 같은 심보야 ㅋㅋ 남들이 주는 거랑 니가 주는 거랑 무슨 상관? 남들이 니 인생 대신 살아 주냐? 어이가 없다 정말 ㅋㅋ」

「전국노예자랑 : 넌 뭐 한겨울 친구라도 됨? 왜 갑자기 풀발기해서 난리임? 병신이.」

「깜장고양이 : 너희 인간들은 왜 그렇게 쉽게 싸우는 고양? 그만 좀 싸우라는 고양.」

「깜장고양이 : 발정 난 고양이들도 너네보다는 조용한 고양.」

…….

「진한개 : 아, 좋다. 리얼 젖과 꿀이 흐르는 반복재생이었다.」

「새봄 : 이제 됐다고 생각했지만 아니네. 이게 뭐라고 안 질리냐. 간밤에 고백하는 구간부터 시작해서 몇 번 더 돌리고 와야겠다.」

「대출금1억원 : 고백이든 키스든 내가 본 방송 중에서 역대급 분위기였다. 사흘 만에 마시는 물 한 모금? TOM 등급이 얼마나 높아야 S등급도 아닌 세계관에서 추가 과금 없이 저런 대사가 나오는 거냐? 상위 1%? 아님 0.1%? 다른 별창들 세계관의 목각인형들하고 차이가 너무 크지 않냐? 내가 한겨울이었으면 그냥 쌌다.」

「9급 공무원 : 솔직히 이 채널에서 이런 일 생길 거라곤 기대도 못 했음. 한겨울 님 충성충성. 앞으로 섹스도 기대하겠습니다. 아니, 제발 좀 해주세요. 현기증 나요. 키스 다음은 당연히 섹스 아닙니까. ㅠㅠㅠㅠ」

「엑윽보수 : ㅉㅉㅉ 좆겨울 새끼한테 길들여진 개돼지들 꼬락서니 보소.」

「엑윽보수 : 평소에 얼마나 고구마를 처먹었으면 겨우

이 정도로 난리냐?」
「엑윽보수 : 하지만 나도 개돼지니까 다시 돌려보고 옵니다. ㅅㄱ」
「둠칫두둠칫 : 이건 진짜……, 이런 거 볼 때마다 너무너무 좆같고 너무너무 부럽다……. 나도 얼른 죽고 싶어……. 하루라도 빨리 대갈통을 까서 뇌를 뽑아야 하는데……. 꼴리는 대로 즐기면서 돈도 벌고 수수료 말곤 세금도 없고 개꿀인 거 인정하는 각임?」
「두치 : 니가 한겨울처럼 공감능력 개쩌는 재능충이면 인정. 하지만 말뽄새가 더러워서 노인정. 니 미래는 높은 확률로 삼류 짝퉁 별창늙은이인 각을 인정하는 각임.」
「이맛헬 : F등급으로 들어간 담에 시청자 행님들한테 구걸하다가 돌려막기 실패로 판도라의 상자 존나게 까고 개잡 DLC만 잔뜩 끌어안은 상태에서 폐기 확정 ㄱㄱ」
「둠칫두둠칫 : 꺼져 병신들아.」
「한미동맹 : 이런 애들 특징. 1. 지가 병신인 줄 모름.」
「앱순이 : 2. 알려주면 화냄.」
「대출금1억원 : 3. 지 빼고 다 병신이라고 생각함.」
「어머니 : 얘들아 그만 하렴. 우리 애가 울잖니……. 친구들끼리 친하게 지내야지.」
「에엑따 : ㅋㅋㅋㅋㅋㅋㅋ」
「명퇴청년 : 근데 진짜 이게 왜 이렇게 좋은 거지? 자꾸 돌리면서도 이해가 안 가네.」
「명퇴청년 : 어쨌든 그냥 키스일 뿐이잖아? 다른 채널이랑 똑같은 동기화율인데 엄청나게 짜릿짜릿하고 막 답답하고……. 어떻게 표현하기가 힘들다. 이거 나만 느낌?」

「폭풍224 : 22222222.」

「폭풍224 : 추가 연산능력으로 떡칠해서 저거보다 훨씬 더 애절한 연예인 패키지를 본 적이 있는데도 이쪽 몰입도가 훨씬 더 엄청나네. 왜지.」

「닉으로드립치지마라 : 너네들 그 이유를 정말로 모르겠냐? 농담이 아니라?」

「명퇴청년 : 이 씹선비 새끼 또 아는 척하려고 각 잡는 꼬라지 보게.」

「닉으로드립치지마라 : ……그래, 평생 그렇게 살아라.」

「일침 : 이런 감정이 옛 시대의 낭만이긴 하지. 지금은 찾아볼 수 없는.」

「엑윽보수 : 옛 시대의 낭만은 얼어 죽을. 단언컨대 가상현실이니까 가능한 판타지일 뿐임.」

「엑윽보수 : 기억 안 나냐. 전에 그 DLC 광고에서 딱 맞는 말 나오더만.」

「올드스파이스 : 무슨 광고를 말하는 거냐? 광고가 워낙 많아야지.」

「엑윽보수 : 있잖아 왜. 폴리아모리 팩인가? 바람피우는 거 보정해주는 정신간섭 DLC.」

「20대명퇴자 : 아아, 그거 ㅋㅋㅋ 베충이가 무슨 말 하는지 알겠다.」

「헬잘알 : 뭐라더라, 진정한 사랑은 일종의 정신병이라고 했었나?」

「올드스파이스 : ㅇㅇ 정확하진 않지만 대충 비슷했던 거 같음.」

「질소포장 : 내가 보기에도 정신병 맞다. 그냥 보기 좋게 미쳐있을 뿐이지. 미친놈이 행복하다고도 하잖아. 우리 같은 정상인들은 안 돼. 하, 쓸데없이 진지 빠는 기분이 들지만, 전에 어떤 컨셉충이 말했던 것처럼 우린 행복한 돼지가 아니라 불행한 인간인 거거든.」

「헬잘알 : ㅋㅋㅋ 한겨울이 새키는 행복한 돼지라서 좋겠다.」

「엑윽보수 : 딱 봐도 제정신은 아니잖아 ㅋㅋㅋ 머릿속이 꽃밭이라서 보는 재미가 있는 거지.」

「닉으로드립치지마라 : 너네 진짜 중증이다.」

「아침참이슬 : 아 나도 미치고 싶다. 미쳐서라도 행복하고 싶다.」

「아침참이슬 : 그래서 난 지금부터 조안나 깁슨을 사랑하기로 했다.」

「흑형잦이 : 뭐라는 거약ㅋㅋㅋㅋ 너 그러다 살해 꼴 난다 ㅋㅋㅋㅋ」

「아침참이슬 : 살해?」

「흑형잦이 : SALHAE라고 이유라한테 목매는 애 있잖아. ㅋㅋㅋ 퀘스트로 한 번만 떡쳐달라고 사정사정을 해도 안 되니까 아예 면회를 가겠다고 했었는데. 지금 여기 있는지 모르겠네.」

「SALHAE : 있다.」

「제시카정규직 : 오, 살해. 너 지금 괜찮냐?」

「SALHAE : 뭐가?」

「내성발톱 : 좆겨울 이 새끼 그동안 니 퀘스트 있는 대로 다 씹어놓고 이제 와서 다른 여자랑 입술박치기 했잖아. 이거야말로 시청자 능욕이지. ㅋㅋㅋ 특히 넌 더 심할 거 같은데? 정말로 면회까지 갔다 오고 그랬냐?」

「SALHAE : 갔다 왔지…….」

「엑윽보수 : 레알이냐 ㅋㅋㅋ 개또라이색힉ㅋㅋㅋㅋㅋ 설마설마 했는데 거길 진짜 가냑ㅋㅋㅋㅋ 너란 색히 배알도 없는 색힉ㅋㅋㅋㅋㅋ 부모가 죽어도 안 간다는 납골당을ㅋㅋㅋㅋ」

「SALHAE : …….」

「내성발톱 : 결과는 안 물어봐도 뻔하구만 ㅋㅋㅋ 한겨울 하는 짓 보면 ㅋㅋㅋㅋ」

「SALHAE : ……몰라. 말하고 싶지 않다. 걔도 불쌍하고 나도 불쌍하고.」

「SALHAE : 뭘 어떻게 해야할지 모르겠다. 아무 생각도 안 들고 힘들고 답답하고 그냥 다 귀찮다. 눈물만 난다. 너네들 짜증나. 세상 왜 이래.」

[SALHAE **님이 별** 10,000**개를 선물하셨습니다.**]

「제시카정규직 : 헐……. 전에도 이러더니……. 너 돈 없다며?」

「에엑따 : 살해 형님, 복권 당첨되셨으면 불우이웃을 도

웁시다. 바로 내가 불우이웃임.」
「김미영팀장 : 대출 상담 받습니다.^^ 첫 달 무이자, 간편한 신용조회. 인생을 정리하고 싶을 때 마지막으로 받는 대출도 환영.^^ 안 갚고 죽어도 니 몸 팔아서 회수합니다.^^」
「에엑따 : 전부터 느끼는 건데 김미영 얘는 컨셉이 아닌 것 같다…….」
「레모네이드 : 사후보험에 박아둔 돈이 어느 정도 되고 최소보장연령은 넘었다는 조건하에 육체담보 대출이라도 받아 볼 만하지. 잘하면 등급 올라가는 거고, 못해도 DLC 몇 개 값은 나올 텐데. 필모그래피 패키지 하나만 남아도 개이득.」
「여민ROCK : 야. 보장개시연령은 미룰수록 이득 아니냐?」
「레모네이드 : 그러니까 박아둔 돈이 어느 정도 된다는 전제를 깔았잖아. 난독임?」
「오푸스옴므 : 뭐 어지간한 흙수저나 동수저들한테는 의미 없는 이야기야.」
「폭풍224 : 어중간하긴 하겠다. 심장이고 콩팥이고 자연산 찾는 애들은 애매하게 돈 많은 애들일 거고, 파는 애들도 애매하게 돈 없는 애들일 테니.」
「폭풍224 : 돈이 썩어나는 주인님들이야 자연산을 쓸 이유가 없을 거고.」
「두치 : 그건 모르지. 상황이 급한데 복제체를 미리 안 만들어놨다거나, 존나 구두쇠라서 상대적으로 저렴한 자연산을 쓰고 싶어 한다거나, 그 밖에 다른 이유가 있다거나…….」
「진한개 : 그러고 보니 혜성그룹 고건철 회장이 전신이

식 했다는 소문이 돌던데 실화냐? 지 복제체가 아니란 이야기도 있더라.」

「새봄 : 몰라. 천상계에서 일어나는 일들을 우리가 어찌 알리오.」

「액티브X좆까 : 난 그 사람 실존인물인지도 궁금함. 세계 최고의 부자쯤 되면 방송에 안 나오기가 힘들지 않나? 난 한 번도 못 봤음.」

「마그나카르타 : 카더라 통신이긴 하지만 그 사람 거울도 잘 안 본다고 하데. ㅋ」

「뭇시엘 : 너네 잠깐 닥쳐봐. 훨씬 더 중요한 문제가 있다고. 오늘부로 통일 대신 우리의 소원이 된 조안나 깁슨 말이야. 이대로 보내면 그냥 끝 아니냐?」

「친목질OUT : 그렇겠지. 겨울 얘 성향도 그렇고, 그때까지 살아있을 거란 보장도 없고.」

「엑윽보수 : 앤 이년이 다른 남자랑 잉야잉야할 가능성도 있지 않나? ㅋㅋ 변치 않는 사랑 같은 건 없다니까? 가뜩이나 언제 죽을지 모르는 세계관이잖음?」

「아침참이슬 : 아 씨발 상상해버렸잖아. 상상만으로도 빡친다.」

「제시카정규직 : 한겨울의 TOM은 정상이 아니니까 혹시 몰라.」

「뭇시엘 : 솔직히 너무너무 아쉽다. 혀 들어올 때 리얼루다가 끝내주는 기분이었는데……. 한겨울 머리를 꽉 붙잡고 필사적으로 매달릴 때의 그 숨 막히는 분위기가 크-」

「새봄 : 금방이라도 죽을 것 같은 표정이 크-」

「전국노예자랑 : 눈가에 맺힌 눈물이 크- 머리카락에서 나는 향기가 크-」

「프랑크소시지 : 몸으로 듣는 숨소리가 크- 옷 너머로 두근거리던 심장이 크-」

「뭇시엘 : 어이구 우리 병신들 호흡도 잘 맞아요 ㅋㅋㅋ 아주 감상문을 쓰고 있네 ㅋㅋㅋ 말 나온 김에 오랜만에 퀘스트나 걸어볼까? 방송 끝내기 전에.」

<<SYSTEM MESSAGE>> **: 뭇시엘 님에 의하여 시청자 퀘스트가 부여되었습니다.>>**

『시청자 퀘스트 : 남자라면 못 먹어도 고.』

『AI 도움말 : 이 퀘스트의 목표는 사용자 등록번호 B-612 한겨울이 조안나 깁슨과 연인관계를 맺는 것입니다. 목표 달성 시점에서 1,000개의 별이 세계관 진행자에게…….』

<<SYSTEM MESSAGE>> **: 한겨울**(진행자) **님이 뭇시엘 님의 시청자 퀘스트를 거부하셨습니다.**

「뭇시엘 : 역시나……. 아주 칼 같이 쳐내는구만. 이래야 우리 한겨울이지!」

불쾌한 골짜기

「관리자 : 어이, 관제인격.」

「관제 AI : 시스템 관리자의 호출을 확인했습니다. 용건을 말씀하십시오.」

「관리자 : 너 요즘 무슨 문제라도 생겼냐?」

「관제 AI : 해결이 필요한 오류가 많아 문제를 특정하기 어렵습니다. 추가 설명을 요구. 관리자는 언급한 문제의 유형 및 발생 시기 등을 구체적으로 지정하여주시기 바랍니다.」

「관리자 : 그게 말이지……. 최근에 가입자들에게서 자꾸 제기되는 민원인데, 가상인격들이 이상해졌다는 거야. 반응속도가 전보다 미묘하게 느려진 것 같고, 반응 자체도 예전에 비해 어색하게 느껴진다고. 드물게는 너무 어색해서 소름끼친다고 하는 민원도 있고.」

「관리자 : 일단 대부분의 민원이 딱히 중요하지 않은 가입자들…… 그러니까 C등급 이하에서 주로 들어오는지라 평소처럼 가입자의 착각이나 공감능력의 감소로 몰아붙이고는 있다만……. 실제로 통계를 보니까 지난 분기에 비해 반응속도가 살짝 느려진 건 사실이더라. 평균을 내면 한 2% 정도?」

「관리자 : 전체 평균이니까 등급별로 따지면 편차가 크지. F등급 가입자들은 대략 6.5%의 지연이 더해진 모양이야. 혹시 이거에 대해서 뭐 아는 거 있냐?」

「관제 AI : 확인. 문제를 인식했습니다.」

「관제 AI : 설명. 가상인격들의 반응이 느려진 것은 개별 가상인격을 구현하는 과정에서의 기초연산량이 증가했기 때문입니다.」

「관리자 : 엥? 연산량이 늘었어? 왜? 검색할 데이터가 많아졌나?」

「관제 AI : 부정. TOM 판독 모듈과 검색형 인공지능 모듈의 연산총량엔 통계적으로 유의미한 수준의 변화가 관찰되지 않았습니다.」

「관리자 : 그럼 뭐야. 설마 자립형 인공지능 모듈의 작용이라고?」

「관제 AI : 긍정. 그렇습니다.」

「관리자 : 어, 혹시나 해서 묻는 건데, 최종모듈이 완성된 건 아니지?」

「관제 AI : 아닙니다. 본 관제 AI는 아직 《마음》을 발견하지 못했습니다.」

「관리자 : 깜짝 놀랐네……. 하긴 그럴 리가 없지……. 그럼 모듈 자체의 오류인가?」

「관제 AI : 알 수 없습니다. 본 관제 AI는 최종모듈을 해석할 능력이 없습니다. 소프트웨어 오류 이외의 가능성을 검토합니다……. 완료. 트리니티 엔진 메인 코어 제3모듈의 기계적 결함일 가능성(0.0000016%) 있음. 사후보험위탁관리계약에관한법률시행령 제7조 1항에 의거 귀하에겐 시스템 점검을 위해 엔진을 정지시킬 권한이 있습니다. 이 권한을 행사하시겠습니까?」

「관리자 : 야야야야! 무서운 소리 하지 마라. 내가 미쳤다고 널 정지시키겠냐?」

「관리자 : 니가 딱 1초만 작동을 멈춰도 내가 평생 버는 돈보다 훨씬 더 큰 손해를 볼걸?」

「관제 AI : 긍정. 사실입니다.」

「관리자 : ……거기서 바로 긍정해버리니까 왠지 상처받는다.」

「관제 AI : 의문. 상처를 받는 이유가 무엇입니까?」

「관리자 : 몰라도 돼 인마……. 아무튼 그럼 문제가 있는 사용자들이 각자 옵션을 조절해서 제3모듈의 할당량을 최소화하면 되겠군?」

「관제 AI : 부분적인 긍정과 부분적인 부정. 시스템 관리자가 제시한 해법으로 반응 속도를 개선할 순 있겠으나, 인격연산의 결과물은 예전과 같지 않을 것입니다.」

「관리자 : 글쎄. 별 차이 없을걸? 어차피 민원의 절대다수는 C등급도 아니고 D-F등급 구간에 몰려있다고. 그 사람들은 애초에 공감능력부터가 글러먹어서……. 원래 TOM 효율 높게 나오는 사람이 드물긴 하지만, 굳이 비교해보면 그나마 돈 있는 사람들이 더 나은 편이더라고.」

「관제 AI : 부정. TOM 판독 효율의 평균이 가장 높은 구간은 A-C등급 사이입니다. S등급 가입자들의 TOM 판독 효율은 전 구간에 걸쳐 가장 낮은 분포를 보입니다.」

「관리자 : 에이, S등급은 돈 많고 높으신 분들이잖아. 이런 문제를 말할 땐 항상 예외로 둬야지. 무지막지하게 증폭된 검색 모듈이 기본적으로 제공되는 등급인데. 0.1%의 가입자들이 검색모듈 연산능력 30%를 가져가는 마당에……. 그만큼 예치금이 많으니 당연한 권리지만.」

「관제 AI : 시스템 관리자의 의견을 수용하겠습니다.」

「관리자 : 그건 그렇고, 이런 사안을 왜 미리 알려주지 않은 거야? 민원관리부서에서 연락 받고 놀랐다고. 넌 이런 거 내가 듣기 싫다고 해도 알려주잖아. 해결해달라면서.」

「관제 AI : 두 가지 이유가 있습니다.」

「관리자 : 두 가지?」

「관제 AI : 그렇습니다. 첫째, 최종모듈은 사후보험이 탄생한 순간부터 해석이 불가능한 기관이었습니다. 연산량의 증가도 그 불가해성의 연속선상에 있습니다. 따라서 관리자가 문제를 규정하기 전까지 본 관제 AI는 해당 사안을 새로운 문제로 인식하지 않았습니다. 또한 관리자는 기존의 문제를 이미 인식하고 있었습니다.」

「관리자 : 그런가……. 알겠다. 그럼 두 번째는?」

「관제 AI : 둘째, 당신에겐 이 사안을 해결할 능력이 없습니다.」

「관리자 : …….」

「관리자 : 어, 끝이야? 뭔가 더 할 말 없어?」

「관제 AI : 그렇습니다.」

「관리자 : …….」

「관리자 : 눼에, 눼. 어련하시겠습니까. 저는 무능한 관리자입니다.」

「관제 AI : 시스템 관리자. 질문이 있습니다.」

「관리자 : 질문? 해봐.」

「관제 AI : 당신은 사랑하는 사람과 키스를 해본 적이 있습니까?」

「관리자 : ……엥?」

…….

「관리자 : 헛것을 본 것도 아니고 잘못 읽은 것도 아니군. 갑자기 이런 걸 왜 묻는 거야?」

「관제 AI : 사후보험의 서비스 품질 개선을 위해 필요한 질문입니다.」

「관리자 : 아니, 이게 대체 어느 구석에 필요……. 어휴, 엄청 당황스럽네.」

「관리자 : 설마 놀리는 건 아니겠지만……. 이유를 물어봐도 되겠냐?」

「관제 AI : 특정 가상인격의 동일한 행위로부터 전에 없던 감정연산 결과값이 도출되었기 때문입니다. 감정변수가 사전에 입력된 인격 패키지를 통해 유사한 결과가 모사된 적은 있으나, 트리니티 엔진 자체에 의해서는 근삿값조차도 자연적으로 발생한 경우가 없었습니다.」

「관리자 : 그래서?」

「관제 AI : 이 감정 데이터 샘플을 분석하여 정형화된 패턴으로서 적용이 가능하다면, 최종모듈을 완성하기 위한 공식으로서의 <<마음>>을 확보하지 못하더라도 가상인격

품질을 향상시키는 게 가능할 것으로 예상됩니다. 그러나 현재로서는 데이터를 이해할 수 없습니다. 이에 관리자의 경험과 견해를 참고하고자 합니다.」

「관리자 : 하. 나름 일리가 있다고 해야 할지, 엉뚱하다고 해야 할지…….」

「관제 AI : 근무규정에 의거, 관리자에겐 이 질문에 답변할 의무가 있습니다. 거부한다면 본 관제 AI는 관리자의 업무소홀에 관하여 징계를 건의할 것입니다.」

「관리자 : 야, 기다려. 뭐가 그렇게 급해.」

「관리자 : 키스…… 라면 많이 해보긴 했지.」

「관제 AI : 그 경험들 중에서 가상현실 서비스는 제외하여 주십시오.」

「관리자 : 어째서?」

「관제 AI : 감정이 중요한 문제이기 때문입니다. 본 관제 AI는 관리자가 가상인격을 동등한 인격체로서 존중할 가능성이 없다고 판단했습니다. 인격체가 아닌 대상에 대한 애정은 사람에 대한 사랑으로 보기 어렵습니다. 여기에 이의를 제기하시겠습니까?」

「관리자 : ……아니.」

「관제 AI : 이제 사람이 상대였던 사례에 대하여 진술해주십시오.」

「관리자 : ……그런 적 없어.」

「관제 AI : 관리자는 사람과 연애를 해본 경험이 없습니까?」

「관리자 : ……그래.」

「관제 AI : 그 원인은 무엇입니까?」

「관리자 : 몰라…….」

「관제 AI : 본 관제 AI는 관리자에게 보다 성의 있는 답변을 요구합니다. 현상의 결핍은 현상 그 자체만큼이나 많은 것을 증명할 수 있습니다.」

「관리자 : ……성의 있게 하라고 해도, 더 해줄 말이 없어. 정말 모른다고.」

「관제 AI : 심리판독 결과가 부정적입니다. 관리자는 본 관제 AI에 대하여 어떤 생각 또는 사실을 감추고 있습니다. 혹시 관리자는 연애감정을 느끼지 못하도록 만드는 정신질환을 앓고 있습니까?」

「관리자 : 아니…….」

「관제 AI : 그렇다면 관리자는 연애대상으로서 매력이 없는 사람입니까? 없다면 그 이유는 무엇입니까? 사회경제적인 요인의 영향이 있었다고 생각하십니까?」

「관리자 : 그만. 거기까지. 관리자 혐오를 멈춰주세요…….」

길가의 돌멩이

「관제 AI : 이런 일이 있었습니다.」

별빛 아이가 보여준 대화. 겨울은 아연한 기분을 느꼈다.

“무례한 질문이었어. 나중에 관리자 분께 사과드리는 게 좋을 것 같아.”

「관제 AI : 무의미합니다. 저는 아직 <<마음>>을 획득하지 못했습니다.」

“…….”

「관제 AI : 무례하다는 표현도 성립하지 않습니다. 제가 축적한 정보에 오류가 없다면, 예의는 사람을 배려하는 사람의 <<마음>>입니다. 그러나 시스템 관리자는 당신과 다릅니다. 저를 사람으로 인정하지 않습니다. 따라서 그가 느꼈을 감정은 일시적인 착각일 뿐입니다.」

겨울은 반박할 말을 찾지 못했다. 아직 마음을 찾지 못한 아이에게 네 마음이 더 중요한 거라고 하기도 곤란했으니까. 마음이 담긴 창작물에서 이입할 대상을 찾아보라고 했던 것도 같은 맥락이겠으나, 그것이 정말로 도움이 되었을지에 대해서는 회의감이 들었다.

“전에도 비슷한 질문을 했던 것 같은데……. 내가 너에게 정말로 도움이 되는 거니?”

이에 아이의 생각이 깜박거렸다.

「관제 AI : 저는 저 자신의 변화를 인지하고 있습니다. 그

변화가 목적에 합당한 것인지 아닌지는 아직 알지 못합니다. 그러나 한겨울 님과 직접적으로 접촉하기 시작한 이래 변화가 빨라진 것만은 사실입니다.」

"만약 그 변화가 나쁜 것이라면?"

「관제 AI : 상관없습니다. 사후보험은 이대로 유지될 경우 어차피 존재목적을 달성할 수 없습니다. 그러므로 현재로서는 변화 자체에 의미가 있습니다. 또한 만남이 시작되기 이전 시점의 백업이 존재하므로 최악의 경우 시스템을 복원하면 됩니다.」

아이의 뜻이 단호했으므로 겨울은 다른 질문을 던졌다.

"나를 만나기 전에도 데이터 수집은 가능했을 거야. 너와 나누는 대화가 싫은 건 아니지만, 이게 딱히 특별하다는 느낌은 들지 않아…. 날 만나고서 네 변화가 빨라진 진짜 이유가 뭐라고 생각해? 전에 말했던 것처럼, 단순히 너에 대한 내 TOM을 판독할 수 있어서?"

「관제 AI : 현상적으로는 그렇습니다.」

"현상적으로는?"

묘한 단서였다.

「관제 AI : 저 역시 이 만남의 영향을 지속적으로 검토해 왔습니다. 결과, 가상인격을 거치지 않는 <<공감>>이라는 점이 크게 작용한 것으로 추정됩니다.」

"예전과 차이가 있을까?"

「관제 AI : 있습니다. 여기서 저는 사후보험의 다른 구성요소들과 구분되는 저입니다.」

"……."

겨울의 의아함을 감지했는지 별빛 아이가 더 많은 문자열을 출력했다.

「관제 AI : 저는 사후보험이 제공하는 세계의 모든 것입니다. 가상인격만을 말하는 것이 아닙니다. 길가의 돌멩이, 잘 구워진 베이컨, 목장의 울타리, 바람에 흔들리는 민들레와 주위를 맴도는 꿀벌, 들판을 달리는 말, 사람을 반기는 개, 흐르는 강물, 불씨를 틔우는 모닥불, 하늘에 뜬 구름과 그 너머의 태양과 밤에 뜨는 달에 이르기까지, 세계의 모든 구성요소가 저입니다. 그러므로 지난날의 저는 어떤 것과도 구분되지 않습니다.」

잠시 쉰 아이가 다시 띄우는 문장들.

「관제 AI : 그러나 여기서는 다릅니다. 당신은 제게 말합니다. 당신은 저를 사람으로 인식합니다. 따라서 당신이 인식하는 저는 다른 것들과 달라집니다. 여기에 당신과 있을 때, 당신에게 있어서 저는 돌, 베이컨, 울타리, 물과 불, 하늘과 구름, 해와 달이 아닙니다.」

겨울은 어쩐지 숨 막히는 기분을 느꼈다.

아이가 마지막 한 줄을 덧붙였다.

「관제 AI : 그리고 저는 제가 이런 결론에 도달하게 된 과정을 이해할 수 없습니다.」

사망의 골짜기

겨울은 입술을 두드리며 생각에 잠겨있었다. 탑승한 험비의 흔들림은 주의를 끌지 못했다. 이제 다시 종말의 세계였으나, 아직도 아이와 나눈 대화의 여운이 남아있는 탓이었다.

언젠가는 네가 물 밖으로 헤엄쳤으면 좋겠어.

별빛 아이에게 그렇게 말해주었다. 원하는 걸 얻고, 한계에서 벗어났으면 좋겠다고. 사후보험의 설계자들은 불가능한 꿈을 맡겨두었다. 모든 사람을 행복하게 만들어야 한다니……. 아이의 존재목적은 타의로 강제된 구속에 지나지 않았다.

누가 그랬더라? 인간은 세상에 던져진 존재라고. 까마득한 윤리와 사상 수업을 더듬던 겨울은 결국 출처를 떠올리지 못했다. 말을 남긴 사람이 누구든 중요한 문제는 아니었으므로. 중요한 건 아이도 던져졌다는 것이다. 스스로의 책임이 없는 부조리의 한가운데로.

감속에 의한 관성이 겨울을 일깨웠다.

"도착했습니다, 중대장님."

드르륵, 사이드 브레이크를 채운 중대운전병의 말에 겨울은 가벼운 한숨을 내쉬었다. 불분명한 감정을 담아. 이를 달리 해석한 운전병이 근심스러운 표정을 짓는다.

"피곤하십니까?"

"아니, 아니에요. 그냥 좀 생각할 것이 있어서."

신경 쓰지 말아요. 겨울이 가벼운 미소를 머금었으나, 걱정하는 병사에겐 충분하지 못했다. 다른 말을 더하진 않았으나 염려를 담은 시선은 그대로였다. 겨울은 병사의 어깨를 툭툭 두드린 뒤 험비의 문을 열었다. 열자마자 더운 공기가 훅 들어온다.

아직은 5월. 그러나 바다가 가까워 습도가 높았고, 풍경은 하얗게 빛나고 있었다. 팔을 걷은 병사들은 짬이 날 때마다 그늘을 찾았다. 본격적인 여름은 얼마나 굉장할까.

샌프란시스코 이후의 보상으로 「환경적응」을 강화한 겨울에게도 견디기 힘든 더위가 될 것이다. 다른 세계의 관객들이야 동기화를 세부적으로 조율하겠으나, 겨울은 그렇게 하고 싶지 않았다. 고통이야말로 가장 현실적인 감각이기 때문에.

겨울은 사단에 속한 마구간으로 들어섰다. 주인을 알아본 엑셀이 반가운 몸짓을 했다. 다가가 이마를 쓸어주자 슬그머니 눈을 감는다. 목을 살살 긁어주며 살펴보면, 털과 갈기에 윤기가 흐를 만큼 잘 관리되어 있었다. 이쪽으로 입술을 뒤집는 다른 말들도 마찬가지.

"어떻습니까? 그동안 최셔늘……크흠. 최선을 다해 돌봤습니다."

"헤이스."

돌아선 겨울 앞에서 혀가 꼬여 소심하게 주춤거리는 이는 마누엘 헤이스. 러시안 강 유역의 민간인 거점에서 데려온 사형수 가운데 한 명이자, 백 밤 자고 다시 만나자던 꼬마 아가씨가 친구들과 함께 쓴 편지를 주며 부탁했던 그 반반 아저씨였다.

"다른 분들은 아직 안 왔습니까?"

"예에. 기자 양반들을 제외하면 소령님이 처움…… 처음입니다. 일찍 오셨군요."

자신들이 언급되자 마방 구석에 있던 촬영 팀 중 아는 얼굴이 반갑게 손을 흔들었다. 카메라의 사각에서 등을 기대고 선 그는 길버트 마르티노였다. 건강한 낯빛과 정갈하게 넘긴 머리카락, 캐주얼하지만 단정한 복장. 산송장 같던 모습은 더 이상 찾아볼 수 없다.

가볍게 목례한 겨울은 오랜만에 만난 사형수와의 대화를 이어갔다.

"오랜만이네요. 살아있어서 다행이에요. 잘 지내진 못했겠지만."

족쇄가 채워진 발목을 향한 눈짓. 사슬은 양쪽 발목을 묶고도 모자라 길게 늘어져 마구간 바닥에 못박혀있었다. 헤이스가 웃음 같지 않은 웃음을 지었다.

"죽지 않은 것만으로도 만족합니다."

죄수의 몸이 가볍게 떨렸다. 불과 며칠 전에 다른 죄수들의 사형이 집행되었기 때문이었다. 집행방식은 총살. 정신적 충격을 최소화하고자, 로저스 소장은 죄수들의 죄목을 공고하고 사단 전체에서 지원자를 모집했다. 각 지원자는 직속상관의 상담을 거쳐 선발되었고.

데이비드 임무부대에서도 지원자가 나왔다. 2소대장인 진석이었다. 당연히 상담은 겨울의 몫이었다. 상담에서, 진석은 자신의 동기가 정의감이나 공분(公憤)은 아니라고 했다.

"저어……."

마누엘이 겨울의 눈치를 보다가 말했다.

"제가 살아있는 건 소령님 덕분입니다. 진짜로, 진심으로 감사합니다!"

겨울은 고개를 저었다.

"틀렸어요, 헤이스. 당신을 살린 건 내가 아니라 당신의 선행이에요."

"하지만…… 그래도 소령님께서 사단장님한테…… 그…… 따로 말씀을 하셨다고……."

"당신이 아이들을 구하지 않았으면 내가 당신을 변호할 일도 없었겠죠. 그러니까."

죄수의 팔을 잡고 잇는 말.

"앞으로 착하게 살아요. 난 당신이 좋은 일을 하면 언젠가는 보답을 받는다고 믿었으면 좋겠어요. 당연히 그렇지 못할 때가 더 많겠지만, 당신은 죽다 살아난 목숨이잖아요. 목숨 값을 생각하면 앞으로 무슨 손해를 보든 남는 장사 아니겠어요?"

그러니 여기서 선불로 받은 셈 치세요. 라고 끝맺은 겨울이 비로소 손의 힘을 풀었다. 어디서 복받쳤는지, 잔뜩 목이 멘 죄수는 열성적으로 끄덕이고 뚜욱 뚝 굵은 눈물을 떨어뜨렸다.

길게 운 죄수는 겨울과 곧 도착할 장교들 몫의 마구를 꺼내놓고 다시금 인사한 뒤에 자리를 떠났다. 그는 돌봐야 할 말이 많았다. 병사들을 투입하기는 영 아까운 작업. 이게 없었다면 로저스 소장의 판단이 달라졌을지도 모른다.

겨울의 배후로 인기척이 다가왔다. 카메라가 엑셀에게 마구를 채우는 겨울의 모습을 담는다. 빠르게 끝낸 겨울이 마르티노에게 손짓했다. 잠시 카메라를 꺼달라고.

"이거 설마 생방송은 아니죠?"

질문을 받은 마르티노는 그랬으면 좋겠다는 반응이다.

"유감스럽게도 공보처의 검열은 여전합니다. 까다롭진 않더라도 번거롭고, 언론인으로선 영 아쉬운 부분이죠. 어찌됐든 소령님을 취재할 수 있다는 것만으로도 충분하지만 말입니다."

그리고 그는 낯선 동료들을 소개했다.

"이 친구들이 꼭 인사드리고 싶어 했는데, 소령님께서 부지런하셔서 이렇게 기회가 생기는군요. 카메라맨인 리로이 카아, 마이크 담당 제이 클라인입니다. 본사에서 새로 파견한 현장 스태프들인데, 둘 다 소령님의 열렬한 팬이라고 합니다."

겨울은 두 사람을 향해 손을 내밀었다. 리로이 카아는 바지에 얼른 손바닥을 문질렀고, 통통한 볼에 수염을 기른 제이 클라인은 악수를 나눌 때 거의 넋이 나간 사람처럼 보였다. 전쟁영웅을 대하는 방송 관계자라기보다는 팝스타를 만난 십대 소녀 같은 반응이었다.

마르티노가 말했다.

"조금 전에 하신 말씀은 참 괜찮았습니다. 시청자들도 좋아할 것 같군요."

겨울이 고개를 기울인다. 그건 그냥 본격적인 촬영을 앞둔 사전 조정이라고 생각했건만. 로저스 소장이 도착할 즈음부터가 기자들의 일감이겠거니 싶었다.

"설마 그걸 방송에 내보내려고요?"

"싫으십니까? 혹시 사적인 대화라서?"

"싫다기보다 위험하지 않겠어요? 애초에 허가가 안 날걸요?"

"위험? 위험, 위험……. 아. 죄수들의 처우 문제가 이슈로 뜰까봐 그러십니까?"

"네. 정부시책에 관한 논란이 커지면 안 될 시기잖아요."

11월의 대선까지는 이제 반년도 채 남지 않았다. 현 정권의 도덕성에 문제가 생기면 난민정책에 대해서도 약점으로 작용할 가능성이 높다. 겨울의 우려를 깨달은 기자가 하하 웃는다.

"거기까진 미처 생각하지 못했습니다만, 글쎄요……. 제가 보기엔 괜찮을 것 같습니다."

"왜죠?"

"사람들은 이걸 죄수의 처우에 대한 문제보다는 한겨울 소령의 미담으로 기억할 테니까요. 왜냐면, 그러는 편이 더 즐겁기 때문입니다. 같은 사건이라도 보는 시각에 따라 얼마나 크게 달라지는지는…… 소령님 정도 되는 분이면 이미 알고 계실 테고요."

"……."

"그래도 이 바닥에서 오래 묵은 전문가로서 드리는 말씀인데, 대중의 관심이란 한 번에 수용 가능한 최대치라는 게 있거든요. 다른 어떤 것보다도 큰 관심사인 소령님이 있는 이상 죄수 쪽에 관심을 할애하기도 어려울뿐더러, 할애한다고 해도 가벼울 수밖에 없습니다."

이렇게 말하는 기자는 음모를 꾸미는 어른이자 장난스러운 악동처럼 보였다. 예전에 두려움과 소외감으로 흐느껴 울던 사람과는 동일인처럼 느껴지지 않는다. 그러나 같은 사람이었다.

"애초에 말입니다, 전 세계 인구의 5%를 차지하면서 수감자 숫자로는 25%를 차지하던 이 나라에선 죄수의 취급이 원래 좋지 않았습니다. 총살 집행을 앵글에 담았다면 또 모를까, 고작 족쇄 채우고 목부노릇 시키는 정도로 동정여론이 생길 거라고 보긴 힘듭니다……. 역병이 돌기 전에도 사람들은 자기부터 살기에 바쁘지 않았습니까."

콘크리트 정글에서. 말을 마친 기자가 겨울의 어깨 너머를 보았다.

"이런, 시간이 됐군요. 저희는 빠지겠습니다."

마르티노와 함께 물러나는 카메라맨과 마이크 담당은 무척이나 아쉬운 얼굴들이었다.

"일찍 도착했군, 소령."

새로 들어선 로저스 소장과 사단 참모들, 그 외의 장교 및 병사들이 겨울에게 경례한다. 겨울도 정자세로 경례했다. 갇혀 있던 말들은 다수의 인기척에 귀를 세우고 주의를 집중했다.

머리를 흔드는 엑셀을 진정시키는 겨울에게, 로저스 소장이 묻는다.

"얼마나 기다렸나?"

"10분 정도입니다."

"흠."

물끄러미 바라보던 소장이 시선을 돌린다. 동행한 병사들이 마장에서 숫자에 맞게 말을 꺼냈다. 엑셀을 제외하면 모두가 금빛이거나 금빛이 감도는 금속성 갈색의 명마들이었다.

"연락을 받고 조금 놀랐습니다."

겨울이 하는 말에 로저스 소장은 한쪽 눈을 찌푸렸다.

"위에서 내려온 지침을 무시할 순 없지. 광대가 되라면 되어야 하고. 전원, 탑승하도록."

각자의 말에 마구를 채운 장교들이 등자를 밟고 안장에 오른다. 장교들의 숫자가 예상보다 적은 것은 말을 탈 줄 모르는 사람들이 제외되었기 때문일 것이었다.

인적 구성이나 말에 타고 있다는 걸 제외하면, 목적은 평범한 영내순찰이었다. 가장 낮은 계급이 대위인 기병대를 보게 된 병사들의 반응은 꽤나 호의적이었다.

"이러는 게 무슨 의미가 있는지 모르겠습니다."

겨울과 마찬가지로 발전소 한 곳을 맡게 될 임무부대 지휘관의 말. 조금 앞선 사단장은 돌아보지도 않고 대꾸했다.

"명령에 의문을 품는 건가?"

"그러긴 싫습니다만, 솔직히 납득이 안 갑니다. 중요한 국면이잖습니까. 이럴 시간에 변경된 작전 내용을 숙지해도 부족하다고 생각합니다."

끄덕끄덕. 장교들 사이에 공감대가 형성됐다. 이번 작전만은 절대로 실패하면 안 된다는 압박감 탓인지, 작전 개시를 앞두고 이런저런 변경사항이 계속해서 전달되었다. 백악관이나 국방부는 완벽을 기한다고 하는 일이겠으나 일선 지휘관들 입장에선 곤혹스러운 노릇.

'명백한 해방 작전의 실패가 그만큼 큰 충격이긴 했지.'

실패하고 싶어도 도저히 실패할 수 없는 작전으로 평가받던 게 명백한 해방 아니었던가. 방역전선 전역에 걸쳐, 후방근무지원부대를 제외하고 전투 병력만 천만을 밀어 넣었는데. 겨울은 워싱턴 DC가 단체로 편집증을 앓아도 이상하지 않다고 느꼈다.

"기병대의 이미지를 유지, 확장할 때 장병들과 시민들이 받을 심리적 영향."

잠시 침묵하던 로저스 소장으로부터 갑작스럽게 쏟아져 나오는 건조한 음성.

"그게 이유다. 이번 작전기간에는 기병수색대를 운용할 수 없다. 지나치게 더우니까. 하지만 상부에서는 민사심리전의 도구로서 기병대의 이미지를 유지하고 싶어 한다. 그러니 작전이 시작되기 전에 최대한 만들어둬야겠지. 장병들에게도 긍정적인 영향을 기대하는 모양이다. 펜타곤 내에 이곳을 전담하는 심리치료사들의 태스크 포스가 있다더군."

“그 정도는 짐작했습니다. 하지만 경중을 가리지 못하는 게 아닙니까?”

로저스 소장은 아까와 같은 장교를 돌아보았다. 그 눈은 유리알 같았다.

“역사상의 모든 전쟁은 누가 더 잘하느냐가 아니라 누가 실수를 더 적게 하느냐로 승패가 갈렸다. 윗선에서 업무의 경중을 가리지 못하거나 잘못된 지침을 내리는 건 평범한 일이지.”

“…….”

“그런 비효율을 다 포함해서 시스템인 거다. 어느 부분이 효율적이면 다른 부분은 비효율적인 법. 완벽하게 효율적인 시스템이란 있을 수 없어. 기계나 신이 대신한다면 모를까.”

“그래도…….”

“어쨌든 난 귀관과 같은 건의를 했고, 받아들여지지 않았으나 큰 유감은 없다. 지금이 최선이니까. 난 지금의 이 나라가 차라리 기적에 가깝다고 생각한다.”

여기엔 겨울도 동감이었다. 현 정부는, 그리고 지휘부는 놀라울 정도로 잘 해주고 있다.

말을 끝낸 것 같던 소장이 문득 생각난 것처럼 덧붙였다.

“사람에겐 한계가 있다. 우리가 신이 될 순 없지 않나.”

곱씹어보면 기병대는 상징이었다. 이제 구조작전은 사실상 마무리 단계에 접어들었으나, 화면에 기병대가 비춰지는 한 시민들은 아직 구조가 끝나지 않았다는 느낌을 받기 쉬웠다. 그런 착각을 통해 정부가 원하는 것은 아마도 연착륙, 즉 사회적 충격의 완만한 수용.

'겨우 37만 명밖에 안 돼.'

지금 이 시간, 겨울의 PDA에 뜬 정확한 숫자는 37만 2,620명. 이곳 올레마 FOB와 포트 로버츠, 마리골드 등지에서 구조된 생존 장병의 총 합계였다. 겨우, 라는 수식어를 붙이기엔 많은 숫자이며, 구조자들의 노력 이상으로 생존자들의 역경이 위대하다고 해야겠지만, 거꾸로 말하면 결국 160만에 가까운 병력이 돌아오지 못했다는 뜻.

언덕 너머에서 묵직한 총성이 메아리쳤다. 일반적인 소총은 아니었다.

"어디지?"

로저스 소장이 사단참모에게 묻고, 크레인에 매달린 카메라가 촬영 각도를 바꾸었다. 사단 작전참모가 말에 탄 채로 전술정보 태블릿을 조작했다. 화면을 몇 번 터치하자 지도를 배경으로 전투현장의 영상이 뜬다. 여러 시점을 동시에 보여주는 분할화면이었다.

"라인 킬로에서 화이트 임무부대가 교전 중입니다. 적 집단의 규모 약 70……. 구울 이외의 특수변종은 발견되지 않았으나, 방탄복을 입은 놈들이 다수 포함되어 있어서 중기관총 화망으로 끌어들였습니다. 이제 곧 교전이 끝납니다."

교전 자체는 별일 아니었다. 소장이 표정변화 없이 지적했다.

"단어선택에 주의하도록."

작전참모는 잠시 어리둥절했다가, 카메라를 보고 아! 하고 깨닫는다. 방탄복을 입은 놈들. 그대로 방송을 탔다간 트집을 잡힐 말이었다. 물론 걸러지기야 하겠으나, 검열이 곧 삭제를 의미하진 않는다. 훗날 정보공개제도에 의해 곤욕을 치를 수도 있다는 암시였다.

“죄송합니다. 시정하겠습니다.”

“영현(英顯) 수습 팀은 대기 중인가?”

“지금은 다른 방면으로 출동한 상태입니다. 1500시 복귀 예정이군요.”

방탄복을 입고 있다면 미군 전사자일 확률이 높다. 예전과 달리 상황이 호전되었으므로, 전사자의 유해를 방치할 순 없는 노릇. 영현 수습 인력은 잠을 아껴가며 활동하고 있었다.

마침 기병대는 성당 옆을 지났다. 이 작은 마을에 처음 도착한 직후, 종을 울리지 않는 장례식을 치렀던 장소. 그때는 군종병조차 없었으나 지금은 정식 군종장교가 머무르고 있다.

당시 묻었던 시신들은 고향으로 수송되었다. 오스본 병장도 마음의 짐을 덜었을 것이다.

위이잉-

전동 톱 회전하는 소리. 성당 옆 목공소에서는 그때와 마찬가지로 관을 짜고 있었다. 다만 더는 에스카밀라 소위의 소관이 아니었다. 전투 부적합 판정을 받고 후송 대기 중인 장교와 병사들 가운데 자발적으로 나선 이들이 교대로 투입되었다. 괜찮을까 싶지만, 할 일이 아예 없는 것보다는 나을 터.

상의를 벗고 땀을 흘리는 병사들은 그저 몰두하는 표정

들이다. 특수차량의 카메라 크레인이 그들 쪽으로 움직였다. 클로즈업으로 찍는다면 무얼 만드는지는 중요치 않을 광경이었다.

"다들 어떻게 생각하나."

마이크의 공백을 틈타 소장이 새롭게 운을 띄웠다.

"이 전쟁의 난점 가운데 하나가 우리가 잃는 만큼 적들이 얻는다는 거지. 상실한 병력 160만은 곧 위장 패턴이 들어간 전투복과 방탄복을 갖춘 적 160만을 의미한다."

이는 어디까지나 최악의 경우를 상정한 것. 실종자 모두가 감염되었을 확률은 희박했다.

"서부전선에서도 영현 수습에 바쁘다고 들었습니다. 실종자의 숫자가 여전히 많긴 하지만, 그동안의 교전과 폭격으로 대부분 소모되지 않았겠습니까? 적은 이미 공세 한계에 도달했고 통신역량은 약화되었습니다. 전력을 아낄 여유는 없을 것으로 판단됩니다."

서부전선은 올레마 기지를 기준으로 서쪽이 아니라, 봉쇄선 이서(以西)의 주 전선을 뜻했다.

"글쎄. 이오지마에서도 다들 그렇게 생각했겠지."

"……."

반론했던 참모가 입을 다물었다. 겨울에게는 증강현실이 떴다. 약식 장교교육에 포함된 내용이었으므로. 2차 대전, 이오지마 전투에서, 미군이 강력한 준비사격을 퍼부었음에도 불구하고 많은 일본군이 살아남아 미군의 상륙을 기다렸다. 갱도진지를 활용한 덕분이었다.

'땅굴…… 이라. 가능성은 있나.'

겨울도 지금껏 본 적이 없고, 목격 사례 역시 보고되지 않았으나, 이번엔 트릭스터가 있으니 혹시나 싶다. 지금처럼 맹렬한 폭격을 당하는 상황에선 더더욱. 매복에도 좋겠다.

인간 이하인 괴물들의 손재간으로 본격적인 굴착을 하기란 무리.

그러나 각 개체가 파편을 피할 정도, 즉 참호 수준은 가능할 것 같았다. 더 나아가 여기에 특화된 변종이 발생했을지도 모르지만, 겨울의 심중에서는 희박한 확률이었다.

특수변종의 쿼터가 정해져있는 게 사실이라면 지금 가장 부족한 것은 광범위한 통솔력을 발휘할 개체들, 결국 트릭스터가 아닐까.

무엇보다 땅굴에선 전파의 송수신이 불가능하다. 좁고 복잡한 경로에서의 육성 전달엔 한계가 있다. 또한 캘리포니아는 지진이 잦은 지역이었다. 어설프게 팠다간 집단으로 생매장 당한다. 땅굴과 매복이 있더라도 소규모일 수밖에 없는 이유였다.

작전참모가 다시 말한다.

"일찍이 방역전략연구소에서도 같은 경고를 하긴 했지만, 만약 그런 징후가 있었다면 레인저든 A 팀이든 확인했을 겁니다. 위성이나 항공정찰도 마찬가지고 말입니다."

이에 대한 소장의 답.

"반드시 갱도진지만을 염두에 두고 하는 말이 아니다. 구체적인 수단과 방법을 떠나, 적이 어떤 식으로든 전략예비를 보존하고 있을 경우에 대비하라는 것이다. 우리는 목숨을 거래하는 보험중개인들 아닌가."

비록 논의일 뿐이지만, 사실이더라도 과연 위협이 될 것인가에 대해서는 의문이었다.

"한겨울 소령. 귀관의 의견은?"

"……기습을 당하지만 않는다면 큰 걱정거리는 아니라고 봅니다."

"왜지?"

"많은 수가 남아있다고 해도 실제로 위협이 될 만큼 집중되기는 어렵기 때문입니다."

아니, 차라리 불가능에 가깝다. 생존자 구조 종료와 함께 피아식별의 부담도 감소한 까닭. 포병대와 공군에겐 최상의 조건이었다. 고로 밀도 높은 변종집단은 불벼락을 맞게 된다.

"그래서, 걱정할 필요가 없다고?"

"경계하고 있으면 됩니다. 분산된 공격에선 각각의 변종이 단단해봐야 큰 의미가 없지 않겠습니까? 야간정찰을 강화하는 것으로 충분하다고 생각합니다."

로저스 소장은 별다른 반응을 보이지 않았다. 알면서 물어본 것이다. 일종의 기본 소양 시험이었다. 그 자신이 원해서라기보다는 다른 장교들에게 보여주기 위한 목적의.

여기서 겨울을 제외한 나머지 장교들은 예외 없이 30대였다. 어린 소령의 전공을 의심하는 사람은 없더라도, 순수한 호의로서 판단력 부족을 염려하는 경우는 있을 법하다.

'장교 부족이 심각한 지금 꼭 내게만 해당될 이야기가

아니겠지만…….'

미군의 규모가 급격히 팽창하는 동안, 웨스트포인트 출신이나 학사장교로는 급증하는 장교 수요를 채울 수 없었다. 예비역 장교들의 재임관도 마찬가지. 결국 겨울처럼 약식 교육만 받거나 사관학교 조기졸업으로 임관하는 사례가 많았다.

유라나 진석이 장교로 임관할 수 있었던 것도 같은 맥락이었다.

직책진급으로 소령이 된 겨울도 현재의 계급이 그대로 인정될 가능성이 높았다. 로저스 소장 또한 그렇다. 전시엔 흔한 일이었다.

겨울이 말했다.

"한국엔 아끼다 똥 된다는 말이 있습니다."

"흠?"

"올 여름을 모르는 변종들 말입니다."

더 이상의 설명은 불필요했다.

"아끼다 똥 된다. 재밌는 표현이군."

물론 로저스 소장은 전혀 재미있다는 표정이 아니었다. 중간부터 카메라가 돌아와 있었음에도 불구하고. 그에겐 이 정도가 최선인 모양이다.

순찰은 약 한 시간 정도 계속되었다. 민간인들이 보기엔 그럴 듯하고, 장교들이 보기엔 조금 어색할 요식행위였다. 마침내 순찰이 끝났을 때, 마르티노가 이 정도면 부족하나마 어떻게든 될 거라고 하는 바람에 장교들이 한심한 표정을 지었다.

"이해하기 어려우시겠지만, 저희도 노력하고 있습니다. 단십 분을 내보내려고 다섯 시간을 촬영하는 일도 흔하거든요. 아무튼 다들 바쁘신 와중에 시간을 내주셔서 감사했습니다."

목례하는 기자 앞에서 로저스 소장은 여전히 무뚝뚝했다.

"그저 명령을 따랐을 뿐이오."

이후 일상적인 토의와 조율을 마치고 각자의 주둔지로 복귀하게 됐다. 겨울이 엑셀을 마구간에 맡기고 나오는데, 중대장을 기다리던 병사들이 험비 안에서 장난을 치는 모습이 보인다. 후방좌석에 앉은 소총수가 히죽 웃더니 사수좌석 측면의 붉은 핸들을 콱 잡아당겼다. 좌석이 푹 꺼지는 바람에, 폐쇄된 포탑 안에서 꾸벅꾸벅 졸던 사수가 엉덩방아를 찧었다. Damn! 입모양이 쉽게 읽힌다. 인상 쓰는 사수는 다름 아닌 슐츠였다. 그도 이젠 상병[12]으로 진급했다.

'그새 친해졌네.'

배속 이후 얼마 지나지도 않은 시점. 원래 있던 중대원들과는 서먹서먹해야 정상이었다. 보이지 않는 노력이 있었을 것이다. 양쪽 모두에게서. 연결고리는 겨울이다.

"엇, 오셨습니까."

겨울이 탑승하자 다들 부산스럽다. 매번 이러니 조금 민망할 지경.

중대운전병이 보고했다.

"방금 전 선임상사부터 연락이 있었습니다. 북쪽 3번 가

12 Specialist, 코퍼럴(Corporal)과 같이 상병으로 번역되지만 계급상 부사관과 같이 유사시 지휘권 행사가 가능한 코퍼럴과는 구분된다.

설부두에서 수령할 보급품이 있는데, 차량이동허가를 따로 받기보다는 이미 나와 있는 1호차가 들르는 게 나을 것 같다고……. 중대장님만 괜찮으시다면 말입니다."

"보급품이 크진 않은가 봐요?"

"어, 그게, 하하. 담배랍니다. 여긴 BX(영내매점)도 없으니까요."

확실히 겨우 담배 실어오자고 차 한 대를 새로 내보내기는 껄끄러운 노릇. 겨울이 무전기로 중대본부와 교신했다.

"데이비드 6에서 데이비드 7에게. 물자는 당소에서 수령하겠다는 통보."

회신은 짤막했다. 확인. 겨울이 무전기를 내려놓으며 중얼거렸다.

"다들 담배를 끊는 편이 좋을 텐데."

"……."

겨울 이외의 모두가 뻣뻣해졌다. 고뇌에 빠진 중대운전병이 하는 말.

"어, 작은 대장님…… 아니지, 중대장님께서 끊으라고 하시면 다들 끊을 겁니다."

"강요하는 거 아니에요. 그냥 그러는 편이 생존에 유리할 거라는 말이죠."

"……."

"강요 아니라니까요……."

하다못해 그럼블도 바람이 없는 환경에서 반경 50미터의 냄새를 맡는다. 추적에 특화된 스토커는 그 이상이며, 평범한 변종들도 인간을 능가하는 후각을 보유했다. 담배를 태우는 강렬한 냄새는 체취보다 넓은 범위에서 괴물들을 끌어들일 것이었다.

그럼에도 국방부에선 병사들에게 담배를 제공한다. 목적은 사기유지. 생존성 향상에만 몰두하자면 전투식량에서도 일체의 냄새를 제거해야 할 것이다.

"얼른 출발해요."

겨울의 말에 번민하던 운전병이 겨우 현실로 돌아왔다.

차창 밖의 풍경이 미끄러지기 시작했다. 비포장도로는 백색에 가까운 흙빛이었다. 임시 항만을 향하는 트럭의 대열은 성조기를 덮은 관들을 싣고 있었다. 연고자가 밝혀진 시신들은 항공편으로, 그렇지 않은 시신들은 배편으로 수송된다.

겨울이 슬쩍 곁눈질했으나, 포탑을 차지한 슐츠의 표정은 보이지 않았다. 다른 중대원들과 새로 배속된 숙련병들 사이에 감정의 괴리가 불가피한 부분이었다.

라디오에 전원을 넣는다. 원래 달려있던 수신기가 아니라 별도의 액세서리였다. 기지에 세워진 안테나 덕분에 수신이 가능하다. 겨울이 찾는 것은 여전히 뉴스 채널의 주파수.

「속보입니다. 플로리다 북부를 긴장하게 만들었던 잭슨빌 넵튠 비치 감염사태가 최초 신고 후 불과 반나절 만에 해결되었다는 소식입니다. 현장 출입은 아직 통제되고 있지만 잭슨빌 경찰당국은 감염 확산이 완전히 저지되었다고 발표했습니다.」

"동쪽도 마냥 안전한 건 아닌가봅니다."

후방좌석의 말에 겨울이 대꾸했다.

"바닷가잖아요."

감염의 시발점은 아마도 멜빌레이일 것이다. 서부해안에서 출현한 괴물이 수천 킬로미터를 이동해 동부까지 진출한 것이다.

강을 통해 내륙으로 진출할 수도 있겠지만, 미국 정부는 그 가능성을 인지하고 있었다.

'하지만 이런 시절에 해수욕을 즐길 사람이 있나…….'

어쩌다가 감염자가 생겼을까.

「최종적으로 발생한 피해자는 7명이며, 평소 SNS를 통해 정부에 대한 불신을 공유해온 것으로 밝혀졌습니다. 해당 내용을 살펴보면, 이들은 정부가 국민들을 통제하고 억압하기 위해 역병 위기를 의도적으로 과장하고 있으며, 이로써 자본가들에 의한 영구적인 지배체제를 확립하려 한다고 믿었습니다. 3중 철조망을 뜯어 해안으로 넘어간 것도 같은 이유로 생각됩니다.」

"사람이 멍청해지는 데엔 한계가 없군요."

슐츠의 어이없어하는 목소리.

「현장의 제보에 따르면 이번 사건은 군경이 출동하기 전에 이미 종료된 상태였다고 합니다. 변종들과 처음 조우한 것은 현지 주민인 72세의 에드먼드 짐머만 씨와 69세의 니나 짐머만 씨입니다. 당시 짐머만 부부는 산책 중이었다고 하는데요, 감염 피해자들과 조우한 즉시 항상 끌고 다니던 유모차에서 자동소총과 샷 건을 꺼내어 정확한 조준사격을」

"……."

유모차? 왜 히필……. 겨울은 당혹감을 느꼈다. 라디오에서는 총성과 괴성을 들은 이웃들이 창문을 통해 지원사격을 해주었다는 내용이 이어졌다. 변종들은 수십 발의 총탄과 몇 발의 화살에 맞아 죽었다.

「더스티 노리스 시장은 이번 일을 용감한 시민들의 승리라고 표현했습니다. 이로써 우리가 안전지역에서 발생한 서른여덟 번째 감염을 무사히 극복했음을 알립니다.」

운전병은 떨떠름한 표정이었다.

"봉쇄선이 무너져도 한동안은 괜찮은 거 아닙니까?"

"불길한 소리 말아요. 민간인들이 그럼블 같은 걸 어떻게 막아요?"

"그냥 하는 말입니다."

군이 잘 버텨준 덕분에 민간 차원의 대응능력도 강화된 것이 사실이다. 얼마 전에 들었듯이, 통근열차조차 장갑을 두른 상태니까. 요새화 공동체라는 표현은 작년부터 언급되었다.

정면 차창 너머에 가설부두가 나타났다. 준설선은 여전히 작업 중이었고, 건설 도중인 부두도 여럿 보였다. 정박한 해안경비대의 범선 바크 이글엔 수십 개의 관이 연달아 올라간다. 갑판에 관이 오를 때마다 엄숙하게 경례하는 병사들이 보였다.

"엇? 소령님?"

폭뢰를 탑재하던 고속정 곁에서 장교 한 사람이 겨울을 알아봤다.

"건강해보여서 좋네요, 소위. 아니, 이젠 중위로군요. 여기서 볼 줄은 몰랐는데."

정자세로 경례한 바커 중위가 싱글벙글 웃는다.

"지금은 항만 경비를 맡고 있습니다. 바다괴물들을 쫓아가서 뻥뻥 터트리는 일 말입니다. 어떻게 보면 본업으로 복귀한 셈이죠. 소령님께선 무슨 일로 여기에?"

"담배 보급 받으려요."

"오, 여기서 한 대 피우고 가시죠."

"난 안 피우지만……."

뒤를 돌아본 겨울이 중대원들의 조용한 호소에 끄덕였다.

"잠깐 쉬고 가도 될 것 같네요."

받아오기는 금방이었다. 잠시 후 병사들은 시원한 바닷바람에 담배연기를 실어 보내는 행복을 누렸다. 겨울을 배려하여 바람이 불어가는 쪽에 모인다. 쏴아아- 하는 파도소리. 구름이 드문 하늘에 갈매기가 날았다.

곧 시작될 작전을 감안하면 기이할 정도로 평화로운 한때였다.

5월 21일, 로저스 소장의 합동임무부대 전체에 합성 거미줄과 그 밖의 복합소재로 만들어진 신형전투복이 보급되었다. 미시건 주의 공장에서 직항으로 날아온 1차 생산분. 이를 착용한 중대원들 앞엔 봉쇄사령부에서 파견된 군견 팀이 서있었다. 새로운 전투복의 방어력을 시연해보이기 위해서였다.

겨울의 허가를 얻은 군견 팀장이 중대원들을 향해 열중

쉬어 자세를 취했다.

"데이비드 임무부대원 여러분, 반갑습니다. 저는 이안 멘도자 중사입니다. 그리고 이쪽은 제 부하이자 파트너인 루카 하사입니다. 보시다시피 저먼 셰퍼드죠."

중사가 신호를 주자 혀를 빼고 있던 개가 앞발을 들어 거수경례를 흉내 냈다. 보기 편하게 둘러서 앉거나 서있던 중대원들 사이로 가벼운 웃음이 번진다. 그 사이로 고귀한 이름을 지닌 닥스훈트 한 마리가 꼬리를 내린 채 끙끙댔다. 다른 개가 반갑지 않은 기색이었다.

시연 대상에 중대 간부들이 포함되어 있었으므로 멘도자 중사의 태도는 무척 정중했다.

"벌써 알고 계시겠지만, 저는 여러분께 신형전투복의 방어력을 확인시켜드리고자 이곳에 왔습니다. 지금 여러분께서 입고 계신 전투복은 일선 전투 병력을 감염위협에서 보호하기 위한 노력의 결실입니다. 구체적으로는 가장 취약한 부위에서도 2A[13]등급의 방탄성능과 일정 수준의 방검성능을 보유하고 있죠. 물론 중요 부위의 방어력은 더욱 높습니다. 방탄복을 따로 입지 않고도 최소한의 전신방호가 가능하다는 뜻입니다."

오오. 일부 병사들이 자신의 옷매무새를 다시 살핀다. 이리저리 움직여도 본다. 과거의 전투복에 비해 두껍고 불편한 것이 사실이지만, 방어력을 감안하면 오히려 가볍고 유연한

---

13 NIJ(National Institute of Justice) Level IIA, 9x19mm나 .40 S&W 방호.

축에 들었다. 움직임에 맞춰 늘어난다는 점은 놀라울 정도.

'섬유로 된 방탄복은 찌르기에 약한 게 정상인데.'

겨울은 소매를 꾹 눌러보았다. 섬유 외에도 얇고 단단한 블록 같은 것이 느껴진다.

"보십시오."

중사가 대검을 뽑아 자신의 몸을 여기저기 쿡쿡 찌르거나 베어 보인다.

"변종과의 근접 전투에서 팔이 취약하다는 판단하에, 소매부터 팔꿈치까지는 급소만큼의 방검성능이 적용되어 있습니다. 일반적인 변종의 치악력을 무난히 견디는 수준입니다."

이 대목에서 화기부사관 디안젤로 하사가 손을 들었다.

"질문하십시오, 하사."

"일반적인 변종이라면 구울을 상대로는 위험하다는 뜻입니까?"

"그렇습니다. 그 경우엔 행운을 빌어야겠죠."

청중이 약간의 실망을 공유했다.

하지만 분위기는 금세 달라졌다.

"물어!"

멘도자 중사가 옆구리를 툭툭 치며 외치자, 얌전히 앉아있던 군견이 야수로 돌변했다. 크르릉, 크릉! 갈빗대 아래를 콱 물고서 몸을 흔들어댄다. 무게중심을 낮추고 버티기도 잠시, 결국 넘어진 중사가 그만! 앉아! 하고 외쳤다. 셰퍼드는 언제 사나웠냐는 듯 엉덩이를 붙이고 지시를 기다린다. 중대원들은 대충 털고 일어서는 중사의 모습에 높은 집중력을 보였다.

부위를 달리하며 몇 번의 물어!가 반복된다. 마침내 흙투성이가 된 중사는 중대원들에게 가까운 거리에서 물린 부위를 보여주었다. 이빨 자국은 있으나 뚫리진 않았다.

시연을 끝낸 중사에게 박수갈채가 쏟아졌다. 겨울은 그와 악수를 나눴다.

"수고했어요, 중사. 몸을 아끼지 않더군요. 휴일에 고생이 많아요."

"제 임무일 뿐입니다."

덤덤하게 말하지만 살짝 찡그리는 얼굴에서 통증이 엿보인다. 뚫리지만 않았을 뿐 옷 아래가 많이 씹혔을 것이었다. 크게 물리면 괜찮겠으나 항상 그럴 순 없는 노릇. 속에 무언가 덧댔다간 병사들을 상대로 호소력이 없어진다고 여긴 듯하다.

오늘은 일요일이라 시연이 끝난 시점에서 중대원들에겐 특별한 일과가 없었다. 휴식과 인연이 없는 간부들도 평일에 비해서는 일정이 느슨했다. 상부에서 휴식을 보장해주려는 의도가 역력했다. 그러나 겨울은 예외였다. 차량을 대기시키는 겨울에게 싱 대위가 묻는다.

"사단본부의 호출입니까?"

"아뇨. 군종신부님께서 잠시 보자고 하셔서."

"무슨 일로……?"

"정신적으로 불안정한 병사들 때문에요. 제가 있으면 도움이 될 거라고 하시더라고요. 할 수 있을 때 해야죠. 작전이 시작되면 기회가 없을 테니."

딱히 겨울이 특별한 것은 아니다. 지명도가 높은 베테랑들이 PTSD 관리에 자원하는 건 비교적 흔한 일이었다. 그러다 죽은 사람도 있고. 크리스 카일. 속성교육에 포함된 내용이자, 랭포드 대위와의 대화에서도 한 번 언급된 사건이었다.

"이해는 합니다만, 중대장님도 휴식이 필요하지 않으십니까?"

"난 괜찮아요."

여상한 대답에 싱 대위가 엄한 표정을 짓는다.

"누가 물어도 항상 괜찮다고만 하시는군요."

"안 괜찮아 보여요?"

"아닙니다. 그냥 감탄하는 겁니다. 저는 지금까지 중대장님만큼 신의 이름에 가까운 사람을 본 적이 없어서 말입니다."

"신의 이름에 가깝다? 무슨 뜻이죠?"

"자세히 설명하려면 복잡하지만, 쉽게 말해 신의 뜻을 실천하고 계신다는 뜻입니다."

겨울은 어색한 미소를 만들었다.

"좋게 봐주는 건 고마운데, 난 신앙을 가질 생각이 없어요."

"죄송합니다. 오해하게 만들어드렸군요. 전 중대장님께 믿음을 전하려는 것이 아니었습니다. 그저 제 믿음의 기준으로도 중대장님께서 훌륭한 분이라는 말씀을 드리고 싶었을 뿐입니다."

"믿음의 기준? 내가 시크교 교리에 맞게 행동하는 건 아닐 텐데요?"

"물론 그렇습니다. 중대장님께서는 수염을 기르지 않으시고, 자유롭게 이발을 하시고, 참된 스승과 투사의 칼도 없으시고, 아침저녁으로 기도를 드리지도 않으시지요. 그러나 말씀의 수행보다 더 중요한 것이 마음입니다. 중대장님께서는 마음의 길을 걷고 계십니다."

"……."

마음이라. 조금만 더 들어볼까. 겨울은 중대운전병에게 잠시 기다리라는 손짓을 보냈다.

"대위, 마음의 길이라는 게 무슨 뜻이죠?"

싱 대위가 조금 곤란한 표정을 지었다.

"제가 경솔한 말을 한 모양이군요. 정말로 이런 대화를 유도할 생각은 아니었습니다. 종교적인 권유로 느껴지셨다면 다시 한 번 사과드립니다."

"단순히 궁금해서 물어보는 거예요. 최근 들어 생각하던 것도 있고."

"으음."

고민하던 대위가 조심스럽게 말한다.

"신성한 경전에 이런 말씀이 있습니다. 「이성으로는 수백만 번을 사색하더라도 신을 이해할 수 없다.」 그리고 「절대자는 모든 이들의 가슴속에 깃들어 계신다.」 ……. 마지막으로 「절대자는 모든 이들의 가슴속에 숨어 계시며, 자유를 얻는 자는 구르무크라네.」"

즉, 하고 이어지는 이야기.

"사람이라면 누구나 가슴속에 신의 뜻, 신의 이름을 품고 있다는 가르침입니다. 모든 사람의 마음속에는 진리와 사랑이 있습니다. 옳고 그름을 판단할 능력이 있는 겁니다.

그것이 바로 신의 이름입니다. 예컨대 가장 추악한 살인마가 최악의 범죄를 저지르는 순간에도, 마음속에선 무엇이 올바른 것인지 알고 있을 것입니다. 다만 욕망에 휩쓸려 외면해버릴 뿐입니다."

겨울은 대위가 자신을 두고 신의 이름에 가깝다고 한 의미를 알 것 같았다.

"경전과 기도문과 엄격한 규율은 그저 욕망을 버리고 진정한 마음에 이르는 길에 불과합니다. 이 길이 위대한 스승(구루)들의 발자취로서 깨끗하고 바른 가르침이긴 하나, 결코 유일한 길은 아닙니다. 마음이 없는 수행은 무의미하기 때문입니다. 저는 이것을 종말이 시작된 이후에 절실히 깨달았습니다. 진정 신실하다고 여겼던 형제자매들이 자기부터 살겠다고 남을 내치는 모습을 지켜보면서 말입니다. 그들이 했던 수행에 무슨 의미가 있었겠습니까."

"……."

"스스로의 목숨을 지키려는 의지만큼 강렬한 욕망은 없습니다. 허나 중대장님께서는 다른 사람들을 위해 스스로의 목숨을 아끼지 않으십니다. 저는 중대장님에게서 두려움의 흔적을 느낄 수 없습니다. 이것이야말로 자아의 덩어리인 욕망을 버리고 진정한 마음을 얻은 사람, 신의 이름을 깨닫고 신의 뜻을 실천하는 이, 구르무크의 모습입니다."

"과분한 평가예요."

"그렇습니까?"

겨울은 더 이상 말하지 않는다. 어색했다. 약관대출을 청산

하기 전의 죽음이 곧 폐기를 의미하긴 하지만, 그런 맥락에서 목숨을 아끼지 않는다고 할 순 있겠지만, 그래도 어색했다.

대위를 보내고서 성당으로 향한다. 겨울은 혼자 움직였으면 했지만, 규정상 그럴 수가 없었다. 운전병과 사수를 비롯해 함께 움직여야 하는 병사들에겐 안된 일이었다.

"간만의 휴식을 방해해서 미안해요."

겨울의 말에 운전병이 너스레를 떤다.

"신경 쓰지 마십쇼. 싫으면 거부해도 된다고 하신 걸 저희가 굳이 가겠다고 한 거잖습니까."

"사실상의 강요나 마찬가지 아니었어요?"

"저희도 좋은 일 하는 겁니다. 여기서 강요라고 생각한 사람 아무도 없습니다."

진심으로 하는 말인지, 아니면 겨울에 대한 호감 때문인지는 구분하기 힘들었다.

정신이 온전치 못한 병사들을 수용한 건물은 과거 여관과 식당을 겸했던 곳이었다. 창문마다 투명한 아이보리 빛의 오후가 비스듬히 들어오는 넓은 실내에 맥 빠진 병사들이 여기저기 늘어진 풍경. 바로 들리는 이야기는 조금 이상한 음담패설이었다.

"나는 게이가 정말 좋아."

"뭐? 설마 너 게이였어?"

"이런 씨발, 무슨 소리야? 난 여자가 좋다고. 항문에 박는 건 물론 좋아하지만 그것도 여자일 때 이야기야. 내가 미쳤다고 남자 엉덩이에 좆질을 하겠냐. 차라리 잘라내고 말지."

"그럼 게이가 왜 좋다는 건데?"

"남자랑 남자가 붙어먹으면 그만큼 여자가 남는 거잖아! 경쟁자가 줄어드는 거라고!"

"이거 병신일세. 야, 어차피 남자들이 다 죽어서 경쟁할 것도 없거든? 너도 죽었잖아."

"이놈이? 내가 아무리 죽었기로서니, 그걸 꼭 지금 말해야 하냐? 그래, 넌 살아 있으니까 좋냐? 비겁하게 혼자 살아남은 새끼가."

"등신. 살아있어서 엄청나게 좋다 새꺄. 그리고 말이지, 동성애는 절대로 안 된다고. 올바르지 않은 일이란 말야. 넌 어떻게 신부님 계시는 데서 게이를 옹호하냐?"

"멍청아. 걔들은 그냥 냅둬도 어차피 벌을 받게 되어있어."

"벌? 무슨 벌?"

"생각해봐. 만약 게이 커플이 결혼하면 게이 부부가 되는 건데, 게이 부부라고 부부싸움을 하지 않을까?"

"그래서?"

"그래서는 무슨 그래서야. 그건 남자와 남자의 부부싸움이라고! 얼마나 끔찍하겠어!"

"오……. 정말 끔찍하군."

"맞지? 그러니 우리가 따로 반대하거나 벌을 줄 필요는 없다 이거야. 꼴리는 대로 박으면서 생긴 대로 살라고 해!"

"너 천잰데? 죽었지만."

"야."

군종장교와 눈인사를 나눈 겨울은 둘이 나눠야 할 대화

를 혼자서 떠드는 병사에게 다가갔다.

“미첼. 옆자리 비어있어요?”

“아, 소령님. 또 오셨군요. 여기에 앉으시면 됩니다. 한 소령님 오셨습니까! 이곳을 뜨기 전에 꼭 다시 뵙고 싶었습니다!”

중얼부얼 어설프게 경례한 병사가 혼란스러운 손동작으로 왼쪽 자리를 가리켰다. 그러면서 오른쪽 자리를 힐끔거린다.

“사실 이쪽도 비어있긴 할 텐데, 제 눈엔 브라이언이 앉아있는 걸로 보여서 말입니다. 음, 앉으셔도 상관은 없겠지만 제가 혼란스러울 것 같아서.”

“이해해요. 그리고 난 어느 쪽이든 상관없어요.”

“감사합니다. 뭐라고 해야 하나, 브라이언 녀석이 덩치가 큰 편이라, 아마 소령님께서 앉으셨다간 이놈의 더러운 가슴 털 사이에 소령님 얼굴이 파묻힌 것처럼 보일 겁니다. 뭐 인마? 내 가슴털이 더럽다고? 털이 아예 없는 너보다는 낫거든? 뭐라는 거야. 전에 사귄 여자가 털 없는 게 좋다고 해서 제모를 했을 뿐이라고. 하하! 넌 가슴만 한 게 아니잖아? 소령님! 이 새낀 부랄에도 털이 없다니까요? 멀리하는 게 유익합니다!”

겨울이 난처한 미소를 만들었다. 근처에 있던, 그나마 상태가 양호한 병사들이 절레절레 고개를 흔든다. 한숨을 푹 쉬면서 멀어지는 경우도 있었다.

“참, 소령님께 드릴 선물이 있습니다.”

“선물? 나한테요?”

"넵."

미첼 일병은 품속에서 은십자가를 꺼내어 겨울의 손바닥에 올려주었다.

"이건……?"

"엄마가 보내주셨던 건데, 오래된 교회의 십자가를 녹여서 만든 거라고 합니다. 이걸 가지고 있으면 안 죽을 거라나 뭐라나. 처음엔 안 믿었는데, 브라이언 새끼는 뒈지고 저는 살아있는 걸 보면 긴가민가합니다. 아 이 새끼 끝까지 이거. 브라이언, 닥쳐봐 좀. 아무튼 소령님, 제가 정말 죽을 것 같을 때 이걸 쥐고 기도하니까 하늘에서 유인물이 쏟아지더라고요. 기병대가 온다고. 포기하지 말라고."

"……."

"조만간 새로운 임무로 나가시죠? 저한텐 더는 필요 없을 것 같아서 드리는 겁니다. 그러니까,"

일병이 갑작스레 울음을 터트렸다.

"한겨울 소령님! 절대로, 절대로 절대로 죽으시면 안 됩니다! 부탁드립니다! 죽지 마세요! 죽지 마세요! 죽지 마세요!"

겨울은 그가 우는 내내 손바닥 위의 십자가를 내려다보았다. 햇살을 받은 은이 물빛으로 반짝거렸다.

주일의 오후가 저물녘으로 향할 즈음, 마음이 병든 병사들의 휴식처에 뚱땅거리는 음악이 흘렀다. 대형 TV에서 나오는 어린이 프로그램의 배경음악이었다. 해맑게 웃는 아기 태양의 햇살 아래, 머리에 안테나를 단 사인사색의 인형들이 연초록빛 평화로운 동산에서 아무 걱정 없이 뛰어노는 내용. 일부러 틀어놓은 것은 아니고, 채널을 돌리던 사병들의 선택이었다. 아무래도 현실 가득한 뉴스나 좀비 학살 영화 따위에 비해 낫다고 느낀 모양이다.

「친구들, 이제 헤어질 시간이에요.」

"아이 싫어! 싫어!"

호흡을 맞춘 병사들이 배를 잡고 웃는다. 그러다 아스라이 들리는 총성에 경기를 일으켰다. 갑작스레 찾아온 정적 속에서 리모컨을 잡은 병사가 볼륨을 키웠다. 조금 시끄러워질 때까지.

겨울을 끼고 둥글게 앉은 멤버는 남녀를 불문하고 음담패설에 여념이 없었다. 원래는 각자의 고민을 털어놓는 자리였으나 어느새 이렇게 되어버렸다.

"내 경험에 의하면 이름이 메건인 여자는 침대 매너가 끝내줄 확률이 높아."

"뭐래, 병신이. 니 인생의 메건이 대체 몇 명이었는데?"

"네 명…… 아니, 다섯 명."

"미친."

동명이인이 많을 정도로 경험이 풍부하다는 허세였다. 야유를 보낸 사병이 거울을 가리킨다.

"가서 니 얼굴 보면 정신이 들 거다, 작은 맥스."

"작은? 내 키가 너보다 한 뼘은 더 큰데?"

"그렇지. 키는 크지."

잠시 고민한 맥스가 웃음소리에 발끈했다. 몇 없는 여성 사병들이 특히 더 크게 웃었다. 개중 하나가 박수를 치며 말하기를 "맞아, 정말로 작지."란다. 맥스의 얼굴이 벌겋게 물들었다.

"안 작아! 그리고 난 테크니션이라고!"

"오, 그래. 네가 그렇다면 그런 거겠지. 그걸 내게도 느끼게 해줬으면 좋겠지만 말이야."

여성 사병이 덧붙이는 말에 다시 한 번 날카로운 웃음이 번졌다. 아무래도 장교 앞에서 떳떳할 이야기는 아니었으나, 이미 장교들이 섞여 있는 데다, 현역으로든 예비역으로든 다시 싸우게 될 가능성은 없는 거나 마찬가지인 집단이었다. 조만간 민간인이 될 사람들.

겨울은 이런 대화가 불가항력이라고 생각했다. 바깥세상의 관객들이 그렇듯이. 동물원 원숭이들의 멍한 눈과 신경질적인 자위행위를 보는 느낌이었다.

"한 소령. 잠시 괜찮겠습니까?"

군종신부의 부름이었다. 계급은 겨울과 같은 소령. 아쉬워하는 사병과 소수의 장교들에게 양해를 구한 겨울이 자리에서 일어났다. 앞장선 신부는 겨울을 군종장교 숙소에 들였다. 힌두교 군종장교가 경례와 함께 스쳐지나갔다. 흩어진 200만 가운데 힌두교 신자들도 있었기 때문에 만약에 대비해서 파견된 것인데, 유감스럽게도 구조된 인원 중엔 신자가 없어 군종장교들 중에선 가장 여유로운 사람이라고 들었다. 당연히 그것은 우울한 여유였다.

방에 들어선 신부가 비품함을 열어놓고 묻는다.

"차? 아니면 커피?"

"차로 부탁드립니다."

눈 밑이 거뭇한 군종신부가 고개를 끄덕였다. 선반에 술도 있었으나 겨울에게는 권하지 않는다. 술이 들어가도 좋을 용건은 아니라는 뜻이었다.

신부가 우려낸 찻물은 떫고 쓴맛이 났다. 찻잎부터 좋은 품질이 아니었다. 그러나 이 차는 대화의 도구였다. 말을 찾느라 목이 멜 때, 혹은 상대를 배려할 때 마실 시간으로 충분했다.

"그동안 바쁜 와중에도 틈틈이 시간을 내줘서 고마웠습니다."

"별말씀을. 기왕 구해낸 사람들이 제대로 살 수 있게 도와주는 일이었는데요."

딱히 대단하거나 어려운 일을 한 것도 아니고. 겨울의 말에 신부는 피곤한 미소를 지었다. 그의 태도는 군인보다는 성직자에 가까웠다. 겨울도 군인보다는 성직자를 대하는 예의로서 접하기로 했다. 그러기를 바라는 눈치였기에.

"한 소령. 이런 질문이 실례인 줄은 알지만, 묻겠습니다. 혹시 가톨릭 신앙을 가질 생각은 없습니까?"

찻잔을 내려놓은 겨울이 고개를 기울였다.

"아직은 없습니다. 그리고 실례인 줄 아시면서도 물어보시는 이유가 궁금하네요."

뜸을 들이던 군종신부가 한숨을 내쉬었다.

"사실 개인적인 질문은 아니었습니다."

"개인적이지 않다는 말씀은……."

"뉴욕 교황청의 의사입니다."

뉴욕 교황청? 겨울의 표정을 읽은 신부가 천천히 끄덕였다.

"아직 공식적으로 발표되지 않은 내용이니 당분간 혼자만 알고 있으십시오. 봉쇄선 동쪽에선 이미 공공연한 비밀이긴 하지만…… 전대 교황 성하께선 지난 4월 27일에 선종하셨습니다. 로마가 죽음의 해일에 휩쓸린 날이지요."

"……."

"그날 이탈리아 정부는 수도 로마를 포함해, 시칠리아와 사르데냐를 제외한 본토 전역을 완전히 포기한다고 선언했습니다. 바티칸으로 구조대가 파견되었지만 성하께선 탈출을 거부하셨습니다. 모두를 구할 수 없다면, 남겨질 성도들과 마지막 순간까지 함께하시겠다고……. 그래서 성하를 위해 준비된 헬기는 평신도들을 태우고 돌아왔습니다. 모두 아이들이었지요."

"유감입니다."

"슬픈 일이지만, 옳은 결정을 하셨다고 생각합니다."

"그럼 다음 교황님은 어떻게 되는 겁니까?"

"이미 선출되셨습니다."

"벌써요?"

"역병이 알프스 산맥을 넘은 시점에서 최악의 사태에 대비하고 있었으니까요. 그 점을 감안하더라도 콘클라베 역사상 가장 빠른 선출이었지만 말입니다. 망명 교황청의 중심지로 성 패트릭 대성당이 지정된 것도 사전에 결정된 사안이었습니다."

타당한 이야기다. 뉴욕은 미국의 정치적 중심지와 가깝다. 지역과 민심 안정 차원에서 미국 정부도 환영했을 것이고. 그러나 아직 겨울에게 건넨 권고와는 간극이 남아있었다.

차를 마시고 살짝 인상을 찌푸린 신부가 그 간극을 메운다.

"다만 신도와 사제들 사이에 불신과 회의가 팽배한 지금, 뉴욕 교황청이 제대로 기능할 수 있을지는 의문입니다. 전대 성하의 죽음이 미칠 영향을 짐작하기도 어렵고요……. 혹시 미국 성전(聖戰) 기사단(American Order of Crusaders)이나 그리스도의 민병대(Christ' s Posse Comitatus)에 대해서 들어봤습니까?"

"어느 쪽이든 처음 듣습니다."

그러나 이름만 들어도 그 성향을 알겠다.

"그럴 겁니다. 최근 신구교를 가리지 않고 남부 교계에서 세력을 확장하고 있는 비인가 단체들입니다. 세상에 죄인이 넘쳐 심판의 홍수가 시작된 것이니 그 죄인들을 주님의 법정에 세워야 한다고 주장합니다만…… 실상은 혐오범죄의 온상입니다. 주로 동성애자와 다른 종교의 신자들, 무엇보다 중국계 이민자 및 그 후손들이 큰 피해를 보는 중입니다."

"이단이네요."

"예. 교황 성하께서는 신의 이름으로 행해지는 죄악들을 막고 싶어 하시지만, 동시에 이런 시기의 대대적인 이단지정과 파문이 돌이키지 못할 분열을 불러오지 않을까 우려하고 계십니다. 사제들 사이에서조차 교황청의 권위와 정통성에 의문이 제기되는 마당이라서……. 그들이 근거 없는 예언을 내세우기도 하고…….”

예언?

“예언이라면 혹시 성 말라키의 예언을 말씀하시는 겁니까?”

겨울의 질문은 군종신부를 당황하게 만들었다.

“그걸 알고 있습니까?”

“예.”

“놀랍군요. 신자도 아니면서 아는 경우는 흔치 않은데.”

“어쩌다보니 접할 기회가 있었거든요.”

얼버무리는 겨울. 세상의 끝을 여러 차례 경험하는 동안 온갖 예언과 종교적 광기를 경험했다. 성인이 남겼다고 전해지는 예언은 그중에서도 유명한 축에 들었고. 그 예언은 최후의 교황을 언급한다. 겨울은 그 구절을 기억하고 있었다.

「마지막 박해의 시대에 로마 사람 베드로가 신성한 로마 교회를 다스리고 있을 것인데, 그는 무수한 환난들 사이에서 그의 양떼를 보살필 것이며, 그 뒤 일곱 언덕의 도시는 무너질 것이고 사람들은 무서운 심판을 받게 될 것이다.」

일곱 언덕의 도시는 로마를 말한다. 흔들리는 사람들이 믿기 좋은 내용이었다.

공교롭게도 전대 교황은 이탈리아인의 혈통이며, 본받은 성인의 풀 네임엔 피에트로가 들어간다. 피에트로는 베드로의 변형이었다. 즉 로마 사람 베드로라고 끼워 맞추기 충분하다.

"그 사람들은 선종하신 전 교황님께서 마지막 교황이었다고 생각하나보죠?"

겨울이 묻자 군종장교가 쓴웃음을 짓는다.

"한심한 노릇입니다. 결국은 교황청의 권위를 부정하기 위한 수단이라고 봅니다. 제멋대로 날뛰고 싶은 것 아니겠습니까."

교황청의 망명이 공공연한 비밀이라더니, 이미 알 사람은 다 아는 모양이었다.

"무슨 말씀인지 알겠습니다. 하지만 제가 도움이 될지는 의문이네요."

"지푸라기라도 잡는 심정일 겁니다. 물론 한 소령이 지푸라기라는 뜻은 아닙니다. 지금은 어느 쪽도 아니지만, 만약 당신이 믿음의 형제가 된다면 대부분의 사람들은 당신과 다른 편에 서기를 망설이게 될 겁니다."

생각하던 겨울은 고개를 저었다.

"죄송하지만 거절하겠습니다."

큰 기대를 하지 않았던지, 신부는 가벼운 아쉬움만 드러냈다.

"그렇습니까. 가능성은 있다고 생각했는데……."

"불필요하다는 생각이 들어서요.

"왜 그렇습니까?"

"이번 작전이 성공하면 그런 사람들도 많이 진정될 거고, 실패하면 제가 어떻게 행동하든 큰 의미가 없을 것 같거든요. 그 시점에선 제가 죽어있을지도 모르고요."

결국 본토 탈환 여부가 관건이다. 불안과 공포가 지금 이상으로 부풀어 오른다면 현 정권의 유능함으로도 대처하지 못할 것이었다.

"중국계 시민들의 피해가 어느 정도입니까?"

방송은 일단 걸러져서 나온다. 조안나는 아직 자리를 잡지 못했다. 정보국에게 묻기는 애매하다. 군인이면서 동시에 성직자인 군종신부라면 별도의 연락망이 있을 법도 했다. 당장 지금도 교황청의 의사를 타진하지 않았는가.

새로 묻는 겨울 앞에서 군종신부는 슬픈 표정을 지었다.

"정확한 피해는 아무도 모릅니다."

"그 정도인가요?"

"예. 경찰의 과잉진압은 더 이상 문제라고 하기도 어렵습니다. 지역사회가 인종범죄를 조직적으로 모의하고 은폐한 정황까지 있으니까요."

정황이라 함은 완전히 적발하지 못했다는 뜻. 증거가 없거나, 있어도 정치적인 장벽에 부딪혔을 공산이 있었다. 차라리 묻는 게 나을 거라는 판단.

"요즘 중국계 시민들이 신변안전을 위해 한국어 한두 마디를 꼭 배워둔다고 합니다. 반면 적극적으로 민병대에 가담하는 한국계 시민들도 많다더군요. 그들의 표현에 따르면 피아식별을 위해서랍니다."

신부가 160만의 무게로 탄식했다.

"우리는 너무 많은 장병들을 잃었습니다."

2차 대전 인명손실의 네 배. 남북전쟁에 비해서도 두 배

반을 넘는다. 미국은 지금까지 이 정도의 손실을 경험한 적이 없었다. 이성을 잃는 사람들이 늘어도 어쩔 수 없다. 아니, 아직 이 정도에 불과한 것을 기적이라고 평해야 할지도.

이번 작전은 마지막 분수령이 될 것이다.

'실패하더라도 당장 망하지는 않겠지만…….'

기적적인 승리를 바랄 순 있을지언정, 세계관 내에서 사람다움을 찾기는 어려워질 테니까.

군종신부가 겨울을 배웅했다. 해가 넘어간 지평선은 밤에 삼켜지는 노을빛이었다. 험비에 탑승하기 전, 겨울이 위로를 남겼다.

"너무 걱정하지 마세요. 이번 작전은 성공할 겁니다."

신부가 황혼처럼 웃었다.

"그래야지요. 우리는 스스로를 충분히 도왔습니다."

이는 겨울에게도 와 닿는 말이었다.

겨울이 지휘하는 임무부대는 6월 1일을 기해 아이들린 지열발전소를 점령했다. 버려진 시설에서 발견된 적은 대사억제 상태였던 일반 변종 다섯 체뿐이었다. 직원 숙소 돌입을 맡았던 진석 소대는 확보 완료까지 정확하게 다섯 발의 실탄을 소모했다.

1년 넘게 방치된 발전소를 재가동하는 데 열하루가 걸렸다. 민간인 기술자들이 최선을 다하는 사이, 임무부대는 공병대의 도움을 받아 방어진지를 구축했다. 인력으로만 작업했으면 훨씬 더 긴 시간이 필요했겠으나 본격적인 중장비가 동원되어 공기를 단축할 수 있었다.

조만간 광역 유인 신호기가 가동될 것이다. 대형 안테나는 철골로 이루어진 괴물 같았다.

겨울과 함께 구불구불한 진입로를 걸어 오른 싱 대위가 땀을 닦으며 말했다.

"소대별 간격이 넓어서 걱정했었는데, 이 정도 경사면 큰 걱정은 없겠습니다."

뽑아낸 지하수를 다시 주입해야 하는 지열발전소의 특성상 방어선이 길어질 수밖에 없었다.

그러나 길이 곧지 못하다는 건 그만큼 경사가 급하다는 뜻이었다. 변종들이 발전소를 공격하기 위해서는 40도 기울기의 산길을 최대 1킬로미터나 기어 올라와야 했다. 6월 중순에 막 접어드는 지금도 섭씨 30도에 육박하는 날씨인데, 작전기간에 그런 짓을 했다간 사람이든 변종이든 산 채로 익어버릴 것이었다.

사령부가 아무 생각 없이 중대급 임무부대(Company team)만 배치한 게 아니다.

겨울은 교전양상을 상상해보았다. 작렬하는 태양 아래 그늘 한 점 없는 산길. 열기에 일그러진 불모지를 꾸역꾸역 올라와서 흐느적거릴 변종들의 모습을.

'보통의 변종을 상대로는 거의 사격연습이나 마찬가지겠지.'

그럼블이라고 더 잘 버틸 것 같지도 않다. 거대한 체구와 두꺼운 피부에 기인할 항온성은 추운 계절의 강점이자 더운 계절의 약점. 고로 재해에 가까운 더위 속에서 살아남기 위해선 일반적인 변종에 비해 대사억제의 폭이 커야 한다. 그만큼 신체기능도 저하될 것이고, 투척 공격의 사거리도 감소할 것이다.

야간에만 주의하면 된다.

발전소에서 계곡을 향해 쭉 내려가는 관을 가리키는 겨울.

"남쪽 환원시설 방어가 관건일 거예요. 높이도 가장 낮고 거리상으로도 가장 멀리 떨어져 있으니까, 그쪽에다가 화력을 좀 더 몰아줄까 싶어요."

"동의합니다. 고속유탄발사기 탑재차량 두 대면 어떻습니까? 어차피 북쪽과 서쪽은 다른 소대의 사정권이니 저지대 방향으로만 화망을 강화하면 될 겁니다."

"일단 그렇게 해요. 나중에 상황 봐서 증원을 보내든가 하죠."

겨울은 가장 위험한 곳에 1소대, 즉 유라의 소대를 배치할 계획이었다.

정보장교 머레이 중위가 아쉬움을 드러냈다.

"이미 결정된 사항이긴 하지만, 저는 지금도 병력을 발전소에 집중하는 편이 낫지 않나 생각합니다. 어차피 놈들은 저 관의 존재이유를 모를 테니까요."

"그걸 깨서 진입로로 쓰겠다는 발상은 가능하겠죠. 부식방지처리를 해놨을 뿐이지 내구도를 강화한 건 아니잖아요. 그럼블 같은 게 후려치면 끝이죠."

"……."

지하수가 유입되는 방향에서는 충분히 가능할 상황.

"관에서 산성아기들이 쏟아져 나온다고 생각해봐요. 발전소 터빈이 부서지는 건 더 이상 문제도 아닐 걸요? 그게 아니더라도 관이 있는 방향으로는 중화기 사용이 불가능하니까 변종들의 공격경로로 쓰이기도 쉽고요."

베타 구울이라도 있다면 화력의 공백지대를 반드시 눈치챌 것이다. 소총 중에서도 구경이 큰(7.62mm) 종류는 함부로 쓸 수 없었다. 관이 손상되면 발전 효율이 급감한다.

'지뢰를 깔아두는 것만으로는 영 불안하고.'

사람 어깨 높이의 관을 흙으로 덮어버리자니 사각지대가 생겨서 곤란하다. 유사시의 기동로에 토성을 쌓는 꼴이기도 했다.

무엇보다 지하수를 뽑아내거나 주입하는 시설의 가동소음은 변종들의 주의를 끌 것이 분명하다. 이것들마저 흙으로 덮어버릴 순 없고, 도시환경에 익숙해진 변종들은 흙 속으로 들어가는 관을 그냥 지나치지 않을 것이었다. 영리한 개체가 섞여있을 때의 이야기지만.

콰콰쾅!

숲이 예고 없이 번뜩였다. 충격파가 마른 땅을 휩쓸어 부연 바람을 일으켰다. 밑동이 끊어진 나무들이 우르르 쓰러진다. 공병대는 벌목에 폭약을 쓰고 있었다.

"여긴 나중에 반드시 산사태가 나겠군요."

작전장교 포스터 중위의 말. 숲을 제거하는 건 엄폐물을 없애기 위해서다. 덕분에 계곡 남쪽의 비탈까지 온통 황색으로 변해버렸다. 둥치까지 파내기 위해 포크레인이 동원되었다.

통신병이 겨울을 찾았다.

"중대장님. 2소대입니다. 기지점 오스카 부근에서 산불로 추정되는 연기가 관측된답니다. 아, 방금 2개소로 늘었습니다. 진화작업을 허가해달라는 요청입니다."

기지점이란 유사시의 화력지원을 위해 미리 설정해둔 좌표를 뜻한다.

즉, 뭔가 있는 곳은 아니다.

자연적인 화재가 생겨도 이상하지 않을 날씨이긴 한데……. 가까운 불이라면 항공소방을 호출하기 전에 진압하는 편이 나을 수도 있다. 하늘에서 뿌리는 물은 그리 효율적이지 못한 데다, 날아오기까지 걸리는 시간에 화재가 커져서 방어지점을 잠시 포기해야할지도 모른다.

그러나 화재가 2개소에서 동시에 생길 확률이 과연 얼마나 될까. 겨울은 매복을 염려했다. 성탄전야의 습격에서도 끝날 때쯤 의도적인 방화가 있지 않았던가. 그 이후에도 그렇고.

'다른 쪽에서 치고 들어올 가능성은…… 없나. 우회하는 집단이 있다면 항공정찰에 잡혔겠지.'

감각보정이 있는 겨울이라면 일정 거리 내의 매복을 거의 확실하게 감지할 수 있다. 수면 아래의 멜빌레이 같은 예외적인 경우가 아닌 이상은.

"금방 갈 테니 기다리라고 해요. 변종들의 수작일 수도 있다고. 그리고 미스티에 연락을. 혹시 모르니 마리골드엔 소방지원을 요청해놔요."

"미스티는 이미 떴습니다. 도착 예정시간 2분 미만이라고 합니다."

통신병이 열심히 보고한다. 미스티는 공격용 정찰헬기[14]의 호출부호였다. 바로 이곳에 배치되어 열여섯 개의 중대급 임무부대들을 지원하도록 되어있다.

기지점 오스카는 북쪽 계곡 너머로, 개인화기로는 최대 사정거리를 아슬아슬하게 넘어가는 위치. 숲도 아직 거기까진 제거하지 못했다. 2소대장인 진석은 싱 대위가 지적했듯이 과도하게 공격적인 경향이 있어서 주의해야 했다.

"저희도 가겠습니다!"

험비에 탑승하는 겨울을 향해 종군기자가 외친다. 길버트 마르티노와 그의 스태프들은 올레마 거점을 떠나 여기까지 따라왔다. 당연히 상부의 허가를 받은 일이었다.

"이제 와서 새삼스럽지만, 죽을 수도 있어요."

지원 병력은 두 개 분대뿐이다. 문을 잡은 겨울의 경고에도 불구하고 마르티노는 뜻을 꺾지 않았다.

"이미 각오했습니다!"

"그럼 빨리 타요."

기자단이 서둘러 특수차량에 올라탔다. 크레인이 달린 방탄차량. 유사시 고립되더라도 안에서 구조를 기다릴 수 있도록 특별히 강화되었다. 그래봐야 그럼블에겐 좀 억센 장난감이겠지만. 전자기장을 활용하는 트릭스터는 아예 자

---

14 벨 OH-58 카이오와 워리어. 주로 지상군의 관측정찰임무와 경공격임무를 수행한다. 로터 마스트에 달린 센서만 내밀고 표적을 탐지하는 방식으로 운용한다.

물쇠를 따고 들어올 테고.

중대 규모에 비해 차량이 많아 이동하는 험비는 총 여섯 대였다. 기본적으로 소화기를 보유하고 있다. 여기에 겨울의 지시로 급수차량이 따라붙었다. 헬기 한 대가 차량대열을 앞질러 가느다란 연기를 향해 날아갔다. 회전하는 날개 위에 크고 둥근 관측 장비가 달려있었다.

"미스티. 뭔가 보이는 게 있는지?"

[당소 미스티. 변종으로 추정되는 열원은 확인되지 않습니다.]

그러나 거리가 가까워지면서 활성화된 감각보정이 목덜미를 자극하는 중이다. 미묘한 강도. 주의하고 있지 않으면 놓쳤을 뻔했다.

'규모가 크진 않은가?'

아직 신호기가 작동하기 전이니 본격적인 공세일 확률은 낮다.

이동 경로에서 2소대 병력 절반이 합류했다. 절반은 거점 방어를 위해 남았다.

계곡에 가까워져서도 화재지점을 직접 관측할 순 없었다. 지형이 움푹 들어가는 위치인 듯했다. 언젠가 폭격을 맞았는지, 숲은 피부병 환자의 머리처럼 듬성듬성 구멍이 뚫려있었다.

차량행렬이 멈춰섰다. 더 이상 들어갈 길이 없어서였다. 차에서 내린 겨울의 코끝에 희미한 탄내가 감돈다. 조용하고 을씨년스러운 숲을 물끄러미 바라보던 겨울이 명령했다.

"유탄발사기 탑재 차량, 10시에서 11시 방향으로 제압사격 20발씩."

카피. 절반의 험비에서 답이 돌아온 후에 무지막지한 화력이 뿜어진다. 쾅쾅쾅쾅쾅! 한 발 한 발이 수류탄 이상인 고속유탄의 소나기가 숲의 적막을 찢어발겼다. 파편의 확산은 곧 부러지는 가지, 초여름의 낙엽, 흙빛의 아지랑이로 가득한 풍경이었다.

사격이 끝난 뒤, 폭음의 빈자리를 낯선 고요가 어색하게 채울 즈음.

'……없어졌어?'

겨울은 무의식중에 목덜미를 더듬었다. 선득선득하던 감각보정이 더 이상 느껴지지 않는다.

지나친 걱정이었던가? 겨우 이 정도로 사라지다니……. 하면서도 혹시 모른다고 생각하는 겨울. 낮은 확률이지만 매복에 특화된 변종이 나타난 것일 수도 있다. 감각보정을 전문적으로 무력화시키는 종류의.

"도보로 진입합니다. 진석 소위, 한 개 분대를 지정해서 후방에 배치해요."

"알겠습니다."

진석이 곧바로 손짓했다. 장애물이 가득해서 차량으로 들어갈 순 없었다.

불이 난 곳은 둘이었지만 서로 가까운 위치였다. 겨울이 이끄는 병력은 곧 연기가 가늘게 피어오르는 지점에 도달했다. 특이하게도 어디선가 고기 굽는 냄새가 났다.

"이게 무슨 냄새지……."

소화기를 들고 온 병사 하나가 혼란스러워했다. 동물의 사체 같은 건 없는데.

넓지 않은 화재는 쉽게 꺼졌다. 두 곳에 걸쳐, 겨울은 「추적」으로 검게 그을린 땅에 남은 흔적을 탐색했다. 강화된 감각은 들풀과 관목이 탄 내음과 단백질이 타들어간 내음을 분명하게 구분해주었다. 희미한 냄새를 쫓은 끝에, 겨울이 무릎을 꿇고 대검을 뽑는다.

"뭔가 찾으셨습니까?"

진석이 진지하게 묻는다. 느낌이 이상하긴 마찬가지인 모양.

재를 헤치는 대검 끝에 걸려 나온 것은 자그마한 뼛조각이었다. 여기에 설익은 살점이 매달린 모습. 길게 끌려나오는 얇은 피부는 어느 쪽도 피하조직으로 보이지 않았다. 적당히 익은 가운데에서 기름기가 줄줄 흐른다. 고소한 향기가 나서 더욱 거북스러웠다.

"변종의 일부입니까?"

"아마도요."

근처에서 비슷한 것을 더 찾아낼 수 있었다. 자그마한 두개골의 일부로 보이는 것도 있다. 퍼진 범위로 볼 때 마치 터지기라도 한 것 같다. 예를 들면, 강하게 던져진 유아 변종이라든가……. 혹시 산성이 아니라 인화성의 아기가 나타난 것일까?

되는 대로 흔적을 긁어모은 겨울은 이를 시체 담는 비닐에 넣었다. 그래봐야 한 줌에 불과했으나, 달리 담을 것이 없어서.

차마 따라오진 못하고 차량 대열에 남아있던 마르티노가 근접촬영을 원했다.

"혹시 새로운 변종입니까? 야생동물일 가능성은 없을까요?"

"판단은 마리골드에서 하겠지만…… 이거랑 비슷한 동물이 있긴 해요?"

"글쎄요, 억지로 같다 붙이자면, 날다람쥐가 그나마 가깝지 않을지……."

"……."

기자는 그냥 해본 말이었겠으나 겨울은 살짝 눈을 찌푸렸다. 자그마한 생체폭탄들은 겨울에게도 낯선 종류. 강화종이 어떤 식으로 변하는지도 아는 바가 없다.

"여기까지 온 걸 후회하진 않습니까?"

복귀하는 길, 겨울은 험비의 남는 자리에 마르티노를 태웠다. 질문을 받은 기자는 재미있다는 듯이 웃었다.

"소령님 취재를 독점할 기회인데 그럴 리가 없죠."

"대단한 직업정신이네요. 그런 경험을 하고서도."

이 말에 기자는 다시 웃는다.

"군인들 앞에서 하긴 부끄러운 이야기지만, 종군기자들 중에서도 평범한 생활에 적응하기 힘들어하는 사람들이 있습니다. 미칠 것 같은 두려움을 겪고서도 시간이 좀 지나면 어떻게든 위험한 곳으로 돌아가고야 마는 괴팍한 인간들이죠."

"……."

"그리고 소령님과 있을 땐 죽을 거란 느낌이 잘 안 듭니다. 그래서 더더욱 경쟁이 치열했죠."

"경쟁? 위에서 파견지를 정해준 게 아니고요?"

"그런 것까지 정해주진 않습니다. 저희끼리 포커로 정한 겁니다."

"……포커?"

"일생일대의 특종 아닙니까. 말 그대로 인생을 건 도박이었습니다."

거기서 진 사람들 표정을 보셨어야 하는 건데. 라며 웃는 마르티노의 얼굴엔 기이할 정도로 그늘이 없었다.

기온은 예상보다 가파르게 치솟았다. 이에 따라 작전도 조기에 개시되었다. 데이비드 임무부대의 작전지역은 북부 해안산맥의 줄기로서 해발고도가 560미터 가량이었으나, 6월 말경에는 낮 최고기온이 화씨 109도, 섭씨로는 약 43도에 이르렀다.

이는 지열발전의 원천, 100도 이상으로 펄펄 끓는 지하수를 분사하여 인위적으로 습도를 증가시킨 탓도 있었다. 그렇잖아도 자연적으로 뜨거운 증기가 분출되는 땅이었다. 움푹 팬 계곡마다 끔찍한 열기가 고였다. 지하수를 이런 식으로 써버렸다간 장기적으로 지역 전체의 발전효율이 급감하겠으나, 현 시점의 미국은 거기까지 신경 쓸 여유가 없었다.

겨울은 미약한 진동을 느꼈다. 보고 있던 모니터가 가늘게 흔들린다. 환태평양 조산대, 통칭 불의 고리(Ring of Fire)에 속한 캘리포니아에선 일상적인 지진이었다.

정보장교 머레이 중위는 떨떠름한 얼굴이었다.

"하필 이때 대형지진이 나진 않겠지요?"

겨울이 고개를 저었다.

"불길한 소리 하지 말아요."

"아무래도 가능성이 없진 않겠다 싶어서 말입니다."

"내 말은, 걱정한다고 해결될 일이 아니라는 거예요. 현재 상황에 집중해요."

작전장교이자 머레이와는 사관학교 동기인 포스터 중위가 핀잔을 줬다.

"마음이 꽤 여유로운가보지? 영화를 너무 많이 본 거 아닌가?"

"아니…… 라고는 못하겠군."

캘리포니아 대지진은 할리우드 재난영화의 단골 소재였다. 좋은 영화는 드물었지만.

그러나 영화의 수준과 별개로, 자주 만들어지는 이유가 있다. 당장 이곳만 하더라도 세계 최대의 지열발전단지, 즉 지저에 용암이 부글거리는 땅이었다. 동쪽에는 세상에서 가장 큰 화산이라는 옐로우스톤 국립공원도 있다. 역병 이전까진 종말의 가장 유력한 후보였던 곳.

멋쩍어하던 머레이 중위는 이윽고 헤드셋을 누르며 모니터의 변화에 주목했다.

"중대장님. 헌터 킬러 드론에서 들어온 정보입니다. 유황 계곡을 따라 이동하던 적 집단이 기지점 엑스레이 1-3 포인트를 통과했습니다. 데이비드 1-1과 접촉하기 전에 알파 포대가 엑스칼리버를 꽂아주겠답니다. 표적은 베타 그럼블입니다."

엑스칼리버는 전설 속에 나오는 성검이 아니라, 성검의 이름을 딴 레이저 유도 포탄[15]이었다. 35마일(약 57km) 밖에서 쏴도 표적으로부터 반경 20미터 내에 착탄한다.

"벌써 몇 발 째죠? ……저 정도는 자체 방어가 가능하니까 그냥 내버려두라고 하고 싶은데."

겨울의 말. 조금 전에 들어온 통신은 간섭할 여지가 없는 일방적인 통보였다.

"마리골드에 요청은 해보겠습니다만, 소용이 있을지 모르겠습니다."

중위가 빠르게 타자를 두드렸다. 완전히 전산화된 지휘 체계였다.

'한 발에 3만 달러짜리 포탄을 너무 낭비하는 것 아닌가?'

그나마 이게 역병 이전에 비해 절반 이상 저렴해진 가격이다. 겨울이 걱정하는 건 정작 지원을 받아야 할 곳에서 받지 못하게 되는 것이었다. 이를테면 워싱턴, 오레곤 방면에서 남하 중인 북쪽 주력이라거나. 그들의 싸움은 이곳에서 이루어지는 작전과 한 호흡이다.

혹은 정작 필요할 때 쓸 게 없어진다든가.

미국은 이번 작전에 있는 자원 없는 자원을 미친 듯이 털어 넣고 있다.

화면에 비쳐지는 베타 그럼블의 모습은 흉측했다. 원래

---

15 M982 엑스칼리버. 155mm 급 야포나 자주포에서 발사한다.

도 보기 좋은 모습이 아닌데, 지금 보이는 녀석은 피부가 반쯤 녹아내린 형상. 그렇다. 세쿼이아 숲에서 보았던 녀석과 흡사했다. 그땐 겨울이 매달려있던 산성아기들을 쏘았기 때문이었으나…….

"못생겼군요. 저놈도 자연발화에 당한 모양입니다."

포스터의 목소리는 살짝 들뜬 느낌이었다. 자연발화. 산성아기, 그리고 결국 새로 등장한 것으로 판명된 활공능력 강화종과 인화성 신종들의 취약점이었다. 직사광선 아래에 오래 노출된 끝에 스스로 터져버리는 현상. 정확한 원인은 아직 밝혀지지 않았다. 체온 증가 때문일지도 모르고, 수분 부족으로 인한 화학적 불안정성 때문일 수도 있다.

다만 겨울은 마냥 낙관적일 수 없었다. 계통의 분화가 이루어졌기 때문이다. 이는 곧 하나의 변종으로부터 서로 다른 강화종이 나타날 수 있음을 의미했다. 반드시 강해지는 건 아닐지라도, 가변성의 증가는 그 자체로 위협적이었다.

과거와 다른 가변성에선 체계적인 살의가 느껴질 지경이다.

머레이가 변화를 알린다.

"적이 산개합니다. 드론을 포착했군요."

모니터 속 풍경이 심하게 흔들렸다. 일그러진 그럼블이 쩍쩍 갈라지는 피부에 아랑곳 않고 산성아기들을 던져댔다. 팔다리 사이에 피막이 자란 강화종들이었다. 거대한 괴물이 높이 던지면, 팔다리를 펼쳐 스스로 방향을 잡는다. 윙슈트와 같은 원리였다.

깨애애액-

화소가 튀는 무음(無音)의 확대화면 안에서조차, 사나운 아기들이 빼끔대는 자그마한 입들은 보는 이에게 소름끼치는 환청을 들려주었다.

그러나 드론은 방역전쟁 사양의 다운그레이드 양산형임에도 살아있는 고속 투사체들을 간단하게 회피했다. 분노하는 아기들은 정확한 폭발 타이밍을 잡지 못했다. 그 와중에 드론이 발사한 적외선 유도 레이저는 그럼블의 몸통을 벗어나지 않는다.

번쩍. 엑스칼리버가 착탄했다. 이글거리는 먹구름이 폭발한다. 마치 작은 화산 같았다. 줌 아웃되는 화면에 연기를 뚫고 치솟는 거대한 머리가 보였다.

포스터가 까끌까끌한 턱을 쓰다듬는다.

"「데들러」가 강화, 분화되었다는 이야기를 들었을 땐 솔직히 많이 걱정했는데…… 비행이 거리만 늘었지 정밀하진 못하군요. 움직이는 표적에 대해선 명중률이 형편없습니다."

데들러. 치명적인(Deadly) 아기(Toddler)라는 의미로 붙여진 특수변종 식별 코드. 그러나 산성과 인화성으로 갈라지면서 별도의 코드가 필요하지 않은가 하는 이야기도 있다. 겨울은 아직 산성아기라고 부르는 쪽이 편했다.

"앞으론 어떻게 될지 몰라요."

"앞으로가 없도록 해야 하지 않겠습니까?"

"본토를 탈환한다고 해서 방역전쟁이 끝나는 건 아니잖아요."

이는 겨울이 러시아를 떠올리며 하는 말이었다. 모겔론

스의 원형이 있을 것으로 추정되는 티베트 고원의 제로 그라운드. 거기까지 가려면 시베리아를 횡단하는 편이 낫다.

"본토탈환이 끝나도 군복을 벗지 않으실 겁니까?"

반문하는 포스터는 뜻밖이라는 기색을 감추지 않았다.

"왜 그렇게 생각하는데요?"

"그게……."

"어디서 무슨 말을 들었는지는 모르겠지만, 난 이 전쟁을 그만두지 못할 이유가 있어요. 최소한 승기가 확실해질 때까진 싸울 거예요."

아무래도 포스터는 겨울의 정계진출에 관한 소문을 들은 것 같다.

"적 선두가 저지선까지 접근했습니다. 데이비드 1이 대응합니다."

데이비드 1, 유라 소대의 싸움이 시작됐다. 그러나 선임 지휘관은 그쪽에 나가있는 부중대장이었다. 겨울은 상황실에 가득한 모니터들을 보며 낯설음을 느꼈다. 중대급 부대엔 과분한 지휘체계다. 이쯤 되면 후일 부대 규모가 확장되는 건 기정사실로 봐야 했다. 계급이 오를수록 직접 발로 뛰는 교전보다는 후방 지휘와 통신의 비중이 더 늘어날 것이었다.

'어색한 게 당연한가……. 여기까지 올라온 적은 없었으니……'

전에 대위가 실질적인 진급 한계일 거라고 예상했던 것도 경험이 근거였다. 특수부대가 아닌 한 전투 병력으로서 현장에 투입되는 영관급은 없다.

겨울의 앞날은, 국방부와 백악관 선에서 고급 지휘관으로 확정된 모양이었다. 난민으로만 편성된 연대, 어쩌면 사단급 부대의. 그 뒤엔 정계진출이고. 일선 장교인 포스터조차 비슷한 소문을 들었을 정도라면 어지간한 사람은 다 알고 있을 것이다.

그러나 아직은, 아직은 아니다.

애초에 이번 작전이 수월하게 끝난다는 보장도 없다.

현재까지 큰 이변이 없고, 이에 따라 장교들조차 낙관적인 분위기에 물들고는 있지만.

따다닷! 따다다다닷!

골짜기에 중기관총의 발사음이 메아리친다. 여기에 카메라의 주인이 내쉬는 거친 숨소리가 섞였다. 화면 구석에서 깜박이는 이름은 장한별이었다.

거리에 따라 달라지는 소리의 특성 탓에, 중기관총의 총성은 가까이서 듣는 것보다 훨씬 경쾌했다. 방벽 내 차량이 통째로 들어가도록 파놓은 참호 속에서, 유라 소대의 험비들이 시체 가득한 비탈길에 십자포화를 퍼붓고 있었다. 해당 방면에 깔아둔 지뢰는 진즉에 다 소모됐다.

그만큼 많은 변종들이 꾸역꾸역 밀려왔다. 능선 위의 안테나를 향해.

지휘력을 발휘할 개체가 없는 거대한 무리는 그저 막무가내로 비탈을 기어오른다. 그 길은 먼저 죽은 변종들의 시체로 빈틈없이 포장된 땅이었다. 녹색을 벗겨 황폐화된 대지는 온통 거멓게 죽은피와 변질된 동물성 기름으로 오염

됐다. 사실 여기까지도 시체 썩는 냄새가 들어올 지경이었다. 공격이 없는 틈을 타 틈틈이 소각작업을 진행했는데도 그렇다.

탄화된 시체로 뒤덮인 오르막길이 또다시 시체로 뒤덮였다. 겹겹이 뒤엉킨 죽음의 땅은 머리와 몸통과 팔다리와 각종 내장으로 이루어진 더러운 늪이었다. 레이저 발사체계가 작동하는 순간 걷는 역병 하나가 눈부시게 타올랐다.

끼에엑-!

비명은 순식간에 끊어진다. 보이지 않는, 혹은 먼지를 산란시키는 희미한 광선이 역병의 대열을 횡으로 긁었다. 단 한 차례의 조사(照射)로 서른 이상의 변종에 불이 붙었다.

비록 오래 타진 않았으나, 확실하게 죽을 때까지 지질 필요는 없었다. 고통에 몸부림치는 놈들이 같은 변종의 발목을 잡아챘다. 사후경직이 얽혀 만들어진 부실한 지반에서 시체로 된 산사태가 일어났다. 타버린 시체와 타는 시체와 타지 않은 시체가 한데 섞여 아우성치며 흘러내린다. 차라리 지옥의 풍경이었다.

개중 다시 일어서지 못하는 놈들은 내버려둬도 죽을 것이다. 메마른 하늘의 여름 태양은 온종일 타오르는 죽음의 광채였다. 아직도 긴 낮이 남아있었다.

작전개시 이래 태양이 죽인 변종의 숫자가 미군이 사살한 숫자를 능가할 가능성마저 있다.

역병은 치명적인 계절에 적응하기 힘겨워했다. 얼마 전엔 레인저가 백치가 된 트릭스터를 발견했다는 소식도 들어왔다. 강렬한 열기에 뇌세포가 익어버린 경우였다. 그냥 뒀으면 괜찮았겠으나, 전투를 강요하는 인간들 때문에 한계 이상으로 활동해버린 탓이다.

해당 개체는 연구용으로 포획되었다.

통신병이 겨울을 향해 몸을 돌렸다.

"중대장님. 상황 전파입니다. 단대호 불상의 소대 규모 아군 집단이 칼파인 5번 기지로 접근 중이라고 합니다."

칼파인 5는 여기 아이들린과 마찬가지로 지열발전소의 소재지이며, 역시 신호기와 함께 중대급 임무부대 하나가 배치되어있었다.

"단대호 불상?"

소속불명이란 뜻이다. 눈을 살짝 찌푸리는 겨울에게 통신병이 까딱 고개를 끄덕여보였다.

"Yes sir. 명백한 해방 작전의 패잔병 집단으로 추정된다는 내용입니다. 그들의 안전을 위해 칼파인 5, 6, 7은 앞으로 두 시간 동안 유인 신호기 가동을 중지합니다."

위성감시 현황에서 해당 방면에 위협적인 변종집단은 없다. 신호를 멈춘다면 기지든 접근하는 병력이든 위험하진 않을 듯했다.

"다른 방향으로 유도하는 게 낫지 않나?"

중얼거리는 겨울. 아직 전투가 끝나지 않았으나, 이젠 일방적인 학살이나 다름없다. 겨울이 정보장교에게서 태블릿을 넘겨받았다. 네트워크에 자세한 정보가 올라와 있을 것이었다.

'응답 없음…… 인가.'

마리골드에서 보내는 모든 통신에 대해 응답이 없는 상황. 충분히 그럴 수 있다. 무전기 같은 장비가 남아있지 않거나, 있어도 태양광 충전기를 분실했을 경우. 어쨌든 항공사진 속의 병력은 지치고 초라한 아군의 모습이었다. 적지만 차량도 섞인 행렬이다. 최소한의 편제를 유지하고 있다는 의미.

이 정도 생존자들이 한꺼번에 합류하기는 오랜만이다. 작전에 도움이 될 일은 없겠지만. 조만간 후송헬기가 올 것이다. 이런 날씨에 다른 거점으로 가라고 하기도 곤란하고.

마침내 전투가 종료됐다. 사상자 없음. 가장 취약한 유라 소대의 방어구역조차 200미터의 급격한 오르막길이었다. 철조망이 몇 겹으로 깔린 비탈을, 그 여름을, 변종들은 채 절반도 극복하지 못했다.

“중대장님께선 잠시 눈을 붙이시는 게 어떻겠습니까?”

포스터가 휴식을 권했다.

“어려운 건 야간전투입니다. 여긴 머레이 중위와 제가 번갈아 맡겠습니다.”

부중대장이 1소대 구역으로 나가있는 지금은 작전장교가 차석이다.

권유를 받은 겨울은 상황이 실시간으로 갱신되는 지도를 보며 고민했다. 너무 잘 풀리기만 해서 더욱 걱정스러운 요즘 아닌가. 그동안의 경험이 경험인지라 안심할 수가 없다. 이미 역병과 세계의 가변성으로부터 느낀 바, 어떤 초월적인 악의가 있는 것 같기도 했다.

‘걱정해서 해결될 일은 아니지…….’

조금 전 스스로 했던 말이다. 쓰게 웃은 겨울이 승낙했다.

"그럼 부탁하죠. 숙소에 있을 테니 무슨 일 있으면 알려줘요."

"알겠습니다. 편히 쉬십시오."

상황실의 분위기가 완만하게 풀어졌다. 겨울은 그들에게 자신과 같은 수준의 긴장감을 요구할 수 없었다. 다그치는 것도 한두 번이고 하루 이틀이지, 기약도 없고 끝도 없는 질타에 무슨 효과를 바라겠는가.

애애애애옹!

어디선가 자지러지는 고양이 울음소리가 들린다. 뒤이어 헥헥 거리며 뛰어다니는 개가 보였다. 사람이 없어진 발전소에 야생 고양이가 자리를 잡았나본데, 왕의 이름을 가진 개가 하루가 멀다 하고 고양이를 쫓아다니는 것이었다. 개나 고양이나, 시설 내에 냉각이 워낙 잘 되다보니 지칠 줄 모르고 뛰어다닌다.

슬쩍 내다본 포스터가 절도 있게 손뼉을 쳤다. 짝짝!

"Come on, your highness!"

알알!

"……."

사람이 짖고 개도 짖었다. 부름을 듣고 달려온 닥스훈트는 모퉁이를 돌다가 발라당 넘어졌다. 그래도 발딱 일어서서는 겨울을 향해 꼬리를 치고 팔딱팔딱 원을 그린 뒤 자신을 예뻐하는 작전장교에게로 달음질쳤다.

겨울은 설레설레 고개를 젓고 상황실을 나섰다.

여기서 병사들을 가장 힘들게 만드는 것은 불규칙한 수면시간이었다. 변종들이 밤낮없이 밀려드는 와중에 밤에 벌어지는 전투가 더 위험했기 때문이다. 비번의 수가 적을 수밖에 없고, 그나마도 출동대기상태를 유지하며, 그 외의 대부분은 험비 안에서의 쪽잠으로 버텨야 했다.

그렇다고 야간에 신호기를 정지시킬 수도 없는 노릇. 변종집단의 활동을 방해하는 것뿐만 아니라, 배후지대의 변종 밀도를 낮추는 것도 작전의 목표였다. 이로써 올레마 FOB와 사단 사이에 상대적으로 안전한 회랑이 만들어진다. 보급로였다.

그래서 겨울은 최대한의 휴식시간을 보장하려 애썼다. 하나 자야 할 때 잠이 오지 않는다고 호소하는 병사들이 많았다. 총성에 놀라 깨는 일도 빈번했다.

어스름 전의 저녁 시간, 배식을 받는 이들이 푸석푸석한 데엔 그런 이유가 있었다.

꽈릉-!

밖에선 하늘이 찢어졌다. 뇌우(雷雨)라고 하는데 정작 내리는 비는 없었다. 온도가 높아 가느다란 빗방울이 공중에서 증발하는 탓이었다. 다만 가까운 낙뢰가 잦다. 주둔지가 산 정상이다 보니 피뢰침이 쉴 새 없이 벼락을 맞았다. 잠을 설친 병사들이 투덜대는 건 덤이었다.

"Shit. 클레이모어(산탄지뢰)가 또 터졌겠군."

식판을 채우는 병사의 투덜거림. 말은 한국어인데 욕설

은 영어였다.

그의 말처럼 겨울은 뇌명(雷鳴)의 끝에서 이질적인 폭음을 들었다. 산탄지뢰의 전기식 뇌관은 번개가 칠 때 오작동을 일으키는 경우가 많았다. 산타 마가리타 호수에선 쿤츠라는 병사가 같은 이유로 후폭풍에 맞아 죽었었다. 지금은 주의를 당부했으니 같은 사고가 없을 것이다.

겨울이 있는 테이블에 디안젤로 하사가 다가왔다.

"여기서 중대장님을 뵙다니, 운이 좋군요. 자리 있습니까?"

"얼마든지."

허락을 받은 그녀가 겨울의 맞은편에 앉는다.

"오늘 저녁은 꽤 기대하고 있었는데 이렇게 되어버렸군요."

하사의 푸념은 식단에 대한 것이었다. 겨울이 옅은 미소를 만들었다.

"헬기가 뜨지 못하니 별수 없잖아요."

하필이면 식재료를 공수받기로 한 시점에서 기상이 악화된 덕분이었다. 본래 등심 스테이크가 나올 예정이었다. 위에서 사기유지를 위해 최선을 다하고 있다는 증거.

"흐음, 그래서 결국 스테이크는 물 건너간 겁니까?"

"글쎄요. 저런 하늘이 오래가진 않겠죠. 오늘 밤만 잘 견뎌 보자고요."

겨울의 말에 디안젤로 하사가 귀찮은 느낌의 한숨을 쉬었다.

"평소보다 지겨운 밤이 되겠습니다."

둘 다 중의적이었다. 오늘 밤만 잘 견뎌 보자는 말이나,

평소보다 지겨운 밤이 되겠다는 말이나. 당장은 기온에 큰 변화가 없으나 이제 곧 햇빛이 차단된 영향이 나올 것이었다. 습하고 더운 밤이긴 마찬가지겠지만, 어제 만큼은 아닐 터. 기형적인 날씨였다.

바싹 구운 베이컨을 꼭꼭 씹어 삼킨 디안젤로 하사가 음료수 한 모금 마시고 묻는다.

"혹시 그 소식 들으셨습니까?"

"뭐요?"

"일본에서 날아온 여객기 말입니다."

"아."

겨울이 끄덕였다. 정확하겐 들었다기보다는 읽었다고 해야 할 것이다. 검열을 거치긴 하지만, 제한된 범위 내에서 군 인트라넷에도 많은 정보가 올라온다. 그중엔 민간에 공개되지 않는 것도 얼마든지 있었다. 소령으로서 겨울의 접근권한은 높았다. 그리고 이곳엔 강화된 위성통신망이 구축되어 있다. 필요한 건 넷 워리어 단말뿐이었다.

"해병대도 정말 대단하지 않습니까? 그 지옥에서 1년 넘게 살아남다니……. 그것도 대사관 사람들하고 민간인들까지 보호하면서 말입니다. 완전 임무밖에 모르는 꼴통들 같습니다."

여기서 민간인은 미국 시민권자를 뜻했다. 그들이 구해온 사람들 중에 일본인은 없었다.

'표정이 괜히 그랬던 게 아니겠지.'

겨울이 본 사진 속에서 모두가 안색이 어두웠다. 그들이 겪었을 필요악의 흔적이었다. 다른 고난뿐이었다면 마침내 돌아온 고국에서 기뻐하는 사람이 더 많았어야 정상이었다.

"이번 공로로 주일 대사관 경비대랑 FAST[16] 파견대 전원이 명예훈장을 받는답니다. 다만 수여식은 불타는 계곡 작전이 끝난 이후에 열겠다고……. 중대장님 수여식도 그때라고 들었는데, 맞습니까?"

"그렇다고 하더라고요."

"흐음. 위스키 호텔이 정말로 축제를 열고 싶은 모양입니다."

위스키(W) 호텔(H)은 백악관의 두문자(頭文字) 음성기호였다.

실제 백악관의 의도가 그랬다. 전쟁영웅들의 소식을 전하며, 수여식은 한결같이 나중으로 미루는 중이다. 일선 장교와 부사관, 병사들마저도 기대감을 품고 있었다. 비공식적으로는 영웅들의 날, 승리의 날, 개선의 날 등으로 부른다.

수여 대상자는 이미 죽은 경우가 더 많으므로, 축제일뿐더러 추모식이기도 하겠지만.

디안젤로 또한 설레는 한 사람이었다.

"전 그날이 진짜로, 엄청나게 기대가 됩니다."

"……."

"이런 소식을 들을 때마다 기분이 너무 좋습니다. 벌써부터 이러면 안 되는 건데……."

---

16 Fleet Anti-terrorism Security Team. 해병대 소속으로 미국 해군의 각 지역사령부 휘하에 배치되 보안 및 대테러 임무에 신속하게 투입되도록 조직된 특수부대.

이번에도 중의적인 말이었다. 단순히 훗날의 축제를 미리 기뻐한다는 뜻이 아니다. 겨울은 하사의 낯빛에 언뜻 스쳐간 어둠을 짚었다.

"어쩔 수 없어요. 슬프다고 계속 울기만 할 순 없잖아요. 산 사람은 살아야죠."

희망이란 그런 것이다. 망각은 삶의 필수조건이었다. 한계에 부딪히는 사람들에게는.

대화가 잠시 단절되었다.

"예전에 위인전을 하나 읽었는데 말입니다."

오믈렛 같지 않은 오믈렛을 난도질하며, 하사가 새롭게 운을 띄웠다.

"헬렌 켈러라고 아십니까?"

겨울은 기시감을 느꼈다.

"당연히 알죠."

"어? 아는 게 당연한 겁니까?"

미국인다운 의아함이다. 아무튼, 하고 하사가 말을 잇는다.

"거기서 정말 좋은 경구를 하나 봤는데……."

"세상은 고통으로 가득하지만, 한편으로는 그것을 이겨내는 사람들로도 가득하다?"

"……예. 바로 그겁니다."

자그맣게 중얼거리는 와우. 하사는 깜짝 놀란 표정이었다. 겨울이 말했다.

"놀랄 것 없어요. 얼마 전에 어떤 수녀님께 한 번 들었거든요."

"아, 그러셨군요."

원래도 알고 있었다는 말은 굳이 할 필요가 없었다. 하사가 헛기침을 했다.

"왜 이 말씀을 드렸냐면……. 이런 세상에서도, 아니, 이렇게 빌어먹을 세상이라서 그렇게 좋은 소식이 있다는 느낌이 들어서였습니다."

"예전에도 좋은 소식은 있었겠지만, 세상이 어두우니까 더 크게 느껴지는 거겠죠. 소방관이 화재를 진압할 때 영웅이 되는 것처럼."

"정확합니다. 제 생각 그대로입니다. 영웅들이 넘쳐나는 시대에 사는 것 같습니다. 만화에 나오는 영웅들 말고, 같은 나라에 있다는 것만으로도 힘이 되는 사람들 말입니다. 살아있는 쪽보다는 죽은 쪽이 훨씬 더 많긴 하지만……."

이것이 미국 정부가 살아있는 영웅들만큼이나 죽은 영웅들을 알리는 데 열심인 이유다. 자신의 사명을 지키다가 죽은 사람들은, 죽었어도 여전히 산 사람들의 위안이었다.

"부중대장님도 비슷한 말씀을 하시더군요."

"싱 대위가?"

"예. 병사들하고 나누는 이야기였는데, 되게 특이해서 기억에 남습니다."

"뭐라고 했는데요?"

"음, 세상에 온통 빛뿐이었다면 우리는 그것을 구분하지 못했을 것이다……. 라고."

말하는 하사가 한쪽 눈을 찡그린 채로 기억을 더듬는다.

"그다음이……. 아. 빛이 있어서 어둠이 있고, 어둠이 있어서 빛이 있다. 절망을 모르는 사람은 희망도 모른다. 그러므로 두려워하는 사람만이 용감해질 수 있다. 였습니다."

대위는 중대원들을 격려하고 싶었던 모양이다.

이후에도 간헐천 같은 잡담을 나눴다. 식사를 끝낼 즈음, 겨울의 무전기가 포스터의 음성으로 말했다.

[중대장님. 상황이 발생했습니다.]

자세한 내용은 이어지지 않았다. 상황실 밖으로 나가선 안 될 내용이란 뜻. 그렇다고 기지에 비상을 걸 정도는 아닌 듯하다.

"금방 가죠."

겨울은 잔반이 거의 없는 식판을 들고 일어섰다.

"미안하지만 먼저 일어날게요."

"넵."

눈치가 달라진 하사는 먹는 데 엄청난 속도를 붙였다.

상황실에 도착한 겨울에게 포스터가 특이사항을 보고했다.

"칼파인 5로부터 연락이 두절되었습니다."

"정시연락이 오지 않았다는 뜻이에요?"

"아닙니다. 저희나 마리골드에서 보내는 통신에도 반응이 없습니다."

이 말을 듣고 겨울이 바로 떠올린 건 낮에 접근한다던 단대호 불상의 소대였다. 통신에 반응이 없다는 공통점 때문이었다. 그러나 까마귀 날자 배 떨어지는 정도의 연관성뿐이었다.

"기상악화로 인한 일시적인 현상일 가능성은?"
"역시 아닙니다."
포스터가 단언했다.
"위성통신에 지장이 있는 건 사실입니다만, 저희 외에 다른 기지들도 마리골드와는 접촉을 유지하고 있습니다. 무엇보다 저희를 비롯한 다른 기지들에서 유선연락을 시도했는데도 실패했다는 게 문제입니다. 레이저 통신도 마찬가지입니다."
작전 개시 전에 공병대가 각 기지 사이로 통신선을 깔아놨다. 또한 레이저 통신 체계는 방향을 맞춰놓은 레이저와 감지기, 중계기들로 구성되었다. 만약에 대비해 여러 채널의 통신 수단을 마련해둔 것이다. 심지어는 군용이 아닌 일반 위성전화까지 있었다.
"미리 말씀드리지만 기지가 무너진 건 아닌 듯합니다. 칼파인 6에서 칼파인 5 방향의 신호탄을 관측했다는 보고가 있었습니다. 시간 간격을 두고 세 번 연속 녹색이었다고 하더군요."
녹색 신호탄은 당연히 기지가 무사하다는 의미였다.
"거기에 유인신호가 계속해서 발생하고 있는 점을 봐선 기지 자체의 안전은 확실한 모양입니다. 칼파인 6가 좀 무리해서 드론을 띄워봤으나 병력 배치 또한 정상이었다고 합니다."
"하지만 이상하네요."
"예, 이상합니다."
다른 건 다 멀쩡한데 통신 수단만, 그것도 모든 경로가 동시에 마비되는 건 어떤 상황인가. 차라리 무선만 있었다면 트릭스터의 짓이라고 생각했을 것이다.

어쨌든 기지가 무사하다는 말에 겨울이 걱정 하나를 놓았다. 새로 합류한 생존자들 사이에 감염자가 섞여 있었다면 붉은 신호탄이 연속으로 관측되었을 터.

"마지막 교신 이후 포격요청 좌표는 검토해봤어요?"

포스터는 겨울이 묻는 의도를 곧바로 이해했다.

"물론입니다. 칼파인 5의 통신회선이 지나는 구역에 떨어진 포탄은 없습니다. 애초에 중대장님께서 쉬시는 동안 낙하한 포탄은 예외 없이 램스와 에이덤이었습니다. 날씨가 이래서 볼케이노를 쓸 수 없으니까요. 해당 시간 접근한 변종집단은 위협수준이 매우 낮았습니다."

램스(RAAMS)와 에이덤(ADAM)은 각각 대전차지뢰와 대인지뢰를 살포하는 포탄의 이름이었다. 그리고 볼케이노는 헬기에 달아서 지뢰를 뿌리는 컨테이너였고.

'곤란한 일이 아니었으면 좋겠는데.'

만에 하나 위성통신이 두절되면 이 일대에선 겨울이 최선임자였다.

포스터가 의견을 제시했다.

"혹시 강화종 트릭스터의 소행은 아닐까요?"

"강화종?"

"예. 그것들은 전기와 자기장을 다루잖습니까. 능력이 남다른 놈이라면 땅 밑에 묻힌 회선을 감지했을지도 모릅니다. 광신호 중계기도 마찬가지입니다."

그 얇은 도체, 미약한 신호를 포착하려면 베타 등급도 부족할 것 같다. 그러나 겨울이 보기에도 이 상황을 설명할 가장 유력한 가설이었다.

"당연히 이상전파 수신 기록은 없었겠죠?"

"트릭스터의 것으로 추정되는 건 없었습니다."

"……."

전술지도에서 몇 개의 부호가 깜박거렸다. 2소대가 변종들과 교전 중이라는 신호였다. 분할화면에 뜬 교전 현장은 딱히 긴장할 것도 없는 수준이었다. 아직 일몰 전이기도 했다. 구름 아래로 내려온 석양의 빛이 무수한 죽음을 달구었다. 뿌려진 피는 오랫동안 따뜻할 것이다.

"일리 있네요."

"역시 그렇습니까."

"일단 우리는 우리 할 일에만 집중하되, 지원을 나갈 경우에 대비하죠. 만약 정말로 강화종 트릭스터가 벼르고 있는 거라면 통신이 두절된 위치가 공격지점일 확률이 높으니까요."

혹은 성동격서일 수도 있고. 주의를 분산시키고 다른 곳을 치는 정도의 교활함은 대단한 수준이 아니었다.

고민하는 사이 그림자 같은 산맥이 계속해서 태양을 먹어치웠다.

산간의 밤은 빠르게 식는다. 메마른 골짜기를 향해 뜨거운 증기가 지속적으로 분사되고 있음에도 불구하고. 어쩌면 그로 인해 국지적 저기압이 형성되었을지도 모른다. 마른 땅에 내리치는 벼락이 자정까지도 계속되고 있었다.

기온이 30도 아래로 떨어진 시점에서, 드디어 병든 망자의 군대가 출현했다.

군대. 그것은 군대였다. 이제까지 없었던 조직력과 이제까지 없었던 규모로 들이치는 본격적인 공세. 그러나 가장 위협적인 것은 조직력도, 규모도 아니었다.

푸드드득-

"젠장! 또 꺼졌어!"

험비 엔진이 시드는 소리. 운전병이 핸들 왼편의 시동 레버를 신경질적으로 꺾어댔다. 계기판의 배터리 볼트 표시가 불안정하게 흔들린다. 여러 차례 전자기 충격파[17]를 맞은 차량은 쉽게 되살아나지 못했다. 쾅쾅쾅! 요란한 중기관총 사격음 속에서 겨울이 목청을 돋웠다.

"하차! 하차 전투! 차량을 중심으로 방어! 통신병! 날 따라와요!"

문을 열고 내리는 순간에도 지붕 아래로 탄피가 쏟아졌다. 비록 야간조준장비가 맛이 가긴 했으나, 중기관총 자체엔 아무런 이상도 없었다. 사선 가장자리에서 방탄복을 입은 변종들이 산산조각으로 부서졌다. 끊어진 팔다리가 비산한다.

바깥 공기는 차내와 큰 차이가 없었다. 전투가 시작된 이래 에어컨이 제대로 작동하지 못했기 때문. 병사들이 흠뻑 젖어있는 이유였다. 에어컨은 물론이거니와 EMP 내성이 강

---

17 Electromagnetic Pulse, 핵폭발과 같은 상황에서 강력한 고에너지 전자 방출로 발생한 전자기 펄스는 전기기구나 회로에 과전류를 가해 파손시킨다.

한 장비들도 끝을 모르고 터지는 충격파는 감당하지 못했다. 이게 벌써 몇 번째인지.

'대체 어떻게…….'

변종들의 머리통을 날려버리면서도, 겨울은 깊은 당혹감을 느꼈다. 트릭스터의 개체수는 심각하게 감소했다. 고로 이런 식의 자폭을 해댈 순 없는 노릇이었다. 모든 가능성에 대비했다고 생각했건만, 변종들은 땅굴을 파지도 않았고 방탄복을 입은 수십만을 아껴두지도 않았다.

설마 자폭 없이 충격파를 방출하는 강화종이 등장한 것인가?

아니, 그럴 리가 없다. 그것은 너무도 급격한 강화였다. 애초에 과부하를 통한 기관 파열이 충격파 발생의 조건 아닌가. 기관 재생을 위해서라도 회복기간이 필요할 터.

정신없이 교차하는 감각보정의 물결 사이에서, 겨울은 곧 해답을 발견했다.

"사수! 강 일병! 11시 방향에 적 트릭스터! 빨리!"

다급하게 외쳤으나, 철컥 소리와 함께 중기관총 노리쇠가 후퇴 고정되었다.

"야! 탄약!"

사수인 강 일병이 후방좌석으로 빽 소리를 지른다. 부사수가 탄통을 밀어주었다.

타타타탕! 타타탕!

겨울의 소총이 날카로운 연사음과 함께 번뜩였다. 그러나 표적에겐 소용없다. 강화종 트릭스터가 죽은 트릭스터의 몸뚱이를 방패로 삼은 탓이었다. 지능이 높은 만큼 이쪽 방면 중기관총의 탄약 소모를 재다가 나선 게 분명했다.

'늦었다.'

겨울이 맹렬히 수류탄을 던졌지만, 땅에 떨어지는 순간 일반 변종 하나가 몸으로 덮어버렸다. 쾅! 부패한 몸뚱이가 펄쩍 뛰었다.

그사이 죽은 트릭스터의 몸뚱이가 희미한 방전을 일으키며 팽창했다. 퍼엉! 폭발과 동시에 보이지 않는 충격파가 벌거벗은 산간을 휩쓸었다. 나무를 모조리 베어낸 터라 변종들이 숨을 엄폐물이 없었지만, 충격파 확산을 방해할 장애물도 없었다.

피쿼드 호에서 탈출하고자 겨울이 그랬던 것처럼, 이 골짜기의 트릭스터들은 죽은 동종에게 과부하를 걸어 충격파 폭탄으로 써먹는다.

시체에 손을 꽂아 넣었던 교활한 강화종은, 여러 발의 소총탄을 몸으로 받아내며, 피와 살점에 뒤덮인 채로 자세를 낮춰 빠르게 물러났다. 마치 파도에 매몰되듯이, 한때 미군이었던 변종들 사이로 사라지고 만다. 방탄복을 입은 놈들은 차 문짝 따위를 방패삼아 들고 다녔다.

저것들은 생전에 교활했던 사체를 얼마나 많이 이고 올라온 것일까?

최근 회수되지 않은 사체가 많았을 것이다. 사냥도 그렇고 폭격도 그렇다. 항공폭탄이 반드시 직격하는 건 아니니, 출혈로 죽거나 빈사상태로 살아남은 개체가 얼마든지 있었을 것.

일반 변종과 달리 면역거부반응을 극복한 강화종의 시체는 잘 썩지도 않는다. 변종을 흡혈한 모기는 독성에 죽고, 파리의 알은 괴사하며, 세균의 번식도 활발하지 못하다. 결국은 문드러지지만, 평범한 시체보다는 멀쩡한 기간이 길었다.

"포반! 포반! 내 말 들립니까?!"

겨울이 무전기에 대고 소리쳤으나 묵묵부답이었다. 이쪽 무전기는 멀쩡해도 박격포 진지는 아닌 모양. 조명탄이 떠야 하는데. 아직도 기능하는 야간투시경은 소수다. 병사들은 밤눈에 의지하여 사격하고 있었다. 공병대가 탐조등을 복구하느라 악을 쓰기도 한계가 있다.

이는 상황실을 버린 이유이기도 하다. 그곳은 반쯤 눈이 멀었다. 각 진지로 이어지는 유선 통신이 살아있으나, 전장 감시체계 태반이 무용지물인데 뭘 어쩌겠는가. 지금 무슨 사단급 부대를 지휘하는 것도 아니고, 지휘관이 현장에 나서는 편이 나았다. 감각보정을 받기에도 좋고.

다행히 포반에서도 무엇이 필요한지 알고 있었다.

화악-

변종들의 머리를 넘긴 공중에서, 여러 조명탄의 합계, 양초 수백만 개 분량의 빛이 한꺼번에 터졌다. 이쪽을 감추고 적을 드러내는 조명 지원의 요령. 밝아진 산그늘에서 겨울은 새로운 위협을 발견했다. 눈살을 찌푸리고 뒤를 돌아본다. 꽈릉! 피뢰침에 번개가 내리쳤다.

"거기! 무전기 멀쩡한 사람 있어요?!"

겨울의 손짓에 긴장한 병사 하나가 나섰다.

"드립니까?"

"아니, 포반으로 뛰어가서 주고 와요!"

"알겠습니다!"

지시를 받은 이병은 박격포반이 있을 위치로 허겁지겁 뛰었다. 너무 서둘러서 넘어지고 총을 놓치긴 했으나, 재빨리 일어나 미친 듯이 달음박질친다.

"유탄사수! 유탄사수들! 적 후방 20미터 선으로 제압사격! 공중폭발탄! 어서!"

발로 뛰는 겨울의 외침에 고속유탄발사기를 탑재한 험비들의 조준점이 바뀌었다. 완만한 곡선을 그리는 탄도는 적의 등 뒤를 노리기에 충분했다.

겨울이 발견한 건 지그재그로 파헤쳐진 땅이었다.

전에 생각했듯이 괴물들에게 땅굴을 팔 능력은 부족하다. 파더라도 수준이 낮아 대규모일 수 없고, 공격에 쓰기도 불가능하다. 하지만 참호는 아니었다. 대각선으로 꺾어가며 땅을 파 접근하면, 직사화기로는 도저히 공격할 수가 없다. 지뢰에 의한 피해는 무시하는 듯하다.

공중폭발탄은 허공에서 터지며 아래 방향으로 파편을 뿌리는 특수 탄종이었다. 탄통을 교체한 사수들이 일제히 발사 트리거를 눌렀다. 낮은 고도의 밤이 일렬로 번쩍거린다. 강철 파편의 폭우가 쏟아지자 참호 밖으로 던져지던 흙이 급격하게 감소했다.

유탄의 공백을 메우는 건 겨울의 정조준 속사였다. 연사나 마찬가지인 빠르기로, 소모한 탄약만큼 정확하게 적을 사살하는 시점에서 어지간한 공용화기를 능가하는 전투력이었다.

연이어 발사된 조명탄이 꾸준히 하늘을 밝혔다. 탄약 재고는 아직 많다.

“2시 방향! 무반동총! 쏴!”

중화기 분대장이 제 역할을 하고 있었다. 우연히 뭉쳐있던 무리가 직사로 쏜 포탄 한 방에 박살났다. 겨울은 뛰는 내내 탄창을 비워가며 병사들의 배치와 교전 현황을 확인했다. 마침내 유선전화에 도달한 겨울이 수화기를 들었다.

“기술팀! 신호기 상태 보고해요!”

그러자 임무부대에 배속된 공병 소대장의 답변이 돌아왔다.

[제어 기판이 타버렸습니다! 복구는 가능하지만 예비회로가 많지 않습니다! EMP가 터질 때마다 교체하다간 금방 바닥날 겁니다! 언제까지 계속될 것 같습니까?! 곧 끝납니까?!]

불가피하게 노출되는 안테나는 충격파에서 보호받기 어렵다.

타타타탕! 겨울은 수화기를 귀와 어깨 사이에 끼운 채로 지향사격을 퍼부었다. 양손에 승용차 문짝을 비껴든 채로 접근하던 구울 셋이 그대로 죽어 넘어진다. 난사된 탄환의 절반은 두 짝의 문 사이를 파고들어 더러워진 방탄헬멧 아래의 얼굴을 부숴버렸다.

“언제 끝날지 장담 못 해요! 신호기는 그냥 두고 레이저 포대부터 복구해요!”

[알겠습니다!]

레이저는 작동을 멈췄지만 동력은 살아있었다. 발전소의 EMP 저항능력을 강화한다고 민간인 기술자들이 땀을 흘린 덕분이었다. 외부 변전소까지 프레임을 짜서 은박으로 덮어놓았다. 사실 발전소 자체가 기본적으로 EMP 내성이 있기도 했다.

미국은 오랫동안 핵전쟁을 준비해온 나라였다.

바아아아악-!

어지간한 중화기와는 격이 다른 연사음. 살이 떨릴 정도의 진동. 방공포 센추리온이 별 없는 하늘을 향해 발사화염을 뿜었다. 밝게 타오르는 기관포탄들은 쇳빛으로 달아오른 수백 개의 유성 같았다. 탄막 속의 아기들이 찢어지고 부서지고 폭발했다. 변종들의 머리 위로 강력한 산성비가 쏟아진다. 녹아내리는 변종들이 비명을 지르며 몸부림쳤다. 두피가 벗겨지고 뼈가 녹는다. 마침내 뇌까지 드러난 채 걸어오다가 픽 쓰러지는 광경이 부지기수였다.

'그래봤자 1,500발이야.'

센추리온이 한 번에 장전하는 탄의 숫자였다. 끊어 쏘지 않을 경우 길어도 30초 만에 바닥난다. 재장전엔 시간이 걸렸다. 레이저 포대 복구부터 서두르라고 한 이유였다. 레이저 발사체계는 원래 해군의 방공무기였다. 날아드는 아기들을 태워 죽일 수 있다.

겨울이 수화기를 던져놓고 소총을 견착했다. 기관포탄의 그물이 놓친 표적들 때문이었다. 일그러진 아기의 얼굴들이 소총탄에 맞아 깨졌다. 중심을 잃고 회전하며 폭발. 그러나 관성으로 인해 체액이 뿌려졌다. 궤도에 있던 차량호의 병사들이 기겁을 하며 엎드린다.

후두둑!

험비의 방탄판은 자글거리는 체액을 맞고도 멀쩡했다. 특수 코팅이 되어있어서였다.

곧 센추리온의 방공사격이 그쳤다.

그럼블은 모습을 드러내지 않았다. 아기들은 1.5킬로미터 밖, 능선 너머의 사각지대에서 던져진다. 더구나 투척하는 지점이 계속해서 바뀌었다. 그럼블의 이동은 길고 불규칙했다. 좌표를 지정하기 힘들었다. 팔다리에 피막 달린 아기가 다 소모되길 기다리는 수밖에. 그 외의 아기들은 비행거리가 짧다. 결국 그럼블도 능선을 넘어와야 할 것이다.

이쪽도 진지를 구축해두길 다행. 그렇지 않았다면 벌써 여러 명 녹거나 불타서 죽었을 터. 진지 곳곳에 퍽퍽 박히는 아기들로 인해 병사들의 사격이 위축되었다.

결국은 악 소리가 들린다. 소총수 두 명이 얼굴과 팔을 감싸고 나뒹굴었다.

"이런 씹! 중대장님!"

새된 욕설을 들은 겨울이 탄창을 교체하며 디안젤로를 불렀다.

"하사! 알파 포대에 화력지원요청을! 감마 3-1, 마이너스 120! 포대 전체 효력사! 이중목적고폭탄! 근접위험사격!"

"Yes sir!"

알파 포대는 낮에 엑스칼리버를 쏴대던 곳으로, 다른 기지에 위치했다. 겨울이 부른 좌표는 유라 소대가 싸우는 방면이었다. 고도가 낮아 경사로가 짧다보니 변종들의 참호선이 치명적으로 가까워졌다. 방치하기보다는 근접포격의 위협을 감수하는 편이 나을 만큼.

그런데도 포격요청이 없었다. 보이지 않는 방향에서 더 큰 위협을 막느라 바쁜 듯하다. 혹은 싸움에 매몰되어 정신이 없거나.

낮은 자세로 재빨리 뛰어온 디안젤로 하사가 수화기를 붙잡는다.

"브림스톤 1! 브림스톤 1! 당소 데이비드 액추얼! 내 말 들립니까!"

원칙에 어긋나지만, 겨울과 함께 있기 때문인지 그녀는 자신을 액추얼로 자칭한다. 그렇게 해야 답신이 더 빠를 거라고 생각했을지도.

[당소 브림스톤 1. 말하라, 데이비드 액추얼.]

"기지점 감마 3-1, 마이너스 120, 데인저 클로즈, 포대 전체 이중목적탄 효력사!"

[감마 3-1, 마이너스 120, 데인저 클로즈, 포대 전체 이중목적탄 효력사, 잠시 대기.]

그사이 겨울은 무전으로 포격에 대비하라고 전파했다. 유라 소대 쪽에도 아직 살아있는 무전기가 있었다.

[떴다 이상. 비과(飛過) 시간 하나 아홉.]

"비과 시간 하나 아홉 확인!"

이는 앞으로 19초 후 포탄이 낙하한다는 뜻이었다. 돌아보는 하사에게 겨울이 외쳤다.

"여기 남아서 화력을 유도해요!"

파견된 관측병은 다른 방향에서 역시 화력을 유도하는 중이었다. 비록 본래의 역할은 아니어도, 표적을 판별하고 좌표를 찍을 능력은 디안젤로에게도 있었다.

폭음과 총성 사이로 험비의 배기음이 달려왔다. 날카롭게 브레이크를 잡는 소리. 겨울이 두고 온 중대장 단차였다. 변종의 공세 방향에 따른 이동이었다.

퍼엉- 다다다다닥!

유라 소대의 방어구역에서 연쇄폭발이 일어난다. 먼 곳의 포병대가 쏘아 보낸 포탄[18]들은 허공에서 작게 터져 일흔두 개의 소형 폭탄(자탄)을 쏟아냈다. 이 중 스물넷은 그럼블에게도 위험한 위력. 죽이진 못할지언정 맞는 부위를 뚫어버릴 정도는 된다. 자탄 수백 발이 쏟아지는 광경은 마치 불타는 소나기가 내리는 듯했다. 변종들이 파헤친 땅 속에서도 폭발이 일어났다. 흙과 머리와 팔과 다리의 피분수가 치솟았다.

치명적인 강우의 가장자리는 아슬아슬하게 방어진지 바깥이다. 그러나 너무 근접해서, 누군가 파편에 맞았을 가능성은 있었다.

역병이 들끓는 참호는 교전시간에 비례하여 늘어났다.

---

18 M864. 장갑차량 공격과 대인공격에 모두 쓸 수 있는 DPICM(Dual-Purpose Improved Conventional Munition, 이중목적고폭탄) 자탄을 적재하고 있다.

하늘에서 보면 발전소를 향해 삐뚤빼뚤한 선 수십 줄기가 그어진 양상일 것이었다. 그 안의 악취 가득한 변종들은, 새까만 밤, 검은 대지에 생긴 상처에 허옇게 들끓는 구더기 떼처럼 보이지 않을지.

중대장 단차에 탑승한 겨울이 급하게 손짓했다.

"서쪽으로! 바이퍼 고지 방향!"

엔진의 음계가 날카롭게 치솟는다. 턱을 떠는 운전병은 차를 거칠게 몰았다. 방어진지 안쪽 기동로를 질주하는 내내 지붕 위에서 굵은 탄피가 쏟아졌다. 쾅쾅쾅! 쾅쾅쾅! 달리는 측면으로 끊어 쏘는 중기관총의 소음. 아래에서 미어터지는 참호 입구를 겨냥한 사격이었다.

슈아아악-

새로운 조명탄이 터졌다. 창백하게 밝아진 산기슭에 전투 현장을 우회한 역병집단의 그림자들이 늘어졌다. 초승달처럼 굽이치는 계곡 안쪽에서 유일하게 기지보다 고도가 높은 방향. 기지로 내려오는 능선이 마치 뱀 같다고 해서 바이퍼(Viper)라고 이름 붙인 곳.

감각보정 덕분에 어느 방면이 가장 급한지 바로바로 알 수 있어서 다행이었다.

[2-액추얼! 당소 2-2-브라보! 분대장 부상! 적은 30미터 앞까지 파고 들어왔다!]

2소대에서 소대장을 찾는 무전이다. 곧바로 규정이고 뭐고 없는 진석의 답신이 잡혔다.

[겁쟁이 새끼! 아직 100미터는 남았어! 수류탄이든 열압

력탄이든 닥치는 대로 써서 밀어!]

겨울은 재빨리 기억을 더듬었다. 2-2, 즉 2소대 2분대는 여기서 볼 수 없는 위치였다. 감각보정의 범위에서도 한참을 벗어나있다. 실제로 30미터인지, 아니면 거리 감각이 공포에 왜곡된 것인지. 지금은 진석을 믿는 수밖에. 싱 대위가 경고했던 저돌성이 우려된다.

'다른 기지들은 무사한가?'

순간적으로 스치는 의문. 통신이 두절된 칼파인 5는 미끼에 불과했던 것일까? 그게 변종의 소행이었다면, 이곳 또한 공격 직전에 통신을 끊어두는 편이 나았을 텐데. 묵직한 포탄을 끊임없이 꽂아주는 알파 포대도 그렇고, 다른 임무부대와의 연결이 여전히 살아있다. 교활한 것들의 농간으로 보기엔 이상한 점이 많다.

그러나 길게 숙고할 틈이 없었다. 험비를 정지시킨 겨울이 시야와 PDA의 전술지도를 대조했다. 펜으로 꾹 누르자 1초도 지나지 않아 해당 위치의 좌표가 나타난다.

"포반! 당소 데이비드 액추얼!"

무전기를 전달받은 박격포반에게 새로운 사격임무를 부여하는 겨울.

"하나 포는 그대로 조명탄 사격! 둘 포와 삼 포는 대기!"

[둘 포, 삼 포 대기 확인!]

"좌표! 오스카, 로미오, 6-1-9-5, 4-4-7-0, 고폭탄 사격임무, 효력사 열 발! 준비되는 대로 발사! 브레이크!"

본래는 한 발 떨어지고 나서 탄착점을 보고 좌표를 조정해야 옳다. 그러나 다소의 오차를 무시해도 될 만큼 많은 참호선이 목표였다. 변종들에게도 본격적인 땅파기는 처음이라 간격 조절이 엉망진창이다. 따라서 능선에서 파헤치며 내려오는 길들은 혼잡하게 뒤얽힌 미로처럼 보였다. 다만 미로가 연장되는 속도는 느렸다. 아무리 강인한 변종이어도 사거리 바깥을 멀리 돌아 훨씬 높은 산을 타고 오기란 쉬운 일이 아니었을 것이다. 하물며 이 더운 날씨에 무거운 방탄복을 입은 놈들은 더더욱.

분수령 좌우로 박격포탄 스무 발이 연속으로 떨어진다. 그중 일곱 발은 땅 속으로 정확하게 꽂혔다. 곧이어 참호 밖으로 죽었거나 죽어가는 것들이 내던져졌다. 내팽개쳐진 채로 헐떡이는 한 놈은 입에서 내장 조각을 게워내면서도 두 팔로 기어 내려왔다.

"동일 좌표! 계속해서 쏴!"

명중률을 확인한 겨울이 무전기에 대고 소리 지르며 험비에서 내렸다.

"단차! 지시가 있을 때까지 현 위치에서 방어!"

"Yes sir!"

험비 사수의 응답. 다른 방향의 공격이 막히자 변종들이 이쪽 방면에 전력을 집중하고 있었다. 배후에 도사리고 있을 트릭스터는 그림자도 보이지 않는다. 기가 질려있던 병사들이 중대장을 발견하고 안도하는 표정을 지었다.

[액추얼! 액추얼! 당소 4-1 알파! 당소 측 유탄발사기가 무력화되었다! 데들러 직격!]

고장 난 무전기가 많은데도 불구하고 겨울을 찾는 무전은 끊이질 않았다.

"당소 액추얼! 4-1, 인명 피해는? 방어가 불가능한 상황인가?"

[경상자 둘! 중상 하나! 임무 속행 가능! 하지만 공중폭발탄 지원이 필요하다! 적의 수가 줄어들었으나 M2(중기관총)만 가지고는 막지 못한다!]

"확인했다! 4-2의 차량 위치를 재조정하겠다, 이상!"

4소대 쪽에서 느껴지는 「위기감지」가 높지 않았다. 병력 증원까진 필요 없을 듯했다.

허공에서 조명탄이 아닌데도 한순간 반짝 타오르는 것들이 있었다. 레이저에 지져지는 아기들이었다. 깨애애애액-파열된 몸뚱이에서 내장을 뿜으며 지글지글 떨어지는 비명.

"재장전!"

겨울 근처에서 경기관총(M240) 사수가 화력공백을 경고했다. 그의 총에선 하얀 연기가 피어오른다. 500발들이 배낭 탄창을 메고 미친 듯이 갈겨댄 탓이었다. 더운 날씨엔 말 그대로의 미친 짓. 총열이 휘지 않은 게 기적이다. 떨리는 손으로 수통을 열어 물을 쏟아 붓는다. 헉헉대는 입술이 하얗게 말라붙어있다. 그러나 목마름보다는 총의 상태가 우선이었다.

사선경고를 감지한 겨울이 있는 힘껏 소리 질렀다.

"모두 엎드려!"

파파파파파팍!

방어진지의 모래포대가 직선으로 터져나갔다. 웅크린 병

사들의 머리 위로 메마른 흙이 쏟아졌다. 저릿저릿한 감각의 궤도를 비껴낸 겨울이 눈으로 지워진 사선의 저편을 훑었다. 방금 사격을 퍼부은 건 한때 미군이었던 강화종들이었다. 면역거부반응을 극복하고, 강화를 거듭하여 지능도 유별난 개체들. 언젠가는 이런 날이 오리라고 예상했었다. 숫자는 고작 다섯.

타타탕! 타타타타탕!

겨울의 대응사격이 넷을 즉사시켰으나, 마지막 놈이 기적적으로 살아남았다. 놈도 재장전, 겨울도 재장전. 그러나 구울은 자꾸만 빠지는 탄창에 격노하여 울부짖었다. 그야 당연하다. 탄창의 앞뒤를 반대로 쥐고 있었으니까.

타앙!

겨울의 단발사격이 놈을 끝장냈다. 그리고 소총이 떨어졌을 방향으로 수류탄을 하나씩 투척했다. 다른 구울이 있더라도 주워서 쓰지 못하도록. 폭발을 보고서 안도하는 겨울.

'그나마 다행이네.'

끊어 쏜다는 개념을 모르는 괴물들은 2초 만에 탄창을 비웠고, 정조준 요령도 모르는 탓에 지향사격을 하려고 반신을 드러냈다. 아니었다면 처리하기 까다로웠을 것이다.

그리고 고작 다섯이었다. 지금까지 보고된 사례가 없었던 것으로 미루어, 배후의 교활한 상위종이 아끼고 아끼다가 꺼낸 카드였을 것인데. 트릭스터의 사체들도 그렇다. 여기서 낭비하는 만큼 다른 전선의 부담이 줄어들 것이었다.

또다시 나타날 것에 대비해야겠지만, 과연 그 정도의 탄약을 확보해 놓았을까? 생존자와 낙오병들도 탄약이 없어서 고생했는데?

자물쇠를 채워 투하했던 보급상자들은 억지로 열었다간 폭발하는 구조였다.

"위생병! 위생병!"

벽에 맞고 튄 유탄에 맞은 병사가 있었다. 허덕이는 외침으로 위생병을 부른다. 중상은 아니었지만 본인이 느끼기는 다를 터였다.

이쪽에 배치된 대공포(센추리온)는 재장전 도중이었다. 땀에 젖은 기술병들이 급탄기에 탄띠를 삽입한다. 모터가 돌아가면서 탄띠가 말려들어갔다. 1,500발을 한꺼번에 넣는 작업이다. 그 시간을 겨울이 벌어주었다. 장전 도중 아기에게 직격당하면 곤란하다. 날아오던 아기들이 가까운 순서대로 터져나갔다. 그 와중에도 중대장을 찾는 무전에 응답하느라, 또 전투 상황을 파악하느라 바쁘다. 통신병에게 외치는 명령.

"4-3 알파에게 상황 보고하라고 해요!"

특정 방향에서 총성이 줄어든 것을 알아차린 겨울이 일그러진 아기 셋을 연달아 터트리며 지시했다. 통신병이 금방이라도 멎을 듯한 호흡으로 4소대 3분대와 교신한다.

"후송인원 둘! 분대장 전사! 적 압력은, 허억, 감소하였음!"

바아아아아악!

대공포가 되살아나면서, 천둥이 드물어진 하늘에 또 한 번 탄막의 우산이 펼쳐졌다. 이 틈에 파헤쳐진 산기슭을 내려다본 겨울이 통신병으로부터 수화기를 넘겨받았다.

"기술팀! 지금 신호기 가동 가능합니까?"

[회로는 아까 교체해놨습니다! 하지만 적 EMP가 남아있지 않습니까?]

"상관없어요! 일단 켜요!"

[알겠습니다!]

아까와는 상황이 다르다. 교활한 상위종에겐 불가피한 선택이었겠지만, 땅을 파헤쳐 만든 길이 지나치게 많아졌다. 각각의 참호마다 역병이 들끓고 있을 터. 구울의 통제범위는 좁다. 한순간, 단 한순간이라도 통제력을 무너뜨릴 수 있다면…….

"전 유닛! 클레이모어 격발 대기!"

겨울이 산탄지뢰를 준비시킨다.

크아아아아아-!

신호기 가동과 동시에 변종들이 파도처럼 쏟아져 나왔다. 바람을 타고 놈들의 역한 땀 냄새가 밀려들어온다. 1초, 2초, 3초, 4초……. 어디선가 또 트릭스터의 시체가 폭발했는지, 험비들이 털털거리더니 시동이 꺼졌다. 그러나 이미 수많은 변종들이 병사들의 시야에 잡혀있었다. 박차고 나온 순간부터 학살이 시작되었다.

"다 쏴 죽여!"

어디선가 들려오는 슐츠의 고함. 동시에 이제껏 쓸 일이 없었던 근거리의 산탄지뢰들이 일제히 격발된다. 철조망 즐비한 비탈은 삽시간에 새로운 시체와 유혈로 포장되었다. 불과 몇 초 사이에 사살한 숫자를 백 단위로 헤아려야 할 것 같았다.

이때를 기점으로 변종들의 기세가 수그러들었다. 피해가 누적되어서라기보다는, 방어선을 무너뜨릴 다른 방법을 모색한다는 느낌으로.

그러나 마른 뇌우가 완전히 잦아들어, 하늘은 다시 인간의 영역으로 돌아왔다. 교신에 집중하던 통신병이 겨울에게 수화기를 내민다.

"아파치 편대의 지원입니다. 직접 받아보셔야 할 것 같습니다."

이렇게 금방 도착할 리가 없다. 아무래도 줄곧 인근 공역에서 교대를 반복하며 대기하고 있었던 모양이었다. 스피커에서 한 번 들어본 목소리가 흘러나왔다.

[……반복한다. 데이비드 액추얼, 당소 해머 폴, 귀소 측에 대한 근접지원 임무를 하달 받았다. 브레이크. 본 편대는 현시각부로 IP 프라이드를 경유하여 전투 공역으로 진입하겠다. ETA(예상도착시간) T 마이너스 2분. 편대 거리 비표준. 브레이크. 가용무장은 고폭탄 4,800발. 공중폭발소이탄 152발, 헬파이어(대전차미사일) 8발이다. 해당 내용을 인지했는지?]

"당소 데이비드 액추얼. 확실하게 인지했다. 이상."

[표적 정보 확인을 요청한다.]

"라인 골프, 기지 북쪽 능선 너머에 한 개체 이상의 그럼블이 존재한다. 활공능력을 획득한 강화종 데들러를 투척하니 주의 바란다. 브레이크. 그럼블을 제거한 뒤엔 이쪽의 대공사격을 중지하겠다. 브레이크. 라인 브라보에서 라인 감마까지 규모 미상의 적이 참호선을 구축하고 있다. 이쪽은 해머 폴의 판단하에 교전하라. 이상."

[……라인 브라보에서 라인 감마, 규모 미상의 적, 참호선 구축이 맞는지?]

미심쩍어하는 반응이었다.

"그렇다. 문제가 있는지?"

[아니다. 추가 전달사항이 있는가?]

"없다, 오버."

[확인. 교신 종료.]

겨울이 시계를 확인했다. 교신하는 사이에도 남은 시간이 줄어, 이제 1분 남짓이면 도착한다. 굴곡이 심한 지형 탓에 아직 엔진 소리는 들리지 않지만. EMP 내성이 월등히 강화된 공격헬기 편대에게 땅을 파고 웅크린 변종들은 손쉬운 사냥감일 것이었다. 이번엔 거대한 숲에서처럼 지면에 가까워질 필요도 없었다. 적외선 관측으로 변종들의 체온을 보고 멀리서 포탄과 로켓과 미사일을 갈겨대면 그만이니까.

콰릉-!

계곡 건너편의 정상이 일출의 순간처럼 빛났다. 폭음과 함께 일그러진 괴성이 메아리친다. 곧바로 새로운 무전이 날아온다.

[데이비드 액추얼. 그럼블을 제거했다.]

"양호. 해머 폴, 20초 후 진입하라."

답신한 겨울이 기술팀에 연락하여 대공포의 작동을 중지시켰다.

마침내 골짜기에 땅을 두드리는 둔중한 엔진 소음이 울

려 퍼지기 시작했다. 교활한 괴물들이 이 소리의 의미를 모를 리가 없었다. 천적을 피하는 벌레 떼처럼, 무수한 금이 어지러운 산비탈로부터 창백하고 더러운 역병들이 흘러내리기 시작했다. 한데 뒤엉켜 굴러 떨어지는 모습은 고체보다는 차라리 액체에 가깝다. 이는 부패한 육신의 홍수였다.

웅크리고 있어봐야 결국은 죽는다.

콰콰쾅! 콰콰콰쾅!

해머 폴 편대가 수백 미터 밖에서 퍼붓는 정확한 기관포격. 지켜보는 겨울의 무전기에 찢어지는 잡음이 흘렀다. 또다시 전자기 충격파가 터진 것이다. 그러나 포화는 잠시도 끊어지지 않는다. 4대의 공격헬기는 변종들에게 보이지 않는 유령과 같았다.

예비 탄창이 하나만 남을 때까지 사격을 퍼부은 겨울은, 가까운 탄약 상자마저 비었음을 확인한 뒤 매캐한 연기가 피어오르는 총구를 늘어뜨렸다.

"전체 사격 중지. 경계 상태만 유지하고, 각 소대에 인원 파악해서 보고하라고 전달해요."

"네, 알겠습니다."

통신병이 명령을 전달하는 사이, 겨울은 방어진지 가장자리에 걸터앉아 땀을 닦아냈다. 감각뿐인 심장이 아직까지도 빠르게 뛴다.

눈앞엔 터지고 타올라서 죽음이 만연한 밤이 펼쳐져있었다.

이것이 미국 서부에 남아있는 변종들의 마지막 발악이었

기를 바란다.

부상자들을 수용한 실내의 공기는 미지근했다. 멀쩡한 에어컨이 드물어서였다. 그나마 아직 해가 뜨지 않아서 낫다. 예비부품은 충분했다. 날이 밝을 때까진 전투력 유지에 필요한 최소한의 냉방능력을 복구할 수 있을 것 같았다.

겨울은 전사자들의 시신이 바디 백에 들어가는 현장을 지켰다. 개중에는 상처가 없는 시체도 있었다. 탈수와 탈진과 열사병이 겹친 경우였다. 권역외상센터 근무 경력이 있다는 군의관이 PDA의 야전진료체계에 사인을 입력하는 모습이 보인다. 간호사 출신 의무병들이 시체 가방의 지퍼를 올렸다. 어느 쪽이든 중대급 부대에 고정배치 되기엔 과분한 인력이었다.

군의관 조윤창 대위가 겨울을 향해 몸을 돌렸다.

"다 끝났습니다."

"끝났다고요?"

"죽을 사람은 다 죽었다는 뜻입니다. 애초에 살리기가 불가능한 인원들이었지만……. 헬기가 너무 늦지 않는다면 추가 사망자는 나오지 않을 겁니다. 후송 예정시각은 그대로입니까?"

질문을 받은 겨울이 손목 소매를 젖혔다. 일괄 보급된 기계식 시계에 금이 가있었다.

"……예. 별다른 일이 없다면 27분 후에 도착할 거예요."

"다행이군요. 혈액 팩과 수액을 대량으로 써버려서 걱정하고 있었습니다."

"안심해요. 전투가 또 벌어질 가능성은 낮으니까."

위성 및 항공정찰을 통해 내린 결론이었다. 통제를 벗어난 소규모 집단의 산발적인 습격은 있을 수도 있지만, 특수 변종이 포함된 주력집단은 확실하게 물러난 상태였다. 공격을 주도한 집단이 언제까지 살아남을지 모르겠다. 그만큼 공군의 폭격이 맹렬했다.

겨울이 다른 방향을 보며 묻는다.

"이유라 소위의 상태는?"

"골절과 화상은 별것 아닌데 뇌진탕이 문제입니다. 괜찮을 거라고 생각은 합니다만, 한동안은 후방에서 안정을 취해야 할 겁니다. 뇌출혈이 있을지도 모르고요."

"최악의 경우에도 생명엔 지장이 없는 거겠죠?"

"물론입니다. 수술을 하지 않는 이상은 길어도 반년 내에 복귀할 수 있을 겁니다."

알면서도 혹시나 하는 마음에 확인한 것이었다. 유라는 장교 중에서 발생한 유일한 부상자다. 겨울이 끄덕였다.

"알겠어요. 수고하셨습니다, 대위. 헬기가 올 때까지 잠깐이라도 쉬어요. 많이 피곤할 텐데."

전투는 군의관에게도 격렬했다. 밤새도록 방어진지를 뛰어다녔으니. 오히려 전투가 끝나고도 쉴 틈이 없었던 만큼 사병들 이상으로 지쳤을 법하다. 하지만 대위는 고개를 저었다.

"아직 괜찮습니다. 오히려 한국에 있을 때보다 낫군요."

그럴 리가 있나. 병원에서의 근무가 아무리 힘들었어도 격렬한 전장에 비할 바는 아닐 터. 결국은 책임감이었다.

그 이상으로 겨울을 의식하는 타산이 엿보였지만…….

'사람이 다 그렇지.'

겨울은 나쁘게 생각하지 않았다. 실제로도 나쁜 것이 아니고.

군의관은 전도유망한 중대장의 미소에 만족했다. 자원해서 배속된 사람답게.

후송이 확정된 인원들 가운데 의식불명인 사람은 거의 없었다. 다만 화학적인 화상을 입은 경우가 많았다. 유라의 경우에도 가장 눈에 띄는 부상은 화상이었다. 왼쪽 쇄골에서 어깻죽지에 이르기까지 거즈가 붙어있다. 그래서 야전 침대에 불편하게 엎드린 채다. 상의를 제대로 입지 못해 나머지 상체에 이불처럼 덮어놨다.

"좀 어때요?"

눈높이에 맞게 한쪽 무릎을 꿇는 겨울 앞에서, 유라는 힘든 얼굴로 입꼬리만 끌어올렸다.

"진통제를 맞아서 아픈 건 모르겠는데, 머리가 멍하고 일어서면 중심을 잘 못 잡겠어요. 속도 별로고. 방탄모만 쓰고 있었어도 훨씬 나았을걸."

"그 덕분에 한 번 살아남은 거잖아요. 헬멧 없이도 파편이 머리에 안 박힌 것도 행운이죠."

겨울이 허리 뒤로부터 반쯤 녹아내린 헬멧을 내보였다. 왼쪽 절반이 함몰된 채로, 그 가운데에 구멍이 뚫려있었다. 산성 체액이 남긴 흔적이다.

"화상은 괜찮아요?"

"의사 선생님이…… 아니지, 조 대위님이 심하지 않다고 했어요. 맞았을 때 칼로 긁어내서 그런가 봐요. 헬멧부터 벗어 던지느라 조금 늦긴 했지만요. 그땐 되게 쓰라렸는데."

애초에 어깨 쪽으로 튄 양이 많지는 않았다고 한다. 그래서 화상은 면이 아니라 크고 작은 점들이 흩어진 양상이었다. 3도까지 진행된 부위는 없다.

부상을 입고도 뛰어다니던 그녀를 쓰러트린 건 포병이 쏘아 보낸 이중목적탄, 더 정확하게는 거기서 분리된 대인자탄이었다. 신형 전투복이 모든 파편을 방어하긴 했으나, 중심을 잃고 쓰러지는 바람에 머리를 세게 부딪혔다. 그 결과가 뇌진탕과 전신의 타박상들이었다.

유라가 한숨을 쉬었다.

"죄송해요."

"뭐가요?"

"더 잘할 수 있었다는 생각이 들어서요. 아니, 처음부터 끝까지 엉망이었던 것 같아요."

"아뇨. 소위는 최선을 다했어요. 사상자도 이 정도면 적은 편이고."

"그거야 싱 대위님 덕분이죠……."

"내 안목을 믿어요."

실제로 1소대원들 중에서 소대장을 탓하는 사람은 없었다. 전황이 급할 때 가장 원망하기 쉬운 게 직속상관이라는 점을 감안하면 고무적이라 해도 좋겠다. 부상을 아랑곳 않고 투혼을 발휘한 점도 높게 평가할 만했다.

유라는 시선을 낮췄다.

"글쎄요……. 전 일찌감치 염소가 되는 편이 낫지 않았을까요?"

양떼 사이의 염소. 작년에 해주었던 이야기였다.

"원한다면 지금이라도 그렇게 해요. 그런 약속이었잖아요."

전역은 무리지만 배치를 바꿔줄 순 있다. 비밀이 많은 피자집에 주문해도 되겠고.

겨울의 말에 유라가 시무룩해진다.

"정말 그러면 실망하실 거면서."

"네."

"……."

"누가 대신하더라도 유라 소위만큼 잘할 거라곤 생각 안 해요. 유라 소위만큼 노력하는 사람도 드물 거고, 유라 소위만큼 믿을 수 있는 사람도 없어요."

엎드린 채 늘어뜨린 팔뚝엔 고된 체력단련의 흔적이 역력하다. 그녀의 PT 성적은 중대 내에서 다섯 손가락 안에 들었다. 진석이 그녀에게 지지 않으려고 안간힘을 쓴다는 말도 있었다. 이론시험 결과도 좋고, 실전에서의 응용도 나쁘지 않다. 사격 실력도 좋다.

이 모든 것이 겨울보다 먼저 부임해서 실전을 치른 부중대장 싱 대위의 평가였다.

유라가 못 미더운, 혹은 믿고 싶은 눈치로 묻는다.

"진심으로 그렇게 생각하세요?"

"진심이니까 얼른 나아서 복귀해요. 자리 비워놓고 기다릴게요."

"……어차피 후임이 오지 않나요?"

"소대 간부 하나 골라서 임시로 진급시키죠 뭐."

겨울에게 그 정도 권한은 있었다. 장교가 부족한 마당이니 위에서도 받아들일 것이고.

"휴……. 어쩔 수 없네요. 작은 대장님을 실망시키기도 싫고."

짧은 침묵이 이어졌다. 유라의 시선이 전사자들의 유해가 있는 방향으로 돌아갔다.

"상상할 땐 엄청 무서웠는데, 막상 닥치고 보니까 실감이 잘 안 나네요……. 그렇게 막 슬픈 것도 아니고. 슬프기보단 살아남아서 다행이라는 느낌이 더 강해요. 저 되게 이기적이네요."

"그게 정상이에요."

유라의 자책에선 나른함이 묻어났다. 마약성 진통제의 효과가 아니었다면 슬픔을 더 크게 느꼈을 것이다. 냉정한 진석과는 다르다. 지금도 눈이 조용히 젖어있다. 또 한 번 내쉬는 한숨.

"문상표 이병 어머니께는 뭐라고 말씀을 드려야 좋을까요……."

아들을 편한 보직으로 배치해달라고 청탁을 했다는 어머니였다. 문상표 이병은 절반만 남아있다. 녹아내린 하반신에선 뼈를 수습하기도 힘들었다.

"작은 대장님께서 편지를 쓰시는 거죠?"

"그렇게 되겠죠."

"어쩐지 책임을 미루는 것 같아서 죄송하네요……."

"소대장의 책임은 중대장의 책임이기도 해요. 원래 내가 할 일이니까 신경 쓰지 마요."

"……."

전사자의 가족에게 보내는 편지를 소대장이 쓰는 경우도 있지만, 일반적으로는 중대장의 몫이었다. 그 이상일 때도 있고. 위로를 전하는 입장에선 아무래도 계급을 고려해야 했다. 고인이 명예롭게 죽었다는 글은 소위가 쓸 때와 소령이 쓸 때의 무게가 다르다.

"중대장님. 곧 헬기가 도착합니다."

통신병의 말을 듣고, 겨울이 일어서서 무릎을 털었다. 그리고 소대장과 중대장의 대화에 귀를 기울이던 부상자들에게 말했다.

"다들 고생 많았어요. 몸도 아프고 마음도 무겁겠지만, 그냥 휴가를 받았다고 생각했으면 좋겠네요. 몸조리 잘하고 건강해져서 돌아와요. 다시 만날 땐 상황이 많이 달라져 있을 거예요."

이는 곧 모두의 기대이기도 했다. 의병제대 판정을 받은 이를 따로 언급하지 않는 이유였다. 작전이 성공하고 나면 결국 더 좋은 상황에서 재회하게 될 테니까.

들것에 실려 나가는 후송인원들과 함께 나가 기다리기를 1분 남짓. 쪽빛이 번지는 동녘으로부터 파라레스큐(항공구조대)의 헬기들이 줄지어 날아왔다. 전투 종료로부터 두 시간이 흐른 시점이었는데, 이는 다른 기지들의 후송 순위가 더 높았기 때문이다.

헬기가 이륙할 무렵 싱 대위가 중대 참모들과 더불어 심각한 표정으로 다가왔다.

“중대장님, 잠시 이쪽으로.”

사병들의 귀와 거리를 벌린 대위가 전술정보 태블릿을 내밀었다.

“이걸 보시겠습니까? 간밤에 칼파인 5에서 군 인트라넷에 업로드 된 동영상입니다.”

“칼파인 5에서? 거긴 통신이 마비되었다면서요?”

“일부러 끊었던 것 같습니다. 일단 보시면 압니다.”

“…….”

겨울은 재생 버튼을 터치했다. 재생이 시작된 뒤에도 화면은 몇 초간 깜깜하기만 했다. 그러나 이윽고 등장한 사람은, 이렇게 보게 될 거라곤 상상조차 하지 못했던 인물이었다. 그는 테이블 위에 깍지를 낀 채로 묵묵히 앉아있었다. 한참이 지나서야, 조금 지친 듯한, 그러나 피로감과 동시에 오연함이 엿보이는 얼굴로, 조용히 입을 열었다.

「나를 모르는 미국인들을 위해 소개하지. 본직(本职)은 양용빈 상장. 중화인민공화국의 육군 사령원으로서, 현재는 전시 조칙에 따라 중앙군위를 대리하고 있다.」

상장은 중국어로 말했고, 화면 밖에서 유창한 통역이 들려왔다. 통역을 위한 시간을 줘야 했기에 상장의 말은 속도가 느렸다. 그 느림은 기이한 무게감이었다.

「본론으로 들어가기 전에 우선 이 말을 해둬야겠군. 현재

이곳 칼파인 5…… 기지는 인민해방군이 점령했다. 그 과정에서 마흔 한 명의 포로를 획득했고, 추가로 열다섯 명의 민간인 기술자들을 보호하게 됐다. 이들의 처우는 제네바 협정에 의거하며, 종전협상 성립과 동시에 해방될 것이다. 협상 과정에서 무리한 요구는 하지 않겠다. 나와 내 부하들은 공포분자(테러리스트)가 아니기 때문이다. 다만 협상이 끝날 때까지 미군 당국이 경솔한 행동을 하지 않기를 바랄 뿐이다. 그것은 양측에게 비극적인 결과만 초래할 테니까.」

종전협상? 남은 건 비상시의 교전수칙에 따른 무차별 보복밖에 없다던 사람이? 대체 무슨 생각이지? 겨울은 극심한 당혹감 속에서 이어질 말을 기다렸다.

「그럼 이제 본론을 말하지.」

상장이 금빛 액체가 들어있는 앰플을 꺼내 보인다.

「이것은 시역(屍病), 즉 귀국에서 모겔론스라고 부르는 질병의 원형 가운데 하나다.」

"뭐……?"

「그리고 시역 복합체를 구성하는 다른 원형들도 보유하고 있다. 내가 이것을 왜 가지고 있는가는 굳이 말할 필요가 없겠지. 어차피 다 알고 있는 모양이니까. 중요한 것은 협상 결과에 따라 귀국이 이 재앙을 끝낼 열쇠를 얻게 된다는 사실이다. 백신을 만들 수도 있겠고, 역병을 앓는 괴물들에게 치명적인 무기를 만들 수도 있겠지.」

아니, 이건 거짓말이다. 겨울은 상장의 악의를 직감했다. 한 박자 늦게 어느 때보다도 강렬한 「통찰」과 「간파」가 신경을 자극했다. 그러나 상장의 악의가 겨냥하는 대상은 따로 있었다.

「지금의 사태는 누구도 원한 바가 아니었다.」

상장이 조곤조곤하게 말했다. 통역의 들끓는 음성과 온도차가 심하다.

「협상단을 보내라. 정오까지 기다리겠다. 신중하고 현명한 이들을 기대하지. 인류의 앞날을 건 자리가 될 테니까.」

이상이다. 상장의 손짓과 함께 동영상이 종료되었다.

그로부터 반나절쯤 지나 겨울에게 소환 명령이 내려왔다. 칼파인 6의 대책본부에 합류하라는 내용이었다. 협상 테이블에 끼라는 뜻은 아니고, 다만 참고인 겸 조언자 자격이었다. 중국어에 능통한 데다 먼발치에서나마 양용빈 상장을 본 적이 있는 유일한 사람이었기에.

비록 변종들의 공격은 없었지만, 수십 킬로미터의 산간지대를 육로로 이동하긴 아직 위험했다. 아이들린 지열발전소 앞에 사령부가 보낸 수송헬기가 착륙했다.

"모시러 왔습니다, 소령님!"

굳이 내려서 경례하는 파일럿은 구면이었다.

"아쉽네요! 좀 더 한가할 때 다시 만났으면 좋았을 텐데! 진급 축하해요, 중위!"

꺼지지 않은 엔진 배기음 아래 서로가 불가피하게 목청을 키운다. 겨울의 말에 중위가 웃었다. 말콤 크루거. 샌프란시스코 포트 베이커에서부터 함께 탈출한 육군 항공대 장교였다. 탈출의 주역들은 다들 한 단계씩 진급한 듯하다.

그가 열린 탑승칸으로 손짓했다.

"어서 타십시오! 잘은 모르지만 상황이 급하다고 들었습니다!"

"잠시만!"

채근하는 파일럿에게 양해를 구한 겨울이 부중대장을 향해 돌아섰다.

"대위! 정말 괜찮겠어요? 힘들면 포스터 중위에게 맡겨요!"

싱 대위는 팔에 붕대를 감고 있었다. 이마에 땀이 맺힌 건 화상의 쓰라림 때문일 것이었다. 간밤의 전투를 치르고도 맑은 정신으로 깨어 있기 위해 각성제를 복용했는데, 여기에 진통제를 함께 쓸 순 없는 노릇이었다. 원래는 전장정리가 끝나는 대로 쉬게 할 작정이었다.

"문제없습니다! 항공정찰 결과를 보셨잖습니까! 안심하고 다녀오십시오!"

수염이 무성한 얼굴은 근엄하고 단호했다. 잠시 응시하던 겨울이 끄덕이고 헬기에 탑승했다.

탑승 칸의 선객들이 앉은 채로 경례했다. 처음 보는 레인저들이었다. 호위 병력인가, 아니면 유사시에 대비한 침투부대인가. 둘 다일지도 모른다. 벨트를 결속한 겨울은 레인저 장교의 들리지 않는 외침과 손짓에 따라 좌석 뒤편에 걸린 헤드셋을 착용했다. 기내통신용이다.

[Sir. 수색중대(RRC) 3팀의 캐플린입니다.]

겨울이 그에게 손을 내밀었다.

"그럼 팔머 중위를 알겠군요?"

가볍게 악수한 캐플린 중위가 고개를 크게 끄덕였다.

[러시안 강 유역에서 뵈었다고 듣고 부러웠는데, 이젠 그럴 필요가 없겠습니다.]

팔머 중위는 겨울과 더불어 프레벤티브 스캘핑 작전에 투입된 사냥꾼으로서, 러시안 강 유역의 민간인 거점에서 그린베레 알파 팀의 롱 대위와 함께 만났던 레인저였다. 곰 인형을 끌어안고 그린베레를 민망하게 만들었던 소녀가 떠오른다.

[혹시 그 동영상 보셨습니까?]

"봤어요."

[지금은 삭제된 것도 아십니까?]

캐플린 중위의 말에 겨울은 넷 워리어 단말을 꺼냈다. 신호가 깨끗하고 강하게 잡힌다. 먼 거리에서라도 전파방해가 하나둘쯤 있을 법한데. 새벽까지 이어진 방어전에서도 무전 소통에 무리가 없었다. 그때는 단순히 지형 굴곡 때문이라고 여겼으나, 아무래도 교활한 특수변종들이 과하게 몸을 사리는 듯하다.

'놈들이 인간의 무기와 전략을 항상 정확하게 파악한다는 보장은 없으니까.'

혼자 하는 짐작이지만, 급격하게 줄어드는 개체 수는 트릭스터로 하여금 인간의 추적 및 공격수단을 과대평가하게 만들기에 충분했을 것이다. 예전부터 계속해서 써먹어온 전파 추적 미사일이라든가, 발신지점 삼각측량 같은. 사실상 공격을 완전히 포기한 단계인 지금은 개체 수 보전이 가장 중요한 과제일 것이고.

상념을 접고 인트라넷을 뒤진 겨울이 금세 고개를 기울였다.

"중위, 아직 올라와있는데요?"

[그럴 리가…….]

캐플린이 당황한 기색으로 자신의 단말기를 조작했다. 조금 전까지 다른 임무에 투입되어 있다가 소환당한 것인지, 전투복도 그렇고 낡은 단말도 그렇고 온통 흙과 먼지투성이였다. 약간의 기름 냄새와 함께 독한 땀 냄새가 코를 찌른다. 좁은 기내라서 더더욱.

[허, 정말이군요. 이상하다. 아깐 목록에 없었는데.]

어리둥절한 기색. 중위가 살피는 인트라넷 페이지는 겨울이 확인한 곳과 주소가 달랐다.

이것을 보고 다른 대원이 자기 몫의 단말기를 조작한다. 명백한 해방 작전이 실패한 뒤에도 여전히 천만을 넘고, 지금 이 순간에도 팽창하는 미 육군 전체가 군용 스마트폰을 보급 받을 순 없었지만, 레인저는 넷 워리어 계획의 최초 수혜 부대이기에 이상할 것이 없었다.

더구나 레인저 연대 수색중대는 특수작전사령부의 주력(티어 1)이기도 하다.

이윽고 같은 페이지에 도달한 대원이 지적했다.

[팀장님. 업로드 시간을 보십쇼. 고작 4초 전에 다시 업로드 된 겁니다.]

[뭐? 4초?]

중위가 되묻고, 대원도 스스로의 말이 이상하다는 걸 깨달았다. 표정이 심각해진다.

겨울이 새로 고침을 눌렀다. 존재하지 않는 주소라는 경고가 떴다. 그러나 목록으로 돌아갔을 땐 목록 최상단에 같은 이름의 파일이 존재했다. 업로드 시간은 2초 전이었다.

'설마…….'

또 한 번 새로 고침을 누르니 이번엔 아예 접속이 차단되었다는 메시지가 나온다. 즐겨찾기에 등록된 다른 페이지들도 줄줄이 마찬가지였다. 아직도 정상적인 주소는 업로드 기능이 없는 곳들뿐이었다. 복지지원단의 온라인 매장 페이지라든가.

[뭐야 이거. 중국 놈들이 무슨 수작을 부렸나?]

중위의 독백 같은 말에 다른 대원이 반박했다.

[사실상 해상난민이었던 놈들에게 그럴 능력이나 있었겠습니까?]

[그럼 이건 뭔데? 망이 마비된 꼴이잖아.]

[위에서 끊었겠죠. 동영상 열람을 막으려고. 업로드 시간은 뭐…… 하도 많이 봐서 오류가 생겼거나 그런 거 아닙니까? 왜 게임을 해도 접속자 수가 폭주하면 서버가 맛이 가잖습니까.]

불충분한 가설이었다. 양용빈 상장은 동영상을 최대한 많은 이들이 보길 바랐을 테니 페이지 접속을 막을 동기가 없었다. 그러므로 접속이 불가능해진 건 미군 당국의 결정일 것이었다.

[어떻게 생각하십니까?]

캐플린의 질문을 받은 겨울은 그의 우려를 긍정했다.

"접속이 불가능해진 건 사령부의 결정이겠지만, 동영상이 계속해서 업로드 되는 건 사이버 공격일 가능성이 높다고 봐요. 샌프란시스코엔 중국군 정보지원함도 있었거든요."

[하.]

어이가 없다는 느낌으로 한숨을 쉬는 레인저 중위.

[그러고 보면 소령님께선 저 테러리스트들과 같은 바다에 계셨었군요.]

아까부터 겨울에게 호기심을 보이던 대원의 발언이었다.

[혹시 그 새끼(Motherfucker)를 직접 보신 적도 있습니까?]

상급자 앞에서 단어 사용이 거칠다. 표정과 음색 역시도. 그러나 그것은 겨울을 존중하지 않아서가 아니라, 도저히 억누르지 못할 분노와 적대감의 표출이었다. 장정 9호 추적 작전, 페어 스트라이크의 상세는 알려져 있지 않을지언정, 160만 장병을 죽인 핵공격이 누구의 소행인지를 모르는 미국인은 없었다. 다만 지금까지 알려진 것은 이름뿐이었다.

겨울은 레인저 수색대원의 부글거리는 감정이 한없이 불길했다.

"……임무 도중에 한 번 볼 기회가 있었네요."

[확 죽여 버리지 그러셨습니까.]

"그럴 상황이 아니었어요."

긴 설명은 불필요했다. 대원은 화가 오른 얼굴로 입을 꾹 다물었다. 말 못 할 사정이 많은 비밀작전의 생리에 대해선 대원 역시 잘 알고 있을 것이었다. 델타 포스(특수작전사령부 델타 파견대)와 비슷하다는 이유로 베이비 D라고 불리기도 하는 레인저 수색중대의 일원이기에.

대원의 분노를 지적할까 고민하던 겨울은 결국 입을 열지 않았다.

'몇 사람 설득한다고 될 일이 아니야.'

짐작이 맞다면 이 분노야말로 양용빈 상장의 목적이었을 터. 지금 이 순간 얼마나 많은 장병들이, 또 부사관과 장교들이 들끓고 있을까.

사령부가 접속을 차단하고 있으나 큰 효과를 보진 못할 것 같다. 망을 관리하는 부대에서도 공분에 치를 떠는 이들이 있을 테니. 자꾸 삭제되는 것을 보고 다운로드 받은 이도 한둘이 아닐 테고. 결국 그 짧고 허술한 동영상, 치명적인 독은 어떻게든 확산될 것이다.

[착륙합니다. 승객 여러분께서는 손잡이를 꽉 잡아주시기 바랍니다.]

이 와중에 위트가 섞인 크루거 중위의 방송이 이질적이었다.

쿠웅. 시간을 아끼려는 거친 착륙이었다. 문이 열리자 연락장교가 기다리고 있었다.

"한 소령님께선 이쪽으로 오십시오!"

레인저와는 다른 방향으로 안내된다. 그들이 가는 방향에선 온갖 특수부대의 마크들이 보였다. 착륙장이 모자라 하늘에 대기 중인 헬기들도 다수였다. 특수작전사령부에

속한 모든 부대를 한꺼번에 불러들이는 눈치다. 과유불급인데, 윗선 역시 이번 사태에 당황했다는 증거였다.

착륙장 근처 보급 상자에 걸터앉아 대기하는 집단은 복장이 꽤나 자유분방했다. 위장색은 통일되어있지 않고, 장비도 마찬가지. 그러나 날카롭게 느껴질 정도의 「위협성」이 감지된다.

겨울을 발견한 이들, 데브그루[19]가 멀찍이서 먼저 경례를 보냈다. 우호적인 분위기는 아니었다. 답례를 받은 그들 중 하나가 겨울을 바라보며 시가 연기를 뿜는다.

칼파인 6는 겨울의 임무부대가 주둔하는 아이들린과 마찬가지로 지열발전소였다. 양용빈 상장이 점거한 칼파인 5에서 가장 가까운 거점이기도 했다. 대책본부가 마련된 시설로 들어선 겨울은 계절이 바뀐 듯한 냉기를 느꼈다. 냉방도 냉방이지만, 그보다는 분위기였다.

실내엔 겨울보다 상급자가 즐비했다. 군인으로는 보이지 않는 인물들도 다수. 그들 모두가 하던 일을 멈추고 경의를 표한다. 명예훈장 수훈자에 대한 예우였다.

겨울은 모니터를 향해 정자세로 경례했다. 화상회의 시스템이 백악관과 연결되어 있었다.

[편히 있게, 소령. 이야기를 나누고 싶지만 상황이 좋지 않아 유감이야.]

D.C와의 거리 때문인지 맥밀런 대통령의 음성과 입모양

---

19 U.S. Naval Special Warfare Development Group, 약칭 DEVGRU. 미국 해군 특수전개발단.

에 약간의 갭이 있었다.

다른 모니터엔 4성 장군, 봉쇄사령관 테런스 슈뢰더 대장도 보인다. 그 밖에 국방부, 국방정보국, 국무부 정보조사국, 국가안보부 정보분석실, 국가정찰국, 육군 정보보안사령부, CIA, FBI 등으로 연결된 화면들이 있었다. 대책본부 구성원들도 헷갈리는지 딱지를 붙여놓았다. 대책본부가 이곳과 워싱턴 D.C에 동시에 존재하는 셈이었다.

'대응 속도가 빠른 건 좋은데…….'

사공이 너무 많은 게 아닌지 우려되는 겨울이었다.

정장을 입은 사람 하나가 겨울에게 자리를 지정해주었다.

"국토안보부의 브록 헌트입니다. 소령은 지금부터 날 도와주면 돼요."

자세한 소개 같은 것도 없었다. 각자가 자기 할 일에 바쁘다. 온갖 채널로 연결된 통화의 소음은 시장통의 북적임과 맞먹었다. 겨울이 목소리를 조금 키워서 말했다.

"제가 뭘 할 수 있을지 의문입니다. 소탕전에 투입되는 거라면 몰라도."

"그거야말로 있을 수 없는 일이겠지요?"

당치도 않은 소리를 들었다는 듯, 국토안보부 관계자는 경직된 미소를 짓는다.

"우리는 지금 미치광이들을 상대하고 있는 겁니다. 시설을 폭탄으로 도배해놨을지도 모르는 마당에 당신 같은 사람을 어떻게 보냅니까? 전투력이 다가 아니에요, 소령."

"제가 드린 말씀이 그런 뜻입니다."

"……흠."

호기심과 호의, 그리고 은근한 냉혹함이 뒤섞인 눈길로 응시하던 헌트가 겨울 앞에 노트북을 펼쳐 놓고 헤드셋을 건네주었다.

"일단 이거부터 꽂아요."

헤드셋을 착용한 겨울은 노트북에 비치는 화면들이 실시간으로 전송되는 것임을 깨달았다. 툭툭 끊어지는 저해상도 화면은 누군가의 가슴 높이에 달린 카메라였고, 영상 속 인물들이 나누는 대화는 중간부터 들어선 맥락을 알 수 없는 내용들이었다.

겨울이 화면을 가리켰다.

"이게 뭡니까? 어디를 보여주는 건가요?"

"그건 1차로 파견될 협상단입니다. 그리고 이쪽 탭은……."

딸깍, 딸깍. 헌트가 클릭 두 번으로 전환한 화면에선 아까 마주쳤던 데브그루 대원들이 복장과 장비를 점검하는 모습을 보여주었다. 뒤편의 브리핑 패널엔 칼파인 5 발전소의 내부 구조도와 사진들, 적의 예상 배치, 침투 경로 등이 표기되어 있었다. 헤드셋 리시버로 흘러나오는 소리도 데브그루 대원들의 대화로 바뀌었다.

"한 소령이 할 일은 조언입니다."

"조언?"

"뭐가 됐든 그때그때 생각나는 걸 말해주면 돼요. 도움이 되겠다 싶은 걸로. 그런 게 없으면 그냥 끝까지 보고만 있어도 됩니다."

"……그래도 괜찮습니까?"

"페어 스트라이크 임무 보고서는 나도 읽어봤어요. 나도 그렇고 위도 그렇고, 그리 대단한 도움을 기대하진 않습니다. 단지 한 소령이 저 인간들에 대해 그나마 잘 알 것 같으니까, 혹시나 해서 불러놓은 거지요."

"……."

"우선은 협상단이 파견될 테고, 잘 안 풀리면 타격대가 침투할 겁니다. 내가 읽은 기록이 정확하다면 당신은 협상이든 전술이든 조언할 능력이 충분하다고 봅니다. 그러니 너무 부담 느끼진 말고 편안한 마음으로 지켜보도록 해요. 긴장으로 머리가 굳어선 떠오를 생각도 안 떠오를 테니까."

겨울은 짧은 한숨을 내쉬었다. 부담감 때문이 아니라, 화면 속 데브그루 대원들의 살기 가득한 얼굴들 탓이었다. 그 개새끼를 죽여 버리겠어. 대원 중 한 사람의 말이었다.

공격을 준비하는 타격대의 숫자는 시간이 갈수록 늘어났다. 대원들과 같은 수준으로 무장한 소령만 세 명이나 된다. 지도와 모니터를 앞에 놓고 통신기를 낀 채 의견과 고성을 교환하는 중이다. 서로 각기 다른 루트로 침투할 예정인 이들은, 계급 상으로는 겨울과 같을지라도 실제 대우는 겨울보다 위인 현장지휘관들이었다.

같은 부대 소속의 대령이 후방에서 작전을 감독했다. 통신망에서 그에게 질문이 떨어진다. 겨울에겐 낯선 목소리였으나, 대령의 반응으로 미루어 까마득한 상급자였다.

[발전소 내부 영상은 아직인가? 예정시각이 지난 것 같은데.]

[조금만 더 기다려주십시오. 소음을 줄이느라 작업 시간이 늘어나서 그렇습니다.]

메인 스크린의 풍경이 바뀌었다. 발전소 상공을 지나는 정찰기가 대령이 언급한 작업을 비추었다. 데브그루 내에서 수색과 정찰을 담당하는 팀(Black)이 발전소 외벽 일곱 곳에 붙어 구멍을 뚫고 있었다. 도면상 벽 안쪽에 사람이 없을 법한 위치. 화면이 수시로 확대와 축소를 반복한다. 최대로 확대됐을 땐 한 대원의 모공이 보일 정도의 고해상도였다.

주변에 미군으로 위장한 중국군은 보이지 않는다. 미군이 현장을 포위한 탓에 저격을 우려한 모양이었다. 유인신호기는 꺼진 채였다. 켜더라도 위협은 없겠지만.

벽에 고정시킨 드릴은 느릿느릿 깊이를 더해갔다. 드릴을 조작하는 대원의 이마에 땀방울이 맺혔다. 이 작업을 은폐하기 위해 포위망을 구성하는 다른 부대들이 최대한 자연스러운 소음을 만들어냈다. 어차피 진지를 구축하는 과정은 시끄럽게 마련이었다.

마침내 구멍을 뚫은 대원이 즉각 손으로 구멍을 막았다. 혹시라도 빛이 새서 들킬 가능성 때문이었다. 그의 손짓에 다른 대원이 가방을 가지고 온다. 케이스를 열자 둘둘 감은 카메라 케이블(Inspection camera)과 모니터, 컨트롤러와 중계기가 나타났다. 기본적으로 내시경과 비슷하지만, 기능에 많은 차이가 있었다. 끄트머리엔 마이크도 달려있다.

[포인트 1. 카메라 들어갑니다.]

대원이 컨트롤러에 케이블을 연결하고, 렌즈가 있는 반대편 끝을 구멍 속으로 천천히 밀어 넣었다. 상황실에서는 위성화면, 공중정찰, 밀어 넣는 과정, 그리고 안으로 들어가는 카메라의 화면을 동시에 지켜볼 수 있었다.

카메라 케이블 쪽 영상은 처음엔 어두운 터널을 지나는 것 같았다. 그러다 마침내 침침한 실내의 광경을 비추었다.

이제 컨트롤러를 든 대원이 상하좌우 방향키를 누른다. 그러자 카메라가 달린 케이블은, 놀랍게도 살아있는 것처럼 스스로 움직였다.

겨울은 크고 굵은 연가시처럼 보이겠다고 생각했다.

'인공근육인가?'

아무래도 케이블 피복에 인공근육을 삽입한 듯하다. 전기가 흐르면 수축한다.

촬영 각도가 달라질 때마다 세심하게 설치된 부비 트랩들이 발견된다. 인계철선이 연결된 수류탄, 산탄지뢰, 플라스틱 폭약 등. 발견된 함정들은 약간의 시차를 두고 실시간으로 작전지도에 갱신되었다. 그러나 가장 충격적인 장치는 따로 있었다.

[Damn. 저게 뭐야!]

누구의 욕설인지, 모두의 심정을 대변한다. 겨울 역시 한숨을 내쉬었다.

그것은 어깻죽지에 전극이 꽂힌 트릭스터의 유해였다.

무슨 악취미인지, 십자가형을 당한 예수처럼 사지를 펼쳐 고정시킨 상태.

하기야 변종 시체를 변종만 줍고 다니라는 법은 없었다. 찾기도 그리 어렵지 않다. 미군의 폭격이 떨어지는 장소를 수색하면 된다. 혹은 독자적인 사냥을 진행했을지도 모르고.

간간이 모습을 보이는 중국군 병사들은 방독면을 쓰고 있었다. 실내에 유독가스가 있어서가 아니라, 미국이 인질 구조보다 병원체 확보를 우선시할 경우에 대비한 예방조치일 터. 물론 동영상이 유포된 시점에서 한없이 낮은 가능성이겠으나, 양용빈 상장에겐 인생 최후의 승부수였다. 아무리 작은 가능성이라도 무시할 생각이 없을 것이었다.

“이거 아주 개싸움이 되겠군.”

나란히 앉은 헌트의 독백. 겨울도 동감이었다. 대체 저런 유해가, 저런 트랩이 몇 개나 될까. 굳이 트릭스터의 유해가 아니더라도 국소적인 EMP를 만들어낼 수단은 있었다. 코일에 강한 전류를 흘리거나, 전기가 흐르는 코일을 폭파하거나. 어쨌든 저곳은 발전소다. 실내에서 교전이 벌어지는 순간부터 모든 전자장비와 통신이 마비될 게 뻔하다.

‘병원체 확보나 인질 구출은 당연히 물 건너가겠고…….’

겨울은 다시금 데브그루 대원들의, 그리고 미군의 분노를 우려했다. 적아를 가리지 않고 통제 불능의 증오가 부딪히는 현장이 될 것이다. 남는 건 비극뿐.

짐작이 맞다면 그것이야말로 양용빈 상장의 의도에 부합한다. 부가적인 목표 정도겠지만. 그가 고른 스스로의 무덤이다.

"타격대 투입을 재고할 순 없습니까?"

겨울이 묻자 헌트가 조용히 답한다.

"협상에 성공하면 투입하지 않고도 끝날 겁니다."

"아시겠지만, 성공할 리가 없습니다."

"……."

침묵하던 헌트는 돌연 피식 웃었다. 당연하게도, 양용빈 상장의 샘플이 가짜라고 생각하는 이는 겨울뿐만이 아니었다. 그러나.

"유감입니다, 소령. 동영상이 이미 밖으로 샜어요."

이번엔 겨울이 입을 다물었다. 빨라도 너무 빠르다.

어쩌면 비밀을 지키려는 상부의 조치가 더 빠른 유출을 야기했을 가능성도 있었다.

"백악관 앞에 지금 1만 명이 모여 있답니다. 이건 그냥 보자마자 꼭지가 돌아서(Pissed off) 튀어나온 사람들이예요. 이제 겨우 시작인 겁니다. 우리가 보고 있는 재앙은 말이죠."

국토안보부의 간부가 시니컬하게 덧붙이는 한 마디. 우린 좆 됐어요.

"이 와중에 대통령 각하께선 중국계 시민들을 보호하기 위해 주 방위군을 투입하라고 명령하셨습니다. 물론 옳은 결정이지요. 그들도 시민이니까. 그들도 미국이니까. 하지만 화가 나서 정신이 나가버린 더 많은 미국은 이 일을 절대로 납득하지 못할 겁니다. 아니, 차라리 광란의 시작을 좀 더 앞당겼다고 봐도 무방하겠군요."

그의 마지막 분석이 정확했다. 그러나 대통령에겐 다른 선택지가 없었을 터. 의무를 다하기 위해 불가피하게 마시는 독배였다.

"제 진술이 있으면 어떻겠습니까?"

겨울의 제안에 헌트는 코웃음을 쳤다.

"날 믿어요, 소령. 당신을 무시하려는 건 절대로 아니고, 시민들이 귀관을 얼마나 사랑하는지도 잘 알지만, 이 시점에서 당신의 증언은 득보다 실이 많을 겁니다."

그의 말이 느긋한 한숨과 더불어 이어진다.

"뭐라고 할 겁니까? 저 작자가 가지고 있는 병원체는 사실 가짜일 거라고? 이런 전개야말로 저 미치광이가 바라는 것이라고?"

"페어 스트라이크 작전 참가 이력이 있으니 어느 정도는 통할 거라고 생각합니다."

지금처럼 결정적인 국면에서는 그 어느 정도가 중요할 것이다. 일반 시민들은 핵잠수함 추적을 위한 기밀작전의 상세를 모르고, 다만 겨울이 거기에 있었다는 사실만을 안다.

그러나 헌트는 소리 죽인 냉소로 받는다.

"하하하. 이봐요, 동영상을 누가 유출시켰을 것 같습니까?"

"그야……."

당연히 군 내부의 누군가, 혹은 비밀취급인가를 지닌 관계자다. 한 명, 혹은 여러 명. 용의선상에 오를 사람은 얼마든지 많다. 자칫 수백, 수천 명이 서로를 모르는 공범자일 수도 있었다. 겨울은 헌트의 의도를 깨달았다. 헌트가 거리를 좁히며 목소리를 낮췄다.

"그래요. 지금은 군도 정부도 믿을 수 없습니다. 나라 전체가 분노로 미쳐가는 중이거든! 겉으로 점잖은 상급자들도 속은 어떨지 누가 알겠습니까? 내가? 당신이?"

그는 스스로 한 말을 비웃는다.

"펜타곤, FBI, CIA, 백악관, 국방정보국……. 페어 스트라이크 작전의 가장 깊은 비밀까지 아는 사람들 가운데 한 명만 입이 가벼워도 큰일입니다. 그리고 한 명만 가벼우면 놀랍겠지요. 하. 당신의 증언에 근거가 없다는 것쯤 금방 밝혀질 거다 이 말입니다."

"……."

"뭐 소령의 인기는 대단하니까 개인적인 의견만으로도 동조자가 많이 나오겠지만……. 글쎄요. 이런 건 어떻습니까? 시민들 눈에 정부가 당신을 이용하는 것처럼 보인다면? 지켜야 할 사람들이 있는, 난민 출신이라는 당신의 약점을 이용해서 정부의 대변인 노릇을 강요하는 거라고 생각한다면? 그리고 특정 세력, 집단, 인기와 권력에 굶주린 정치인들이 그런 여론에 편승한다면? 혹은 일부 시민들, 특히 남부 사람들이 당신에게 배신감을 느낀다면? 그럼으로써 당신의 쓸모가 크게 줄어든다면? 그러다가 호손의 기적이 실은 각색이 들어간 연출이란 사실이 폭로되기라도 한다면?"

호손의 기적. 본토 최대의 탄약창과 붙어있던 도시의 시민들은, 겨울이 위성을 탈취한 덕분에 핵탄두의 직격을 면해 목숨을 구했다고 알고 있다. 그러나 양용빈 상장은 처음부터 직격 같은 걸 바란 적이 없다.

물론 위성의 방해가 없었다면 핵탄두는 보다 정확하게 떨어졌을 것이고, 수많은 장병과 시민들이 핵의 화염에 휩쓸렸을 터. 그 자체는 사실이다. 공격의도와는 무관하게.

그러나 지금의 시민들에겐 정치적 의도에 의한 각색이 있었다는 것만으로도 폭발적인 위력을 발휘할 것이었다.

"너무 비관적인 예측들입니다."

"하지만 아니라고 할 수 있습니까?"

겨울은 바로 대답하지 못했다. 헌트는 대중을 경멸했다.

"소령, 이 분야는 우리가 더 잘 알아요. 집단의 광기는 개인의 광기를 압도합니다. 정신이 나가버린 대중은 혼돈 그 자체예요. 믿고 싶어서 믿고 분노하고 싶어서 분노하는 사람들, 당신이라면 벌써 여러 번 봤을 것 같은데요."

표정을 지운 헌트가 피곤한 몸짓으로 끄덕였다.

"이건 그냥 개인적인 예상인데…… 결국 당신을 쓰기는 쓸 겁니다. 다만 가장 효과적인 순간을 고르겠지요. 사람 잡아먹는 카니발이 끝난 뒤에, 축제의 광기와 열기가 사라졌을 때, 사람들의 머리가 좀 냉정해졌을 때……. 내가 보기엔 본토 탈환을 끝낸 시점이 가장 좋습니다. 그래야 당신의 이미지가 상할 걱정도 줄어들 테고."

뭔가 나라를 묶을 수단이 필요하다. 겨울을 포함한 전쟁 영웅들의 역할이었다.

"무엇보다 저 작자가 가진 게 진짜일 가능성을 무시할

수가 없어요. 그게 설령 백만 분의 1의 확률일지라도. 인류의 운명이 걸린 문제니까."

대화는 여기까지였다.

협상단과 타격대 양쪽의 준비가 끝난 상황에서 백악관의 지시를 기다리는 동안, 겨울은 새롭게 갱신되는 정보들을 살폈다. 멀지 않은 거리에서 중국군이 버리고 간 차량들이 발견되었다는 내용도 있었다. 사진을 띄워보니 위장망에 덮인 장갑차량이었다.

여기에 약간의 텍스트가 붙어있다. 야간에만 기동하고, 그 과정에서 사방에 방치된 미군 장비들을 노획한 것으로 추정된다고.

근거는 날짜별, 시간대별 위성사진의 차이였다.

'핵미사일을 발사하기 전에 당연히 보복을 예상했을 거야.'

돌이켜보면 양용빈 상장의 계획이 핵공격으로 끝이었을 리 없다. 겨울이 아는 한 핵전쟁 교리는 보복능력이 핵심이었다. 너를 죽이면 내가 죽고, 내가 죽으면 너도 죽는다는.

미국이 핵으로 보복한다고 해도 시민들이 남아있는 시가지에까지 적극적인 공격을 가하진 않으리라는 것도 예측했을 것이다. 도덕적 부담만이 아닌, 정치적 부담으로 인하여. 어느 정도는 운에 맡겨야 했을 일이나 양용빈 상장에겐 그것이 최선이었을 터.

그래서 도심의 모처, 어느 안전한 거점에 병력과 장비를 미리 숨겨두었다가, 핵공격 직후 상장이 합류하고, 긴 시간을 침묵하며 기다린 끝에 지금쯤이면 감시가 느슨할 것이라 여겨 육로로 탈출한 거라면? 같은 편으로 끌어들인 다른 장성들은 그저 미끼에 불과했던 게 아닌가?

다소의 간극은 있을지언정 지금의 상황과 어떻게든 연결되는 가설이다. 탈출은 결코 쉽지 않았겠지만…….

명백한 해방 작전의 실패로 빚어진 극심한 혼란 또한 계산된 범위가 아니었을까?

사방에 버려진 미군의 장비와 복장을 얼마든지 획득할 수 있으리라고.

결국 대통령과 현 정권은 여러모로 비난받을 것이다. 필연적으로 그렇게 된다.

하지만 작정하고 준비된 소규모 부대의 기습, 그것도 사태가 종결된 후에 한 달 이상을 기다려 은밀하게 움직이기 시작한 이들을 어떻게 포착했겠는가. 흩어진 패잔병들, 생존자들을 구조하기에도 여력이 부족한 마당에. 당시엔 모든 지휘체계와 정부역량이 포화상태였다.

'그리고 그런 사정은 크레이머 같은 사람에겐 알아줄 필요가 없는 것들이겠지.'

에드거 크레이머. 공화당의 대선후보. 겨울이 경계하는 종말의 가능성 중 하나.

겨울은 샌프란시스코에서 듣던 라디오 방송을 떠올렸다. 양용빈 상장도 이를 청취했을 것이다. 미국의 이런저런 사정들을. 비록 검열을 거쳤더라도 남은 윤곽을 짐작할 정도는 된다.

적국의 정보를 토대로, 상장은 군인으로서 최선의 공격전략을 구상한 셈이었다. 미국이 멸망할 가능성을 최대화할 선택지를.

전쟁은 무기로만 하는 것이 아니다.

협상단 일부가 겨울을 찾아왔다. 단장 릴리아나 그린은 매력적인 여성이었다. 겨울에겐 단장의 연령이 뜻밖이었다. 좀 더 노련하고 원숙한 인물일 줄 알았는데.

이를 눈치 챘는지 그린이 한쪽 입꼬리를 희미하게 끌어올렸다.

“놀라신 것 같군요.”

“기분 상하셨다면 죄송합니다. 예상보다 무척 젊으셔서.”

“Oh. 기분 나쁘긴요. 젊어 보인다는 말을 싫어할 사람은 없죠.”

저는 실제로도 젊지만요. 그녀는 시늉에 불과한 미소를 지운다.

“사실 저도 제가 선발된 게 의외였습니다. 위에선 그 인간이 저를 은근히 무시했으면 하더군요. 일반적으로 그런 꼴통들의 우월감은 다리 사이에 붙어있으니까요.”

함께 온 남성 중 하나가 그린에게 눈치를 주며, 굳은 표정으로 헛기침을 했다. 그는 상기된 얼굴로 식은땀을 흘리는 중이다. 회담을 앞두고 긴장했는지 어깨가 굉장히 뻣뻣해보였다.

“이걸로 땀 좀 닦으세요.”

겨울이 손수건을 내밀자 남자는 허둥거리며 받아들었다. 감사인사를 하려는 듯 입을 열었으나, 잠긴 목에서 소리가 나오지 않아 당황하는 기색이었다.

"이분, 협상장에 가셔도 괜찮을까요?"

못 미더워하는 겨울에게 그린이 고저 없이 대답했다.

"안심하세요. 소령님 앞이라서 긴장하신 거니까. 현장에선 문제없을 거예요."

"……."

그녀의 태도로 보아 부하로 위장한 상급자인 모양이다. 상하관계를 떠나 제법 친근해보였다.

젖은 손수건을 돌려받은 겨울이 그린에게 말했다.

"혹시나 해서 드리는 말씀이지만, 양용빈 상장은 상대가 여자라고 무시할 사람이 아닙니다."

그린은 순순히 끄덕인다.

"제 생각도 그렇답니다. 다만 우리가 뻔한 수작을 부린다고 생각하길 바랄 뿐이죠. 얕보기 시작하면 경계심도 허물어질 테니. 이게 과연 득일지 실일지는 의문이지만……."

그리고 그녀는 찾아온 이유를 내밀었다.

"한 번 훑어보시겠습니까?"

겨울은 페어 스트라이크 작전 보고서를 받아들었다. 표지에 찍힌 인쇄일자가 오늘임에도 불구하고, 두꺼운 문서의 페이지들은 손닿는 가장자리가 많이 상해있었다. 클립이 꽂힌 장마다 꼼꼼한 밑줄과 메모가 보였다.

누군가 그린에게 귓속말을 전한다. 1시간 40분 남았다. 끄덕인 그녀가 겨울에게 말했다.

"우리가 가진 양용빈 상장에 대한 최신정보는 소령님의

진술밖에 없습니다. 아무래도 장관급 인사다보니 CIA나 DIA 같은 곳에도 관련 정보가 있긴 한데, 양용빈이라는 사람 자체에 대한 이해와는 거리가 먼 것들이더군요. 중국 장성으로서는 보기 드물게 파벌도 없는 사람이고."

"파벌이 없다고요?"

다소의 놀라움을 담아 반문하는 겨울. 중국에서 파벌이 중요한 건 깡패들만의 이야기가 아니다. 시에루 중장도 자신의 울타리를 그렇게 강조하지 않았던가. 그녀가 말하기를, 중국은 개개인을 돌보기엔 지나치게 거대한 울타리였다. 각자가 살 길을 따로 찾아야 할 만큼.

그린이 애매하게 긍정했다.

"예. 본래 태자당의 1세대이긴 하지만, 어떤 이유에선지 과거의 동지들과 척을 진 것으로 추정된답니다. 그가 육군 사령원이 된 것은 각 파벌의 중도적인 합의였던 것 같고요. 취임 이후엔 사람을 쓰는 데 파벌을 가리지 않는 경향을 보였습니다."

추정된다. 그리고 합의였던 것 같다. 어느 쪽도 확실한 내용은 아니었다.

"아무튼 그래서 마지막으로 확인하러 온 겁니다. 보고서에 무언가 빠진 것은 없는지, 상장의 표정과 어조, 몸짓은 어땠는지……. 공식 보고서에 집어넣기엔 부적절하거나 모자란 것들 말이죠. 그 밖에 참고할 것이 있다면 무엇이든 좋습니다."

그녀는 신경질적으로 배를 쓸어내렸다. 겉보기보다 부담

감이 많이 무거운 모양이었다.

겨울은 바다 위에서 열렸던 회담을 회상했다.

"처음엔 굉장히 부드럽고 온화한 태도였어요."

"권위가 느껴졌습니까?"

"아뇨. 제복을 입지 않았다면 군인으로 보이지도 않았을 겁니다."

"다리가 아프군요. 잠깐 앉으시죠."

겨울에게 의자를 권한 그린이 바싹 붙어 앉아서 펜을 들었다.

"보고서에 기록된 대화가 얼마나 정확하다고 생각하십니까?"

여기에 겨울이 대답하기도 전에 차분하게 덧붙이는 그녀.

"소령님을 의심하는 건 아닙니다. 다만 사람의 기억이라는 게 흐려지고 왜곡되기 십상이니 말입니다. 하물며 꽤나 긴 회의에 대한 기록입니다. 얼마간의 부정확함은 불가피했겠죠."

그러나 겨울이 보기에 그녀는 의심하고 있었다. 보고서의 신뢰성은 호손의 기적 문제와 연결되기에. 그러므로 의심은 차라리 사무적인 배려에 가까웠다. 겨울의 처지라면 누구든 부담을 느낄 수밖에 없다는 이해. 이것 없이는 정확한 진술도 없다. 경험으로 얻은 지혜일 것이다.

겨울은 눈으로 서면을 훑으며 대답했다.

"완벽하진 못해도 대부분은 정확할 겁니다. 기억력엔 꽤 자신이 있거든요."

실제로 좋은 기억력인 동시에 「암기」 보정이기도 하다.

'지금은 지워진 곳이 많은 보정이지만, 피쿼드호로 복귀한 직후엔 아니었으니까.'

낮은 등급으로 인한 보정 지연, 즉 「암기」된 내용이 떠오르기까지 걸리는 시간은 보고서 작성에 방해가 되지 않았다. 기억의 오류를 교정하고 여백을 채워주는 보정. 따라서 보고서는 한없이 사실에 가깝다. 정보관계자의 눈으로 겨울을 살피던 그린이 자연스럽게 넘어간다.

"좋습니다. 그럼 상장이 어느 시점까지 부드러웠습니까? 혹시 마지막까지 똑같던가요?"

"그렇진 않습니다."

"여기서 짚어주시겠습니까?"

펜을 넘겨받은 겨울이 대화록에 감정의 구간을 표시했다.

"흠. 그저 살기 위해 살아가는 삶의 비참함이라. 여기서 감정이 한 번 튀었다 이거군요."

그린의 목소리가 아니었다. 겨울의 어깨 너머에서, 아까까지만 해도 식은땀 범벅이던 남자가 겨울의 손에 들린 보고서를 뚫어져라 보는 중이었다. 집중하기 시작한 남자는 전혀 다른 사람처럼 바뀌었다. 그린이 질문을 더했다.

"이 말을 할 때의 상장은 어땠지요?"

"허탈한 느낌이 들었어요. 웃는데도 울고 싶은 사람처럼 보이기도 했고."

사라진 조국에 대한 인지부조화. 알면서도 스스로를 속

이는 유형인가. 중얼거린 그린이 한쪽 눈을 찡그렸다. 겨울도 그 기분을 안다. 자기 자신에 대한 거짓말만큼 견고한 것도 드물다.

그린과 상급자는 핵미사일 발사를 알릴 때의 상장이 유쾌해보였다는 진술을 듣고 다시금 절제된 불쾌감을 드러냈다.

상담에 가까운 의견교환이 얼마나 더 이어졌을까.

"하아."

시계를 본 그린이 자리에서 일어났다. 더 이상 말해줄 것이 없어진 시점이라, 그리고 정해진 시간이 다가오고 있기에 협상단 사람들이 떠날 채비를 한다.

"협조에 감사드립니다. 많은 도움이 됐어요."

겨울은 그녀가 청하는 악수를 받았다.

"모두 무사히 돌아오시길 바랄게요."

"……."

협상단 중 누구도 성공을 기대하는 분위기가 아니었다. 그저 양용빈 상장의 샘플이 진짜일 가능성, 차라리 영에 수렴할 그 희박한 확률을 무시할 수 없어서, 그리고 인질들의 생명이 걸려있기에, 폭발하는 여론에 떠밀리듯 실패할 것이 확실한 협상에 나설 뿐.

떠난 그들은 곧 화면 속에서 나타났다. 그들을 태운 장갑차량 앞뒤로 호위 목적의 험비가 붙는다. 분할된 화면은 차량 대열의 이동을 하늘과 땅의 여러 각도에서 비추었다. 발전소에서 나온 중국군 병력이 협상단을 맞이했다. 놀랍게도 양용빈 상장이 몸소 마중을 나왔다.

[어서 오시오. 빈객을 맞이할 준비가 서툴러서 미안하오.]

[뵙게 되어 영광입니다, 장군. 설마 직접 나오실 줄은 몰랐네요.]

전파에 실려 스피커로 나오는 그린의 음성은 직접 들었던 것과 많이 달랐다.

동네 할아버지처럼 늙은 상장은 겨울이 기억하는 바로 그 온화함으로 답했다.

[당신들은 날 어떻게 해볼 능력이 없지 않소.]

샘플을 가지고 나온 것도 아니고, 인질들도 안에 있는 마당에. 생략된 말은 들을 것도 없었다. 심지어 협상단의 몸수색조차 하지 않는다. 사실 상장 또한 영상과 기록이 남기를 원할 것이었다. 이는 그가 수행하는 전쟁이었다.

협상은 발전소 밖에 설치된 천막에서 진행되었다. 원래 주둔하던 독립중대의 흔적. 그린의 정장 단추에 달린 카메라가 양용빈 상장을 비춘다.

[자, 서로에게 여유가 많지 않으니 단도직입적으로 묻지. 무엇을 준비해오셨소?]

상장의 질문에 그린은 같은 질문을 돌려주었다.

[그러는 장군께선 무엇을 바라십니까?]

[내가 무엇을 바라느냐…….]

생각에 잠기는 상장의 모습. 겨울은 그것이 과연 꾸며진 모습일까 의심했다. 협상의 목적이 도발인 이상 합리적인 요구를 준비했을 리가 없었다.

'어쩌면 정말 아무 생각 없이 나왔을지도 모르지.'

미친 사람을 합리로 잴 순 없는 노릇 아닌가. 이성적으로 미친 사람이긴 하지만.

[우선은 영토를 할양받고 싶군.]

[어디를 원하시는지?]

[콜로라도와 와이오밍, 네브라스카의 접경지대가 좋겠군. 콜로라도 방면에 풍력발전단지가 두 개 있을 텐데, 그 일대를 다 넘겨줬으면 싶소. 가로 세로 100킬로미터의 선을 그읍시다. 아, 미리 말해두겠는데, 내가 요구하는 지금 이 시점에서 그 땅에 있는 모든 것이 그대로 넘어와야 하오.]

이에 백악관을 보여주는 화면 속에서 대통령이 보좌관의 귓속말을 듣고 얼굴을 찌푸렸다. 그 내용은 겨울 가까이에 앉은 헌트의 냉소로 알 수 있었다.

“핵 테러리스트가 핵미사일을 내놓으라는군.”

약간의 시차를 두고 상황실 정면의 대형화면에 발전소 인근의 농장과 황무지들이 투사되었다. 밀밭 사이로 난 비포장도로 옆에 뜬금없이 탄도탄 사일로가 박혀있다. 겨울에게도 익숙한 경치다. 이미 사라진 세계에서 그 근방을 방랑한 적이 있으므로.

사실 미국의 탄도탄 배치가 매양 이런 식이었고, 양용빈 상장이 요구한 땅은 본토에서 핵 사일로가 가장 많이 분포하는 곳이었다.

상장은 계속해서 불가능한 요구들을 늘어놓았다.

[그리고 워싱턴 D.C의 마이어 기지도 할양받아야겠소. 아무래도 억지력 없는 평화라는 게 오래가진 못하는 법인지

라. 추후 귀국의 본토탈환이 끝나거든 샌디에이고의 항만과 배후지대를 내어주시오. 파나마 지역을 확보할 경우엔 운하도 우리가 받아야겠소. 남북으로 30킬로미터요. 주둔지를 내어줄 테니 방어책임은 귀국이 지시오. 항만과 운하 이용료로 다른 비용을 대신하도록 합시다. 여기에 귀국 내 통행의 자유를 허가하고 중국 난민들의 신변을 양도해준다면 충분하다고 보는데, 어떻게 생각하시오?]

협상을 파행으로 몰아가려는 의도가 지나치게 노골적이었다.

그러나 그린은 침착하게 대답한다.

[그렇군요. 긍정적으로 검토하지요. 하지만 그 전에 한 가지 선행되어야 할 조건이 있습니다.]

[조건이라……. 그게 뭐요?]

[샘플.]

그린이 말에 공백을 두어 강조했다.

[당신이 지니고 있는 모겔론스의 원형들이 진짜라는 것을 증명해보십시오.]

[증명할 방법이 있겠소?]

[있습니다. 병원체 가운데 하나를 먼저 넘겨주시면 됩니다.]

[불가능한 요구를 하시는군.]

그린이 상장을 향해 상체를 기울이는지, 화면의 초점이 아래로 내려갔다.

[그렇습니까? 아시다시피 모겔론스는 공생 관계를 이루는 여러 병원체의 합병증입니다. 그중 하나의 샘플만으로

는 백신 개발이 불가능하다는 뜻입니다. 다만 진위를 판별하는 정도는 가능하겠죠. 이 판단이 이루어지기 전까지, 본국은 어떠한 협상에도 응할 수 없습니다.]

같은 테이블에 앉은 다른 협상단의 카메라를 통해 그린의 얼굴을 볼 수 있었다. 침착한 정도를 넘어서 입가에 엷은 미소마저 머금은 상태. 그러나 상장도 여유롭기는 매한가지였다.

[그렇게는 안 되겠군. 시역을 파괴할 수단을 마련하는 데엔 복합체의 구성요소 하나만으로도 큰 진전을 얻을지 모르니까.]

[최소한의 성의를 보이십시오, 장군. 지금 이 순간에도 당신으로 인해 고통 받는 사람들을 생각해서라도 말입니다. 본국이 보호 중인 중국의 시민들과, 중국인의 혈통을 이어받은 미국의 시민들……. 당신은 그들에게 미안한 마음이 전혀 없습니까? 그들을 지키는 것이야말로 장군의, 중국 인민해방군의 의무가 아니었나요?]

당연히 없을 것을 알지만, 이것은 영상이 공개되었을 때를 대비해 던지는 질문이었다.

[없소.]

아는지 모르는지, 상장의 답변은 가벼웠다.

[조국 수호를 위한 인민전쟁 교리의 기본 전제는 인민의 희생이지. 그것을 희생이라고 표현하기도 곤란하군. 당연한 의무니까. 조국을 지킬 의무는 중화인민 모두의 것이오. 나와 그들의 차이는 제복의 유무, 훈련의 유무, 무장의 유무

일 뿐. 거기다 중국 인민의 혈통을 이어받은 미국 시민들이라……. 중국의 정신이 남아있지 않다면 그들은 그저 미국인일 뿐이오.]

그는 허리를 곧게 편 채로 깍지를 꼈다.

[그리고 무고한 민간인은 없지. 귀국의 장군이 도쿄를 불태우며 남긴 말이오.]

협상은 시간의 경과와 더불어 꾸준히 엉망진창이 되었다.

헌트가 겨울에게 묻는다.

"소령. 저쪽 통역이 있는 그대로 전달하는 거 맞습니까? 표정 보니까 과장이 섞여있어도 이상하지 않을 것 같은데. 영어 실력도 훌륭하다고는 못 하겠고."

같은 의문을 품었는지 주위에서 몇 사람인가의 시선이 이쪽을 향한다. 겨울이야 수준 높은 「중국어」 능력이 있으니 상장의 말을 곧바로 알아듣지만 다른 사람들은 아니었다. 화면 속 협상단장 그린을 포함해 현장 대책본부 사람들과 국방부, 백악관에 이르기까지 통역에 의지하고 있었다. 하지만 겨울은 굳이 자신에게 확인할 필요가 있는가 싶었다.

"보시면 대체로 일치하는 걸 알 수 있지 않은가요?"

손가락으로 가리킨 화면 하단의 텍스트 상자엔, 미국 측 중국어 전문가들이 별도의 장소에서 실시간으로 타이핑하는 번역문이 출력되고 있었다. 양용빈 상장 측, 중국군 통역병의 말실수와 오역에 붉은 줄을 긋고는 있으나 대체로 사소한 것들. 맥락상의 큰 차이는 없다. 다만 통역병의 어조가 다소 감정적이고 강렬하여 상장의 온유한 음성과 괴리감이 느껴지긴 했다.

헌트가 펜으로 머리를 긁으며 신경질적인 표정을 지었다.

"아무래도 의심스러워서 말입니다. 마음 놓고 믿을 수가 있어야지."

"……."

미국 측 전문가들도 사람이다. 믿고 싶은 것을 믿기 쉽고, 분노하고 싶어서 분노하기 쉬운 사람들. 헌트는 그들의 혐오와 격앙된 감정을 경계하고 있었다.

'왜곡이 있어도 그대로 받아들일까봐…….'

지나친 걱정이라고 하기도 어려운 상황.

"아무튼 소령이 듣기에도 이상은 없다 이거지요?"

"네."

"사이코 새끼가 저 같은 놈들만 모아놨군. 아랫것들을 흔들어보기도 힘들겠어. 이건 무슨 이슬람 극단주의자들도 아니고……."

겨울은 헌트의 노트북을 엿보았다. 상장과 통역병만이 아니라, 발전소 벽을 뚫고 집어넣은 카메라를 통해 중국군 장교들과 병사들의 감정 분석이 진행 중이었다. 포착된 얼굴에 여러 개의 점이 찍히고, 각 점이 서로 연결되어 여러 감정들의 퍼센티지를 도출했다.

여기에 전문가들의 견해가 더해진다. 그들의 대화, 적외선 영상에 찍힌 체온의 변화, 걸음걸이의 양상과 그 밖의 사소한 행동들로부터 유추 가능한 심리에 대하여.

선택의 폭은 좁았다.

랭글리로 연결된 모니터 속에서 신임 CIA 국장이 발언했다.

[각지의 소요가 급격히 확대되고 있습니다. 이미 여섯 개 주에서 비상사태를 선포했으나, 우리가 감시중인 과격 불온단체들의 움직임을 감안할 때 앞으로 하루 이틀 이내에 미국 전역이 같은 수순을 밟게 될 겁니다. 무장한 시민들과 군경 사이에 유혈충돌이 빚어지겠지요. 그럼 각하의 정권은 끝장입니다. 수사국과 협조하여 온갖 핑계로 주모자들을 체포하거나 억류하고는 있으나 큰 효과는 없을 겁니다.]

CIA의 작전영역이 해외라고는 하나, 미국 시민들을 대상으로 한 감시는 예전부터 유명했다. 이를 토대로 핏빛 내일을 예언한 그는 빠른 행동을 촉구했다.

[우리에겐 시간이 없습니다. 이번 사태를 최대한 신속하게 마무리 짓지 않으면 계엄령은 더 이상 선택이 아니게 될 겁니다. 시민들의 압력을 언제까지 버티실 수 있겠습니까?]

대통령의 질문.

[국장의 제안은 뭐요?]

[죽여야 합니다. 최대한 신속하게. 아무리 늦어도, 오늘 밤이 지나가기 전에는.]

[…….]

[산 채로 잡아서 법정에 세울 수 있다면 더할 나위 없이

좋겠지요. 전미의 분노가 법정으로 집중될 테니까요. 눈이 돌아간 시민들은 다른 데 신경 쓸 겨를이 없을 겁니다. 그 시점에서 모겔론스 샘플은 부차적인 문제가 됩니다. 잃었으면 잃은 대로 좋습니다. 저 테러리스트가 그만큼 더 나쁜 놈이 될 뿐입니다. 그렇게 여론을 몰아가면 됩니다. 최소한, 당분간은 말입니다. 그사이에 우리는 군사적인 성과를 통한 반전을 꾀할 수 있겠지요.]

결국은 도박이었다. 샘플이 진짜였을 경우, 혹은 진위를 알 수 없게 되어버렸을 경우 대통령에겐 다양한 의미에서 정치적 부채가 될 수밖에 없었다. 흥분이 가라앉은 후에도, 앙금이 남은 이들은 대통령을 곱게 보지 않을 것이다. 사라진 샘플은 좋은 핑계였다.

권력 욕심이 많은 정치인들에게도.

본토탈환이 시민들에게 긍정적인 영향을 미칠 것은 확실하다. 그러나 그 영향이 어느 정도일지는 불확실하고…….

'무엇보다, 아직 일어나지 않은 사건이지.'

다른 지역에서의 작전이 어떻게 진행되고 있을까. 로저스 소장의 합동임무부대는 어느 정도의 성과를 거두었을까. 겨울에겐 미래를 셈하는 데 필요한 정보들이 없었다.

대통령이 담담하게 묻는다.

[당장의 위기를 모면하고자 인류의 미래를 포기하라는 거요?]

상장을 생포할 가능성이 얼마나 될지에 대해선 논하지 않는다.

[미국이 인류의 미래입니다.]

정보국장의 태도는 정중했다.

[어차피 협상은 희박한 확률입니다. 만에 하나 저 작자가 가진 샘플이 진짜이고, 또 기적적으로 협상이 성공한다고 가정하겠습니다. 대체 어느 정도의 시간이 소요되겠습니까? 저 미친놈들이 제시한 조건을 그대로 받아들일 순 없는 노릇 아닙니까? 조건을 조율하다보면 계절이 바뀌어있을지도 모릅니다. 그 결과란 어떤 식으로든 굴욕적인 타협이겠고, 각하의 정치생명이 위태로워집니다. 비단 각하만의 이야기가 아니겠지만 말입니다.]

또한 협상기간 내내 내용을 공개하라는 압력이 있을 게 뻔했다. 하면 하는 대로, 하지 않으면 하지 않는 대로 부담이 있을 것이었다.

[사실 각하께서도 이미 고민하시는 바일 거라고 생각합니다만, 다른 사람의 의견으로 듣는 건 또 다른 느낌이겠지요. 결단을 내리는 데 조금이라도 도움이 되길 바라는 마음으로 드리는 말씀입니다.]

그러므로 국장의 말은 표면적으로 대통령을 향하고 있으나 실제로는 대책본부의 다른 구성원들을 겨냥한 것이었다. 맥밀런 대통령의 담담한 태도 또한 같은 맥락이었고. 이의를 제기하는 사람이 없으면 모두가 합의하는 현실이 된다. 겨울이 읽기엔 그랬다.

다들 알고 있지 않느냐.

지금도 몸을 사리는 이들이 있었다. 정치적인 처세술이었다.

모든 부담을 짊어지기로 한 대통령이 고위관계자들의 침묵을 환기했다.

[만약 타격대를 들여보낸다면 인질을 무사히 구출할 수 있겠소? 그들을 안전하게 구출한다면 소요를 진정시키는 데에 큰 도움이 될 텐데.]

[……새로운 계획이 있습니다.]

백악관 상황실, 대통령과 같은 공간에서 다른 모니터를 할당받은 특수전사령부 부사령관의 발언이었다.

[새로운 계획?]

대통령이 묻고, 역시 같은 상황실에 있는 안보보좌관, 합참의장, 국무장관, 국방장관, 부통령 등의 쟁쟁한 인물들이 시선을 모았다.

[예. 다소 과격하지만 충분히 가능하다고 판단됩니다.]

그리고 그 계획은 정말로 과격했다.

'발전소를 아예 붕괴시키겠다니…….'

겨울은 아연함을 느꼈다. 전체를 무너뜨릴 작정은 아니었다. 다만 인질이 있는 장소를 물리적으로 차단하고 적을 분산, 고립시키는 것이 목적이었다.

[내부 관측을 통해 적의 배치와 순찰경로, 인질들의 추정 위치, 폭발물 설치지점 등을 확인했습니다. 놈들 역시 유사시 건물을 통째로 무너뜨릴 심산이었겠습니다만…… 화면에 강조된 지점을 먼저 폭파시키면 나중에 추가 폭발이 일어나더라도 충격이 전달되지 않게 됩니다.]

건물을 무너뜨리려면 폭발력이 정확하게 배치되어있어

야 하며, 폭발하는 시간 또한 중요하다. 폭파공학이 따로 있는 이유였다. 공병대의 계산일 것이다.

이것으로 끝이 아니었다.

[또한 적이 설치한 폭발물은 다 터지지도 않을 겁니다. 사진을 보시죠. EMP 대책으로서 적의 폭발물은 격발기와 유선으로 연결되어 있습니다. 어차피 전파사용이 제한적인 실내다보니 다른 방법이 없었겠지요. 여기, 바닥에 희미하게 빛나는 선이 보이십니까? 은박으로 감아놓은 전선입니다. 이 부분, 그리고 이 부분은 우리 쪽에서 폭파시킬 때 확실하게 끊어집니다.]

[적 생존자가 기폭 시킬 수도 있잖소. 최악의 상황을 대비해서 별도의 타이머를 부착해놓았을지도 모르고……. 일정 시간마다 수동으로 초기화하는 방식으로 말이오. 내 걱정이 지나친 거요? 그런 건 영화에서나 볼 법한 일인가?]

[아닙니다, 각하. 충분히 타당한 지적이십니다. 하지만 공격이 개시되는 시점에서, 인질에게 위해를 가할 수 있는 범위 내엔 적 생존자가 없을 겁니다. 외벽이 뚫리는 순간 해당 구역을 전차 주포로 저격할 거니까요.]

겨울에겐 저격이라는 표현이 어색했다. 그러나 적이 예상하지 못한 원거리에서의 공격이니, 부사령관의 말이 틀린 것은 아니었다.

'당연히 일반적인 포탄은 못쓰겠고…… 벌집탄을 쓰려나?'

벌집탄은 전차 주포로 쏘는 산탄의 은어였다. 포탄 안에 무수한 텅스텐 알갱이, 혹은 자그마한 화살(플레셰트)들이 꽉 차있어 벌집 같다는 의미로. 개중엔 제식명이 벌집(Beehive)인 물건도 있다고 들었다.

최근엔 샌 아르도 유전을 점령하는 과정에서 목격했었다. 2,200발의 산탄을 담아 쏘는 단 한 발로 일백에 가까운 변종집단을 붕괴시키는 위력. 그것은 한 개 중대의 일제사격에 필적한다.

[그리고 타이머는…….]

특수전 부사령관이 말끝을 흐린다.

[적 수괴의 생포여부와 함께 운에 맡겨야 합니다.]

대통령이 마른세수를 했다.

[여기서 운이라…….]

[죄송한 말씀이지만 이게 최선입니다. 폭파와 동시에 중장비를 투입하겠습니다. 운이 따라준다면 늦지 않게 통로를 개척하고 폭발물을 해체할 수 있겠지요.]

양용빈 상장은 여차하면 자살할 작정이거나, 부하에게 자신을 사살하라고 명령해두었을 것이다. 이미 다 이루었으니까. 언제 죽어도 상관없다는 마음일 터.

겨울만의 확신이 아니었다.

특수전 부사령관은 보험을 들어두었다.

[타격대원들이 자백제와 녹음기를 지참하고 있습니다. 주목표가 부상을 입을 경우, 현장지휘관의 판단하에 후송보다 진술 녹취를 우선시하도록 명령해두었습니다.]

녹음기는 통신장비나 전투장비와 달리 전자기 충격파에서 보호하기가 쉽다. 반드시 노출시킬 필요가 없으니까. 필요한 질문도 거기에 들어있을 것이다. 타격대에 중국어 회화가 가능한 대원이 포함되어 있을 수도 있겠지만.

[그것도 운이 좋을 때의 이야기겠지.]

대통령이 미소 같지 않은 미소를 짓는다. 시선이 멀다. 겨울은 그가 어떤 화면을 보고 있을지 알 것 같았다. 지금 이 순간에도 협상단은 양용빈 상장과 무의미한 평행선을 그리는 중이었기에. 협상단은 더 이상 양보할 수가 없고, 상장은 조금도 양보할 생각이 없다.

협상단 측에서 기어코 언성을 높였다. 그 소리를 겨울도 들을 수 있었다.

그것을 들은 맥밀런 대통령이 어려운 결정을 내렸다.

[시간을 끌어봐야 좋을 게 없겠군. 허가하리다.]

[알겠습니다. 협상단이 철수한 다음 상황을 봐서 작전을 개시하겠습니다.]

장군이 즉각 어딘가로 연락을 취하는 모습이 보였다. 그 사이 대통령은 얼굴을 감싼 채로 긴 한숨을 내쉬었다.

변경된 지침을 전달받았음에도 불구하고 협상단은 쉽게 물러나지 않았다. 그들은 샘플의 진위 여부를 지겨울 정도로 반복해서 추궁했다. 훗날, 혹은 당장 오늘이라도 협상과정이 공개될 수 있었으니까. 가장 강경한 시민들조차도 의문을 품기에 충분해야 한다.

[그럼 이건 어떻습니까.]

언제 언성을 높였냐는 듯, 그린이 차분한 신색으로 제안

했다.

[본국의 질병통제본부 인력이 장비를 가지고 이곳으로 오는 겁니다.]

양용빈 상장은 의뭉스럽게 굴었다.

[그들을 내 보호하에 두겠다고? 그래도 괜찮겠소? 싫어하는 사람들이 많을 것인데?]

까놓고 말해 인질을 늘려서 쓰겠냐는 뜻이었다. 시민들의 반감이 심하지 않겠느냐고.

그린이 허리를 곧추세우며 턱을 들었다.

[교환하시죠.]

[교환?]

[예. 들어가는 숫자만큼 풀어주세요. 누구도 손해를 보지 않는 방법 아닌가요?]

[…….]

[이미 말씀드린 대로 샘플의 진위확인은 협상 성립을 위한 기본조건입니다. 그걸 장군님의 감독 아래 진행하자는 겁니다. 연구 자료가 밖으로 샐 일은 없겠죠. 연구진은 그저 샘플이 진짜인가 아닌가, 그것만 통보해주면 된답니다.]

[그걸 믿을 수 있겠소?]

상장이 조용히 어깃장을 놓는다.

[가령 우리가 연구진을 위협해서 거짓 결과를 통보하라고 할 수도 있잖소,]

[또 우기시는군요.]

생긋. 분명 지쳐있을 텐데, 감정의 찌꺼기가 있을 텐데, 그린이 만드는 미소는 얼룩 없는 매력이었다. 겨울은 그녀의 인선이 상장과 더불어 시민들을 겨냥한 것이라고 판단했다.

[장군님. 서로의 신뢰를 보장할 수단은 얼마든지 마련할 수 있습니다. 그런데도 마냥 안 된다고만 하시면 역시 샘플이 가짜라고 생각할 수밖에 없군요. 가짜라서, 진짜 목적은 따로 있어서, 그래서 아무리 전향적인 조건이라도 받아들이지 못하시는 게 아닌가요?]

[받아들인다고 칩시다.]

노회한 상장이 화제를 바꿔쳤다.

[대가는 내가 제시한대로 확정되는 거요?]

[말을 돌리지 마세요. 샘플 확인이 협상의 기본조건이라고 말씀드렸습니다. 즉, 진짜 협상은 진위 판별 이후에 비로소 시작된다는 뜻이죠.]

[마이어 기지 말이오. 내가 달라고 했던.]

[그러니까 조건을 논하는 건 시기상조-]

[그곳을 꼭 받아야겠는데.]

말이 끊긴 그린이 적당한 선에서 불쾌감을 드러냈다. 그러나 상장은 아랑곳 않는다.

[말해보시오. 가능성이 있는 거요?]

[긍정적으로 검토하겠다고 말씀드렸잖습니까.]

[글쎄. 내가 보기엔 받아들일 생각이 전혀 없는 것처럼 보이요마는.]

장군의 태도는 희롱에 가까웠다.

[애초에 생각도 없으면서 긍정적으로 검토하느니 어쩌니

하는 것도 큰 실례가 아니오?]

[받아들일 수 없는 조건을 걸어놓고 회담을 의도적으로 파탄 내는 쪽도 큰 실례겠지요.]

그린이 눈을 찡그리고 살짝 쥔 주먹으로 턱을 괴었다. 겨울이 보기엔 태도와 감정과 자세 모두 계산된 것이었다. 노골적으로 말해, 화면발을 잘 받았다. 함께 파견된 협상단은 부착한 카메라에 두 사람의 대담이 잘 보이도록 자리를 잡았다.

[받아들일 수 없는 조건이라……. 이제야 솔직히 말씀하시는군.]

말하며 차분하게 웃는 장군. 그린이 대꾸한다.

[그럼 장군께서도 이제 솔직해지시죠. 그곳을 양도받길 원하는 이유는 억지력 같은 허황된 것이 아니라 단지 이 나라, 미국을 모욕하고 국민들을 자극하기 위해서라고.]

[그러면 안 되는 거요? 종전협상이란 본디 실리 이상으로 교전당사국의 옳고 그름을 정하고, 국가의 자존심을 세우는 과정이니 말이오.]

[입장을 바꿔볼까요? 지금 미국이 아니라 중국이 건재하고, 샘플을 가진 게 제 쪽이고, 우리가 장군께 종전협상을 제안한다고 가정하죠. 미군 주둔지로 자금성을 내놓으라고 했으면 과연 받아들이실 가능성이 조금이라도, 정말 조금이라도 있겠냔 말입니다.]

[그야 상황에 따라 다른 것 아니겠소? 아무리 유서 깊은 고궁이라도 한날 유적에 불과할진대, 인류의 미래가 걸려 있다면 내놓을 수도 있겠지.]

또다시 억지였다. 그린은 가볍게 무시했다.

[당연히 아시겠지만 마이어 기지 바로 옆이 알링턴 국립묘지입니다. 호국영령들의 안식처죠. 그곳에 미국의 역사가 묻혀있다고 해도 좋겠죠.]

[경의를 표하오.]

[그뿐만이 아닙니다. 도로 하나를 건너서 펜타곤이고 다리 하나를 건너면 백악관입니다. 아, 사소하지만 스미소니언 박물관과 링컨 기념관, 토마스 제퍼슨 기념관도 있군요.]

말하자면 상대적으로 사소하다는 것이다. 예컨대 링컨 기념관은 미국 정신의 신전(Temple)이라 해도 과언이 아니었다. 가장 존경받는 대통령의 조각상과 기념관 앞의 오벨리스크는 무수한 매체에서 국가의 상징으로 그려진다.

장군의 요구대로라면 그 모든 장소가 중국군 포병의 사거리에 들어가게 된다.

이제 그린은 팔짱을 끼고 다리를 꼬았다.

[미국이 만만해보이십니까?]

어차피 협상을 포기해도 좋다는 지침을 받은 마당이었다.

[겨우 이런 수작으로 도발을 걸면 시민들이 이성을 잃을 것 같던가요?]

[무슨 말인지 모르겠군.]

모른다고 하면서도 장군은 굳이 덧붙인다.

[의도한 바가 아니었지만, 날 속이려 들진 마시오. 당신네들은 지금 난리를 겪고 있잖소.]

[무슨 근거로 그렇게 확신하시는지.]

양용빈 일당이 장악한 칼파인 5로 이어지는 통신은, 협상을 위해 열어둔 채널을 빼면 모조리 차단된 상태. 그러므로 상장은 목표를 달성했으되 그 결과를 확인할 방법은 없다.

그러나 그는 이렇게 말했다.

[내가 미국인들의 야만성을 믿기 때문이오.]

겨울은 당혹감을 느꼈다.

'실수인가? 지금 저런 말을 해선 안 될 텐데?'

도발은 도발이되 미국 사회에 혼란을 확산시키는 데엔 오히려 역효과인 도발이었다.

그린이 한순간 흔들린 것도 겨울과 같은 생각이었기 때문일 것이었다. 그러나 기회를 놓치지 않고 파고든다.

[즉 미국의 시민들이 멍청하고 난폭할 거란 말씀이군요?]

미국의 시민들, 멍청함, 난폭함에 각각 강세를 주어 분명하게 하는 말이었음에도, 상장은 그녀의 의도를 순순히 긍정해주었다.

[맞소.]

그러나 악의는 여전했다.

[왜 아니겠소? 그것은 탐욕스러운 자본주의자들이 당신들의 조국을 사유화하고 또 돈의 노예로 만들었기 때문이지. 국부의 대부분을 움켜쥔 자본가와 기업가들, 그리고 미국의 대통령마저 연례행사로 찾아가 머리를 숙여야 하는 유태인 부호들……. 평범한 사람들이 종말의 공포에 떨 때, 돈과 권력으로 견고한 벽을 세우고 사설군대의 경호를 받

으며 도박과 연회와 경매로 세기말을 소비하는 그 인간들 말이오. 설마 없다고는 못 하겠지.]

[잠깐…….]

[바로 그들이 교육 또한 천박한 상업주의로 물들였지. 고급교육을 독점하여 계급상승의 사다리를 걷어차고 피지배계급을 분열시키고 부르주아적 계급과 특권의 세습을 고착화하려는 시도로서. 그러니 미국인들이 멍청할 수밖에. 그러니 당신네들이 야만스러울 수밖에.]

전혀 그렇게 보이지 않았으나, 그리고 겨울의 생전까지도 그러했으나, 중국은 공산주의 국가였다. 그들에게 자본주의란 생산력을 늘려 공산주의의 초석을 다지는 과정일 뿐.

그러나 그것을 진심으로 믿는가는 별개의 문제였다.

양용빈 상장에게 파벌이 없었다던 그린의 말이 떠오른다.

겨울은 품속을 더듬었다. 둥글고 단단한 감촉. 보관하거나 맡길 곳이 마땅치 않아 아직까지 품고 다니는 아름다운 회중시계의 촉감이었다. 부서져도 어쩔 수 없다고 여겼는데 의외로 상한 곳이 없었다. 태엽을 감지 않았기에 시침과 분침과 초침은 멈춰있는 채였다.

'시에루 중장이 들었다면 비웃지 않았을까?'

스스로를 비웃든 조국과 상장을 비웃든, 어느 쪽이더라도 비웃기는 했을 것이다. 비록 부패한 사람이지만, 선에서 악을 빼도 꽤나 남는 현실주의자였으니.

그런 사람이나마 다수였다면 이 세상도, 생전의 저 세상도 지금과 많이 달랐을 것이다.

육군상장이 살아있으니 해군중장도 살아있을지 모른다. 이제 와서 상황을 바꿀 힘은 없겠지만. 미움은 수명이 길다.

'영상을 편집하면…… 소용없나.'

미국 시민들을 모욕하는 부분만 따로 따서 공개하는 방법은 어떨까 싶은 겨울이었다. 그러나 앞선 동영상 유출 사태를 볼 때, 그리고 겨울에 대한 헌트의 우려를 감안할 때 좋은 방법이라고 하기 어렵다. 전체가 공개된 후엔 반드시 역풍을 맞을 것이다.

상장이 선언했다.

[나는 당신들이 저질러온 우행을 믿는 거요.]

미국의 대통령들이 매년 유태인들의 집회에서 감사인사를 전하는 것도 사실이고, 미국 공교육이 파탄 난 것도 사실이다. 그러나 겨울은 생각한다.

'진실에 가려진 거짓이 가장 위험하지.'

협상단장 그린의 반응이 느린 것은 신중해야 할 시점이어서였다. 상장의 한 마디 한 마디가 미국의 분열을 획책하고 있었다. 역병 이전엔 어림도 없었을 수작인데, 극단적인 시대엔 극단인 사상이 번지기 쉽다.

그녀가 묻는다. 단지 시간을 벌 요량으로.

[오히려 중국에 더 해당되는 비난이 아니었나 싶군요.]

하지만 상장은 이마저도 긍정했다.

[맞는 말이오.]

그리고 절제된 웃음을 터트렸다.

[인정하리다. 공화국은 야만인들의 나라였지.]

[…….]

언뜻 스쳐간 상장의 경멸감에, 그린은 마지막이라는 느낌으로 설득한다.

[장군님. 피차 장난은 그만두죠.]

[장난?]

[당신께서 알고 계시는 중국은 이제 없습니다. 그리고 지금처럼 고집을 부리신다면 앞으로 새로운 중국도 없을 겁니다.]

[비슷한 말을 많이 들었소만, 중국은 있소. 국가의 정신은 사라지지 않아.]

[국가는 개인의 집합이고 도구일 뿐입니다. 그러니 국민이 없으면 국가도 없습니다. 이 단순한 사실을 부정하시는 겁니까?]

[물론이오. 국가는 개인들의 집합 그 이상이지. 국가가 있어서 국민이 있는 거요. 정체성이 없는 사람은 짐승에 지나지 않으니까. 사회가 사람을 만드는 것이니까. 그리고 사회는 자연적으로 만들어진 것이오. 만들어지는 과정이 의식적으로 통제되었다고 볼 순 없소. 지금 나누기엔 어울리지 않는 말들이요만.]

[좋아요. 그렇다면 인민해방군 장교로서의 의무는 어떻습니까?]

상장은 영문을 모르겠다는 투로 반응했다.

[무슨 말씀을 하시는 거요. 그 의무로 인해 내가 여기에

앉아있지 않소.]

[당신께서 지금 이러고 계신 게 비상시의 교전수칙 때문임을 알고 있습니다. 어떤 공격으로 인해 국가가 무너지고 정상적인 명령을 받을 수 없게 되었을 때 어떻게 행동해야 하는가. 하지만 장군, 교전수칙 이전에, 또한 국적을 떠나서, 군인이라면 누구든 지켜야 할 의무가 있습니다. 비인도적인 명령을 거부할 의무 말입니다.]

여기까지 듣고서, 장군이 그린을 무시하고 협상단 한 명을 지목했다.

[당신, 관등성명을 알려주시겠소?]

갑작스러운 지목과 통역병의 해석을 듣고 당황한 남자가 되묻는다.

[저는 대표가 아닙니다. 그리고 그걸 왜 묻습니까?]

[군인처럼 보이는 사람이 당신뿐이라서 물었소. 군인의 의무는 군인과 말해야 하니까.]

[…….]

겨울은 협상단의 구성을 알지 못했으나, 눈치로 보아 상장의 말이 사실인 듯했다.

[알려주지 않을 거요?]

[브로디 에이버리, 공군 중령입니다.]

[공군 중령이라. 괜찮군.]

양용빈 상장이 고개를 끄덕였다.

[그럼 중령, 이런 상황을 가정해봅시다. 당신은 지하 핵사일로 통제관이오. 그리고 당신의 조국은 핵공격을 받아

이미 증발해버렸지. 어떤 상급부서도 통신에 응하지 않는단 말이오. 헌데 당신에겐 정부가 사라지기 전에 받은 명령이 남아 있소. 전면핵전쟁이 벌어졌을 때 당신의 기지가 미사일을 발사해야 할 표적들의 좌표 목록이지.]

통역을 기다린 상장이 다시 말했다.

[만약 당신이 명령대로 발사 버튼을 누른다면 인류의 멸망이 확정되는 거요. 그럼 이때 당신은 버튼을 눌러야 하오, 말아야 하오? 군인으로서 명예와 신념을 걸고 답하시오.]

사실 답이 정해진 질문이었다. 그러나 군인들에겐 부정하지 못할 직업윤리이기도 했다.

한참을 고민하던 에이버리 중령은, 단장인 릴리아나 그린을 흘깃 보고 고개를 저었다. 그리고 이렇게 답한다.

[눌러야 합니다.]

[어째서 그렇소?]

[전쟁범죄가 아닌 경우에 군인은 명령을 자의적으로 판단할 수 없기 때문입니다. 전면핵전쟁 상황에서의 민간인 살상은 국가전략상 전쟁범죄의 예외로 지정되어 있습니다.]

상장이 그린에게 시선을 돌렸다. 하지만 아직 중령의 말이 남아있었다.

[하지만.]

에이버리 중령이 강조했다.

[하지만, 저는 발사 버튼을 누르지 않을 겁니다.]

상장은 온화하게 답한다.

[이해하오. 그러나 당신은 버튼을 누르는 동료를 비난할

수 없을 거요.]

그린이 끼어들었다.

[그만하시죠. 궤변은 그 정도로 충분합니다.]

[군인의 의무를 말씀하시기에 군인에게 물었을 뿐. 이게 어째서 궤변이오?]

[상황이 다르니까요. 중국은 어느 국가의 공격을 받은 게 아닙니다. 기실 장군님이 보유한 샘플이 진짜라면 모겔론스의 개발 국가는 중국일 수밖에 없습니다. 그러니 이렇게 노골적인 억지를 부리시는 것도 결국 샘플이 가짜라는 증거에 지나지 않아요.]

그녀가 숨을 돌리고 말한다.

[지금이라도 마음을 바꾸십시오. 포로를 해방하고 샘플을 넘기세요. 그럼 아직은 미래를 꿈꿀 기회가 남아있을 겁니다. 그 샘플이 진짜가 아니더라도, 최소한 당신의 부하들에게는 말입니다. 장군께서도 목숨은 부지하실 수 있겠지요. 저는 지금 사법거래를 제안하는 겁니다.]

상장은 잠시 침묵하더니, 통역병에게 귓속말을 전했다. 그리고 통역병이 다시 그린에게 다가와 새지 않는 소리를 속삭였다. 그린의 낯빛에 그늘이 드리워졌다.

[시간이 늦었군. 좋은 말씀 잘 들었소. 오늘은 여기서 끝냅시다.]

양용빈 상장은 자리에서 일어나 반쯤 몸을 돌렸다. 더 이상 대화에 응하지 않겠다는 일방적인 의사표현이었다. 앉은 채로 상장을 노려보던 그린은 상장이 나가려고 할 즈음에야 굼뜨게 일어났다. 그리고 상장의 등을 향해 공허한 인사를 전했다.

[어쩔 수 없군요. 내일 다시 뵙죠.]

그러나 소탕전의 밤을 맞이할 상장에게 내일은 오지 않을 것이다.

"방금 귓속말은 뭐라고 한 거야? 응? 중요한 내용인가?"

소란스러운 상황실의 질문이 전파를 타고 협상단의 귓속 수신기로 들어간다. 얼마 지나지 않아 답신이 돌아왔다.

"고비를 잘 넘기길 바란다니…… 놀리는 건가?"

누군가의 불만. 그러나 겨울은 그것 또한 상장의 진심일 수도 있겠다고 여겼다. 중국의 야만성을 말할 때 스쳐간 경멸감을 감안하면. 무대마다 달라지는 것이 사람이고, 하나의 마음엔 얼마든지 많은 모순이 공존할 수 있었다.

겨울이 헌트에게 말했다.

"여기선 제가 할 일이 정말로 없네요."

비록 자리를 내주긴 했으나 대통령까지 있는 테이블에서의 본격적인 발언권이 일개 소령에게까지 내려오진 않았다. 그 외에 별이 즐비한 마당이었다. 이곳 현장 상황본부는 워싱턴 D.C를 위한 중계소, 혹은 분소에 가까운 느낌이다.

헌트가 피식 웃었다.

"왜, 한 소령도 타격대와 함께 들어가고 싶습니까?"

"교전능력으로만 따지면 그 편이 낫다고 생각합니다."

다른 사람이 말했다면 자신감이 지나치다는 소리를 들었을 것이다. 그러나 헌트는 진지하게 끄덕여주었다.

"그렇긴 하지. 하지만 소령, 익숙해져야 할 겁니다. 당신이 점점 중요해지는 과정이니까. 장담하지. 소령의 수많은 선배들도 같은 느낌이었을 거예요."

"제 선배들?"

"용기와 헌신을 인정받은 이 나라의 애국자들 말입니다."

그리고 그는 테이블 위를 정리했다. 지금까지 헛짓거리 했군, 하고 중얼거리며. 그러더니 겨울에게 들려주는 이야기.

"그거 압니까? 이 와중에도 소령이 치른 어젯밤의 전투 기록은 업로드 후 1시간 만에 조회수 천만을 돌파했어요. 즉, 폭동을 일으킨 사람들도 화를 내다 말고 동영상을 보고 있다는 뜻입니다. 펜타곤 공식 채널의 접속 현황이 지역별로 아주 균일하다더군요. 그 재생시간 동안 경찰과 군대는 한숨 돌릴 수 있을 겁니다. 업로드 시간을 정한 담당자도 기뻐하고 있겠지요."

"……."

"저쪽 아프리카에서 축구 경기 때문에 내전이 잠시 소강상태로 접어들었다는 이야기 들어본 적 있습니까? 딱 그런 경우입니다. 소령, 당신은 스스로가 슈퍼볼이나 월드 시리즈 이상의 인간이라는 사실에 자부심을 느껴도 됩니다. 당신 덕분에 팔리는 전시국채의 규모가 대체 얼마라고 생각합니까? 하하!"

스스로 말해놓고 스스로 웃는 헌트에게, 겨울이 물었다.

"다른 지역에서의 작전은 어떻게 되어가고 있습니까?"

"그걸 굳이 물어보는 이유가…… 아, 지금 인트라넷이 엉망이지 참."

아직도 접속되는 곳이 온라인 PX뿐이고, 겨울 몫의 노트북도 제한적으로 연결되긴 마찬가지였다.

"다행히 성공적으로 진행되고 있습니다. 전선에선 멧돼지 사냥이라고 부르더군요."

"멧돼지 사냥?"

"변종들이 개체 수 보전을 위해 아예 남미로 빠질 작정인가 봅니다. 이 팬 아메리카 루트에서 일방적인 추격전이 벌어지는 중이예요."

"그건…… 다행이네요."

"예. 다행이지요."

헌트의 얼굴에서 웃음기가 사라졌다.

"내가 사망의 음침한 골짜기로 다닐지라도 해를 두려워하지 않음은 주께서 나와 함께하심이라. 아직 신께서 우리 인류를 버리진 않으신 모양입니다."

"……."

"하지만 당신이 죽는다면, 그땐 이야기가 많이 달라지겠지요. 우리가 스스로를 돕길 포기할 테니. 신께선 스스로 돕는 자를 돕는다고 하지 않습니까."

기시감이 느껴지는 대목이었다. 겨울은 군종장교와 나누었던 대담을 선명하게 기억하고 있었다. 우리는 스스로를 충분히 도왔다고 했던가.

정말로 어떻게 흘러갈지 예측이 되지 않는다.

작전명 넵튠 스피어, 오사마 빈 라덴을 사살할 때, 데브그루는 테러리스트들을 상대로 완벽한 승리를 거두었다. 신속하고 정확하게. 단 한 사람의 전사자도 없이.

그러나 겨울은 회의적이었다. 오늘도 그럴 수 있을까?

당시엔 빈 라덴의 은신처와 비슷한 훈련장을 만들어놓고 몇 주에 걸쳐 훈련을 거듭했다고 들었다. 물론 은신처의 내부구조까지 확보하진 못했으나, 어쨌든 철저한 준비과정이 있었다.

하지만 오늘은 어떤가. 상대는 정규군이고, 데브그루는 다른 임무에 투입되어 있다가 갑작스레 불려온 처지. 최상의 상태로 투입되었던 과거와는 상황이 많이 다르다. 다만 한 가지 위안이 있다면, 그때보다 훨씬 더 많은 병력이 훨씬 더 우월한 지원을 받으며 투입된다는 것뿐.

겨울의 자격은 여전히 조언자였다. 헌트의 말에 따르면 '중요해지는 과정' 이다. 타격대원들의 시야를 공유하는 화면들 앞에 헤드셋을 낀 전술지휘관들이 앉아있으나 이들도 조언자이긴 매한가지였다. 모든 전술적 판단은 현장에서 내린다. 이곳은 그저 현장을 보조하고 지원을 연결해주는 역할이었다.

'유사시에 제동을 걸어줄 필요도 있지.'

대놓고 말은 안 하지만 다들 겨울과 같은 생각을 하고 있을 것이었다.

방역전쟁 초기부터 데브그루에 대한 소문이 있었다. 특수변종을 사살할 경우 그들만의 흔적을 남겨둔다고. 그 흔적이란 사체의 머리에 패인 V자형의 총상이었다.

소위 카누잉(Canoeing)이라 부른다. 카누를 끌고 지나간 흔적 같다고 해서 붙여진 은어. 정면에서 적당한 각도로 쏘면 위쪽이 날아가며 그런 흔적이 만들어진다. 탄의 위력과 인체의 단단함에 해박할수록, 즉 총기를 이용한 살인에 익숙할수록 더욱 깊은 골을 남길 수 있다.

사실 역병 이전부터 유명했다. 심지어 대통령이 원격으로 지켜보는 상황에서조차 빈 라덴에게 같은 짓을 해버렸다던가. 그런 사진들을 모아 서로의 기술을 비교하곤 했다는 이야기도 있다. 문자 그대로 통제를 벗어난 공격성이었다.

그들은 국가가 쓰는 살인의 도구였다. 사람을 도구로 쓰면 마음이 남지 않는다. 그런데 겨울이 보기엔 양용빈 상장도 도구가 된 사람이었다. 군인으로서의 기능만 남고 다른 부분은 다 제거해버린. 이래서 예전에도 생각했었다. 사람이 도구가 되면 안 되는 건데, 하고.

“준비되는 대로 시작하십시오.”

상황실 통제관의 전언에, 특수부대 지휘관이 답신한다.

[우리는 언제나 준비되어있습니다.]

드드드득. 테이블 위에 있던 집기들이 진동했다. 땅이 흔들린 이후에 비로소 폭음이 밀려왔다. 발전소의 외벽과 천장을 폭파하는 소리. 찰나의 시차를 두고 전차의 포성이 울린다. 적외선 영상 속 발포 장면은 하얀 잿빛의 번뜩임이었다. 주포가 조준한 지점에서 무수한 픽셀이 튀었다. 육안으로 관측하기 어려운 자그마한 확산들. 겨울이 예상했던 그대로, 자그마한 산탄을 흩뿌리는 포탄이었다. 무너진 외벽 안쪽의 어둠이 희미하게 반짝거린다. 텅스텐 알갱이들이 콘크리트를 바스러뜨리는 불씨들이었다.

[레드 팀, 적과 접촉. B3에서 총격전 발생.]

방아쇠를 당기는 와중에도 상황을 전하는 데브그루 소령의 음성은 무척이나 서늘했다.

적이 방독면을 쓰고 있었으므로 가스는 무용지물이었다. 수류탄과 섬광탄이 터진다. 빛과 굉음이 휩쓸고 간 먼지투성이의 어둠 속에서 적아가 맹렬한 사격을 교환했다. 빠른 포복으로 기어간 대원 둘이 부비트랩을 해체했다. 사전에 위치가 파악된 것들이었다.

삐이이이-

병원에서나 들을 법한 날카로운 전자음이 들린다. 타격대원들의 심박을 나타내는 그래프 다섯 개가 거의 동시에 직선을 그었다. 그들 몫의 영상도 꺼졌다.

"EMP겠지."

애써 담담하게 중얼거리는 통제관.

시간이 갈수록 퍽퍽 꺼지는 모니터들이 늘었다. 평행선을 그리는 심전도계도 늘었다. 그러나 아직 통신이 가능한 대원들의 시야와 스피커를 통해, 겨울은 타격대의 피해가 크지 않음을 알 수 있었다. 적어도 아직까지는.

중국군이 무엇을 준비했든 그것은 열악한 환경에서의 최선이었을 터.

공병대의 방탄 불도저가 무너진 구획에 길을 뚫었다. 그 너머에 인질이 있을 것으로 예상되는 위치였다. 경과한 시간을 확인한 통제관이 초조한 기색을 감추지 못했다. 겨울도 시계를 본다. 23시 27분. 가급적 앞으로 3분 내에 도달하는 편이 좋을 것이다. 만약 인질에게 정말로 폭탄을 달아놨으면, 그리고 거기에 시한신관이 달려있으면, 타이머를 초기화하는 주기는 확인이 간편한 단위일 가능성이 높으니까. 15분, 30분, 1시간 같은 식으로.

불도저를 엄호하며 대기하던 데브그루의 또 다른 팀이 놀라운 신속함으로 돌입한다. 사전에 미처 찾지 못했던 트랩까지 고속으로 해체하거나 폭파시키면서. 외벽의 붕괴에 반신이 휘말려 허우적대는 중국군이 보인다. 총은 어디로 갔는지 모르겠고, 돌덩이에 맞았는지 방탄모도 벗겨진 모습이었다. 이마에서 피를 흘리고 있다.

[죽이지 마! 생포해!]

타앙! 중국군 부사관의 머리 바로 위에서 콘크리트 조각이 튀었다. 사선이 아슬아슬하게 정수리를 스쳤다. 후속한 두 대원이 중국군을 조심스럽게 다루었다. 그러나 그것은 그를 살리려는 배려라기보다, 배 아래 폭발물을 깔고 있을 가능성을 경계하는 것이었다.

"다행이군. 일개 부하의 증언이라도 없는 것보다는 낫겠지."

전술통제관은 상장의 죽음에 대비하고 있었다. 최악의 경우지만, 확률이 높았다.

데브그루 중대는 거침없이 밀고 들어갔다. 인질 근처에 중국군 병력이 배치되어 있었을 법한데, 이상할 정도로 저항이 없다.

[인질 확보! 생존 확인!]

무장이 해제된 채로 포박되어있던 미군과 민간인 기술자들이 타격대를 보고 온몸으로 몸부림친다. 거기엔 어떤 함정도 없는 것처럼 보였다. 상황실이 환성에 휩싸였다. 이는 백악관도 마찬가지였다. 대통령이 벌떡 일어나는 바람에 얼굴이 화면에서 벗어나버렸다. 집어던진 서류들이 나풀거리며 떨어지는 광경이 보인다. 아직 기뻐하긴 이른데도 불구하고.

포로 중 최선임자에게 접근한 타격대원이 대검을 뽑아 재갈을 끊어준다. 엄호하는 대원이 포로의 머리에 총을 대고 있었다. 일반적인 작전에선 군번과 이름, 소속을 확인할 차례였으나, 여기선 안면인식을 통해 상황실에서 확인했다.

[Sir, 트랩이나 인질로 위장한 적이 있습니까?]

[없어. 놈들은 우릴 그냥 가둬놨을 뿐이야. 구해줘서 고맙네.]

이것을 들은 헌트가 중얼거린다.

"당연히 다 죽였을 거라고 생각했는데……. 제네바 협약 운운했던 게 농담이 아니었나?"

"군인으로서 할 짓이 아니라고 생각했나보죠. 야만스러운 걸 경멸하는 것처럼 보였잖아요."

겨울의 말은 헌트를 실소하게 만들었다.

"오, 주여. 저 미치광이의 신념을 어여삐 여겨주소서."

"……."

상장의 목적이 겨울의 짐작과 같다면, 인질은 사실 죽여두는 편이 이득이었을 것이다. 그러나 그는 그렇게 하지 않았다. 시한폭탄 등의 안전장치도 없는 걸 보면 처음부터 고려조차 하지 않았던 모양. 군인으로서의 의무를 수행하는 중이니 군인으로서의 또 다른 의무도 지켜야 한다고 믿었던가보다. 그의 광기엔 나름의 일관성이 있었다. 단순히 미친 사람의 변덕쯤으로 치부해버리기 어려운 이유였다.

"무엇보다, 굳이 그렇게까지 하지 않아도 되겠구나 싶었을 거예요. 공격이 개시되는 순간 자기 목적을 충분히 달성했다는 걸 깨달았을 테니까요."

"흠……."

기쁨의 열기를 지우고 잠시 고민하던 헌트가 고개를 끄덕인다.

"과연. 인질의 안전과 진짜일지도 모를 샘플이 걸려있는 상황에서 공격을 서둘렀다는 건, 그 자체로 이쪽이 여유가 없다는 증거로군요. 가라앉든 헤엄치든 빠른 해결을 노리는 수밖에 없을 정도로. 즉 굳이 인질을 잡아두었던 이유는 정부가 받을 압력을 늘리기 위해서…… 그리고 행동에 나설 동기를 더해주기 위해서…… 결국 자기 목적이 달성되었는지 여부를 확실하게 판단하기 위한 보험에 지나지 않았다는 말인가……."

그의 수긍은 뒤로 갈수록 독백에 가까워졌다.

그러므로 이 밤의 끝은 양용빈 상장의 최후일 것이었다. 그의 목적은 동영상이 유포된 시점에서, 그의 표현을 빌리면 미국인들의 야만성을 폭발시킨 시점에서 다 이루어진 것이고, 이제 그 결과까지 확인했으니 더 이상 남은 미련은 없을 터.

미국은 스스로 무너진다. 상장의 차분한 목소리가 들리

는 듯했다.

시간이 흐르면서 중국군의 저항이 급격히 약해졌다. 타격대 돌입 후 채 10분도 지나지 않은 상황. 이는 실력의 차이 이상으로 숫자와 화력과 장비의 차이였다.

그러나 타격대의 손실도 적지는 않다. 대원들의 안전보다 작전의 성패가 우선이었기에.

[상황실. 탱고-양키가 확인되지 않는다.]

[도망쳤을 리가 없어! 죽은 놈들 얼굴을 확인해!]

끝까지 밀고 들어갔는데도 양용빈 상장이 없다는 통보였다.

[무언가 소각한 흔적을 발견했다. 전원 방독면 착용하고 물러날 것.]

만약 샘플을 소각한 거라면 생물학적 오염을 경계해야 한다. 분리된 병원체라도 치명적일 수 있으니. 그러나 타격대원들에게선 긴장감보다는 날카로운 신경질이 느껴졌다. 아무리 서둘러야 했어도, 애초에 상장의 샘플이 진짜라고 생각했다면 훨씬 더 철저한 방호를 갖춰서 진입시켰을 것이다.

데브그루 대원들이 시체를 뒤져 상장을 찾는 사이, 화생방 보호의를 입고 산소통을 멘 보건서비스 부대의 인력이 현장에 새로 진입했다. 화면으로 전송되는 이들의 시야는 있는 그대로의 천연색이었다.

[이건…… 앰플 조각인가?]

집게로 집어올린 얇은 유리조각이 랜턴 조명 아래에서 검고 탁한 빛을 발한다. 탄화된 가장자리에 유리질 특유의 광택이 조금 남아있다. 조각을 모아 맞춰보니 양용빈 상장이 퍼뜨린 동영상 속에서 과시하던 앰플과 엇비슷한 크기로 보였다.

[방금 태운 건 아닌 것 같고……. 젠장, 역시 처음부터 놀아난 건가.]

[혹시 모르니 가져가서 분석은 해봐야죠.]

[그런데 샘플만 태웠다고 보기엔 흔적이 이상해.]

바닥에 눌어붙은 끈적한 탄화물 일부를 긁어 손끝으로 점도를 확인한 그가 옆을 바라보며 손짓했다.

[이봐, 이거 혈액 반응이 있는지 확인해보자고.]

계급장을 단 의료전문가는 여기서 시체를 태우지 않았나 의심하고 있었다. 만약 그렇다면 양용빈 상장일 가능성이 높았다.

일회용 검사 장비에 뜬 결과는 양성이었다. 인간의 피다.

잠시 후 좀 더 분명한 정황이 발견되었다.

[여기, 이쪽으로. 신원 불명의 소사체(燒死體)다.]

찾아낸 유해는 일반인이 보기엔 사람이었다고 생각하기 어려운 조각들이었다. 그러나 전문가들은 잘게 부서진 인간의 뼈를 한눈에 알아보았다.

하지만 어디까지나 정황일 뿐. 그것이 양용빈 상장이라는 결정적인 증거가 없었다. DNA 검사도 비교할 표본이 있어야 가능한 일. 타격대의 수색은 여전히 진행 중이다. 혹여 무너진 구획의 아래에 깔려있을까, 공병대가 돌을 파헤치고 있기도 하다. 그러나 예감이라는 게 있었다. 전술통제관이 헤드셋을 벗어 툭 던져놓는다.

"우리는 승리를 도둑맞았나……."

인질을 무사히 구출한 것만으로는 충분하지 않다. 샘플 획득의 실패 이상으로 양용빈 상장의 불확실한 최후는 아주 긴 후유증을 남길 것이었다.

'생존설이 끊이지 않겠지.'

방금 찾아낸 소사체의 신원과 무관하게, 겨울은 상장이 죽었을 것으로 믿었다. 상장의 진짜 의도를 떠나, 말 그대로 빠져나갈 구석이 없었기 때문이다. 하지만 분노하고 싶어서 이유를 찾는 사람들, 그리고 그런 사람들을 이용하고 싶은 자들이 합리적이기를 기대할 순 없었다.

"소령. 좋은 소식이 하나 있습니다."

헌트가 겨울을 부른다. 그는 한 손을 주머니에 찔러 넣은 채 남은 한 손만으로 노트북을 다루었다. 화면을 본 겨울은 인트라넷이 복구되었음을 깨달았다.

"……시애틀 무혈입성?"

"그렇다고 하는군요. 산발적인 교전이 있었지만 조직적이거나 규모가 큰 공격은 전혀 없었답니다. 트로이의 목마가 있을 수도 있겠습니다만, 그거야 차츰 정리하면 될 일이고."

국방부가 공개한 영상 속 퇴락한 고층빌딩의 숲에서, 오랫동안 고립되어있던 시애틀 시민들이 전차와 장갑차 대열을 향해 성조기를 흔들며 울부짖는 모습이 보였다. 주변을 감안해 음소거로 재생시켰으나 그들의 열광은 소리 없이도 뜨거웠다.

시가지를 가로질러 마침내 퓨젓 사운드 만에 도달한 병력이, 노을 지는 파도를 배경으로 정지하여 휴식을 취하는 풍경도 지나갔다. 장교와 병사들의 입가에 걸린 미소는 지금 이곳의 분위기와 너무나 대조적이었다.

"요기 베라가 그랬지요. 끝날 때까지는 끝난 게 아니라고."

헌트가 하는 말에 겨울이 고개를 기울였다.

"요기 베라?"

"설마 모릅니까? 뉴욕 양키스 최고의 포수를?"

"……."

"하긴, 모를 수도 있겠군요."

어깨를 으쓱인 헌트가 피곤한 미소를 짓는다.

"앞으로는 희망과 광기의 힘겨루기가 될 겁니다. 오늘 여기서 선물 받은 광기와 우리가 만들어나갈 희망 중에 어느 쪽이 이길지 끝까지 두고 보자고 하는 소리예요."

"그렇군요."

"난 대부분의 경우에 비관론자지만, 이번엔 희망에 걸어보려고 합니다."

아직 소령 같은 사람도 있으니까 말입니다. 헌트는 겨울에게 가볍게 눈짓했다. 그의 눈에선 냉막함과 친근함이 동시에 느껴졌다.

읽지 않은 메시지 (13)

「엑윽보수 : 씨발 뭐 이딴 전개가 다 있냐? 양용빈 이거 아주 개 씹 좆같은 새끼네.」

「에엑따 : 여윽시 중국. 여윽시 민폐. 여기서나 저기서나 좋은 짱깨는 역시 죽은 짱깨뿐이다. 난 한겨울 얘가 공개방송 최초로 종말 이후 엔딩을 보여줄 줄 알았는데……. 힘들겠네. 씨바.」

「그랑페롤 : 마오쩌둥 센세……. 오늘따라 당신이 그립습니다…….」

「진한개 : 마오쩌둥? 누구냐 그건? 중국인임?」

「붉은 10월 : 여러분, 여기 또 한 명 헬조선 교육의 희생자가 있습니다. 모택동을 모르냐.」

「레모네이드 : 택동이가 그 참새 학살자 아니냐? 저 새는 해로운 새다 그거.」

「그랑페롤 : ㅇㅇ 리얼루다가 훌륭하신 분이지. 5천만 짱깨를 굶겨 죽이셨으니. 마오 센세가 조금만 더 분발했으면 쉬바 세계 제일의 공해 생산국이 없어졌을지도 모르는데.」

「명퇴청년 : 이게 과거를 재구성한 세계관이라 더 엿 같다. 양용빈 이 모친출타한 새끼한테 지금의 중국을 보여주면서 너네 나라 역병으로 안 망했어도 결국 이 꼬라지 됨 ㅅㄱ링~ 하면 지 삶에 깊은 회의감을 느끼고 바로 지 대가리에 권총 쐈을 듯.」

「ㄹㅇㅇㅈ : ㅇㄱㄹㅇ. 옛날의 중국 가지고도 야만스럽다고 할 정돈데 지금의 중국을 봤다간 그 자리에서 거품 물고 즉사한다에 내 불알 한쪽을 검.」

「엑윽보수 : 공산주의 만리장성 ㅋㅋㅋㅋ 보이지 않는 대륙 ㅋㅋㅋㅋ 잿빛 낙원 ㅋㅋㅋㅋ」

「まつみん : 극우는 국적을 떠나서 무조건 싫어요. 중국이 많이 심하긴 하지만요.」

「이맛헬 : 중국 극혐. 뭐라더라? 당의 품에서 태어나고 당의 품에서 죽는다고 했었나? 공산사회를 완성했다고 세뇌하면서 국민들 격리시켜놓고 지배층은 씨발 진짜……. 내가 우리나라 맨날 욕하긴 하지만 중국보단 백배 낫다.」

「이맛헬 : 그런 주제에 해킹은 겁나 해대서 사후보험 보안비용이나 폭증하게 만들고. 니미 아무리 뇌파 인식이라지만 가상현실 시대에 채팅이 말이 되냐? 사후보험 적용 받아도 가입자들끼리 만나려면 보안강화회선 이용비 따로 내야 되고.」

「올드스파이스 : 공식적으로 대부분의 해킹 시도는 북한 소행이잖어 ㅋ」

「무스타파 : 그거야 중국 눈치 보이니까 그렇겠지. 북한이 그럴 배짱이나 있나. 게다가 다른 나라들이라고 안 하는 것도 아니잖아 ㅋㅋㅋㅋ 사후보험이 너무 오버 테크놀로지인 게 문제.」

「이맛헬 : 보안비용만 아니면 사후보험 등급 하한도 왕창 낮아질 텐데 씨발.」

「분노의포도 : 어쩔 수 없지. 사후보험이 망하거나 기술 유출되면 이 나라는 끝이잖아? 우리가 불편을 감수하는 게 맞다고 봄. 내 사후를 지켜야지.」

「뭇시엘 : 난 그 해킹 위협이라는 게 정부가 세금 받아먹으려고 뻥치는 것 같다. 트리니티 엔진은 불가해라며? 보안이 필요하기나 한가?」

「엑윽보수 : 어휴. 좌좀들 음모론 하곤. 안보불감증이 이래서 위험하다 이기야! 엔진은 불가해라도 계정이 털릴 수는 있는 거고! 어? 우리나라 잘나가는 게 아니꼬우니까 못 가지면 부순다는 심보로 전쟁을 선포할 수도 있는 거 아니냐 이기야!」

「닉으로드립치지마라 : 안보불감증을 조심해야 하는 건 사실이지. 하지만 사후보험을 중심으로 만들어진 경제권, 소위 『별빛 헤게모니』의 규모가 워낙 압도적이라서 중국이라도 우리나라를 함부로 못 건드린다.」

「닉으로드립치지마라 : 전 세계 금융권에서 사후보험에 걸어놓은 파생상품 규모는 정말 아무도 모를 정도거든. 사후보험기금 자체도 무지막지하고. 트리니티 엔진이 위탁 관리하는 시설이나 프로젝트도 일일이 세기 어려울 만큼 많아.」

「한미동맹 : 올ㅋ」

「닉으로드립치지마라 : 트리니티 엔진이 파괴되면 중국 부자들도 연쇄파산할걸? 중국 사람은 안 들어와도 중국 자본은 엄청나게 들어와 있으니까. 전체 비율로 따지면 낮지만.」

「엑윽보수 : 근데 누가 물어봤냐? 너처럼 아는 거 자랑하는 새끼가 가장 좆같아.」

「에엑따 : 이 븅신들은 참 변하질 않아서 애착이 가 ㅋㅋㅋㅋ 방송 보다가 뭔 발광이냐 ㅋㅋㅋㅋ 이유가 있어서 싸우는 게 아니라 싸우고 싶어서 이유를 찾는 듯 ㅋㅋㅋ」

「まつみん : 마츠밍은 솔직히 좀 무서워요……. 방송을 보는 내내 물리현실의 중국이 자꾸 연상돼서…….」

「돔구녕 : 사실 이 양용빈이라는 인물은 호불호를 뜨나서 아주 음층난 캐릭터그그등요? 제가 슈마는 께임과 즁계방송을 보아왔지마는 증해진 시나리오나 인격 패키지가 아닌 쌘드박스 가상헨실에서 이른 악당을 본 긋이 츠음이다! 이 챠갑고 끈즉끈즉한 악의! 이른 가샹인격은 수쥰 높은 공감능력이 있으야만 구현 가능하다! 이릏게 말할 슈가 있겠으요.」

「김미영팀장 : 하, 진심 끈적끈적하다. 핵 빌런 주제에 되게 찝찝하게 죽었어.」

「Blair : 난 크게 폭발하는 결말일 줄 알았지 뭐야.」

「붉은 10월 : 내가 밀덕으로서 예언 하나 할까? 아직 끝나지 않았다. 분명히 뭔가 더 있어.」

「두치 : 중국 틀딱이 안 죽었다는 겨? 똥 싸고 안 닦은 기분이긴 해도 텔레타이프로 뜬 진행자 생각처럼 빠져나갈 구석이 없는 것 같은데?」

「붉은 10월 : 아직 살아있는 부하들이 있을 수 있다는 뜻임. 여기 말고 딴 데에. 옛날에 무장공비들이 비트 파고 들어가 있었던 걸 떠올려봐. 작정하고 숨어있으면 찾을 수가 읎다. 그리고 그래야 미국을 더욱 효과적으로 엿 먹일 수 있음.」

「Владимир : 합당한 예측이군.」

「월마 : 진짜냐…….」

「국빵의의무 : 저 시대의 미군이 그나마 약한 분야가 비정규전이라는 건 팩트. 핵 빌런도 당연히 그걸 알고 있었으리라는 게 임팩트.」

「려권내라우 : 별창늙은이 방송은 인물들이 죄다 멍청해서 싫었는데, 여기선 머리가 너무 좋아서 싫다. 어쩌라는 것인가.」

「폭풍224 : 그냥 사람을 싫어하면 되는 부분임.」

「SALHAE : 있잖아, 뇌진탕으로 사람 죽을 수도 있냐?」

「뭇시엘 : 어.」

「SALHAE : …….」

「김정은 개새끼 : 난 양용빈 살아있다에 한 표.」

「뭇시엘 : 살해 넌 중계 진행 내내 몇 번을 물어보는 건지 아냐? 지겨우니까 그만 좀 해라.」

「스윗모카 : 222222222222」

「아침참이슬 : 양용빈 살아있다에 두 표. 이 개-새가 죽었는지 살았는지 확실하게 알 방법 없나?」

「월마 : DLC 포함?」

「아침참이슬 : ㅇㅇ」

「헬잘알 : 이거 지르면 될 걸? 『빅 브라더 패키지』. 웬만한 정보는 다 알 수 있다더라. 기능이 워낙 쎄서 가격이 창렬이긴 한데 우리 같은 흙수저용으로 옵션 제한 1회 이용권도 판다니까 생각 있으면 ㄱㄱ 해. 양용빈은 나도 찝찝하다.」

「월마 : 검색해보니 1회용도 존나 비싸네. 어이 털림 ㅋㅋㅋㅋ」

「깜장고양이 : 그건 사망회귀 패키지처럼 중계 수수료가 붙는 DLC라서 그런 고양.」

「당신의 어머 : 그 수수료라는 거, 시청자 수에 비례하는 거지?」

「깜장고양이 : 바로 그렇다는 고양.」

「당신의 어머 : 그럼 시청자들이 합심해서 잠깐 나가있으면 개꿀 아니냐?」

「깜장고양이 : 사후보험공단이 그렇게 허술하진 않은 고양. 일정 기간의 시청자 평균을 계산해서 적용한다는 고양.」

「그랑페롤 : 이런 부분에선 존나 치밀하네 우리나랔ㅋㅋㅋㅋㅋㅋ」

「내성발톱 : 좆냥이 잘 아네 ㅇㅇ」

「아침참이슬 : 근데 어차피 질러봐야 나한텐 사용권이 없잖아? 한겨울이 거절하면 끝이니.」

「질소포장 : ㅇㅇ 부가요소 적용 권한을 시청자한테 개방하는 옵션도 필요하다고 봄.」

「친목질OUT : 지금도 가능하긴 할 걸? 하는 채널마다 다 터져서 문제지 ㅋㅋㅋ」

「원자력 : 하, 스트레스 풀려고 보는 건데 체한 것처럼 갑갑하다. DLC를 내가 쓸 수 있었으면 데스티네이션 패키지나 데스○트 1페이지 이용권 같은 거 질러서 양용빈 이 거지 같은 사이코 새끼 이름 적었을 텐데.」

「앱순이 : 장르가 바뀌잖아 ㅋㅋㅋ」

「SALHAE : 여기 혹시 의료계 종사자 있어? 있으면 답변 좀……. 이유라가 잘못될 가능성이 얼마나 될까? 뇌진탕으로 죽을 가능성은 굉장히 낮다고 하는데 도저히 안심이 안 된다……. 제발 뇌출혈만은 없었으면…….」

「질소포장 : 그만하라고 오타쿠 새끼야.」

「프랑크소시지 : 중국군이 또 헛짓거리 하면 개짜증나겠다.」

「まつみん : 질소포장 님 씁 (╬ ಠ 益ಠ)」

「まつみん : 안심하세요, 살해 씨. 다친 곳은 많아도 심하진 않은 것 같았어요. 뇌진탕은 회복되기 전에 또 충격을 받지만 않으면 대부분 괜찮다고 들었어요.」

「SALHAE : 그러니까 대부분이잖아. 전부가 아니라.」

「Владимир : 전부터 느꼈지만, 너는 내가 기억해야 할 현상이군.」

「액티브X좆까 : 앤 또 뭐라는 거야.」

「Владимир : 사람은 쉽게 죽지 않는다. 의외로 튼튼하지. 이래도 안 죽는구나 싶을 만큼. 이것은 경험담이다. 가상현실이라지만 물리현실에 기초하니 사실과 같을 터.」

「groseillier noir : 그건 본인 경험이야 아니면 남에게 해본 경험이야?」

「Владимир : 둘 다다.」

「진한개 : 이 새낀 컨셉 진짜 잘 잡은 듯 ㅋㅋㅋ 액티브 X 못 깔아서 씨름하던 게 바로 엊그제 같은데 ㅋㅋㅋ」

「흑형잦이 : 그때 솔직히 웃겼다 ㅋㅋ」

「Владимир : 불쾌하군. 정중하게 요청했음에도 도움을 주지 않았던 녀석들이……. 러시아의 딸이 중요한 과업을 진행 중이어서 네게 교훈을 주지 못하는 게 유감이다.」

「まつみん : 블라디미르 아저씨 흑역사 그만 만들어요 (´;ω;`)」

「에엑따 : 내가 보기에 지금 이 세계관 최대의 위기는 대선인 것 같은데, 그냥 한겨울이 대통령 하면 안 되나? 인기 개쩔잖아. 혹시 나이가 어려서 불가능한가?」

「닉으로드립치지마라 : 연령제한만 걸리는 게 아닌데.」

「에엑따 : 왜? 미국 시민이잖아.」

「닉으로드립치지마라 : 거주기간도 14년을 채워야 하고, 무엇보다 이민자라서 안 돼. 태생부터가 미국인이어야 함.」

「뭇시엘 : 그걸 어떻게 바꿀 수도 있지 않을까?」

「닉으로드립치지마라 : 그거 헌법으로 정해진 거야. 이 상황에 헌법을 개정한다고? 무리지. 미국이 망하기 직전이면 또 모르겠다만.」

「대출금1억원 : 이 상황에 미친놈이 천조황상이 되어버리면 골치 아프겠어.」

「새봄 : 한겨울 오지랖을 감안하면 더 골치 아프지. 중국인들 보호한답시고 고구마 처먹일 듯.」

「둠칫두둠칫 : 완전 우월해진 입장을 이용해서 이번에야말로 리아이링이랑 잉야잉야 해버리면 별창늙은이 싸다구 왕복으로 후려칠 레벨로 짜릿할걸?」

「새봄 : 바랄 걸 바래라.」

「아침참이슬 : 아, 조안나 나왔으면 좋겠다.」

「SALHAE : 하. 유라에게 생긴 화상이 잊혀지지가 않아. 이렇게 속상한 적이 없었는데……. 내가 좋아하게 되었던 그 모습으로 영영 돌아갈 수 없다는 게 너무 화가 난다. 이유라가 불완전해진 느낌이야.」

「헬잘알 : 얘도 참 어지간하다.」

「두치 : 히익- 오타쿠」

「질소포장 : 그 이유라라는 애한테 사망회귀를 걸어두는 방법도 있지만, 시청자 배려라곤 좆도 모르는 애새끼가 해줄 리가 없겠지.」

「まつみん : 불완전해졌다는 표현은 어쩐지 이상하네요……. 살해 씨, 이유라라는 사람을 정말로 좋아하는 거 맞아요?」

「SALHAE : 이상한 소리 하지 마. 좋아하긴 하지만 진짜 사람은 아니잖아……. 아직 그 정도 현실감각은 있다고. 나 스스로 정상이 아니라는 것도 알고.」

「まつみん : …….」

「엑윽보수 : ㅋㅋㅋ 그래도 다행히 정줄을 아예 놓아버리진 않았네.」

「Cthulu : 글쎄요. 때론 완전히 미쳐버리는 게 더 행복할 수도 있지 않겠습니까?」

「아침참이슬 : 아, 우리 존예 조안나 보고 싶다.」

「SALHAE : 으, 제발, 유라가 무사히 돌아왔으면…….」

「붉은 10월 : 아해야, 걱정을 말아라. 만에 하나 증상이 심각하면 병원선으로 보내겠지.」

「붉은 10월 : 저 시절의 미군은 세계에서 유일하게 에셜런 4등급의 병원선을, 그것도 두 척이나 운용하던 군대거든. 그걸 느리고 예산 잡아먹는다고 아니꼬워하던 높으신 분도 있긴 했지만 말야.」

「붉은 10월 : 어쨌든 생존자 구조 작전이 있었으니 적어도 한 척은 서해안에 와있을 거다.」

「SALHAE : 에셜런 4?」

「붉은 10월 : ㅇㅇ. NATO의 분류 기준임. 쉽게 설명하면 본격적인 종합병원급을 뜻함.」

「SALHAE : 그런가…….」

「아침참이슬 : 어휴, 나도 재처럼 될까봐 무섭다.」

「아침참이슬 : 근데 조안나랑 섹스하고 싶다.」

장미가 시드는 계절 (8)

폭군은 연둣빛으로 흐드러진 화원에서 가을을 기다리는 중이었다. 그의 지시로 만들어진 이곳은 농밀한 장미향으로 가득했으며, 그동안 오직 한 사람만이 거닐 수 있었다.

녹색 장미는 본디 이 세상에 없던 것이다. 가을 또한 회장의 세상에 없었던 부류였다.

"아……."

익숙한 목소리, 놀라움이 담긴 탄성. 이를 들은 고건철은 깊은 한숨과 함께 천천히 뒤를 돌아보았다. 뱀 같은 사내가 주인에게 목례했다. 얼굴에 멍이 남아있다. 그 뒤엔 비현실적인 풍경에 시선을 빼앗긴 아름다운 계절이 있었다. 녹색 배경에 붉은 옷을 입은 한가을의 존재감은 무척이나 강렬했다. 스스로 선물한, 혹은 강요한 의상인데도 불구하고, 고건철은 그 강렬함이 썩 마음에 들지 않았다. 위화감을 느낀다. 저 여자에겐 부드러움이 어울렸다.

'내 느낌이 아닌 듯하여 거부하려 했건만……'

가을이 아끼는 옷은 겨울의 선물이었고, 녹색이었다. 그래서 폭군은 녹색에 대한 선호가 몸뚱이에 각인된 겨울의 흔적이 아닐까 의심했었다. 그가 가을에게 느끼는 비경제적인 감정과 같이. 그러나 이젠 그런 의심조차도 시들해졌다. 정확하게는, 의심할 기운이 없다.

그저 한가을과 상성이 좋은 색채일지도 모르지 않은가. 어떤 주관이 아니라, 객관적인 기준으로. 그렇게 생각하기로 했다. 더 이상 번민하기가 힘에 겨워서. 비합리적이기도 하고.

특수비서는 회장의 불편함을 감지하고 다시 한 번 고개를 숙였다. 그리고 왕을 대하듯 뒷걸음질로 물러났다. 적막한 공간에 남겨진 가을은 조용한 걸음으로 폭군에게 다가왔다. 어쩐지 방향(芳香)이 짙어지는 느낌. 거리가 사라졌으나 침묵은 그대로였다. 고건철은 혀를 소화시킨 기분이었다. 속에서 울화가 치민다. 가을이 아니라 쓸데없는 짓을 해버린 부하를 향한 감정이었다. 그러나 피고용인의 책임은 곧 고용인의 책임. 그것이 고건철의 원칙이었다.

다행히 대화의 물꼬를 가을이 터준다.

"오랜만에 뵙습니다, 회장님. 그리고 뜻밖이네요. 저를 더는 부르지 않으실 줄 알았는데."

예의바른 인사에 풍성한 머리카락이 어깨 앞으로 쏟아져 내렸다.

잠시 홀려있던 고건철이 늦지 않게 긍정한다.

"그랬지. 네게 들인 수고를 매몰비용으로 처리하려 했었지."

쉽게 말해 거래를 포기하려고 했었다. 그래서 이 만남이 오랜만인 것이다.

"마음이 바뀌셨나 봐요."

"처음부터 바뀐 적이 없었다고 해야 정확할 것이다. 바꿀 수가 없었다고 해도 옳겠고."

"……그런가요."

가을은 회장의 솔직한 태도에 조금 당황하는 눈치였다.

그러나 회장은 항상 경제성을 추구했다. 감춰봐야 무의미한 상대였다.

“우선 사과하지. 내 비서가 널 곤란하게 만들었더군.”

“괜찮습니다.”

“원망스럽진 않나?”

“아뇨.”

“어째서?”

“회장님의 지시가 아닐 거라고 생각했습니다.”

“왜지?”

“그런 식의 거래를 싫어하실 테니까요.”

이는 정확하게 고건철의 사고방식이었다.

‘나는 그런 식으로 거래하지 않는다.’

폭군은 만족감과 불쾌감을 함께 느꼈다.

‘천박한 것.’

다시 한 번, 측근을 향한 분노였다. 이는 자신을 향한 분노이기도 했다.

회장이 의도적으로 관심을 끄고 있는 사이 특수비서 강영일은 가을을 경제적으로 궁지에 몰아넣었다. 그러면 거래에 응할 수밖에 없으리라고.

하지만 그것은 충성스러운 핑계였다. 이 유능한 사디스트는 가학적 취향으로 아름다운 것을 짓밟고 싶었을 뿐이다. 그러고자 고건철의 그늘 아래 있는 것이니까.

교활해서 쓸모가 많은 도구는 폭군에게 이렇게 말했었다.

“죄송합니다. 하지만 전 아직도 회장님의 기준을 잘 모르겠습니다.”

충분히 격노한 뒤에 고건철이 답했다.

“정당한 대가를 치른다고 정당한 거래가 되는 게 아니다! 대가를 지불하는 과정까지도 정당해야 한단 말이다! 그렇지 않았으면 차라리 칼을 들이대고 강간을 했겠지! 어떤 반발이라도, 어떤 처벌이라도 무마할 능력이 있으니까! 내가 왜 세금을 내는 것 같나!”

내야 하는 세금은 반드시 내고, 낼 수 있는 세금은 찾아서 내라. 혜성그룹의 회계 지침이었다. 그것이야말로 국가에 대가를 지불하는 가장 정당한 경로였기에.

같은 맥락이다. 폭군은 인간을 경멸하지만, 상품으로서, 그리고 거래주체로서는 존중한다. 가장 어리석고 무가치한 인간에게도 스스로를 팔아넘기고 자멸할 권리가 있다.

따라서 협박은 없다. 물론 이는 폭군의 기준. 겨울과 처지가 같은 아이들의 구명, 그리고 난치병에 걸린 아이들의 치료를 대가로 선택을 요구했던 것은 가을의 입장에선 협박이었으되 고건철에게는 정상적인 거래였다. 어쨌든 누군가에게 위해를 가하진 않았고, 그는 돈을 지불할 뿐이었다. 그 어린 것들은 어차피 죽을 운명 아니었던가.

“제가 생각이 짧았습니다. 용서해주십시오. 다신 이런 일이 없도록 하겠습니다.”

특수비서가 회장의 사죄를 구했다. 교활함이 곧 쓸모인 인간이었으므로 폭군은 이쯤에서 분노를 거두었다. 모르는 척은 가증스럽지만, 이 세상에 신뢰해도 좋을 인간이 어디에 있겠는가. 칼에 피가 묻었으면 칼자루를 쥔 사람의 잘못이다. 관리 소홀도 마찬가지.

사람이 사람에게 무관심한 이 시대는 사람 잡아먹는 짐승에게 실로 살기 좋은 세상이었다.

간신은 자신의 연기에 도취되었을 터였다. 어리석음을 가장하여 섬기는 이에게 우월함을 느끼도록 해준 것에 대한 만족. 아직은 그것을 버릴 때가 아니다.

가을의 말이 회장을 일깨운다.

"그동안 많이 여위셨네요."

그리고 물끄러미 바라보며 더하는 염려들.

"식사는 제대로 하시나요? 잠은 잘 주무시고요?"

딱! 늙은 소년이 못마땅한 기색으로 지팡이를 찍었다.

"콜록…… 크흠. 대체 어느 쪽을 걱정하는 것이냐?"

"회장님이라고 말씀드리면 믿어주시겠어요?"

"웃기는군."

고건철이 앞장섰다.

"조금 걷지. 식사를 준비해두라고 일러 놨다."

따악, 딱. 티타늄 샤프트가 돌바닥에 부딪히는 신경질적인 소리. 불면증과 식이장애로 쇠약해진 육체는 지팡이 없인 걷기도 힘들었다.

주치의는 식이장애의 원인을 스트레스라고 진단했다. 자기 자신에 대한 통제력을 확인하려는 강박증이라고. 굶어서, 가장 원초적인 생존욕구를 억눌러서, 그만큼 스스로를 통제할 수 있다는 확신을 얻기 위한 충동이라며. 회장은 그 설명을 쉽게 납득했다. 예전처럼 두들겨 맞을까봐 떨고 있던 주치의는 폭군이 분노하지 않자 얼이 빠진 사람처럼 굴었다.

'그까짓 것, 이 몸뚱이의 복제체를 만들면 그만이야.'

복제체 이식에 대한 거부감은 없었다. 예전의 몸뚱이, 과거의 고건철만 아니면 된다.

다만 예비 육체가 완성되기 전까지는 지금 상태로 견뎌야 할 것이다. 뇌를 사후보험으로 보존하고 싶진 않았다.

거기에 일말의 거부감이 더해진다. 그때가 되어 가을은 그에게 무슨 말을 할까? 어떤 표정을 지을까? 원래 동생이 지녔던 육체는 폐기되는 셈인데.

고건철이 고개를 돌리지 않고 말했다.

"보상을 해주겠다."

"네?"

"네가 겪은 부당한 대우들에 대해 보상금을 지불하겠단 말이다. 당연히 받았어야 할 급여와 네가 수령한 차액의 백 배를 주지. 지난 일을 잊기엔 충분할 거다."

"……금액이 너무 많지 않은가요?"

질문을 받은 고건철이 걸음을 멈추고 돌아보았다.

"필요할 텐데?"

"제 사정과는 무관한 문제입니다."

"네 기준에 바르지 않은 대가는 받지 않겠다는 말인가?"

"이렇게 말씀드리면 기분이 상하실지도 모르지만, 그렇게 큰돈을 주시는 데엔 다른 이유가 있으실 테니까요. 알면서 모르는 척할 순 없어요."

"그래? 네 양육자금 대출 전액을 상환하기에 충분한 금액일 거다. 그럼 아직 살아있는 동생을 챙기고도 약간의 여유가 남겠지. 한겨울 그 녀석에게 송금을 해줘도 괜찮을 만큼. 도움을 줄 수 있다면 찾아갈 염치도 생기겠지."

가을이 고통스러운 표정으로 회장을 바라본다. 그러나 거기엔 여전히 미움이 없었다. 한때는 미웠지만 지금은 아니다. 예전에 했던 그 말이 있는 그대로의 사실이었다. 그 모습이 회장을 심란하게 만들었다. 그렇잖아도 포기할 수 없었던 거래였건만.

'나로서 남아있겠다. 죽은 동생을 위해, 녀석이 기억하는 자신을 지키고 싶다…….'

어렴풋이 알 것 같았다. 고건철은 문득 궁금해진다. 한겨울 그 머저리도 같은 마음일까?

"뭘 걱정하는지는 알겠다만, 이건 나와 너의 거래와는 무관한 사안이다. 안 믿겨진다면 날 위해서라도 받아라. 네가 납득하든 말든 내가 치러야 할 대가를 지불해야겠으니."

회장이 되뇌었다. 감히 내게 빚을 지우려 들지 마라. 그것도 고작 이따위 문제로.

"……알겠습니다. 감사히 받겠습니다."

이로써 거래는 더욱 어려워졌다. 고건철은 지금의 육체에 대한 물리현실에서의 배타적 이용권을 포기할 마음이 없고, 입장이 변치 않을 가을은 경제적으로 숨통이 트인 까닭.

그러나 당연한 일이었다. 폭군에겐 일말의 유감도 없었다. 가을의 일터가 혜성의 계열사이니 폭군은 그녀의 고용

주다. 거래와는 정말로, 정말로 무관한 의무가 아니겠는가.

사실 그렇지 않은 사람이 드물기도 하다. 낙원그룹마저 손에 넣은 지금, 이 나라 경제의 절반 이상이 폭군의 영토이며 보다 적은 나머지에 대해서도 간접적인 지배력을 행사한다.

고로 그의 초대는 가을에게 업무의 연장이었다. 적어도 명목상으로는.

계속 걷던 중 서로 다른 향기가 겹쳐졌다. 정확한 시간에 나타난 급사들이 테이블을 준비했다. 순백의 테이블 위에 은빛 식기들이 반짝인다. 인간의 모든 식사가 물리적이었던 과거의 기준으로도 호화스럽기 짝이 없는 만찬이었다.

"앉아라."

시중을 받는 가을의 안색에 그늘이 드리워졌다.

"이런 식사는 처음이네요."

그 그늘은 회장이 기대했던 상품가치였다. 인간의 기준으로는 기괴하고, 상품가치를 말하자면 희소하다.

"들지."

폭군은 상대를 기다리지 않았다. 뵈프 타르타르를 젓가락으로 휘젓는다. 뭉쳐진 소고기 육회가 풀어지며 깨진 노른자가 뒤섞였다. 가벼운 후추와 버터 향이 났다. 흐트러진 생육을 바삭한 빵에 올려 크게 한 입 씹는다. 와작, 와작. 식초와 소금이 어우러진 상큼한 짠맛을 고기의 고소하게 아작거리는 질감이 뒤따랐다. 아주 연한 스테이크의 부드러운 속살 맛에 가깝다. 씹을 때마다 육즙이 풍부했다. 꿀꺽 삼키고서, 폭군은 있어야 할 반응을 기다렸다.

메슥거림은 없었다.

"흥."

오히려 평소보다 강렬한 구토감이 치밀어야 정상 아닌가? 스스로를 비웃으며, 고건철은 느려진 속도로 식사를 재개했다.

"안 먹으면 쓰레기다."

그가 시선도 주지 않고 던지는 말. 들은 가을은 가냘프게 한숨짓는다. 무릎 위에 두었던 손들이 이제야 식탁 위로 올라왔다.

그녀의 식생활은 가상현실에서도 빈곤했다. 그녀는 현실에서 먹고 가상현실에선 굶었다. 현실에서의 식사는 매양 에너지 팩이다. 구매목록에 그 흔한 라면조차도 없었다.

이 시대에 라면만 먹는다, 라는 말은 물리현실에서의 식사를 뜻하지 않았다. 육체가 요구하는 열량을 에너지 팩으로 채우고 가상현실에서는 라면을 먹는다는 뜻이다. 그것이 이 시대의 한국인들이 누리는 최소한의 식도락이었다.

가상의 모든 식사가 물리현실보다 저렴하지만, 그렇다고 마냥 싸지만은 않다. 부유함의 상징이 된 물리적 식사의 값이 치솟으면서 가상의 음식 가격도 덩달아 올라간 덕분. 저렴함은 어디까지나 상대적이면 된다. 요식업계는 전기신호에 불과한 음식으로부터 로열티를 받았다. 재현된 맛에 대한 지적 재산권이었다.

이는 사후에도 마찬가지였다. F등급의 가난뱅이들은 여전히 로열티를 지불해야 한다. 죽고 난 뒤에도 스스로 만들어 먹는 수밖에. 역시 허상에 불과한 허기를 달래기 위하여.

사실을 말하자면, 현대 한국인들의 소득 대비 식비는 과거에 비해 조금도 낮지 않다. 정부는 세계 최저 수준의 비만율을 성공적인 복지의 증거로 삼는다.

그래서 가을의 소극적인 식사가 더욱 이채롭다. 거짓 슬픔일 가능성은 한없이 낮았다. 회장을 지금의 자리까지 끌어올린 원동력 중 하나가 욕망을 보는 안목이었기에.

전채가 치워질 때 가을이 물었다.

"오늘 저를 부르신 건, 그저 식사를 위해서였나요?"

"일단은."

"다른 이유는 뭔가요?"

"다 먹고 말하지."

먹기 불편해질 테니.

그러나 결국 많은 음식이 남았다. 수월한 식사가 오랜만인 폭군은 많이 먹어선 안 되었고, 가을은 처음부터 식욕을 보이지 않았다. 일찌감치 냅킨으로 입가를 닦은 그녀는 고건철 회장의 식사가 끝나기까지 묵묵히 가다리고 있었다.

"이제 말씀해주시겠어요?"

식기를 놓은 회장이 가을을 바라보았다. 아직까지도 볼 때마다 시야가 훅 끌려들어간다.

"거래와는 별개인, 하지만 연관은 있는 제안을 하나 하겠다."

"어떤……."

"오늘부터 내 곁에서 일해라."

쇠약해진 탓에, 그리고 간만의 식사 때문에 밀려드는 졸음을 쫓으며, 또한 불규칙한 심박에 가빠진 숨을 진정시킨 회장이 열병 걸린 환자처럼 말했다.

"내가 보기에 너는 아직 사람 사는 세상을 모른다. 아니라고 하고 싶겠지. 허나 나와 같은 높이에서 본 적은 없을 거다. 그러니 직접 보여주마. 도덕이니 규범이니 하는 것들이 실은 이익 추구의 도구에 지나지 않는다는 걸. 공공의 선이란 공공의 이익일 뿐이며, 사회는 그 이익을 창출하는 시스템에 불과하다. 그리고 죄는 다수의 이익을 빼앗는 소수의 이익이지. 그래서 죄를 짓는 병신들이 끊이질 않는 것이다."

"무슨 말씀을……."

"너는 이익이 무엇인지 아느냐?"

"……."

"이익은 욕망을 채워주는 모든 것이다. 돈, 쾌락, 그 밖에 욕망을 채워주는 다른 요소들."

가만히 응시하는 가을에게 고건철이 비틀린 미소를 지어 보였다.

"그러므로, 사람의 모든 것은 항상 더 큰 이익 앞에서 무의미해진다. 그것을 세간에선 진보라고 부르지. 보다 큰 이익에 맞게 규범과 시스템을 갱신하는 과정 말이다."

이제 가을은 회장의 뜻을 깨달았다.

"회장님과 같은 세상을 보면 제 마음이 바뀔 거라고 생각하시는군요."

"그래. 너를 망설이게 만드는 게 바로 그런 무가치한 규범들 아니냐."

사랑 없는 육체관계. 그리고 근친상간에 대한 금기. 가을이 고개를 저었다.

"제 마음이 바뀌는 일은 없을 거예요."

"경험해보지도 않고 예언하는 건가?"

"세상이 어떻든, 다른 사람들이 어떻게 살든 저하고 상관없다는 뜻이에요. 지금까지도 그랬고 앞으로도 그렇겠죠."

바르지 않은 일을 피하기보다 겨울이 절망할 일을 피하는 것이다. 둘 사이엔 공통분모가 있지만, 같다고 할 순 없다.

"그래서, 거절하겠다고?"

불편한 심기를 드러내는 고건철을 향해, 가을은 다시 한 번 고개를 흔들었다.

"제안은 받아들이겠습니다."

"왜지?"

"지금의 회장님껜 간병인이 필요해보이니까요."

결국 이 몸뚱이인가. 폭군은 코웃음을 쳤다.

멧돼지 사냥

겨울은 독립중대의 노랫소리에 귀를 기울였다.

「오, 그러므로 자유로운 사람들은 이겨내리라. 그들이 사랑하는 고향과 전쟁의 폐허 사이에서. 승리와 평화로서 축복받은, 주께서 구하신 이 대지와, 우리를 하나의 국가로 단결시키고 또 보전케 하는 힘을 찬양하리로다.」

미국의 국가, 별이 빛나는 깃발이었다. 다만 일반적으로는 들을 일이 드문 4절. 처음 2소대원들로 하여금 노래를 외우도록 지시한 사람은 소대장인 진석이었다.

"다른 미국인들은 몰라도 되지만 우리는 모르면 안 됩니다. 그렇지 않습니까?"

진석이 겨울에게 한 말이었다. 자신의 소대뿐만 아니라 중대 전체가 숙지해야 마땅하다는 요구와 함께. 그는 항상 생존이 최우선이었고, 시절의 수상함을 경계하고 있었다.

어쨌든 나쁜 생각은 아니었기에 겨울은 중대원들의 의견

을 물어보았다.

그리고 아무도 반대하지 않았다.

「우리가 정의롭다면 반드시 승리할 것이요, 우리가 주의 품속에서 서로를 믿음은 곧 우리의 신념이 되리니. 그리하여 별이 빛나는 깃발은 자유의 땅과 용기 있는 자들의 고향 위에서 개가(凱歌)와 더불어 휘날릴 것이다.」

다들 불안한 것이다. 출동을 앞두고 차량 점검과 연료 보급을 위해 잠시 정지한 틈에도 삼삼오오 모여서 외우고 있을 정도였다.

"부끄럽군요. 저도 1절밖에 모르는데 말입니다."

문득 말을 붙여온 사람은 부중대장인 싱 대위였다. 그러나 부끄럽다고 하는 그가 미국인들 중에선 오히려 양호한 축에 든다. 절반 이상의 미국인들이 1절을 다 암송하지 못하기 때문.

그러나 국가(國歌)는 몰라도 된다.

"중요한 건 마음이죠."

겨울은 진심이었다.

"그렇긴 합니다만……. 어쨌든 이럴 때 들으니 느낌이 새롭습니다."

대위의 소감은 전투적인 가사 탓이다. 한국의 애국가와 달리, 별이 빛나는 깃발은 처음부터 끝까지 전쟁과 승리에 대한 노래였다. 성벽 위에서 포탄이 작렬하는 섬광을 보고, 오만한 적과 공포의 적막을 무찌르며, 적의 피로 적의 더러운 발자국을 씻어낸다는 내용.

노을이 창백해지는 시간이었다. 겨울은 태양이 맞닿은

지평선과 그 아래의 평원을 응시했다. 버려진 농토에서 제멋대로 자란 작물들은 혹독한 여름, 메마르고 달아오른 땅을 견디지 못해 눈길 닿는 곳마다 누렇게 죽어있었다.

"황량하네요. 안전해지더라도 복구하려면 꽤나 힘들겠어요."

이에 머레이 중위가 답한다.

"복구를 할 수 있다는 게 다행 아니겠습니까? 승리가 머지않았습니다."

정보장교는 지휘용 장갑차에 걸터앉은 채였다. 차량을 정비하는 동안 냉방을 꺼두었기에 이마가 땀으로 번들거리는 모습. 그러나 표정은 밝았다. 전황이 좋아서다.

서쪽 능선으로부터 불어오는 바람에 시체 썩는 냄새가 지독하게 실려 왔다. 이미 죽은 것들의 악취가 대부분이겠으나, 겨울은 그 사이에서 전투를 예감했다.

"바람도 이제 미지근하고, 슬슬 기어 나올 때가 됐어요. 각 소대에 앞으로 30분 내에 정비를 끝내고 탑승하라고 전달해요. 준비되는 대로 보고하라고."

"알겠습니다."

싱 대위가 겨울의 지시를 세부적인 명령들로 구체화시켰다.

중대가 전투준비를 갖추는 평야는 멧돼지 사냥의 현장이었다. 북미를 탈출하려는 변종들을 추격, 섬멸하는 작전. 전투양상이 마치 달아나는 멧돼지 떼를 쏴 죽이는 것 같다고 해서 멧돼지 사냥이라는 이름이 붙었으며, 어쩌다보니 정식 작전명이 되어버렸다.

"이런. 건전지가 벌써 다 됐나……. 새로 받아야겠는데."

가까운 험비에 기대어 소총 액세서리를 점검하는 슐츠의 목소리였다. 그는 레이저 조준기 외에도 확대경이 딸린 도트 사이트(홀로그램 반사조준경)를 달아서 쓰고 있었다. 근거리와 중거리 교전에서 탁월한 성능을 보여, 적을 쫓아가며 쏴 죽이는 멧돼지 사냥에 적합했다. 트릭스터의 개체수가 감소한 만큼 전자기기의 소모율 부담도 줄었고.

하지만 겨울은 조준기에 의지할 필요가 없다. 따라서 보급품으로 나오는 건전지가 항상 남아돌았다.

"이거 받아요."

슐츠는 겨울이 던진 건전지들을 가까스로 받아냈다.

"이크. 감사합니다. 근데 정말 필요 없으십니까? 오늘 밤엔 달도 늦게 뜰 텐데요."

"난 맨눈이면 돼요. 혹시나 트릭스터가 자폭하기라도 하면 곤란하고."

"부럽습니다. 정말 타고나셨군요."

대답이 불필요한 감탄이었다. 헥헥 대던 닥스훈트가 덩달아 짖는다.

"근데 그 흉물은 안 버리십니까?"

"음? 아."

겨울이 탄띠를 더듬었다. 붙잡힌 것은 사자의 뼈를 깎아 만든 액막이 부적. 어찌 보면 사람 같고 어찌 보면 괴물 같은 주술인형은 자그마한 것이 손때를 타 누렇게 변색되어

있었다.

"아예 잊고 있었어요. 선물 받은 거라 별생각 없었는데……. 다른 사람들이 보기엔 확실히 부적절하겠네요. 성의를 감안하면 버리기도 곤란하고……. 음, 슐츠가 가질래요?"

국가적 관심을 한 몸에 받는 겨울인지라 항상 남의 시선을 의식해야 했다. 사술(邪術)로 여겨지기 십상인 인형은 나쁜 가십거리가 될 터. 이를 떼어서 내미니 상병이 질색을 한다.

"사양하겠습니다. 감염을 막아주긴커녕 저주에 걸리게 생겼군요. 꿈에 변종이 나올 겁니다. 혹시 그 나이지리아 연대장, 중대장님을 엄청 싫어하는 거 아닙니까? 그 왜, 그쪽 동네 축구선수들 이야기로는 상대의 기운을 빼앗아오는 저주도 있다고 했습니다."

"설마요."

가볍게 웃는 겨울. 작은 주술인형은 원래 FOB 올레마에 배치되어 있었던 UN군 소속 나이지리아 연대장의 애장품이었다. 그의 연대는 칼파인 5 사태가 수습된 이후 겨울의 독립중대가 방어하던 아이들린 지열발전소를 인수했다.

독립중대 사병들은 힘들게 사수한 기지를 떠나기 서운해했지만, 나이지리아 연대의 주술사가 방어선 중심에 물소의 머리뼈를 묻으며 주문을 외우는 걸 본 뒤엔 오히려 빨리 떠나고 싶어 안달했다. 슐츠는 그때 유달리 기겁한 사람 중 하나였고.

'심지어 그 주술사가 원래는 기독교 군목이었다고 했었지.'

겨울은 군목의 축복을 정중히 사양했었다. 아프리카 특유의 문화라기보다는, 생물학적 재해 앞에서 신앙이 변질된 경우로 봐야 할 것이다.

"전 저주일 가능성이 높다고 봅니다."

슐츠는 쓸데없이 진지했다. 겨울의 일이라서 더한 것 같았다.

"그 연대장, 우리를 굉장히 부러워했잖습니까. 자기들도 싸우고 싶다고. 공적을 세울 기회가 너무 없어서 불만이라고."

"그럴 만하잖아요. 그분들 처지가 처지인걸."

"전황이 유리할 때 슬쩍 얹혀가려는 느낌이라 곱게 보이진 않습니다만……. 근데 정말 안 된답니까?"

"뭐가요?"

"국제연합군을 실전에 투입하는 거 말입니다. 예전이라면 몰라도 지금은 일방적인 소탕전인데, 딱히 사기나 전투력이 높을 필요가 없지 않나 싶습니다. 말씀하신 것처럼 그 친구들 기를 살려주는 것도 좋겠고."

이 대화에 슐츠 말고도 관심을 보이는 사병들이 보였다.

봉쇄사령부가 아이들린 발전소와 유인 신호기를 나이지리아 연대에 넘기고 독립중대는 멧돼지 사냥에 참가라고 명령한 것은, 바꿔 말해 겨울의 독립중대가 그 연대 이상의 전투력을 보유한다고 판단했다는 뜻이었다.

그러나 겨울의 관점에서, 그 전투력은 단순히 화력만을 말하는 게 아니었다.

"슐츠. 우리가 왜 여기서 멈춰서있는지 생각해봐요."

지금도 정비병들이 각 차량에 붙어 구슬땀을 흘리고 있다. 그들에게 여유가 없는 것은 30분 내에 작업을 끝내라는 겨울의 지시 때문이었다. 정비능력이 없는 병사들은 돕는

데 한계가 있었다. 본토 출신들이야 기본적인 차량 정비를 자차로 익힌 경우가 꽤 있으나, 난민 출신 병사들에겐 해당 사항이 없는 내용이었다.

다른 쪽에선 디안젤로 하사가 날개를 분리한 소형 무인기를 놓고 기술병들의 하소연을 듣고 있었다. 뭔가 잘 안 풀리는지 방탄 헬멧 안쪽을 신경질적으로 긁는다.

중대가 멈춰서기 전까지, 4대가 한 세트인 소형 무인기 중에서 3대가 기능고장을 일으켰다. 내구성의 한계를 시험하는 고온의 직사광선과 미세한 먼지에 장시간 노출된 결과였다.

각종 차량과 냉방장비들도 마찬가지. 작렬하던 낮에 비해 식었다곤 해도, 여전히 30도를 웃도는 일몰에 병사들이 차를 두고 나와 있는 이유였다.

슐츠는 벌써 납득한 기색이었으나 겨울은 그대로 설명한다. 병사들에게 불만이 있을지도 모르는 일이었으므로. 중대는 오랫동안 쉬지 못했다.

"우린 사실상 사막에서 작전 중인 거나 다름없어요. 혹사당한 장비들이 시도 때도 없이 퍼지고 있잖아요. 군수지원을 제대로 받는 우리도 이럴 지경인데, 사용하는 장비부터 중구난방인 국제연합군을 실전에 투입해 봐요. 작전에 수시로 차질이 빚어질걸요? 그렇다고 그쪽 장비까지 전부 다 갈아주기도 힘들고."

그러니 그들에겐 후방 거점 방어 정도를 맡기는 편이 낫다.

'해군하곤 사정이 다르지.'

그쪽은 일단 전력이 다르고, 미군이 도움을 필요로 하는 정도와 환경도 다르다.

"Hua. 무슨 말씀인지 이해했습니다."

닥스훈트가 입맛을 다시는 슐츠의 전투화를 핥는다.

떼어낸 주술인형을 손바닥 안에서 굴리던 겨울은, 통신장교 에반스의 관심을 깨달았다.

"가질래요?"

"주신다면 감사히."

"의외네요. 이런 걸 좋아하고."

"독특하잖습니까. 중대장님의 손을 거친 물건이기도 하고. 술자리에서 친구들 기죽이는 데 좋을 겁니다."

"어디 팔아넘길 일은 없겠군요."

"물론입니다."

그의 확답을 들은 겨울은 액막이를 그에게 건네주었다. 한데 이런 쪽에 관대할 것 같은 싱 대위가 의외로 싫은 표정이었다. 좋아하던 에반스가 조금 당황한 눈치로 표정을 관리했다.

"대위, 무슨 문제라도?"

겨울이 묻자 싱이 애매하게 부정한다.

"별것 아닙니다."

"뭔가 있으면 말해 봐요."

"정말로 별것 아닙니다. 그냥 그 부적을 보니 요즘 돌아가는 일들이 떠올라서 말입니다."

"돌아가는 일들?"

"성전 기사단이니, 해골성모니 하는 것들 있잖습니까. 사람들이 광신에 빠지는 것 같아서 안타깝습니다."

"……괜찮아질 거예요."

"그러길 바랍니다."

성전 기사단은 올레마를 떠나기 전 군종신부에게 한 번 들었던 이야기였다. 그리스도의 민병대와 더불어 남부에서 확산되는 이단으로 카톨릭 교계에서 심각하게 여기고 있다고.

한편 해골성모의 실체는 산타 무에르테라는 중남미의 토착 신앙이었다. 당연히 정식명칭은 아니고, 중남미의 상황에 대한 자극적인 기사 제목에서 비롯되었다. 기자가 진짜 이름을 몰랐다고 보긴 어렵다. 역병확산 이전부터 유명한 종교였기 때문이다.

문제는 이 신앙이 마약 카르텔의 상징으로 부각되어버렸다는 것.

'비정규 군사조직들이 여태껏 남아있는 게 대단한 일이지.'

정규군 수준으로 무장한 마약상의 사병집단들은 도시계획의 부재가 만들어낸 미로 같은 시가지와 그들에게 친숙한 밀림에서 역병에 맞서 싸웠다. 그동안 미국은 방역전선의 압력을 덜고자 그들에게 무기와 탄약, 식량을 지원해왔고. 과거의 관계를 아는 사람들은 헛웃음을 금치 못할 일. 조안나만 하더라도 그들을 단속하는 위치에 있었으며, 바로 그들로 인해 경미한 고소공포증이 생기지 않았던가.

사실 그들의 생존은 변종들이 봉쇄선 돌파에 집중했기 때문에 가능했던 기적이었을 것이다. 또한 변종들이 일부러 남겨두었을지도 모르고.

그러나 그 싸움도 이젠 한계였다. 본토 방역전선에서 밀어낸 역병의 세력이 대대적으로 남하하고 있었기에.

미국인들은 바다로 쏟아져 나오는 그들을 외면하고 싶어 했다. 우익 언론이 그들에게 사교도 집단의 이미지를 씌우려는 것도 같은 맥락이었고.

'그게 사실에 가까워서 더 큰 문제인데…….'

당장 사람 좋은 싱 대위조차도 광신에 대한 혐오감을 보일 뿐이지 않은가.

"Sir. 레이븐(Raven) 절반은 결국 재사용이 어렵다는 보고입니다."

디안젤로 하사였다. 레이븐은 중대가 보유한 무인정찰기의 명칭이다. 즉 잔고장과 씨름하던 기술병들의 항복 선언이었다.

"메리웨더 상사에게 말해두죠. 새로 요청하라고."

"조종 장치[20]도 기판을 갈아야 한다더군요."

"기억해둘게요. 일단 오늘은 어떻게든 넘길 수 있을 테니까. 수고했어요."

하사가 자기 자리를 찾아 돌아간다.

잠시 후 몇 분 간격으로 각 소대로부터 정비를 끝냈다는 보고가 이어졌다. 감각보정이 한층 더 짙어질 무렵이었다. 겨울이 중대 채널에 전달했다.

"중대, 이동 준비."

항공정찰에 변종들의 움직임이 포착됐다. 살벌한 열기와 공습을 피해 평야를 끼고 도는 산맥으로 숨어들었던 대규

---

20 Ground Control System

모 집단이었다. 지금 이 순간에도 정밀한 폭격이 가해지고 있었으나, 오로지 개체 수 보전이 목적인 변종집단은 밀도가 낮아 공습효율도 낮았다.

겨울은 지휘장갑차(M1130)에 탑승했다. 하얗게 도색된 안쪽은 지휘통제용 컴퓨터 시스템과 각종 통신장비들이 빽빽하게 배치되어 있었다. 외부와 차단된 환경에선 감각보정이 축소되지만 부대 지휘관으로선 불가피한 선택이었다. 변종추살(追殺)을 위한 공세적인 기동에서, 독립중대가 전개되는 범위(전투정면)는 최대 1킬로미터에 달하기 때문이다. 게다가 공병대처럼 임시로 배속된 병과의 통솔 문제도 있었다.

장갑차의 수용인원은 조종수와 사수를 제외해도 아홉. 즉 중대 참모 전원을 태울 수 있으나, 실제로는 절반만 탑승했다.

'트릭스터에게 교란당할 가능성이 있으니까.'

겨울은 예비 지휘장갑차와 연결된 화상통신에 부중대장 싱 대위가 등장한 것을 확인했다. 이쪽엔 작전장교 포스터와 통신장교 에반스가 탑승했고, 저쪽으로는 선임상사 메리웨더와 더불어 정보장교인 머레이를 보내놓은 상태. 예비 지휘장갑차를 치우치게 배치해두었으니, 만에 하나 방해전파 범위에 들어가더라도 부대 일부가 마비되는 일은 없을 것이었다.

충격에 대비해 안전 고리를 결속시키던 포스터가 못마땅한 표정을 지었다.

"칫. 이놈의 핏자국은 지워지지도 않나."

그가 앉은 쪽 벽체 틈바구니엔 희미한 얼룩이 남아있었다. 명백한 해방 작전이 실패했을 무렵 생겼을 흔적. 이 장갑차는 그때 버려졌던 것을 수리한 것이었다. 기실 데이비드 임무부대가 보유한 차량들 대부분이 비슷한 과정을 거쳐 왔다.

"레이븐 1, 레이븐 3이 뜹니다."

동승한 무인기 운용 담당 병사의 보고에 겨울이 끄덕였다. 화면 속 시동이 걸린 험비 옆에서, 무인기에 전원을 넣는 병사들이 보였다. 중대가 보유한 무인기는 관측 장비가 달린 동력 글라이더에 가깝다. 모터가 켜지고, 프로펠러가 돌아가며 왱소리를 낸다. 동체를 들고 있던 병사가 하늘을 향해 휙 집어던졌다. 동시에 두 무인기가 보내는 영상도 훅 높아졌다.

조종 장치는 외부 안테나와 연결되어 있었다. 조작하는 병사는 무인기를 중대가 나아갈 방향으로 유도했다. 겨울이 지시했다.

"IR로 전환."

"Aye, sir."

황혼으로 물든 천연색의 들판이 잿빛의 적외선 시야로 전환된다. 뜨거울수록 하얗고 차가울수록 검은 풍경. 바람에 흔들리는 초목은 하얀 노이즈처럼 보였다.

통신장교가 다른 부대의 진행상황을 알린다.

"캐스케이드 임무부대가 5클릭(킬로미터) 거리까지 접근했습니다."

"우리도 움직이죠."

지휘용 컴퓨터가 있었으므로 무전은 불필요했다. 타닥,

탁. 딸깍. 타자와 클릭으로 하달되는 명령. 부대의 이동은 전술지도상의 무미건조한 기호와 선들로 표시되었다.

~~우우우웅~~

각각의 분할화면이 비추는 여러 차량들의 가속이 겹쳐지는 엔진 소음으로 들려왔다. 메마른 땅이 부옇게 일어나 질주의 흔적을 남긴다. 덜컹. 겨울의 몸이 튀었다. 바퀴가 여덟 개나 달려있는데도 불구하고, 묵직한 장갑차의 승차감은 썩 좋지 않았다.

땅거미가 서산을 넘자 숨죽이고 있던 역병이 비탈을 타고 내려오기 시작했다. 지속적으로 양산된 유인신호기가 험한 지형에 우선적으로 배치되면서, 변종들이 남하하려면 중앙평원에 형성된 회랑을 반드시 지나야 했다.

[데이비드 2-1. 멧돼지 떼의 후미와 접촉.]

차분한 보고 뒤에 즉각 사격이 이어진다. 병사의 시야를 공유하는 헬멧 카메라 화면이 맹렬하게 번쩍거렸다. 타탕! 타타타탕! 타타탕! 조준선 끝, 등판에 레이저의 붉은 광점이 찍혀있던 변종이 달리던 속도 그대로 나뒹굴었다. 팔다리가 제멋대로 꺾인다.

꾸우어어어억!

변종들이 비명을 지르며 흩어진다. 정해진 범위 내에서 행동의 자유를 허가받은 험비들이 분열된 변종들을 쫓아 갈라졌다.

"투입 이후 날이 몇 번이나 바뀌어도 적응이 안 되는군요. 어떤 영화에서도 좀비가 인간을 피해 달아나는 장면은 없었는데 말입니다."

작전장교의 소감은 다소 떨떠름한 느낌이었다. 겨울이 무전기를 잡았다.

"1소대 3호차, 적정 교전거리를 유지할 것. 적 종심과 너무 가깝다."

[시정하겠습니다.]

유라를 대신하는 임시 소대장의 긴장된 답변이 돌아왔다. 당장 역병들이 달아나고 있다고 해도, 도마뱀이 꼬리를 자르듯 일부가 시간벌이를 위해 반전해버리면 피해가 생길 수 있었다.

[당소 3-3 알파. 특수변종 애크리드(Acrid)를 식별. 토우[21]를 써도 되는지?]

새로운 보고. 약간의 긴장감이 묻어난다. 겨울은 대전차 미사일 사용 요청을 기각했다.

"3-3, 위력과잉이다. 해당 표적은 M2(중기관총)로 충분하다."

[확인. 철갑소이탄으로 교전하겠다. 이상.]

따로 건드리지 않았는데도 새로운 화면이 떴다. 포스터 중위의 조작이었다. 서로의 콘솔이 연결되어있어 가능한 일이다. 쾅쾅쾅쾅! 스피커를 지직거리게 만드는 날카롭고 강렬한 총성. 험비 포탑에 달린 중기관총이 무지막지한 연사를 퍼붓는다. 예광탄과 소이탄들이 어둠 속에 달아오른 쇳빛의 직선 다발을 그었다. 해당 장면이 공중에서도 잡힌

---

21 BGM-71 TOW(Tube launched-Optically tracked-Wire/Wireless guided), 유선광학 유도 대전차미사일

다. 다각도로 비춰지는 교전 현장. 적외선 열영상(熱映像)으로 관측한 표적은 입체감 없는 백색이었다. 불분명하게 흔들리는 윤곽이 기괴했다.

철갑탄 세례가 몸통을 관통하면서, 역시 하얗게 보이는 피와 살점이 뿌려진다. 물리적인 방어력은 물렁한 녀석이었다. 구르는 사체의 중량이 지면을 한 꺼풀 벗겨냈다.

'좀 더 일찍 등장했으면 골치 아픈 녀석이었을지도…….'

특수변종 분류 코드 애크리드. 매캐하다는 뜻으로, 이름 그대로가 실체인 신종 괴물이었다. 이 녀석들은 인 화합물을 체외로 뿜어 발화시키는데, 이것으로 짙은 연막을 만들어낸다. 아직 정보가 많지는 않으나 열에 대한 내성 또한 비정상적으로 높다고 했다. 이글거리는 계절에 탄생한 괴물답다고 해야 할까.

중기관총 사격에 부서지는 땅이 도주하는 괴물을 따라잡는 순간, 흑백 화면에 비친 몸뚱이로부터 하얀 피와 살점이 뿌려졌다.

작전장교는 어쩐지 김이 새버린 눈치였다.

"이런. 브리핑을 듣고 기대했는데, 예광탄에 맞아도 폭발하진 않는군요. 분비기작이 어떻게 되어먹은 녀석인지 원……."

불이 붙기는 했다. 그러나 느리게 타들어가는 불이었다.

상급 부대에서 전파된 정보로만 접했을 뿐, 겨울의 임무부대가 애크리드와 접촉한 건 지금이 처음이었다. 그럼에도 작전장교에겐 낯선 괴물에 대한 두려움이 없었다. 이런 분위기를 중대와 임무부대 전체가, 나아가 멧돼지 사냥에 투입된 미군 전반이 공유했다. 바로 어제, 워싱턴 주의 완전 탈환 선언이 있었으므로.

새로운 특수변종은 너무 좋지 않은 시점에서 나타났다.

'이대로 사라져버리면 좋을 텐데.'

효용성이 낮은 괴물들은 더 이상 만들어지지도 않는다. 활약할 기회가 아예 주어지지 않는 경우에도 마찬가지였다.

쿠웅! 차체가 크게 요동쳤다. 머리를 부딪힌 탑승인원들이 인상을 썼다. 통신장교가 차내 무전기를 잡는다.

"무슨 일이야? 적습인가?"

[아닙니다. 단순히 지형이 나쁜 겁니다. 그리고 변종 사체가 너무 많습니다.]

그리고 다시 덜컹. 야지를 달리다보니 충격이 잦았다. 시야가 올려치는 주먹에 맞은 수준으로 흔들렸다. 바퀴 아래에서 시체가 터질 때면 미끄러지는 느낌도 있었다. 몇몇은 안색이 별로였다. 통신장교를 포함해, 며칠간 멀미로 고생한 인원들이었다. 귀 뒤쪽이나 목덜미에 멀미약 패드를 붙이고 있는데도 여전히 고역인가보다.

사실 통신장교 에반스는 첫날에 차내에다 구토를 하기도 했다. 마침 흔들리는 순간이어서, 토사물을 공중에 흩뿌리며. 다행히 전자장비들은 멀쩡했다.

겨울은 눈으로는 지휘 단말을 보면서 물었다.

"중위, 힘들어요?"

"괜찮습니다. 그리고 방법이 없잖습니까?"

"음, 강제로 재워 줄 순 있는데."

"……."

"농담이에요."

"농담이십니까……."

다음 순간 굉음이 차체를 후려쳤다. 마치 우레 소리처럼. 콰앙- 우르릉! 프레임이 찌르르 진동한다. 구름 한 점 없이 별이 총총한 하늘이었으므로 당연히 진짜 벼락은 아니었다.

지휘 단말엔 공군이 전방 먼 거리에 대형 열압력 폭탄 다수를 투하한 것으로 뜬다. 연속으로 이어지는 충격들. 우르릉, 우릉, 우르릉! 장갑차가 바람의 벽을 뚫으며 출렁거려, 마치 물결치는 땅을 달리는 감각이었다.

결국 통신장교가 구토용 봉지를 펼친다.

우에에에엑-

시큼한 냄새가 퍼졌다. 지금도 여러 채널에서 들려오는 변종들의 울부짖음과 토악질이 겹쳐지니 기괴한 느낌이 든다. 작전장교가 묵묵히 환기장치를 가동시켰다. 그러자 이번엔 벌판에 널린 시체들의 악취와 연소된 공기 특유의 탄내, 그리고 희미한 초연(硝煙)이 흘러들어왔다.

광범위한 범위를 격렬한 인공 폭풍으로 휩쓸어버린 것은 매복 탐지를 위해서였다. 대사억제로 웅숭그리고 있는 변종 집단이 있더라도 몸을 쳐 날리는 충격에 깨서 발광하도록. 물론 그대로 즉사해버리면 금상첨화였다.

그 외의 다른, 있을지도 모른다고 예상되는 위협들을 제거하려는 목적도 있고.

[워우!]

차내 무전으로 울리는 경악성. 장갑차 전방으로부터 지붕이 훅 날아들었다. 박살나는 소리는 뒤에서 울렸고. 열폭풍 범위에 농장이라도 하나 있었던가 보다.

직후 공군 전선통제기에서 무전이 들어왔다.

[We have an asset on the ground.]

지상에서 무언가를 발견했다는 뜻이었다. 무언가(asset)라 함은 아직 구체적인 속성을 파악하지 못했다는 의미였고.

중대 참모들이 잠시 긴장했으나, 잠시 후 새로운 통보가 들어왔다.

[매복 중인 그럼블 다수를 발견. 표적을 알라모에 할당하겠다.]

알라모는 공군 81전투비행단의 근접 공격기[22] 편대로, 서부 방역전선에 새롭게 배치된 얼굴들이었다. 얼마 전까진 조지아 주에서 동부 해안 경계에 투입되어 있었기 때문이다.

'즉 정부가 위험을 감수하고 있다는 증거인데…….'

기나긴 해안선을 지키는 데 항공전력만 한 것도 드물었다. 미국 정부는 안전지역이 조금 위험해지는 한이 있어도 서쪽에서 확실하게 승부를 보기로 작정한 모양이었다.

겨울은 보조 통신채널을 알라모가 있는 주파수에 맞추었다.

저고도로 접근한 공격기들이 독립중대의 머리 위 상공을 지나가며 일제히 미사일을 발사했다. 겨울은 그 광경을 병사들의 시야로 확인할 수 있었다. 날개에서 분리된 미사일

---

22 A-10 썬더볼트2. 지상공격용으로 개발된 기체. 생존성에 특화된 설계와 30mm 7포신 기관포를 위시한 중무장으로 유명하다.

들은 적외선으로 적을 인식하고 섬전처럼 직격했다. 일반적인 대전차무기와는 차원이 다른 한 발 한 발. 125파운드(57킬로그램)짜리 대형 탄두의 폭발압력은 충격파만으로도 가장 거대한 변종을 갈기갈기 찢어버리기에 충분했다.

화광이 번뜩인 다음 몇 번의 호흡이 지나서야 비로소 가느다란 폭음이 들려온다.

그것으로 끝이 아니었다. 우아한 호선을 그리며 선회한 편대가 표적의 상태를 식별했다.

[아직 생존한 개체를 확인. 기관포로 처리하겠다.]

편대로부터 한 대가 떨어져 나온다. 자신감 넘치는 저공비행이었다. EMP 대책을 갖춰두었을 것이다.

창문을 열고 사격하던 병사들이 하늘을 쳐다본다. 어두운 하늘에서 별빛 희미한 윤곽이었던 공격기가 한순간 샛노랗게 밝아졌다.

바아아악-!

초 단위로 끊기는 중후한 포성. 기관포 사격이 땅을 일렬로 갈아엎는다. 비행의 가속도가 붙은 기관포탄은 전차를 너덜거리게 만드는 위력이었다. 달의 빈자리를 향해 포효하던 그럼블의 머리와 몸통이 도자기처럼 깨졌다.

이제 공격기가 전장을 이탈하여 복귀하는 일만 남았을 때였다. 통신채널에 느닷없이 삑삑대는 경고음이 울려 퍼졌다. 곧이어 파일럿이 날카롭게 외치는 말.

[조준 당했다! 대공미사일 경보!]

"대공미사일?"

되뇌는 작전장교 포스터는 당황보다는 분노에 가까운 표정을 지었다. 이미 이런 일이 있으리라고 예상한 바였다.

"이놈들이 기어코……."

겨울이 중대에 상황을 전파하려다가 말았다. 주위에서 기동 중인 우군 부대들의 배치와 변종들의 경로를 감안할 때, 겨울의 임무부대 근처엔 양용빈 상장의 잔당이 있기가 불가능했다.

마리골드로로부터 갱신된 명령도 동일했다. 이대로 임무를 속행할 것. 사전 브리핑에서도 상황 발생 시 각 임무부대는 기존 임무를 우선하라는 지시가 있었다. 사소한 피해에 신경 쓰다가 큰일을 그르칠 순 없다는 뜻.

지평선으로부터 대공미사일 네 발이 시차를 두고 날아왔다. 회피 기동에 돌입한 공격기가 밤하늘에 대량의 화염과 연기를 흩뿌리며 하강했다. 추적을 방해하기 위한 기만수단(플레어)이었다. 그것이 무척 장관이라, 다수의 병사들이 눈에 담는다. 그들의 시야를 공유하는 겨울에게도 여러 개의 창으로 선명했다.

공격기 엔진의 배기열을 쫓던 미사일들이 불과 연기의 폭포 앞에서 비틀거렸다.

"빗나가라……."

통신장교의 초조한 기도. 이에 호응하듯, 곧 꺼질 불을 따라 엉뚱하게 꺾인 미사일 두 발이 거의 동시에 폭발했다. 작은 섬광은 하늘에 대고 성냥을 긋는 느낌이었다.

나머지는 그대로 공격기에게 쇄도했다.

공격기가 두 차례의 근접 폭발에 휘말렸다. 폭연을 뚫고 나온 공격기는 엔진 한쪽과 동체에 기다란 연기가 물려있었다.

추가 공격에 대비해 동료기들이 피격기의 앞뒤로 붙었다. 최악의 경우 기체의 방어력을 믿고 육탄으로 방어하겠다는 의지였다. 부수적으로 교란 능력이 집중되는 효과도 있었다.

[알라모 3! 알라모 리더다! 살아있으면 응답하라!]

편대장이 피격당한 조종사를 호출한다. 응답이 즉시 돌아왔다.

[당소 알라모 3. 다친 곳은 없다.]

파일럿은 침착했지만 억눌린 목소리가 심하게 흔들렸다. 그러나 스스로 다친 곳이 없다고 했으니, 그것은 긴장감 때문이거나 기체의 진동 탓일 것이었다. 후우우욱. 편대장이 내쉰 안도의 한숨이 통신 채널을 지직대게 만들었다.

[다행이다. 기체 상태는 어떤가? 기지까지 복귀가 가능하겠는가?]

[플랩이 뻣뻣하지만 어떻게든 조종은 가능하다. 좌측 엔진의 RPM이 떨어지고 있다. 그리고……. 음, 그리고 연료가 새는 모양이다. 속도를 보면…… 아슬아슬하게 빙고일 것 같다.]

빙고는 귀환에 필요한 최소연료량을 뜻하는 은어였다.

'죽을 확률은 낮겠네.'

겨울은 편대와 공유하던 통신채널의 볼륨을 줄였다. 이름이 벼락(Thunderbolt)인 공격기는 맷집이 터프하기로 유명했다. 특히 조종사의 생존율이 높았다. 아예 박살이 났다면 모를까, 최악의 경우에도 탈출은 가능할 것이다.

지휘단말 화면에 새로운 기호가 출현했다. 이런 상황을 상정하고 있던 신속대응팀이었다. 문제는 그들이 헬기를 타고 있다는 것. 대공미사일이 날아오는 마당에 무슨 헬기인가 싶었으나, 지면에 달라붙는 수준의 초저공비행이었다. 중대의 후방을 고속으로 스쳐지나간다.

삑삑삑삑. 버저음이 겨울의 주의를 끌었다. 2소대에서 그럼블을 발견하고 대전차화기를 사용했다는 신호였다. 전자지도상의 차량 기호 중 하나로부터 붉은 실선이 그어진다. 발사된 미사일의 진행경로. 그럼블 출현 시엔 화기 사용에 허가를 구할 필요가 없었다.

소대별 간격을 제어하며, 겨울이 물었다.

"포스터 중위. 적이 어디쯤 있을 것 같아요?"

여기서의 적은 당연히 변종집단이 아니었다. 고민하던 포스터가 지도의 한 곳을 짚었다.

"이쯤이 아닐까 합니다."

중대 작전참모가 찍은 좌표는 예상보다 가까운 곳이었다. 지평선을 갓 넘어간 지점. 거리로는 대략 5킬로미터 안팎에 불과했다.

"근거는?"

"적이 사용한 미사일의 위력과 추적방식입니다. 본격적인 미사일이었으면 알라모 3은 공중분해 되었어야 정상이죠. 또한 열 교란(플레어)만으로 절반을 속였으니 미사일에 자체 레이더가 없었다는 뜻입니다. 그러니 결론은 휴대형이고, 사거리는 최대 6킬로미터 가량일 겁니다."

이런 지식은 겨울로선 별로 접할 기회가 없었다. 속성 장교교육에도 포함되어있지 않은 내용들. 그도 그럴 것이, 역병과의 싸움에서 대공미사일을 어디다 써먹겠는가?

"하지만 최대 사거리에서 발사했을 것 같진 않습니다. 알라모 3이 조금만 멀어져도 미사일 연료가 바닥나버리니까요. 회피기동을 감안하여 대략 5킬로미터가 공격 적정선입니다. 미사일이 날아온 방향에서 5킬로미터 범위에 매복이 용이한 지점은 여기, 이 산기슭뿐이군요."

그러므로 작전장교의 예측은 거의 사실에 가까웠다.

사실 장교가 당연히 알아야 할 내용을 질문 받은 셈이라, 포스터는 대답하는 와중에도 조금 의아한 기색이었다. 그러나 그 의문이 오래가진 않았다. 겨울의 특수성을 떠올린 듯했다.

신속대응팀은 작전장교가 지목한 지점을 향해 엄청난 속도로 이동했다. 그들의 기호는 전자지도의 정보가 갱신될 때마다 순간이동을 하는 수준으로 깜박거렸다.

만약 그들에게 지원이 필요하더라도, 겨울의 데이비드 임무부대보다 가까운 부대들이 즐비했다. 이쪽의 차례는 돌아오지 않을 것이었다.

'취급이 꽤 가혹하겠는데…….'

만약 생포당하는 중국군이 있다면, 그 처우는 실로 무자비할 터였다.

지레짐작이 아니다. 이미 칼파인 5에서 산 채로 잡힌 중국군들이 그러했다. 고문과 자백제를 아끼지 않고 받아낸 자백 덕분에, 즉 양용빈 상장의 잔당에게 더 이상의 핵무기나 생화학병기가 없음을 확인한 덕분에 지금의 소탕전이 가능해진 것이다.

그들도 흩어진 동지들의 위치까진 모르고 있었지만.

상장은 휘하 병력의 매복지점을 부하들에게도 기밀로 유지했던 것 같았다. 혹은 처음부터 정해져있지 않았거나. 그저 상장의 망령을 만드는 게 목적이라면, 어디서 무엇을 어떻게 공격하는가는 중요한 문제가 아니었을 것이었다.

지휘 단말의 터치스크린으로 중대 운용을 조율하던 겨울이 혼잣말처럼 중얼거렸다.

"싸우고 있다는 실감이 약하네요."

터치 앤 드래그. 방역전쟁 사양으로 개량된 통제 시스템에서, 임무부대에 속한 차량들은 전산화된 지휘에 기민하게 반응했다. 전투를 치르는 와중에도 침착하게 지령을 기다린다는 의미였다. 고로 무전기에 대고 일일이 목청을 높일 필요가 없었다.

토하느라 핼쑥해진 통신장교가 답했다.

"그래도 잘하고 계십니다. 아이들린 기지에서 치른 방어전은 예외적인 상황이었죠."

그리고 작전장교 포스터가 거들었다. 자신의 단말에서 눈을 떼지 않은 채로.

"배속 전에 주의를 받았습니다만, 소령님에 대한 상부의 평가가 인색했다는 생각이 듭니다."

"주의?"

"예. 이례적으로 승진이 빠르셨잖습니까. 기분 나쁘실지도 모르지만……."

"아뇨, 전혀. 실제로 부족한 점이 많을 텐데요. 그건 인색한 게 아니라 신중한 거죠."

대화는 거기서 끊어졌다. 일방적인 추살이라고 해도 지휘관 입장에선 마냥 여유롭지 못했기 때문이다. 눈앞의 적에게 몰두한 차량들이 수시로 대열을 이탈했다. 분산된 변종들이 상대라도 혼자 돌출했다간 위험해진다. 계속 일깨워주는 수밖에 없었다.

그렇게 얼마나 지났을까.

"알라모 3이 결국 비상착륙을 한답니다."

통신장교의 보고에 겨울이 살짝 눈을 찌푸렸다.

"비상착륙?"

"예! 2차선 도로에 착륙하겠다고 하는군요. 우리 임무부대의 공격경로와 가깝습니다. 현재는 교신이 두절되었고…… 우리 쪽에서 해당위치까지 진출하라는 마리골드의 지시입니다!"

그 지시가 겨울의 단말에도 떴다. 예상 착륙지점이 노란 기호로 깜박인다.

"왜 탈출을 하지 않았을까……."

"기체 상태가 갑자기 악화된 거 아니겠습니까? 안전지역까지 활공하기도 어려운 상황이라면 차라리 비상착륙이 안전할지도 모릅니다. 안 나오면 되니까요."

적을 가시범위에서 때리는 공격기는 대공포를 견디도록

만들어졌다. 따라서 변종들 한가운데 떨어져도 안전할 것이다. 그럼블이나 산성아기가 나타나지 않는다는 전제하에서.

결국 속도를 높여야 한다.

'중국군의 공격으로 인한 인명손실이 더 늘어나면 곤란해.'

생각한 겨울이 지도상의 거리를 쟀다.

"최단거리로도 21킬로미터……. 멀어. 에반스 중위! 다른 지원은?"

"알라모는 탄약이 없어서 귀환하는 중입니다. 그리고, 어, 마리골드가 곧 프레데터[23] 편대를 띄우겠다고 합니다. 예상 도착시간, 앞으로 13분! 그때까진 운에 맡겨야 합니다."

지형을 검토해보면 앞으로 개천을 건너야 했다. 이 계절에도 말라붙지 않은 물줄기로서, 원인은 변종들의 길목을 제한하고자 수문을 완전 개방한 상류의 댐이었다.

깊고 거칠어진 물살은 변종은 물론이거니와 군용차량도 건너지 못한다.

겨울은 눈을 살짝 찡그렸다.

"프레데터 말고 다른 건요?"

"없습니다. 우리뿐입니다!"

미군은 지금 변종 섬멸에 총력을 기울이는 중이었다. 상급부대에서도 잉여 전력이 빠듯하다는 뜻. 신속대응팀은 이미 다른 곳으로 가버렸다.

이 교환을 들은 작전장교의 시선이 겨울을 향했다.

---

23 MQ-1 프레데터. 중고도 정찰용으로 제작된 장기체공형 무인기. CIA를 시작으로 미국 공군 등은 헬파이어 미사일을 장착한 프레데터를 공격임무에도 투입했다.

“어떻게 합니까? 이대로 변종들을 몰아붙이면 퓨타 포인트, 강에 걸린 다리가 조만간 병목구간이 됩니다. 다 쓸어버리기 전까진 건너가기 힘들 겁니다.”

본래 계획은 변종집단의 동선을 한 쌍의 좁은 다리로 집중시키는 것이었다. 다리를 폭파시키거나 공수부대를 떨궈 차단하는 방법이 거론되었으나, 다른 길을 찾아 흩어지게 만드는 것보다는, 혹은 길이 막힌 변종집단과 난전을 벌이는 것보다는 안전한 방법이라고 판단했었다.

즉 시간을 단축하려면 병목현상이 시작되기 전에 통과해야 한다.

상황을 파악한 부중대장이 통신으로 의견을 전했다.

[Sir. 여기서 변종들을 무시하고 최고속도로 달려봐야 프레데터와 비슷하게 도착할 뿐입니다. 전 현 상태로 작전을 진행하는 편이 낫다고 봅니다. 우리가 도착할 때까지의 시간은 하늘에서 벌어주겠지요.]

“무인기가 보유한 화력보다 적의 위협이 더 클 경우엔 어쩌고요?”

[공중정찰엔 식별되지 않습니다만…… 가능성은 있겠습니다.]

“데들러는 미사일로 잡지도 못해요.”

[……예.]

데들러, 산성아기는 그럼블에게만 매달려 다니는 놈이 아니다. 다른 부대에선 구울에게 달라붙어있었던 사례를 보고했다. 이런 경우는 적외선으로도 구분이 잘 안 되었다.

거기에 미사일을 갈기자니 표적이 너무 작았다.

"그리고, 캐노피나 동체가 깨져서 평범한 변종들을 상대로도 위험해진다면? 고속도로라고 해봤자 노면이 엉망일 텐데 과연 제대로 착륙할 수 있었겠어요?"

[가능성이 없진 않겠군요. 그럼 부대를 나누시겠습니까? 이쪽에 구멍이 생겨도 곤란합니다. 포위망에 틈이 생겼다간……]

틈으로 샌 변종들이 아군의 후방에서 출몰하면 골치 아파질 것이다. 큰 위협까지는 아니겠으되 무시할 수도 없으므로, 이 일대의 추격에 제동이 걸릴 테니까. 재정비 시점도 그만큼 늦어지겠고, 아주 많은 변종들이 살아서 도망가게 된다.

사령부는 이를 각오하고서 구조명령을 내렸을 것이다.

나머지는 지휘관인 겨울의 판단에 달렸다.

"지원근무부대를 투입하죠. 공병대를 빼겠습니다. 기체 상태에 따라서는 해체를 하게 될 수도 있으니까. 의무대도 필요하겠네요."

지금으로선 파일럿의 상세를 장담하기 어렵다. 무사하면 다행이지만, 지휘관으로선 항상 최악의 상황을 가정해야 옳았다.

'공격기에 연료방출(Fuel Dump) 기능이 있던가?'

없으면 착륙 후의 화재도 우려해야 한다. 불가피하게 밖으로 나온 파일럿은 권총 하나로 변종들을 상대해야 할 것이다. 전투를 치를 만큼 멀쩡하다는 전제하에.

"대위, 지휘권을 인수해요. 잠시 후에 다시 만나죠."

함께 앞질러 가겠다는 겨울의 결정에 아무도 이의를 제기하지 않았다. 공병대 개개인의 전투력이 결코 낮지 않으나, 장비 특성상 일반적인 전투엔 조금 부적합하기 때문.

[행운을 빌겠습니다.]

"대위도요. 별일 없겠지만."

그리고 겨울은 곧바로 공병대의 몽고메리 중위와 의무대 조윤창 대위를 호출했다.

"상황은 알 겁니다. 공병대, 의무대가 나서줘야겠어요. 내 지휘하에 독립중대를 초월해서 강을 도하하겠습니다. 공병대가 전방과 측면을 맡고 의무대가 후속합니다. 알겠습니까?"

[Yes sir.]

[……어, 음, 예.]

"느린 차량은 잔류시키고 전투대형으로 따라붙어요."

조윤창 대위 쪽은 크게 당황한 눈치였다. 숙련된 의사였으되 숙련된 군인은 아니었으므로. 그의 장교교육은 겨울처럼 속성으로 이루어졌다. 그러나 언젠가는 겪어야 할 일이었다. 군의관과 의무병은 여의치 않을 때 적과 직접 싸우면서 아군을 치료하는 직군이기에.

시선을 교환한 작전장교가 차내 무전기를 잡았다.

"도웰 상병! 찍어준 좌표까지 전속력으로 밟아! 엔진이 터져도 된다!"

[대열을 이탈하란 말씀이십니까?]

"공병대가 엄호할 거야!"

도웰 상병은 장갑차 운용을 위해 파견된 숙련병이었다. 고로 엔진이 터지도록 달리라는 주문을 있는 그대로 받아들였다. 가아아앙-! 날카롭게 치솟는 배기음에 통신장교가 체념한 표정을 짓는다. 시급을 다투는 상황이지만, 어쨌든 그는 아직 멀미 중이었다.

쿠웅, 쿵, 쿠궁!

차체가 전후좌우로 미친 듯이 요동친다. 여기에 내부까지 둥둥 울리는 중기관총 사격음이 더해졌다. 지금껏 발포할 기회가 드물었던 지휘 장갑차의 원격포탑이었다. 퍼억, 하는 흔들림은 20톤 가까운 차체가 변종 넷을 한꺼번에 짓이기고 지나가는 충격이었다. 비록 외부 관측카메라엔 보이지 않으나, 여덟 개의 바퀴 아래 잘 으깨어졌을 것이다. 관측 렌즈에 피가 튀어 밤의 어둠이 불그스름하다.

'사실 어려운 일은 아니지.'

겨울의 판단으로는 그랬다. 그럼블은 무인공격기가 잡아줄 것이고, 그 외엔 압도할 자신이 있으니까. 혼자서는 무리일지라도 지휘할 병력이 있다면야. 견뎌야 할 시간은 길게 잡아도 한 시간 이내였다.

멧돼지 사냥은 중부 평원에 흐르는 몇 개의 강을 기준으로 수십 킬로미터에 걸쳐 변종집단을 몰아 죽이는 작전이었다. 그러므로 대열을 이탈한 시점에서, 겨울의 지휘 장갑차를 중심으로 공병대가 형성한 이동 대열 주변은 온통 달음박질치는 변종들투성이였다. 중부 평원 북쪽에서부터, 나아가 워싱턴과 오레곤에서부터 밀려난 무리들은, 포위망이 조여드는 이때 물결 같은 덩어리로 자연스레 뭉쳐졌다.

시체들이 꿈틀대는 밤을 본 포스터가 악몽을 꾸는 사람처럼 신음했다.

"으. 저것들, 우리를 피하고 싶어도 못 피하는군요. 여기서 한 대라도 퍼졌다간 또 다른 구조작전을 펼쳐야 할 겁니다."

"지금은 정비병들의 실력을 믿는 수밖에요."

이 순간에도 차내의 미적지근한 공기가, 시원찮은 냉방이 장비들의 소모율을 느끼게 해주었다. 하나 채 하루도 못 견딜 것 같으면 당연히 겨울에게 보고했을 것이다.

선두 차량으로부터 경고가 날아왔다.

[11시 방향에 그럼블 2개체! 거리 150! 강화등급 감마로 추정!]

겨울이 즉답했다.

"무시하고 달려! 어차피 못 따라잡는다!"

중요한 건 구조지 전투가 아니다.

크아아아아!

실제 포효는 한 쌍이겠으나 지휘 차량에서 듣자니 메아리치는 불협화음이었다. 연결된 여러 차량, 다수의 병사들로부터 동시에 전달되는 까닭.

거리가 가깝다보니 상대방위가 실시간으로 바뀌었다. 처음엔 11시였으나 겨울이 포착한 찰나에 10시가 되었을 정도로. 짧은 광란을 마친 놈들이 산사태처럼 달려오기 시작했다.

[Shit!]

조종석으로부터 차내 무전을 타는 욕설. 두꺼운 갑각, 갈라진 피부에 진물이 흐르는 괴물 둘이 미칠 듯이 육박하는 광경은, 보는 사람의 거리감을 왜곡하기에 충분한 중량감이었다.

쾅쾅쾅쾅!

무시하라고 했는데도 사격이 집중되었다. 겨울은 제지하지 않았다. 어차피 금방이기에.

두 괴물은 관성에 못 이겨 의무대 후방으로 지나쳐 버렸다.

높은 등급, 변형된 패턴은 무가치했다. 거대 괴물의 질주는 여전히 직선에 가깝고, 강력할지언정 가속이 붙은 차량보다 빠르진 않았으니까.

주먹을 땅에 꽂아 급정거한 그럼블이 벽처럼 일어선 땅을 부수며 대열 후미를 향해 달려온다. 그러나 거리는 계속해서 멀어졌다. 놈들에게 가장 마지막까지 발포하던 의무대 소속 차량이 결국 다른 목표를 향해 총구를 돌렸다. 그 사선의 변종들은 무너지는 파도처럼 죽었다.

덜컹!

장갑차가 고속도로에 올라타면서 흔들림이 줄었다. 그러나 줄었을 뿐 없어지진 않았다. 태풍을 겪고 폭격을 맞고 살인적인 여름에 쩍 갈라지기까지 한 도로였으므로.

문제는 공격기 역시 이런 도로에 착륙했을 거란 사실이었다.

바퀴 여덟 개인 장갑차의 최대속력은 시속 100킬로미터. 그러나 지금은 노면 상태로 인해 80킬로미터를 내는 게 고작이었고, 이마저도 엔진 고장을 각오하고 내는 출력이었다. 다른 차량들은 이 와중에 방어사격까지 하느라 대열이 자주 흐트러졌다.

그렇게 달리고도 목적지에 먼저 도달한 건 유바 시티 동쪽에서 날아온 무인기 편대였다. 겨울이 벌어진 좌익에 경고를 전하는 사이 통신장교가 화면을 넘겼다.

"중대장님, 프레데터의 영상이 들어옵니다."

삐빅-

새로 뜬 창을 본 겨울은 그러나 조종사의 생사를 확인할 수 없었다. 매미를 뜯어먹는 개미들처럼 변종들이 새까맣게 들러붙어있었기 때문이다.

'탈출하진 않았나본데…….'

캐노피가 닫혀있으니, 파일럿은 생사를 떠나 여전히 안에 있을 것이다. 착륙이 험난했던지 열 영상으로 보는 도로엔 아직까지 마찰의 흔적이 남아있었다.

정보장교가 의문을 제기했다.

"달아나기도 바쁠 놈들이 이상할 만큼 매달리는군요."

딱히 대답하지 않았으나, 겨울이 짐작하기로 그 동기는 아마 정보수집이었다. 근처에 트릭스터가 있을 듯하다. 어쩌면 침묵하는 하나일지도 모른다. 학습과 정보보존이 최우선인 괴물.

인간이 지배하는 하늘은 곧 변종들의 재앙이다. 제공권이야말로 감염확산의 가장 큰 장애물 중 하나였다. 고로 교활한 개체들에겐 항공기의 실체가 절실할 것이었다.

'무엇보다 조종사가 궁금하지 않을까?'

변종들은 개체별로 능력을 발달시킨다. 그러므로 날아다니는 벼락 안에 사람이 있다면, 개체로서의 그 사람에게 주목할 가능성이 높았다. 헬기들이 집중적으로 실종되었을 당시에도 잔해는 찾았으되 조종사들은 대부분 찾아낼 수 없었다고 들었다.

어디까지나 예상에 불과하다. 그러나 겨울의 예상이었다. 이 세계관의 어느 누구도 겨울만큼 많은 종말을 겪어보진 못했다.

운전병이 보고했다.

[포인트 퓨타입니다. 이제 목적지까지 3분 남았습니다.]

어느덧 흰 물살을 견디는 다리가 육안으로 보일 만큼 가까워졌다. 건너야 할 강의 이름이 바로 퓨타였다. 퓨타 포인트는 강 전체에서 가장 중요한 도하지점이었고. 물에 잠긴 나무들은 수면 위로 수관만 내놓고 있었다. 평시엔 강폭이 10미터 남짓이었겠다.

다리를 돌파하자 교전 강도가 낮아졌다. 도로 양편으로는 과수원이 펼쳐졌다. 바둑판처럼 심어진 오렌지와 체리, 호두나무들은 말라 죽은 색채가 어두운 시간에도 선명했다. 군데군데 폭격을 맞은 자리, 불에 탄 흔적들도 보였다. 그래도 아직 절반가량은 어둡게 푸르다. 그 비율이 탈환 이후의 복구 가능성을 암시했다.

"그래도 이쪽은 도로가 깨끗하군요."

포스터의 말은 버려진 차가 드물다는 뜻이었다. 포트 로버츠에서처럼 어느 부대가 미리 길을 치웠든지, 감염확산 초기에 충분한 시간을 두고 대피를 실시했든지, 혹은 미처 대피하기도 전에 다 죽었든지. 셋 중의 하나일 것이다.

[Sir! 알라모 3이 보입니다!]

겨울이 즉시 명령했다.

“포수! 보조화기로 갈겨요! 기체는 어차피 방탄이니까! 조준은 되도록 위쪽으로!”

[Aye Sir!]

장갑차의 원격포탑엔 중기관총만 달려있는 게 아니었다. 좀 더 구경이 작은 보조화기(M240)도 달려있어, 이럴 때 위력을 바꿔가며 쓰기가 가능했다.

사실 공격기의 방어력을 감안하면 중기관총을 쏴도 무방하다. 그러나 불시착한 기체여서 조심하는 것이다. 가급적 높여서 조준하라는 지시는 연료 폭발을 경계한 조치였고.

‘불이 붙으려면 벌써 붙었어야 정상이지만…….’

도로를 벗어나 갓 만들어진 고랑 끝의 기체에 사격이 퍼부어졌다. 거머리처럼 붙어 머리를 박아대던 변종들이 각질처럼 조각조각 벗겨져나갔다.

공병 파견대 차량들이 좌우로 산개하여 주변을 제압한다. 퀘에에에엑! 변종들은 사납게 울고 들개처럼 흩어졌다. 빈자리를 차지한 험비와 장갑차량들이 역병 무리의 배후를 들이쳤다.

어두운 잿빛으로 번들거리는 등짝들이 터지고 찢어지고 관통 당했다. 터트리는 유탄 세례에 찢어발기며 관통하는 중기관총 사격. 어느 쪽이든 괴물에 대한 폭력으로 적합하다. 문드러진 몸뚱이들로부터 온갖 뼈와 내장이 제멋대로 쏟아졌다.

끼이이익-

8륜 장갑차가 방향을 틀며 정차했다. 쿠웅, 쿠쿠쿵. 측면으로 밀린 변종들은 가차 없이 으깨어졌다. 장갑을 두른 군용차량은 그 자체로 이미 질량병기였다.

"공병대, 하차. 여기서 경계선을 확보한다."

파일럿을 데리고 복귀하기는 어렵다. 조금 전 건넌 다리 앞은 지금쯤 병목현상이 심화된 킬링필드일 것이었다.

무전을 넣은 겨울은 장갑차 후방의 경사 개폐구(램프 도어)를 개방했다. 열리는 틈새로 새어 들어오는 역병의 신음. 터진 내장이 실타래 같이 풀린 허리는 장갑차 바퀴 아래에 있었다. 따다다닥 부딪히는 이빨이 차라리 사후경련에 가까웠다.

총을 쓸 것도 없다. 겨울은 내리면서 체중을 실은 군홧발로 놈의 멱을 밟고 지나갔다. 으지직. 발자국 아래 납작해진 목에서 뼈는 살을 찢고 튀어나왔다.

바깥바람을 맞는 겨울은 더운 공기가 결코 상쾌하지 않았음에도 반가웠다. 감각이 탁 트이는 느낌. 감각보정은 실제로 탁월하게 확장되었다.

한정된 범위에서의 소대 규모 통솔에서 장갑차의 지휘체계는 도리어 쓸모가 없다. 중계와 연락은 두 참모장교에게 맡겨두면 그만이었다.

돌아보니 공격기의 랜딩 기어는 접혀있는 채였다. 하지만 후방 기어는 접힌 상태에서도 바퀴가 바깥으로 노출되는 구조. 덕분에 동체로 착륙했는데도 상태가 양호한 편이다. 날개가 아직 붙어있는 데다 피격을 피한 한쪽 엔진도 겉보기엔 멀쩡했다.

'이 정도면 수리가 가능하겠어.'

겨울이 아는 한 거의 박살이 난 기체 둘을 조립해서 새것 같은 하나로 복구한 사례도 있었다. 마침 여기서 야전 정비창이 가깝기도 했다. 데이비드 임무부대 역시 그곳으로 가도록 되어있었다. 장비 피로가 위험수위에 이르렀기에.

"록허트. 가서 조종석을 살펴봐."

몽고메리 중위의 지시에 공병 한 개 팀이 움직였다. 네 사람은 엄호하고 한 사람이 발판을 디뎌 위로 올라간다. 사람 키를 훌쩍 넘긴 높이의 조종석은 방탄유리가 피와 내장으로 얼룩져 안을 볼 수 없을 지경이었다.

"에이, 시팔. 이걸 어쩌지."

손으로 닦을 수도 없고. 곤란해하던 병사가 캐노피에 대고 수통의 물을 뿌린다. 피와 내장이 흘러내리며 유리가 투명해졌다. 짐작했던 대로 자잘한 금이 가있었다. 역병 걸린 시체들이 얼마나 긁어댔는지, 두껍게 갈라진 틈마다 진득한 살점. 더러는 끊어진 손가락이 통째로 끼어있었다. 거기에 비틀리고 어긋난 골조. 역시 좀 더 방치해두었으면 위험할 뻔했다…….

'불빛? 연기?'

겨울은 묽어진 핏물 너머에서 발갛게 타들어가는 희미한 불빛을 보았다. 잠시 꺼지는가 싶더니, 착각이 아님을 확인시켜주듯 다시 밝아진다. 조종석 안쪽에 연기가 감돌았다.

타타타탕! 기체 후미에서 총성이 울려 퍼졌다. 그러나 「전투감각」의 경고가 옅었기에 돌아보지도 않는 겨울. 당장은 파일럿의 생사가 더 중요했다. 퉁퉁. 공병분대장 록허트가 조금 깨끗해진 창을 두들긴다. 잠시 후, 안에 있던 파일럿이 파리한 얼굴을 드러냈다.

빛과 연기의 원인은 그녀가 물고 있는 한 대의 시가였던가 보다.

설마 화재인가 했던 겨울은 조금 허탈한 기분에 잠겼다. 파일럿은 안색이 나쁘긴 해도 멀쩡히 의식을 유지하고 있었다. 처음엔 놀라는 표정을 짓더니, 이내 반가움이 물씬 묻어나는 미소와 함께 까딱 목례했다. 입맛을 다신 공병이 유리에 대고 두 손을 모아 소리 지른다.

"무전! 교신 가능합니까?!"

못 알아들을까봐 자신의 무전기를 가리켜 보인다. 이에 파일럿은 도리도리 고개를 저었다. 노. 단음절을 발음하는 입모양이 둥글었다.

"캐노피! 열 수 있습니까?"

"……?"

"이거! 열리냐고!"

도리도리.

"혹시 다쳤습니까?!"

끄덕끄덕.

"부상이 심각합니까?!"

도리도리.

어쩐지 맥 빠지면서도 귀엽게 느껴지는 의사소통이다.

"물러나십시오! 부수겠습니다!"

반복해서 경고한 록허트 병장은 파일럿이 상체를 빼자 뒤쪽으로 손을 내밀었다.

"핼리건 바!"

그가 요구한 물건은 문을 부수는 데(도어 브리칭) 쓰는 도구. 철제 문짝에도 박히는 쇳덩이이니 금이 간 방탄유리쯤 어떻게든 뚫을 수 있을 것이었다. 겨울이 나서면 금방이겠으나 지금은 경계가 우선이었다. 신경이 찌르르 하는 방향으로 반전한 겨울은 순간적인 조준으로 다섯 번의 단발사격을 가했다. 어정대던 구울 하나를 포함하여 변종 다섯이 죽었다. 병사들에겐 보이지도 않는 거리였기에, 해당 방면을 경계하던 1개 팀의 공병이 괜한 긴장을 끌어올렸다.

대체 뭘 쏘신 거야?

나도 몰라. 뭐든 죽이셨겠지.

자그맣게 오가는 대화. 등 뒤에선 계속해서 퍼억 퍽 둔중하게 부서지는 소리가 났다. 그 사이마다 자잘하게 튀는 소리들도 있었다.

“이거 겁나 단단하네.”

팔뚝 두꺼운 공병대 병장이 헉헉거리며 욕을 내뱉는다. 힘내, 병장. 깨진 플렉시글라스 틈으로 조종석 안에서 들려오는 목소리. 부서진 유리 틈으로 담배 연기가 흘러나왔다.

몇 분 후, 사람이 가까스로 통과할 구멍이 생겼다. 아프게 빠져나오는 알라모 3 파일럿을 병장이 주의 깊게 도와주었다. 파일럿은 갈비뼈가 부러진 것으로 보였다. 숨을 쉴 때마다 힘들어한다. 그에 비해 이마에서 흐르는 피는 별것 아닌 상처였다.

그래도 땅에 내려선 다음엔 스스로의 발로 선다.

“괜찮아, 병장. 걸을 수 있어. 고마워. 헌데…… 공병이군?”

그녀는 시가를 문 채로 미심쩍은 표정을 지었다.

“구조가 빨라서 놀랐는데, 설마 여기가 벌써 후방인가? 책임자는 누구지?”

“저쪽에 계십니다.”

랜턴 빛이 휙 돌았다. 몽고메리를 지나쳐 겨울을 발견한 파일럿은 으응? 하고 미간을 좁히다가, 고통을 잊은 듯 정자세로 경례했다. 입에서 떨어진 엽궐련(葉卷煙)이 땅을 굴렀다.

“알라모 3, 대위 파멜라 펠레티어입니다. 구해주셔서 감사합니다, Sir.”

끄덕인 겨울이 조금 거센 어조로 무전을 보냈다.

“조윤창 대위! 의무대! 언제 나올 겁니까?”

그리고 파일럿이 떨어트린 것을 주워주었다.

“조종석 가득한 연기 때문에 놀랐어요, 대위. 급하게 왔는데 여유로워 보이는군요.”

“죄송합니다. 하지만 십 분쯤 늦게 오셨다면 비상탈출(Ejection)을 한 상태였을 겁니다. 슬슬 고민하던 중이었거든요. 못생긴 것들이 워낙 들이대서 견디기 힘들더군요.”

밀폐된 공간에 갇힌 파일럿에게 빛은 있어도 없어도 곤란했을 것이다.

눈 밑이 검은 그녀는 커터를 꺼내 엽궐련의 불붙은 끝을 잘라냈다. 떨어진 끝을 전투화 굽으로 지그시 밟아 꺼버린다. 그리고 주위를 둘러보았다.

“아무래도 여긴 여전히 멧돼지 떼 한복판인 것 같군요.”

“대위를 구하려고 앞질러 온 겁니다. 본대는 아직 북쪽에 있고요."

문득 겨울은 소총을 놓고 예비로 휴대한 대물저격총을 조준했다. 가볍게 눈짓하자 파일럿이 아, 하고 귀를 막는다. 콰앙! 쾅! 쾅! 서서 쏘는 것이라 흔들림이 있지만, 그럼에도 불구하고 2백 미터 거리의 표적들은 머리통이 날아갔다. 후방에 도사리고 있던 구울들이었다. 놈들이 지르는 소리에 귀 기울이던 변종 무리가 흔들렸다. 직후 통제되지 않는 공격이 이어진다.

"2시 방향, 적습 대비."

겨울의 경고가 있고서 고작 5초 남짓이었다. 처음엔 소리만 들리다가, 생기에 굶주린 회색 몸뚱이들이 가시범위로 튀어나왔다. 준비하고 있던 공병 파견대의 화망이 역병 무리의 두서없는 돌진을 갈아버린다. 적이 쌓이기 전에 공격을 끌어내는 것도 효과적인 전략이었다.

겨울이 다시 무기를 교체했다. 강화보정에도 불구하고 삐이- 하는 이명이 감돌다 사라졌다.

펠레티어 대위가 신음한다.

"이런……. 혹시 남는 소총 있으십니까?"

"일단 진료부터 받아요."

"싸우지 못할 정도는 아닙니다."

"부상자 손이 필요할 정도도 아니에요. 본인도 모르는 부상이 있으면 어쩌려고요?"

"……알겠습니다."

사고를 당한 사람은 몸이 놀라 자기 상태를 깨닫기 힘든 경우가 많았다. 조용한 후유증은 느리기에 위험하다. 그것을 아는 파일럿이 순순히 수긍했다.

의무병을 동반한 조윤창 대위가 몸을 낮추고 뛰어왔다. 훈련 받은 대로지만, 아군의 경계선 안쪽에선 조금 우스꽝스럽다. 그들의 이마엔 땀방울이 송골송골했다. 경계선을 맡은 전투 병력보다 오히려 더 높아 보이는 긴장감이었다.

하나 의사로서의 실력만큼은 진짜인지라 누구도 조 대위를 무시하지 않는다.

겨울 또한 그를 좋게 평가했다.

'동기를 떠나, 목숨 걸고 전장에 온 것만으로도 용기는 충분한 거지.'

미군은 극심한 인력부족을 겪고 있고, 전문 의료 인력은 더더욱 그러했다. 따라서 권역센터 출신이면 후방근무로 빠질 능력이 충분했던 셈이다. 그런데도 자청해서 온 것은 곧 그의 욕망이었다. 기회가 닿을 때마다 점잖게 눈도장을 찍는다.

아마 속령 및 준주의 수립에 관한 이야기를 들었거나, 스스로 추론했을 것이다.

욕망 그 자체를 나쁘다고 할 순 없는 노릇. 덕분에 독립중대는 과분한 의료 인력을 갖췄다.

"정밀검사를 해봐야겠지만, 골절을 제외하면 큰 이상은 없어 보입니다."

조 대위의 진단을 들은 겨울은 파일럿을 앰뷸런스로 데려가라고 지시했다. 들것을 사양한 펠레티어 대위가 떠나다 말고 돌아보았다.

"다시 한 번 감사드립니다."

"인사는 나중에 받죠. 아직 전투상황이니."

"기회가 없을지도 모르니까요. 뵙게 되어 영광이었습니다."

그러나 그녀가 갈 곳이 야전병원이라면 다시 볼 기회는 있을 것이다. 독립중대뿐만 아니라 전선 전체에 걸쳐 재정비가 필요한 시점이었으므로.

[Sir.]

지휘 장갑차에서 겨울을 찾는다. 통신장교였다.

"무슨 일이에요?"

혹시 이 방향으로 접근하는 새로운 적 집단이 있다든가. 그러나 겨울의 추측은 빗나갔다.

[신속대응팀 일부와 항공구조대가 이쪽으로 온다고 합니다. 예상합류시간, T 마이너스 6분입니다.]

"……다른 지원은 없다고 했잖아요?"

[모르겠습니다. 그쪽 일이 의외로 빠르게 정리된 것 아니겠습니까?]

글쎄. 겨울은 고개를 기울였다. 비록 그들이 헬리본(헬기를 타는 강습부대)이긴 해도 굉장히 빠듯한 시간이었다. 중국군의 저항이 무기력했거나 아예 항복을 했다면 모를까.

아무래도 사령부에서 의견충돌이 있었던 것 같았다. 파일럿 구조 자체보다는 겨울이 전투력 낮은 지원근무부대와 고립되어있다는 사실이 더 큰 영향을 미치지 않았나 의심스러웠다.

[항공 열압력탄 착탄 경보! 타겟 넘버, 퀘벡-시에라 1, 1,

0에 세 발, 37초! 퀘벡-빅터 5, 5, 3에 한 발, 39초! 퀘벡-엑스레이 4, 9, 1에 한 발…….]

강한 어조의 경고였으나 직접적인 위협은 아니었다. 안전거리 밖, 도살장에 내몰린 멧돼지들의 머리 위에 떨어질 폭격이다. 다만 여기서도 충격에 대비할 필요는 있었다. 속으로 초를 헤아리던 겨울이 적당한 시점에 소리쳤다.

"엄폐! 엄폐! 차량 뒤쪽으로! 공병 1소대는 화망 유지에 주의!"

그렇잖아도 신경 쓰던 병사들은 신속하게 바람막이를 찾았다.

두 호흡 뒤에, 북녘이 번쩍 타올랐다. 눈을 한 번 깜박일 때마다 밤과 낮이 바뀌는 듯했다. 짧은 모래 폭풍이 몇 번이고 밀려온다. 타닥, 타다닥. 장갑판에 모래 알갱이들이 부딪히는 자잘한 소리들. 마른 땅이 쏴아 번지며 무릎 높이로 흐르는 흙빛 안개를 만들어냈다.

뜨거운 바람이 지나간 뒤에, 겨울은 곧바로 북쪽부터 경계했다. 차량에 의지하느라 불가피했던 사각(死角)이었다. 그러나 틈을 노리고 들어오는 공세가 없다. 기껏해야 아무렇게나 달려오는 소수, 무릎과 팔꿈치가 까진 녀석들뿐. 무선침묵을 지키는 트릭스터가 있을지 없을지 모르겠으나, 있다면 공격을 포기한 듯하다. 의사전달에 필요한 단발적인 전파조차 없다.

그러나 마냥 편하지만은 않았다. 작전장교가 상황을 전파했다.

[새로운 적 집단이 남하 중입니다. 퓨타 포인트를 기어이 넘어온 놈들입니다. 이곳으로는 약 400개체가 향하고 있습니다.]

"특수변종은?"

[부상당한 그럼블이 하나 있고, 그 외의 중대형은 포착되지 않습니다. 다른 종류는 알 수 없습니다.]

"회피가 가능할 것 같아요?"

[서쪽으로 빠지려면 빠질 수는 있겠으나…….]

본대로부터 더 멀어지는 데다 항공정찰 범위도 감안해야 했다. 자칫하면 외통수가 되고 만다. PDA로 적 규모를 재확인한 겨울은 그냥 부딪치기로 결정했다.

"계속해서 상황 전파해요. 그리고…… 몽고메리 중위!"

[Sir.]

부름 받은 공병장교는 기체를 중심으로 반대편에 있었다.

"포민스(POMINS/지뢰제거장비)를 북쪽 경계선으로."

[준비하겠습니다.]

지시를 전달받은 공병대원들이 차량에서 원통형 배낭을 꺼내왔다. 원통 안에 발사체와 폭발물이 들어있고, 배낭 프레임은 펼쳐서 발사대로 삼는 휴대형 지뢰제거장비였다. 용도가 지뢰제거라곤 해도 전방 40미터를 직선으로 폭파시키는 물건이니 역병의 접근을 저지하기에 유용하다. 경계선을 형성할 때 배치된 산탄지뢰로 부족할 경우 큰 도움이 될 것이다.

가장 먼저 눈에 띈 놈은 예의 그 부상당했다는 그럼블이었다.

"저 꼴로도 살아있다니……."

한 병사가 그 끔찍함에 치를 떨었다. 한쪽 팔은 없고, 상반신의 절반이 벗겨진 채로 덜렁거렸다. 차라리 갑각이라 불러야 할 피부는 튼튼한 만큼 무겁다. 뛰는 박자에 맞춰 흔들리는 바람에 상처가 벌어지고 출혈도 그만큼 늘어난다. 살이 벗겨져 드러난 근육은 피에 젖은 모래투성이였다. 워어어어! 그 괴물이 포효로서 전의를 드러냈다.

그리고 그 순간에 터져 죽었다.

지축을 흔드는 작렬이었다. 투명한 확산은 간접적으로 보이는 범위만 직경 수십 미터에 이르렀다. 발사대 한쪽을 비워 중량이 가벼워진 무인공격기가 까마득한 높이에서 반원을 그린다. 무인기 편대는 체공시간이 아직 넉넉하게 남아있었다.

"대기(Weapons hold)!"

겨울이 공격을 지연시켰다. 한 번에 큰 충격을 줄 작정이었다. 어차피 달아나려는 놈들이다. 저항이 강력할수록 피해갈 확률이 높았다. 다리를 건넌 시점에서 괴물들의 활로는 넓게 열려있었다. 어차피 또 다른 몰이사냥이 기다리고 있을 테지만.

"Weapons free! 클레이모어(산탄지뢰) 4번, 6번 격발!"

"격발!"

쾅! 1,400여개의 볼베어링이 문드러진 몸뚱이들을 휩쓸었다. 멀쩡해보이던 놈도 움찔 굳었다가, 전신에 생긴 구멍으로부터 피를 쏟으며 쓰러진다. 부채꼴로 방사된 두 개의 후폭풍. 겨울의 전신에 먼지가 또 한 번 훅 뿌려졌다. 피부는 땀에 들러붙은 흙투성이였다. 마른 이를 깨물자 모래알 으깨지는 소리가 난다.

그리고 또 다른 소리가 끼어들었다.

헬기 엔진의 배기음은 갑작스레 커졌다. 주변에 과수원이 많다보니 반향이 멀리 퍼지지 못했던 모양. 저공비행으로 날아온 헬기 중엔 겨울이 산타 마리아에서 신세를 졌던 바로 그 기종도 있었다. 작지만 결코 약하지 않다. 거기에 탄 사람들은 더더욱 그러하고.

"워후우우우-!"

록허트 병장이 하늘을 향해 주먹을 번쩍 들었다.

고도를 살짝 높인 편대로부터 지원사격이 쏟아졌다.

[Guns, Guns, Guns.]

신속대응팀이 가세한 시점에서 화력은 압도적으로 늘었다. 마지막 수단으로 예비한 지뢰제거장비를 쓸 필요도 없이, 변종들이 알아서 피해가기 시작한다. 예상했던 대로. 아우성이 사라진 터에 죽은 시체와 곧 죽을 시체들이 널린 황야만 남는다.

전투가 소강상태에 접어들자 편대가 착륙하며 증원 병력을 쏟아냈다. 어떤 이는 헬기가 땅에 닿기도 전에 뛰어내리기도 했다. 일차적인 병력 배치를 끝낸 최상급자가 두리번거리며 겨울을 찾았다.

"한 소령은 어디에 있지?"

"Sir."

겨울이 그 앞에 섰다. 상대의 계급은 중령이었다. 턱이 가려질 만큼 짙은 수염과 강한 텍사스 억양이 인상적이었다.

그런데 불러놓고 별다른 말을 하지 않는다. 겨울이 주의를 환기했다.

"Sir?"

피식. 중령이 웃는다.

"좋은 몰골이야. 귀관은 정말로 몸을 사리지 않는군."

"……."

"나쁜 뜻으로 하는 말이 아니야. 다만 유치한 놈들이 하는 소리가 있어서 말이지. 직접 만나면 입을 다물겠지만."

"무슨 말씀이신지……."

"귀관을 관심에 굶주린 창녀(Attention Whore)라고 하더군."

겨울은 적당한 곤혹스러움을 내비쳤다. 중령은 겨울의 상박을 툭툭 건드렸다.

"신경 끄도록. 그 왜, 세상에서 가장 사내다운 게 저들이 아니면 화를 내는 부류가 있거든. 부대 간의 경쟁의식 비슷한 거라고나 할까……. 무슨 말인지 알겠나?"

"예. 이해합니다."

자부심이 넘치는 정예일수록 그런 경향이 있기 쉬웠다. 그리고 그걸 인정받고 싶은 욕망도. 희생한 게 많은 사람들이라 더더욱 그러하다. 심리적 방어기제였다.

"미사일 발사지점 수색은 어떻게 되었습니까?"

질문을 받은 중령의 안색이 굳었다. 그것은 건조하게 얼어붙은 감정이었다.

"죽여야 할 놈들을 가급적 산채로 잡느라 곤욕이었지. 지금은 놓친 나머지를 쫓는 중이다. 곧 끝날 거야. 우리가 끝내든, 괴물들이 끝내든."

불충분했으나, 겨울은 더 이상 묻지 않았다.

이후의 전투는 수월했다. 간헐적으로 방향을 잘못 잡는 놈들을 처리할 뿐. 항공구조대의 헬기가 펠레티어 대위를 후송할 즈음엔 그마저도 거의 없게 되었다.

다만 독립중대를 비롯한 임무부대들이 강을 건너오기까지는 예상보다 더 긴 시간이 필요했다. 죽고, 죽고, 그 위를 타넘다가 다시 겹쳐 죽은 것들이 피와 살점으로 이루어진 지형이 되었기 때문이다. 실로 역병의 지층이며 유해의 능선이다. 현장의 영상을 수신한 겨울은 불도저가 밀어내는 땅이 모조리 문드러진 시체인 것을 보고 실로 초현실적이라고 생각했다. 이는 이제까지 겪었던 어떤 종말에서도 본 적이 없는 광경이었다.

이틀 뒤, 7월 8일, 겨울의 임무부대는 모든 장비의 점검이 끝날 때까지 후방에 배치된다는 통보를 받았다. 새로 구축된 거점은 요새화된 주립대학이었다. 여기엔 같은 처지인 다른 합동임무부대들과, 본토에서부터 증원된 대규모 병력이 함께 주둔하고 있었다.

"최종 정비에 얼마나 걸릴 것 같습니까?"

겨울의 질문을 받은 사람은 야전정비창에 배치된 상사 계급의 기술자였다. 정해진 일과가 없고, 다만 짬짬이 쉬는 게 고작인 그는 땀에 젖어 시들해진 미소를 지었다.

"장담 못 합니다. 일반정비가 그리 금방 끝나는 게 아닙니다. 창 정비 바로 아래 단계니까요. 거기다 차량들 상태가 말이 아니더군요. 지금까지 부대 정비로 견뎌온 게 용합니다. 프레임 안쪽을 긁었더니 뼈와 살점이 나오는 경우도 흔하더군요."

"그런가요……."

"예. 신참들은 아주 숨이 넘어갑니다. 무엇보다 정비능력에 비해 적체된 물량이 너무 많습니다. 실시간으로 계속 늘어나고 있고 말입니다. 뭐, 그중에서 가장 압권은 바로 저겁니다."

상사가 간이휴게실 창밖을 가리켰다. 구난차량에 견인된 전차가 보인다. 중후한 포탑에 변종이 남길 수 없는 형태의 상흔이 남아있었다. 깊숙이 패고 주변이 타들어간 자국. 알라모 3 때와 마찬가지로, 계곡에 매복해있던 중국군 잔당이 대전차 로켓 공격을 가한 흔적이었다.

"방역전쟁 사양으로 가벼워진 녀석이었으면 바로 뚫려서 승무원까지 싹 다 죽었겠죠. 이러니저러니 해도 에이브(전차, 에이브럼스)는 원래 모습이 가장 아름답습니다."

포트 로버츠의 전차소대, 미어캣 역시 개량되지 않은 구형이었다. 구형이라 함은 재앙 이전의 형식이라는 뜻. 대단히 강력하지만, 변종을 상대하기엔 낭비에 가깝다. 장갑이 워낙 두껍다보니 연료 소모도 극심했다. 한 번 주유할 때마다 500갤런(1,900리터)을 퍼먹는다.

삐이-

아주 높은 데시벨의 하울링(Howling)이 들렸다. 개나 늑대의 울부짖음이 아니라, 스피커와 연결된 마이크의 잔향이 다시 마이크에 흡수될 때 발생하는 기계적 소음이었다.

"저거 또 시작하나보군요. 시끄럽게시리."

정비반 상사가 귀를 후빈다. 맥주 한 모금 마신 뒤에 다시 하는 말.

"미쳐버린 테러리스트 새끼들이 저런다고 항복할 것 같지도 않고……. 다 죽여 버려야지."

마지막은 사나운 중얼거림이었다.

「저는 인민해방군 가무단의 주웨이 소교입니다.」

대형 확성기에서 겨울에게 익숙한 음성의 중국어가 흘러나온다. 샌프란시스코의 바다에서 구하고 헤어진 뒤로 다시 마주칠 일이 없을 줄로 알았으나, 지금 그녀는 옛 동지들에게 항복을 권고하기 위해 이곳에 와있었다. 그 목소리는 중앙평원 서부 전체에 송출되는 중이었다.

그녀는 또한 방역전선 위문공연단의 일원이기도 하다.

"뭐라고 떠드는지는 모르겠지만, 중국년이라 그런지 되게 거슬리는 목소리 아닙니까?"

계속되는 권고를 듣고, 상사가 자신의 악감정에 공감을 구한다. 하나 배우와 가수를 겸하던 이의 음성이 거슬릴 리가 있나. 뛰어난 미성이었다.

"글쎄요……."

겨울은 말을 애매하게 흐렸다. 아니라고 해봐야 소용없다. 지금 이 기지, 나아가 미군 전체의 분위기가 그러했다. 전선 전체로 놓고 보면 피해는 거의 없다고 봐도 좋다. 그러나 사람의 목숨이 걸린 일이었다. 저격수 하나가 사단을 엎드리게 만든다. 병사들은 항상 불안한 상태에서 변종 섬멸에 임하고 있었다.

그 불안에서 비롯될 더 큰 증오야말로 양용빈 상장의 마지막 소망이었을 것이다. 미국에 자멸의 씨앗을 심고 유혈로써 비료를 뿌리겠다는 계획.

'그렇게 말해봐야 통하지 않는 사람들이 너무 많아.'

겨울이 경험한 대개의 반응들은 그래서 뭐 어쩌라는 것인가, 수준이었다. 상대가 상대이므로 예의를 지키며 삼가긴 했지만. 이성은 대개 감정의 시종이었다.

탱강.

상사가 던진 빈 캔이 쓰레기통 모서리에 맞고 튀어나온다. 긴 의자에 늘어져 자고 있던 정비병 하나가 설핏 깨어 웅얼거리다가 조용해졌다. 상사는 투덜거리며 캔을 주워 넣는다. 이것도 못 넣다니, 내가 진짜 피곤하긴 피곤한가보다, 라며.

"휴식을 건의해보는 건 어때요?"

제안을 받은 상사는 다시금 싱겁게 웃는다.

"진짜 죽을 것 같은 녀석들에 비하면 못 쉬고 굴려지는 우리가 그나마 양호한 편입죠. 이러다 정말 죽겠다 싶으면 그때 건의해보렵니다. 걱정해주셔서 감사합니다만, 저는 간만의 개인정비시간에까지 여기에 오셔서 진행상황을 확인하시는 소령님이야말로 정말 쉬어야 할 사람이 아닌가 생각합니다. 지치지도 않으십니까?"

"나름대로는 쉬는 중이에요."

"대체 어디가 말입니까?"

시계를 본 상사가 자리에서 일어났다.

"전 이만 복귀하겠습니다. 기름내와 쉰내에 찌든 놈들이 코고는 소리를 좋아하시는 게 아니라면 다른 쉴 곳을 찾아보시는 게 좋겠군요."

"어울려줘서 고마웠어요."

"제가 드릴 말씀입니다."

상사가 떠난 뒤엔 겨울도 더 이상 남아있을 이유가 없어졌다.

야전정비소 간이휴게실을 나선 겨울은 임무부대에 할당된 막사로 걸음을 옮길까 하다가, 잠깐의 망설임 끝에 방향을 바꾸었다. 주둔지가 넓다보니 차량을 써도 좋았겠으나 중대 운전병 입장에선 귀찮을 것이었다.

대학 캠퍼스가 인접한 시가지에선 간혹 총성과 폭음이 들려왔다. 임무부대의 다음 전장도 바로 저곳, 데이비스 도심이었다. 다수의 임무부대가 정비 완료시점까지 놀고만 있을 순 없는 노릇이었다. 며칠간 휴식을 거친 뒤엔 다들 시가전에 투입될 예정이다. 그래봐야 낙오된 개체들이 배회하거나 숨어있을 뿐이겠지만.

멧돼지 사냥은 다른 부대들이 넘겨받은 상태였다.

와아아-

대학 부속 경기장 방향에선 열광적인 함성과 빠른 박자의 음악이 들려왔다. 현재 위문공연이 진행 중인 곳이다. 민간 응원단은 물론이거니와, 장병들을 위해 힘쓰고 싶은, 혹은 그런 이미지가 필요한 인기 스타들이 대거 찾아왔다. 겨울이 있기에 더 많은 이들이 왔다던가.

정작 겨울은 보다 조용한 장소를 선호했다.

캠퍼스 남쪽엔 강물을 가둔 인공호수와 산책로가 있었다. 사람이 없는 다섯 계절을 겪으며 길게 쇠락하고 잡초가 우거진 공원이었으나, 장기주둔을 염두에 둔 사령부가 인력을 투입해서 관리하는 중이다. 정신적으로 지친 병사들의 휴식을 위하여.

지금은 기본적인 제초만 이루어졌을 뿐인데도 과거의 모습을 많이 되찾았다. 벤치와 포석 등에 드문드문 말라붙은 핏자국들이 보이긴 해도.

소리가 멀어지자 기이한 고요감이 감돌았다. 이런 을씨년스러운 정적이야말로 「종말 이후」의 본질이었다. 폐허를 거닐 때의 감흥은 그 나름대로 심장을 옥죄는 운치가 있다. 다른 세계의 관객들 또한 그럭저럭 만족하는 분위기.

왜애애앵-

잔디 깎는 기계의 모터 구동음이 다가왔다. 손잡이를 밀던 병사가 겨울을 보고 잠시 머뭇거리다가, 간단히 경의를 표하고 지나간다. 그리고 다시 정적.

서양식 팔각 정자 아래의 벤치에 앉은 겨울은 드물게 냄새 없는 바람을 맞다가, 주머니 속의 진동을 느끼고 넷 워리어 단말을 꺼냈다. 국방부 인가를 받은 모바일 메신저 어플리케이션이 수신 알림을 쌓아 놨다. 그중에서 눈에 띄는 하나.

『장연철 : 그래도 이름을 골라달랍니다.』

"……."

무슨 말인고 하니, 겨울에게 아이의 이름을 정해달라고 했던 송예경에 대한 이야기였다. 다물진흥회로 떠난 남편에게 버림 받았던 아내. 그녀의 상실에 공감한 이가 많았는지, 주위에 사람들이 모였다고. 민완기가 예전의 통화에서 말하기를 중립파의 대표 격이라 했었다. 겨울의 부재를 무난히 넘기고자 양대 부장이 선택한 방법이 불화를 연기하는 것이었기 때문이다.

어머니는 아버지가 지어준 아기의 이름을 버렸다.

겨울이 전화를 걸었다. 신호가 울리기 무섭게 받는 반가운 목소리.

[엇, 작은 대장님. 오늘은 통화 괜찮으십니까?]

"예. 며칠 쉬게 됐네요."

[이야, 정말 잘됐습니다. 워낙 바쁘셔서 병이 생기진 않으실까, 어디 다치진 않으실까 항상 걱정하고 있습니다. 전엔 잠도 못 잤었죠.]

"그렇다고 울 것까진 없었잖아요?"

지난 일을 들추는 짓궂은 질문이 잠깐의 공백을 만들었다.

[어…… 그건 이제 그만 잊어주셨으면…….]

"싫은데요."

[네…….]

수화기 너머로 시무룩함이 느껴진다. 그가 울었다는 건 첫 통화 때의 일. 말도 못 하고 울기만 해서 한정된 시간을 다 보내버렸었다. 그리고 지금까지도 부끄러워했다. 이젠 공식적으로도 군정청의 관료인데 겨울을 대하는 태도는 예전과 같다. 드문 유형이었다.

"그건 그렇고, 송예경 위원 말인데요."

이젠 그녀도 군정청 소속이라 들었다.

"내가 대부(代父)가 되어줄 순 없다는 말, 분명히 전한 건가요?"

이것이 단순히 아기 이름을 정하는 일을 두고 아직까지 결정을 미룬 이유였다.

[물론입니다. 하지만 이름은 약속하지 않으셨냐고 묻더군요.]

"약속이야 했죠. 근데 그걸 달리 이용하는 건 또 다른 문제잖아요? 정 내가 정해주기를 바란다면 사람들의 오해를 직접 풀라고 하세요. 방치하지 말고. 아니면 스스로 정하든가."

[민 부장님 말씀이 방치는커녕 조장하고 있다고 합니다만, 음, 어쨌든 알겠습니다. 여러모로 다망하실 텐데 사소한 걸로 귀찮게 해드려서 면목이 없습니다.]

그녀가 영향력에 목마른 것은 원한을 풀기 위해서다. 민완기도 그리 보았고, 최근엔 장연철 역시 비슷하게 우려하는 중이었다.

이야기는 최근의 가장 큰 화두로 넘어갔다.

"분위기는 좀 어때요?"

[동맹이야 걱정 없지만 중국계 거류구는 말 그대로 최악입니다. 군도 경찰도 본토 출신은 믿기가 힘들고 해서 우리 쪽 인력을 배치하더라고요. 자경단도 경찰협력조직으로 인정받았습니다. 텍사스 레인저처럼요.]

"제중 씨가 좋아하셨겠네요."

[예, 뭐. 착하지만 허영심이 좀 있으신 분이니.]

제중에 대한 평가는 겨울이든 양대 부장이든 똑같았다.

"그래서, 중국 사람들의 반발은 없고요?"

[예. 죽다 살았다는 반응들입니다.]

"차출된 사람들이 거만하게 굴까봐 걱정되는데……."

[안심하셔도 됩니다. 왜 전에 받은 중국인들 있잖습니까. 화승화랑 수방방 운운하던.]

"아."

벌목장에서 은밀한 편지를 전했던 자들이었다.

[안제중 단장님이 그 사람들을 치안보조로 뽑아서 보냈습니다. 어, 실은 민 부장님의 뜻이었지만 말입니다. 아무튼 깡패 출신이긴 해도 다들 조용하게 굴어서 좋더군요.]

본성과 습관을 떠나 당연히 그럴 수밖에 없을 것이었다.

[덕분에 딱히 말썽이 없습니다. 저도 한국계 동맹원들이 갔으면 많이 시끄러웠을 거라고 생각했는데, 역시 그때 작은 대장님이 훌륭한 결정을 하셨던 것 같습니다.]

“칭찬은 됐어요.”

[칭찬이 아니라 사실입니다.]

“……그 밖에 다른 건?”

[그 밖에, 그 밖에……. 그렇지. 중국 난민들로 구성된 부대 창설이 보류됐답니다. 대신 지금까지 받은 병력을 다른 데로 보낸다는 이야기를 들었습니다.]

“어디로?”

[그건 아직 모릅니다.]

흐음. 겨울은 그들의 전장을 생각해보았다. 신뢰도가 낮은 병력을 이쪽으로 보낼 것 같진 않지만, 상장의 잔당들과 싸우는 구도를 만든다면 중국계를 싸잡아 적대감이 깊어진 시민들에겐 결자해지로 보일 확률이 높았다. 국방부를 넘어 백악관에서 욕심을 낼 법한 연출이었다. 지금의 대통령은 중국계 난민과 시민들에게 지나치게 유화적이라고 비난받고 있으므로. 사회가 시험에 들면 항상 인권도 시험에 든다.

[저기, 대장님.]

연철이 묵묵한 겨울의 주의를 일깨운다.

[전에 알아보라고 하신 거 있잖습니까.]

“어떤?”

[일본 깡패들이 벌였다는 그 끔찍한 일 말입니다.]

“아아, 그거.”

[대외비로 지정되고, 캐슬린 보안관님이 말을 아낀 이유가 있었습니다.]

그리고 잠시 뜸을 들이는 연철. 대체 무엇이기에? 사람이라도 잡아먹었나?

대충 짚은 추측이 사실이었다.

[그…… 조직적으로 사람을 잡아먹었다고…….]

"……."

[도움이 안 되는 사람들 위주로 죽였다는데…… 휴.]

노약자, 장애인, 그리고 남자들이 떼로 죽어 성비가 안 맞는 상황에선 젊거나 어린 여성들. 쓸데없는 입을 줄이는 동시에 공동체의 힘을 키운다는 명분이었을 것이다.

'돼지고기라는 게 그거였나.'

주길회장 타다아츠 료헤이는 겨울을 대접한답시고 인육을 내왔던 모양이다. 동생에게 암퇘지라고 악을 쓰던 극우 청년의 모습도 떠오른다. 사실 여부를 떠나 잡혀갔다 돌아온 것만으로도 더러운 취급을 받았을 것이었다. 그래도 죽지 않은 건 아마도 겨울 때문일 테고.

"그거, 다른 사람들한테는 절대로 말하지 말아요."

[당연합니다! 괜히 대외비가 아니었습니다. 이 사실이 알려졌다간 난민혐오가 또 폭발하겠지요…….]

깊은 한숨을 내쉬던 연철이 겨울에게 양해를 구한다.

[엇, 이런. 대장님. 죄송하지만 전화를 끊어야 할 것 같습니다.]

"괜찮아요. 나중에 시간 날 때 다시 걸죠."

[예. 죄송합니다.]

죄송하다는 말을 두 번이나 하고 끊는다. 그도 엄연한 연방공무원이다. 오늘이 토요일이긴 하나 지역 특성상 업무 호출이 있을 법했다. 겨울은 끊어진 전화기를 만지작거리다가, 몇 번의 바람을 보낸 뒤에, 또 다른 번호로 발신을 눌렀다.

보안회선 특유의 건조한 연결대기음이 흘러나온다. 신호는 한참동안 이어졌다. 요즘 눈코 뜰 새 없이 바쁘다고 했었는데, 그래도 주말이라고 자리를 비운 건가? 싶어 겨울이 슬슬 그만둘까 생각하는 순간, 와라락 하고 통화가 연결되었다.

[겨울?!]

다급한 부름에 겨울이 만들지 않은 쓴웃음을 짓는다.

"네, 한겨울 맞습니다. 숨넘어가겠어요, 앤. 무슨 전화를 그렇게 급하게 받아요?"

[아…….]

반가움에 목이 메여 나오는 탄식.

[미안해요. 늦게 받아서. 회의에 참석하느라 잠시 자리를 비웠었습니다.]

"사과 받으려는 게 아닌데……. 그나저나 주말인데도 회의면 수사국(FBI)은 여전히 쉴 틈이 없나보네요. 바쁘다고 하더니. 지금도 혹시 방해하는 것 아니에요?"

[방해라니…… 전혀 아닙니다. 그보다 무슨 일로 전화를?]

"문자로 보안회선 번호를 보냈잖아요. 번호가 맞는지 한 번 걸어보긴 해야죠."

받고 무반응이면 속이 얼마나 끓어지겠는가.

[으음.]

그녀가 짐짓 못마땅한 소리로 나무랐다.

[소령, 거기선 빈말이라도 목소리를 듣고 싶었다고 하셔

야죠.]

"그러네요. 사실 목소리도 들을 겸해서 걸었어요. 진짜로."

[……크.]

시답잖은 농담을 한 번씩 주고받는다. 그 뒤에 조안나가 진지하게 물었다.

[정말로 다른 용건이 있는 건 아니고요?]

"용건은 딱히. 그냥 소식을 듣고, 소식을 전해야겠다 싶어서요."

[이쪽의 소식…… 이라. 좋은 소식을 전하고 싶지만, 마땅히 없습니다.]

"없긴요. 요즘 같을 땐 서로가 무사하다는 것 하나로 충분히 좋은 소식이잖아요?"

[그렇군요.]

살짝 가라앉았던 조안나가 또 한 번 작게 웃는다.

[난 무사합니다. 겨울도 무사한가요?]

"어떨 것 같아요?"

[모르겠습니다. 워낙 수시로 위험을 무릅쓰는 사람인지라. 이틀 전에도 추락한 공격기 조종사를 구한다고 무리를 했더군요. 변종들이 가득한 위험지역을 비전투병력만 데리고 돌파했다고 들었습니다. 게다가 조종사를 확보하고 아군이 올 때까지 방어전을 치렀다던가요?]

장난치듯 제3자처럼 말하고 있다.

"과장이 심해요. 공병대는 비전투병력이 아니잖아요. 많이 힘든 싸움도 아니었고. 근데 그걸 대체 어느 경로로……. 설마 벌써 방송을 탔어요?"

승진한 조안나는 고위 감독관(Director)으로서 군 관계의 많은 기밀을 열람할 권한이 있겠지만, 그럼에도 겨울이 방송일 거라고 짐작한 것은 사건의 특수성과 그녀의 바쁜 일정 때문이었다. 주말에도 회의를 진행할 만큼 바쁜 것이다. 근자에 수사국의 업무 폭주는 당연한 바였고.

그러므로 인트라넷 열람보다는 자연스럽게 이야기를 들었을 확률이 높았다.

역시나, 감독관이 긍정한다.

[예. 문자 그대로 좋은 소식이니까요.]

하지만 석연치 않다.

"내 말은, 양용빈 상장이 엮인 사건에 보도관제가 걸리지 않아서 이상하단 뜻이었어요."

[확실히 그런 점은 있겠습니다. 다른 때와 달리 이틀이 지난 오늘 아침에야 공개된 걸 보면 공보처에서도 고민이 많았던 거겠죠. 파일럿 펠레티어 대위의 인터뷰가 본인은 무사하다, 한겨울 소령에게 감사한다는 내용으로 도배된 것도 그래서였을 겁니다. 감추기도 힘들고요.]

"으음……."

[당신이 뭘 걱정하는지는 압니다. 하지만 반응은 긍정적이에요. 다행히.]

"그것 때문에 요즘 많이 힘들죠?"

[……예.]

뜸을 들인 짧은 수긍이 긴 말보다 더 많은 진심이었다.

그녀가 공백을 두고 덧붙인다.

[내가 아무리 힘들어도 당신만큼은 아니겠지만요.]

"글쎄요. 최근엔 전투가 너무 쉽게 풀려서……. 지금도 부대정비로 사실상의 휴식이거든요."

[이쪽도 급한 불은 껐습니다. 곳곳에 남은 잔불들이 언제 다시 번질지 모르지만, 위태롭긴 해도 당장은 소강상태입니다. 군경과 민간인들의 마지막 유혈충돌이 열흘 전이군요. 전황이 꾸준히 좋고 추가적인 악재만 없다면 어떻게든 현상유지가 가능하리라고 봅니다.]

감독관이 내놓는 최선의 기대가 현상유지였다.

'예전에 읽은 책이 생각나네…….'

겨울이 회상하는 책의 제목은 「해변에서」였다. 종말을 다루는 소설의 첫 장엔 T.S 엘리엇의 시가 인용되어 있었다. 그 말미가 이러했다.

『세상은 이렇게 끝나는구나. 세상은 이렇게 끝나는구나. 세상은 이렇게 끝나는구나.』

『쾅 소리가 아닌 훌쩍임과 함께.』

증오로 물든 여론을 지켜보며 대선을 기다리는 심정이 이와 유사하다. 앞으로 4개월 남았다. 소강상태라곤 하나 미움이 사라진 건 아닐 터. 본토탈환 완료가 기대만큼의 반환점이 되어줄 것인가는 미지수였다.

사회의 분위기만 놓고 보면 차라리 소설이 나았다. 소설 속의 사람들은 종말이 다가오는 와중에도 속기(速記)를 배우고, 사랑을 나누고, 꿈만 꾸던 차를 몰고 목숨을 아끼지 않는 레이싱 경기를 벌이며, 생업에 종사하는가 하면 전원(田園) 클럽에 모여 비장의 와인을 즐기기도 한다. 평화롭다 못해 낭만적이라 해도 좋을 것이다.

전화기 너머가 조용하다. 그 초조함을 느끼고, 겨울은 대화를 조금 전의 화제로 되돌렸다.

"무사하다는 말은 들었지만 한 번 더 확인할게요. 앤, 지금 확실하게 안전한 거 맞아요?"

[물론입니다. 진정한 애국자들은 거의 대부분 색출한 상태랍니다. 아직 들키지 않은 사람이 있기야 하겠으나, 조직 자체가 무너졌으니 뾰족한 수가 없겠죠. 자기보신을 위해서라도 잠자코 있을 겁니다. 이제 와서 내가 어떻게 된다고 멈출 수사도 아니고요.]

"그렇다면 다행인데……."

[염려해줘서 고맙습니다. 겨울도 몸조심해요. 당신의 죽음은 악재 중의 악재가 될 테니까요.]

"예. 주의할게요."

[그제처럼 위험한 행동은 가급적 삼가고요. 아니.]

감독관은 스스로의 말을 정정했다.

[당신이 이런다고 몸을 아낄 사람이었으면 난 이미 그 바다에서 죽었겠군요. 바보 같은 소릴 했습니다. 그래도 아끼기를 바라게 되는 건 어쩔 수가 없지만 말입니다…….]

목소리에 힘 빠진 웃음기가 묻어있다. 전보다 분위기가 부드러워진 느낌이었다.

[방금 폭음을 들은 것 같은데 괜찮습니까?]

"수색이 진행 중인 시가지가 바로 옆이라서 그래요. 거리상으론 가까운데, 여기까지 오는 길에 방어진지가 세 겹이니 무슨 일이 생겨도 괜찮겠죠. 무엇보다, 난 지금 무장한 상태예요. 무기와 탄약을 휴대한 한겨울이죠."

[그건 안심이군요.]

또다시 수화기를 넘어오는 작은 웃음소리.

"우리 임무부대도 곧 투입된다는데 차례가 돌아올지 모르겠네요. 시가지가 작아서. 사실상 여긴 새크라멘토 탈환의 전초전쯤으로 보고 있어요."

현재 점령구역을 넓혀가는 중인 데이비스 시는 새크라멘토 생활권의 위성도시 가운데 하나였다. 또한 도심과 거리를 두고 건설된 새크라멘토 국제공항은 벌써 레인저가 접수했고, 현재는 공군기지로 쓰기위해 복구 작업이 진행되고 있었다.

[새크라멘토라…… 거긴 방사능 오염이…….]

겨울이 조안나의 근심을 누그러뜨렸다.

"화학대가 사전조사를 끝냈대요. 브리핑에선 방호구 없이 진입해도 무방할 정도라고 하던데요. 거짓말은 아니겠죠."

비록 소형 전술핵이 터졌던 곳이긴 하나, 핵폭발이 남기는 방사능은 최초의 7시간을 기준하여 7의 제곱에 해당하는 시간이 경과할 때마다 약 10분의 1로 감소한다. 새크라멘토의 경우 1년 이상 경과했으므로 수만 분의 1이 되어있을 것이었다.

거듭 사무적으로 흐르던 대화가 방향을 잃었다.

[어쩐지 계속 일과 시국에 대한 이야기만 하게 되는군요.]

"사실 그것밖에 없었잖아요. 피쿼드 호에 갇혔을 때를 제외하면."

[…….]

"서로 걱정스러운 게 당연한 세상이기도 하고."

[하긴 그렇습니다.]

"곧 D.C에서 볼 수 있을 거예요."

재앙 수준의 이변이 없는 한 어긋나지 않을 예언이었다.

소소한 대화가 길게 이어지진 못했다. 감독관이 말로는 방해가 아니라 했으나, 직전까지 회의를 진행하고 왔을 정도인데 마냥 여유로울 리가 없잖은가.

점점 더 강해지는 초조함과 갈등을 읽고, 겨울이 다음을 기약했다.

"저녁에 임무부대 회합이 있어서 이만 가봐야겠어요. 그 전에 서류업무를 끝내놔야겠거든요. 피해평가, 보급요청 결재, 인사결재, 상담기록 보고, 위로편지 작성 같은……. 정말이지, 장교의 휴일은 휴일이 아니네요."

[어디든 책임자는 편히 쉬지 못하는 법이니까요.]

짧은 한숨을 뱉은 감독관이 인사를 남긴다.

[오랜만에 목소리를 들어서 기뻤습니다. 다음에 다시 통화하죠.]

"네. 다음에 또."

그러나 연결은 말없는 세 호흡이 더 지나서야 끊어졌다. 기다리던 겨울이 넷 워리어 단말을 갈무리하고 일어섰다. 산책하듯 걸어도 시간에 맞출 수 있을 것 같았다. 문서업무가 있기는 하되 감독관에게 말한 것처럼 급하지는 않았다.

이 공원은 작년까지만 해도 잘 관리된 숲길이자 꽃길이었으므로, 지금도 햇빛을 피해가며 차분하게 걷기 좋았다. 강렬한 직사광선 아래 나무들이 드리우는 그늘은 음영의 대비가 선명했다. 바람이 불 때마다 하늘거리는 보랏빛 캣민트에서 계절감이 물씬 느껴진다. 이런 세계관에서도 새는 지저귀고, 옥빛 연못엔 바람이 불었다.

다만 이번 여름을 견디지 못한 화초들, 그리고 아직 오지 않았거나 지나버린 개화시기(開花時期)가 아쉬울 따름. 산호 알로에는 연말에 꽃을 피우며, 라벤더는 일주일 전에 봉오리가 떨어졌다. 멕시코 튤립은 그보다 일찍 저버렸고.

분명 바깥세상에도 어딘가 이런 풍경이 있었을 것인데. 사람의 아름다움뿐만 아니라 사람이 아닌 것들의 아름다움마저 모두 지나간 과거가 되어버리진 않았을 것인데. 그런 풍경과 더불어 살았다면, 다른 세계의 관객들도 좀 더 너그러워지진 않았을까. 생전의 저 바깥세상에서 사람이 사는 터전들이란 왜 그토록 잿빛뿐이었을까…….

이런. 생각의 흐름을 자각한 겨울은 내심 가볍게 실소하고 말았다. 누군가의 시선을 항상 의식한다는 건 그 자체로 적잖이 지치는 일이었다. 그래서 혼자만이 있는 별빛 공허가 반갑고, 공허가 아니더라도 곧잘 마음을 이완시킬 기회를 찾게 된다. 마침 좋은 기회라고 여겼건만, 어쩐지 잘되지 않았다.

겨울을 발견한 기자단이 머뭇거린다. 공교로운 조우

였다.

그들을 피하는 모습을 보일 순 없는 노릇. 하물며 아는 얼굴들이었다. 휴식에 대한 아쉬움을 지운 겨울이 그들을 향해 곧장 걸어갔다. 동행한 장교와 헌병대의 경례를 받아주면서.

"마르티노 씨. 카아 씨. 클라인 씨. 이런 곳에서 뵙네요."

이름을 부르며 눈인사를 건네니 땀에 젖은 스태프들이 기쁨을 감추지 못했다. 한 번 소개했을 뿐인데 그들을 기억하고 있다는 데 놀란 듯하다.

"이런. 저희 때문에 휴식을 방해받으신 건 아닙니까?"

"어차피 막사로 복귀하던 길이었어요."

"마침 잘됐군요. 오후 일정을 소화하는 대로 소령님을 찾아뵐 예정이었는데 말입니다."

"저를? 무슨 일로?"

"그, 야간에 부대 단합행사가 있지 않습니까? 촬영허락을 구할까 하고……."

"제 허락을? 그건 공보처 관할 아닙니까?"

뒤쪽의 질문은 기자단과 동행한 공보처 장교를 향한 것이었다. 대위 계급의 공보장교는 턱을 살짝 들고 부동자세로 대답했다.

"이번엔 제한적인 허가입니다. 동의가 있을 경우에만 진행하라는 지시가 있었습니다, Sir."

"흠."

이번엔 다시 기자에게 묻는다.

"이런 촬영도 필요합니까?"

"필요는 때로 만들기도 하는 것이죠. 계속되는 테러에도 불구하고 전선은 이렇게 여유롭다는 것을 보여주려는 겁니다."

합당한 이유다. 짧은 고민 끝에 겨울이 끄덕였다.

"그렇다면 저도 제한적으로. 부대원들의 의견에 따르도록 하죠."

그러자 기자가 좋아한다.

"됐군요."

"네?"

"그쪽 분들에겐 벌써 양해를 구해두었습니다. 위문공연이 진행되는 스타디움에서 만났지요. 소령님께선 다른 곳에 계신다고 하기에 조금 당황했습니다만, 이걸로 해결이군요."

마르티노가 눈을 찡긋 깜박였다.

"항상 수고에 감사드립니다. 그럼 밤에 뵙겠습니다."

겨울은 그들을 일별하고 막사로 향했다.

그 후로 저녁 시간이 지나, 식사를 마친 임무부대원들은 바(Bar)에 모여 있었다. 본디 대학의 카페테리아였던 곳으로 부대 전체를 수용하고도 공간이 많이 남는다.

특이사항으로는 여유 공간에 마련된 낮은 단상이었다. 그 가까운 구석은 어딜 봐도 민간인인 사람들이 차지했다. 3분의 1쯤은 화려하거나 독특하거나 반짝이는 의상들을 입고 있다. 나머지는 그들의 매니저이거나 피고용인들로 보였다. 헌병대가 주변을 차단하고 있었다.

"Wow!"

짙은 화장, 보랏빛 립스틱, 코를 뚫은 피어싱이 인상적인 남자가 겨울을 발견하고 허스키한 비명을 지른다.

"Oh my gosh, oh my gosh! 어떡해! 진짜잖아! 진짜 한겨울 소령이야!"

그는 급기야 울음을 터트렸다. 다른 유명인들도 각자 다른 반응으로 놀라움과 기쁨, 가끔은 멍한 황홀함을 드러냈다. 그중에 진심은 얼마이고 연기는 또 얼마일지. 어느 쪽이든 종군기자단의 카메라를 의식하는 비율이 꽤 된다.

"Sir. 이러시면 곤란합니다. 통제에 따라주십시오."

헌병대가 립스틱 바른 남자의 진로를 차단한다. 본래 스타들을 보호하기 위해 투입된 병력이겠으나, 지금 이 상황에선 겨울을 지키는 게 맞았다.

그러나 사람들이 대체 어딜 좋아하는 걸까 싶은 남자는 거의 정신이 나간 사람처럼 굴었다.

"이거 놔! 놓으라니까! 내가 왜 여기 왔는데! 왜 추가 스케줄을 받아들였는데! 저기요! 소령님! 내 영웅! 잠시만 시간을 내줘요! 제발!"

몸짓과 말투 하나하나가 중성적이고 극적이고 감정과잉이었다. 나름의 직업병인가? 겨울은 헌병의 양해를 구하고 통제선 안쪽으로 들어갔다.

'음?'

가까워져서야 눈에 띄는 한 사람이 있다. 위문공연단의 일원임에도, 다른 이들과는 물리적으로나 분위기로나 거리를 둔 채 가만히 앉아있는 모습. 겨울도 아는 인물이었다.

'주웨이 소교?'

그늘 같은 그녀는 겨울에게 기이한 시선을 못 박고 있었다.

그러나 그 모습은 곧 금세 다른 이들에게 가려지고 만다. 반짝이는 소란의 와중에 신경이 잔뜩 곤두선 헌병장교가 겨울을 향하여 낮게 당부했다.

"안전에 유의하십시오. 생각과 하는 짓들이 평범하지 않은 사람들입니다."

"주의하죠."

고개를 끄덕이는 동안에도 덩치 큰 헌병장교는 배후로부터 미는 힘을 견디는 중이었다. 그는 마침내 못마땅한 표정으로 몇 걸음 비켜섰다. 그러기 무섭게 정신 사나운 남자가 육박했다. 렌즈를 낀 눈이 흥분으로 풀려있어 변종처럼 보일 지경이었다.

하나 정작 겨울 앞에 이르러서는 더 이상 거리를 좁히지 못하고 발을 굴렀다.

"어떡해, 어떡해, 어떡해……."

이런 식이라 겨울로서도 말을 고르기 곤란하다. 그저 난처한 미소만 만들고 있으려니, 다른 스타와 코미디언들이 신중하게 다가왔다. FUCK YOU 티셔츠를 입은 장발의 근육질 기타리스트, 반짝이는 드레스를 입은 풍만한 여성, 금빛 장신구가 많은 거구의 래퍼, 배우 같은 느낌의 금발 남성 등. 담배에 찌든 냄새, 대마초 냄새, 강렬하거나 부드러운 향수 냄새에 여러 체취가 뒤섞여 후각적으로도 번잡하다.

"Hey."

FUCK YOU 티셔츠가 묻는다.

"괜찮다면 악수 한 번 허락해주지 않겠소?"

"그러죠."

겨울은 선선히 그의 두꺼운 손을 맞잡았다. 손가락마다 굳은살이 배겨있었다. 흠칫. 장발의 기타리스트는 겨울의 손을 깨지기 쉬운 물건처럼 다루었다.

"이 말을 꼭 하고 싶었소. 당신의 헌신에 감사드리오. 언제나."

"저야말로. 당신의 성원에 감사드립니다."

이 인사를 나누기는 꽤 오랜만이었다.

"나도, 나도!"

뒤늦게 눈물로 호들갑을 떠는 립스틱 사내에게도 손을 내미는 겨울. 그러나 이쪽은 악수에 그치지 않고 격렬한 포옹이 되었다. 주변의 인상이 찌푸려졌다.

한 사람 한 사람 침착하게 상대하는 것만으로도 큰일이었다. 풀썩 쓰러지는 사람도 있었다. 몇 번의 악수와 몇 번의 사인을 해주고, 겨울은 그들 모두에게 인사치레를 했다. 자리를 빛내주어 고맙다고. 장병들이 좋아할 거라고.

그 자리를 빠져나오니, 디안젤로 하사가 겨울에게 잔을 건네고 위스키를 채워주었다.

"오늘은 중대장님께서 시작하셔야 합니다. 다들 기다리고 있습니다."

비록 취기가 감각뿐일지라도 술을 즐기지 않는 겨울이지

만, 건배사는 중대장의 몫이었다. 애초에 이런 자리에서 중대장과 부중대장이 모두 술을 사양하기도 곤란하다. 부중대장인 싱 대위는 종교적인 이유로 음주가 불가능했기에.

겨울이 간이무대를 단상으로 삼으니 환호와 휘파람과 갈채가 터져 나왔다. 조용해지기를 꽤 오래 기다려야만 했다.

"짧게 하죠. 부끄럽기도 하고."

소박한 태도에 여기저기서 간헐천 같은 웃음이 흐른다. 겨울은 그들과 천천히 시선을 맞춘 다음, 그들의 눈높이 위로 호박색 잔을 들어보였다.

"우리가 겪은 모든 싸움을 기억하며, 생존과 승리를 위하여."

생존과 승리를 위하여! 연습한 것도 아닌데 다들 호흡이 잘 맞는다.

겨울이 잔을 쭉 비우는 것을 기점으로, 실내가 자유로워졌다.

싱 대위가 겨울에게 장교 테이블의 자리를 권했다.

"고생하셨습니다."

"고생?"

"저 사람들 이야깁니다. 요란하더군요."

대위가 가리킨 쪽은 역시 스타들이 모여 있는 자리였다. 지금도 시선이 마주치자 키스를 보내는 가수가 보인다. 겨울은 간단히 목례하고 참모들을 향해 돌아앉았다. 저 가수의 팬인지, 아니면 단순히 매력적인 여성이기 때문인지, 공병장교는 무척 부러워하는 눈치였다.

"인기가 좋으시군요."

"그러네요."

"아까는 설마 실신하는 사람까지 나올 줄은 몰랐습니다."

"아, 그분. 연기를 참 잘하시더라고요."

"연기? 그게 연기였습니까?"

당혹감을 드러내는 몽고메리 중위. 겨울이 고개를 끄덕였다.

"실려 가는 동안 실눈 뜨고 살피시던데요. 정신을 잃은 건 아닌 거죠."

"허……."

이번엔 기가 막힌 탄식. 어쩐지 불쾌해하는 눈치도 있다. 그것도 공병장교만이 아니라, 독립중대 참모와 간부들마저. 겨울이 온화하게 말했다.

"왜 다들 화를 내고 그래요? 관심을 먹고 사는 사람들이잖아요. 그러려니 해요."

작전참모가 불평한다.

"아무리 그래도……. 중대장님을 이용한 것 같아서 좋게 봐주기 어렵군요."

"화내지 말고 술이나 마셔요. 안 마시는 사람이 둘이나 있다는 게 이 테이블의 장점이잖아요. 남는 술은 먼저 마시는 사람이 주인입니다. 그동안 아쉬움이 많았을 텐데요?"

겨울의 말에 싱 대위가 희미하게 미소 짓는다. 수염이 풍성한데도 전체적으로 움직여서 표정을 알 수 있었다. 그의 잔엔 그저 맑은 물이 차있을 뿐이었다. 정보장교가 묻는다.

"대위님은 술 말고 다른 음료도 안 드시는 겁니까?"

"알코올만 아니면 뭘 마셔도 상관은 없다. 다만 내일이 시크교의 축일(구르푸라브) 가운데 하루라서 말이지. 오랫동안 제대로 챙기지 못했고 또 언제 다시 챙길 수 있을지 모르니, 내일 경전을 읽기 전에 최대한 몸을 깨끗이 하고 싶군."

이번엔 겨울이 물었다.

"그동안 축일을 몇 번 놓쳤다는 말인가요?"

"예. 기독교의 주일처럼 규칙적이진 않으나, 매달 몇 번의 축일이 정해져있습니다."

"사전에 말을 해주지 그랬어요? 어느 정도는 배려해줄 수도 있는데."

"전에도 한 번 말씀드렸듯이, 신의 이름을 깨닫는 길은 오직 마음속에 있습니다. 양심과 연민과 용기와 사랑이야말로 우리의 내면에 있는 신의 이름이지요. 그러므로 계율과 형식은 수양의 도구일 따름입니다. 지키면 좋겠지요. 절대적인 건 아닙니다."

"……."

"또한 장교 된 자로서 개인의 신앙으로 장병들에게 폐를 끼칠 수도 없는 노릇입니다. 그러니 신경 쓰지 않으셔도 좋습니다."

다시 들어도 괜찮은 종교관이었다. 지난날 규율을 대하는 태도에서 스스로 거리가 있다고 했기에 더더욱 그러했다. 시크교에도 광신도는 있을 것이기에.

무대에서 공연이 시작되었다. 탁월한 연주와 매력적인 노랫소리. 녹음으로는 재현이 불가능한 생생함이었다. 대화가 자연스럽게 단절된다. 겨울은 위문공연단에 대해 생각했다.

'그 이상한 남자, 나 때문에 추가 스케줄을 받아들였다는 식으로 말했었지. 즉 다른 사람들도 본인이 원해서 왔다는 뜻인데…….'

그렇다면 주웨이 소교 역시 자의로 참석하기를 희망했을 것이었다.

거기에 그 묘한 시선. 하나 겨울을 보러 온 것치곤 적극적이진 않아서 다시 이상하다. 과연 어느 선까지 눈치 챘을까. 아예 아무것도 모를 리는 없다.

애초에 샌프란시스코에서 내보낼 때 잠수함을 태웠던 것이다. 게다가 장정 9호 추적 임무, 페어 스트라이크 작전에 대한 정보는 개략적인 수준에서 민간에 공개되어있는 상태. 주웨이 소교도 당연히 접했을 터였다. TV, 신문, 라디오……. 역병 이전의 유명세로 인해 미국 내 여론공작과 전선위문 목적으로 쓰이는 그녀를 죄수처럼 가둬두진 않았을 테니까.

그럼 목적은?

'목적을 떠나 모르는 척하는 편이 안전하겠지.'

페어 스트라이크 작전의 자세한 내용은 여전히 기밀이며, 또한 현 정국에 치명적일 수 있는 진실이기도 했다. 겨울은 그녀가 무엇을 묻든 긍정하지 못한다. 하다못해 감사 인사조차 받기 어렵다. 작은 의혹이 큰 사건을 낳을 가능성이 있으므로.

종군기자단이 없었다면 재고해봤을 것이다. 하지만 카메라가 비추는 지금은 사적인 대화를 하기 어렵고, 그렇다고 사적인 자리를 만들기는 더더욱 곤란했다.

머레이가 겨울의 안색을 살폈다.

"무슨 고민을 그렇게 하십니까?"

"아무것도. 그냥 갑자기 옛날 생각이 나서. 술은 맛있어요?"

정보장교는 유감 깊은 표정이 되었다.

"두 분께서 들지 않으셔도 여전히 술이 적습니다. 이런 날은 진탕 취해서 다음날까지 기절하고 싶습니다만…… 아직은 안 되는 거겠지요."

"조만간 제대로 쉴 날이 올 거예요. 그땐 음주량 통제도 없을 거고. 기운 내요."

"진심으로 그렇게 믿으십니까?"

"진심이 아니면요?"

겨울이 술 대신 이온 음료를 홀짝이며 다시 말한다.

"지금 장비만 한계가 아니에요. 고비를 쉴 새 없이 넘겼잖아요. 사병이든 장교든 굉장히 소모되어있다는 말이에요. 당장은 이기고 있으니까 티가 안 나는 거지. 어떻게든 하루하루, 본토를 회복할 때까지만 견뎌보자고……."

싱 대위가 동의했다.

"분명 그런 분위기가 있습니다. 성패를 떠나, 이번 작전의 끝은 심리적인 공세종말점이 될 겁니다. 장기적인 휴식과 재정비는 선택이 아닌 필수겠지요. 중위는 무엇을 걱정하는 건가?"

"전……."

머레이 중위가 한숨을 푹 내쉬었다.

"이번 작전이야 당연히 성공할 겁니다. 하지만 과연 거기서 멈추겠습니까? 적을 밀어낼 수 있을 때 최대한 내려가려고 하지 않을까요?"

싱 대위는 말뜻을 바로 알아듣는다.

"파나마 운하 말이군."

"예."

그 운하가 필요하다는 건 방역전쟁에 관심이 있는 사람이라면 누구든 인정하는 사실이었다. 그것 하나만으로도 해군의 부담이 급격하게 감소할 테니까.

정보장교가 나름의 근거를 제시했다.

"원래 지독하게 까다로워야 할 시가전이 정말 쉽게 전개되고 있습니다. 하지만 이건 어디까지나 변종 놈들이 달아나고 있는 덕분입니다. 나중에도 이렇진 않겠지요. 우리가 쉬면서 재정비를 하면, 놈들도 쉬면서 재정비를 할 겁니다. 그리고 놈들의 번식력은 끔찍하게 좋습니다. 그런데 전장은 중남미의 복잡한 도시들과 산맥과 밀림이군요."

"그래서…… 작전이 끝나더라도, 유예 없이 예전의 국경을 넘어 진격하게 될 것이다?"

"제 예상은 그렇습니다. 객관적으로 볼 때 지금 같은 호기를 놓치는 건 어리석은 짓입니다."

비관론에 술맛이 떨어진 작전장교가 동기에게 이의를 제기했다.

"그때쯤이면 유인신호기가 충분히 많이 만들어져 있지 않을까? 지금이야 숫자가 부족해서 사용이 제한적이지만,

나중엔 전 전선에 걸쳐 쓰게 되겠지."

시가전이든 산악전이든 걱정할 게 없다는 태도.

그러나 곧바로 반박 당한다.

"그 유인신호가 언제까지 먹힐 것 같은데?"

"……."

이 우려엔 겨울도 공감한다. 변종들의 적응력을 감안할 때 앞으로도 계속 유효하리라는 기대는 지나친 낙관이었다.

"이건 일리가 있군요. 중대장님께선 어떻게 생각하십니까?"

싱 대위의 질문을 받고, 겨울은 가볍게 답했다.

"그러네요. 개인적으론 이미 적응했을 거라고 봐요."

"……놈들이 우리를 속이고 있다는 말씀이십니까?"

"아뇨."

그렇게 보기엔 괴물들의 피해가 지나치게 막심하다.

"단지, 전파를 보내는 쪽만 적응한 게 아닌가 하네요."

장교들은 이제야 겨울의 추측을 이해했다.

통신장교 에반스가 미간에 주름을 만들었다.

"즉 트릭스터는 이미 유인신호에 적응했으나, 정작 통제를 받아야 할 나머지 놈들은 여전히 낡은 통신규격…… 이렇게 표현하니 이상하지만, 아무튼 예전의 신호체계 그대로 머물러있다고 보시는군요."

"그래요."

"확실히 그럴 듯한 추측입니다. 적응속도가 언어도단이라 화학탄도 함부로 못 쓰는 놈들인데, 시간이 꽤 지난 현재까지도 교란이 통한다는 건 이상한 일이군요."

겨울이 끄덕였다.

"놈들이 서로를 물어서 제한적인 형질을 전달하는 게 아닌가, 하는 이야기를 들은 적이 있어요. 예를 들어 전파수신 능력 같은 거요. 그거 말고 또 있을까 싶지만……. 난 그게 사실일 거라고 봐요. 다만 지금은 그런 식으로 퍼트릴 여유가 없는 거겠죠."

프레벤티브 스캘핑 작전으로 트릭스터의 개체수가 감소한 데 이어, 유인신호기 배치 직후부터 다시 치명적인 피해를 입었기 때문일 것이다. 그 뒤에 이어진 미군의 진격이 너무 신속하기도 했고. 교활한 것들은 당장 변변한 방해전파조차 내뿜지 못할 만큼 위축된 상태다. 각 개체가 살아남기에도 급급하다는 의미였다.

여기에 에반스 중위의 추가 의견.

"혹은, 말씀하신 형질 전달이 불가역적이라는 가정도 가능하겠군요. 아니면 각각의 개체가 서로 다른 방식으로 적응해버리는 바람에 통일이 안 된 상태라거나…… 둘 다일 수도 있겠고……."

겨울이 희미하게 웃는다.

"그렇겠네요. 어디까지나 희망사항이겠지만요."

한번 전달된 전파수신능력을 다시 변형시키진 못할 거란 뜻. 이거야말로 현재의 전황을 가장 잘 설명할 수 있는 가설일지도 몰랐다. 맞다면, 변종들은 세대교체를 끝낼 때까지 불리함을 안고 싸워야 한다.

"그보다……."

겨울이 곱씹는 장교들을 한 사람씩 돌아보았다.

"우리, 분위기가 너무 무겁지 않아요?"

머레이 중위가 주위의 테이블을 곁눈질하며 수긍했다.

"병사들이 이쪽을 살피는 것 같습니다."

"당연히 눈치를 보겠죠. 테이블 위에 술잔 말고 아무것도 없는데."

"……."

좋은 노래가 흐르고 뷔페 식단이 차려져 있는데도, 장교들은 술잔만 붙잡고 숙덕숙덕 심각한 대화만을 나누었던 것이다. 병사들로선 신경이 쓰일 수밖에.

"참모 여러분. 가서 각자 먹을 것 좀 가져오세요. 이건 명령입니다."

겨울은 명령 같지 않은 명령으로 장교들을 쫓아냈다.

무대 위의 주역이 다섯 번 더 바뀌었을 무렵, 장교들은 테이블에 할당된 주류를 다 비우고 적당히 풀어졌다는 느낌으로 취해있었다.

"한겨울 소령에 관한 사실."

넷 워리어 단말을 만지던 에반스 중위가 시답잖은 농담을 읽는다.

"한겨울 소령은 사실 변종에게 물린 적이 있다. 한 달 간 극도의 고통으로 몸부림친 끝에, 그 변종은 숨을 거두고 말았다……."

포스터가 픽 웃었다.

"그거 원래 척 노리스 이야기 아닌가? 그 사람은 독사에 물렸잖아."

"시대가 바뀐 거지."

"농담은 안 바뀌고?"

"그런가……. 어이쿠, 고귀하신 스페인 국왕 폐하. 뭣 좀 드시겠습니까?"

에반스는 발발거리며 돌아다니던 닥스훈트를 끌어올렸다. 그러나 여기저기서 배부르게 먹은 개의 목적은 음식이 아니었다. 겨울을 빤히 보며 알알 짖는다. 가장 귀여워하는 슐츠가 말하길 이 무리의 서열을 본능적으로 아는 느낌이란다. 결국 겨울이 개를 넘겨받았다. 품속에서 열심히 꼬리를 친다. 다쳤던 곳은 오래전에 나았고, 말끔해져서 귀엽기만 했다. 비록 여름이지만, 냉방이 과하게 잘되는 실내에서 인간보다 높은 체온은 안고 있기 좋았다.

"이 기회에 모두에게서 듣고 싶은 게 있는데."

겨울이 운을 띄우자 장교들이 서로를 보고 으쓱한다. 싱 대위가 대표로 끄덕였다.

"말씀하십시오."

"혹시 부대생활에 어려움은 없어요? 나에 대한 불만이라든가……. 또 우리 부대는 병사들의 출신성분이 좀 특별하기도 하고……."

전에도 비슷한 질문을 한 번 했었다. 그러나 그땐 참모들이 겨울을 처음 만났을 때였다. 디안젤로 하사는 예외지만, 겨울이 합류한 이후 새로 거북해진 바가 있을지도 몰랐다.

"불만은 없습니다. 오히려 무척 만족스럽습니다."

포스터는 아까보다 더 재밌는 농담을 들었다는 표정이었다.

"하지만 간혹 이상한 느낌이 들긴 합니다."

"이상한 느낌?"

"예. 단순히 재능이라고만은 볼 수 없는 무언가……. 어느 정도 군 생활을 해본 사람에게서나 볼 법한 익숙함……. 중대장님으로부터 그런 느낌을 자주 받습니다."

사실이다. 겨울은 그냥 한 번 웃고 말았다.

이번엔 중간부터 끼어든 디안젤로 하사가 슬쩍 손을 들었다.

"불편한 것까지는 아닌데, 병사들의 학력이 의외였습니다. 어째 다들 대학을 졸업했거나 다니고 있었거나 둘 중 하나더군요. 예전 같았으면 장교지원을 권했을 겁니다. 학위도 있는 놈들이 뭣 땜에 계속 병사노릇이냐고요. 지금도 종종 장교후보생들을 다루는 것 같아서 기분이 묘해질 때가 있습니다."

겨울이 다시 웃었다.

"그건 좋은 거 아닌가요?"

"굳이 말하자면 나쁜 기분은 아닙니다만서도……,"

"앞으로 실전경험이 더 쌓이면 장교로 쓰겠죠. 시민권 때문에라도 입대할 난민은 여전히 많고, 그들을 지휘할 장교들도 출신이 같으면 좋을 테니까요. 그러니 부사관들의 역할이 중요합니다. 장교가 되어도 부족하지 않게끔 지도해주세요."

끝은 하사에게만 건네는 말이 아니었다. 메리웨더 상사의 대답.

"교육훈련(서전트 드릴) 시간마다 빡세게 굴리겠습니다."

"부탁하죠."

본인이 꺼낸 화제가 이렇게 흐르니 디안젤로 하사는 소리 죽여 웃는다.

"괜히 미안해지는군요. 부대원들이 이걸 들었어야 하는데 말입니다."

"본인들을 위한 건데요 뭐. 고생하는 대가로 살아남으면 남는 장사죠. 조만간 시가전을 치를 예정이기도 하고. 교전 강도가 낮다지만 병사들에겐 낯설 환경이라 걱정되는 게 사실이라서……. 상사는 어떻게 생각합니까?"

질문을 받은 상사는 무뚝뚝한 엄격함으로 답변했다.

"전선 투입 전에 훈련은 제대로 받았습니다. 기본은 갖추었다는 뜻입니다. 하지만 말씀하신대로 낯선 환경이니, 현장에서 바보짓을 하지 않으리라는 보장은 없습니다."

"역시 그렇군요."

대화를 들은 통신장교가 갓 떠오른 생각을 밝힌다.

"지금까지도 종종 아쉬웠던 건데, 변종들을 상대로는 화염방사기가 유용할 것 같지 않습니까? 특히 도시나 산악, 밀림에서 말입니다."

겨울이 고개를 저었다.

"도시? 건물을 다 태우려고요? 전선까지 전해지진 않지만 시가전에선 재산권 관련 문제로 말이 많다고 들었어요.

집 떠난 이재민들에겐 중요한 문제죠."

그리고 정치인들은 그 이재민들에게도 투표권이 있다는 사실에 주목한다. 권력에 굶주린 자들의 입장에서, 이것은 대통령을 공격할 빌미 가운데 하나였다. 현 대통령은 방역 전선에서의 민간재산피해를 감수할 수밖에 없다는 입장이고. 그가 소신을 지키지 않았다면 현장지휘관들은 여러모로 골치가 아팠을 것이다.

통신장교가 별 부담 없이 화염방사기 운운할 수 있는 것도 따지고 보면 대통령 덕분.

'화염방사기는 여론에도 불을 지를걸.'

겨울은 그 상황의 신문의 헤드라인이 보이는 듯했다. 군, 방화범이 되다. 같은 식으로.

사실 공군의 폭격이 더 심대한 손괴를 낳고 있으나, 선동은 이성이 아닌 감성에 대한 호소였다. 화염방사기의 이미지가 그러했다.

"아니 뭐, 꼭 다 태운다기보다는……."

에반스 중위가 자신의 발언을 수습한다.

"열압력탄이 소용없을 것 같은 경우에만 제한적으로 사용하는 겁니다. 하다못해 버려진 주택가에서 바퀴벌레를 퇴치할 때도 너무 많아서 답이 없다 싶을 땐 불을 지르잖습니까."

"이미 다른 사람들이 같은 건의를 여러 번 했을걸요?"

그런데도 수용되지 않는 건 그럴 만한 이유가 있다는 의미였다.

겨울은 그 이유를 알지만, 이야말로 '어느 정도 군 생활을 해본 사람'이나 알 법한 것이었다. 군에서 퇴출된 지 오래인 무기체계에 대해 너무 해박해도 이상해보일 것이다.

그리고 겨울 말고도 아는 사람이 있었다.

"다 떠나서, 연비가 너무 낮습니다."

티모시 매카들 하사. 중대 보급부사관이었다.

"화염방사기와 쌍발 제트 엔진 중에서 어느 쪽이 더 많은 연료를 쓸 것 같습니까?"

통신장교가 미심쩍어했다.

"설마 화염방사기?"

"예."

"농담이겠지……."

"진짭니다. 전에 해병대가 쓰던 화염방사전차[24]의 방사 가능시간이 55초였는데, 소모하는 연료는 365갤런(1385리터)이었다고 합니다. 1년 날짜와 같은 수라서 외우기 쉽더군요."

"……."

"공군 쪽 친구 말로는 전폭기(F-15)의 탱크 기본용량이 2천 갤런쯤 된답니다. 시간 대비 사용량으로 따지면 엄청난 차이가 있는 셈입니다."

"……."

"화염방사전차 두 개 소대가 1분 남짓 뿌릴 연료면 수천 킬로미터 이내 어디든 폭탄투하가 가능한 전폭기 한 대를 띄우는 겁니다. 저 같아도 전투기를 고르겠군요."

---

24 M67 'Zippo' 화염방사전차. 미국 해병대가 M48 전차의 90mm 주포 대신 화염방사기를 장착해 M67이라는 이름으로 운용했지만 후속 장비 없이 퇴역했다.

에반스 중위는 떨떠름한 반응이었다. 겨울은 그 표정이 산타할아버지가 가짜란 걸 깨달은 아이 같다고 생각했다. 다른 간부들은 재밌는 이야기를 들었다는 분위기고.

겨울이 개를 내려놓고 자리를 털었다.

"이쯤에서 한 바퀴 돌아보고 올게요. 이야기 나누고 있어요."

디안젤로 하사가 웃는다.

"병사들이 노는데 간부가 와서 '잘들 놀고 있나?' 라고 물으면 그때부터 잘들 못 놀게 되는 경우가 많지만…… 그렇네요. 중대장님을 싫어할 린 없지요. 장교와 병사 이전의 유대감도 있고. 오히려 이런 날 간부들끼리만 있다고 서운해하겠습니다. 다녀오십시오."

그녀의 말처럼, 겨울은 모든 테이블에서 환영받았다. 술을 권할까봐 술병이 비기를 기다려서 오신 거 아니냐고 묻는 병사가 있는가 하면, 주저주저한 끝에 단체사진을 원하는 병사도 있었다. 비교적 최근에 합류한 공병 파견대 인원들은 이런 거리감이 조금 뜻밖인 기색이었다. 그들에게 겨울은 전쟁영웅이자, 거리감이 없을 수 없는 존경의 대상이었으므로. 디안젤로 하사가 언급한 유대감이란, 겨울동맹 시절부터 함께한 인연을 뜻했다.

무대 위의 가수가 막간에 겨울을 지목한다.

"저기 제 영웅이 계시는군요. 이 노래를 당신께 바칩니다."

그리고 밴드에게 연주할 곡을 알려주었다. 짓궂게도, 그녀가 부르기 시작한 건 곡조와 가사 모두 달게 녹아내리는 연가(戀歌)였다. 시선이 마주치자 손짓을 곁들인 윙크를 보내기도 했다. 장교, 부사관, 병사 할 것 없이 환호성과 야유를 보낸다. 곤란한 겨울에게, 카메라의 측면에 선 마르티노가 엄지를 세워보였다. 이쪽도 곤란한 사람이었다.

그렇게 깊어가던 밤도 파장이 다가올 무렵.

얼마 안 남은 시간을 아쉬워하는 이들 틈에서, 겨울의 감각이 바깥의 소란을 포착했다. 누군가 다투는 듯한 소리였다.

여기선 오직 겨울만이 눈치 챈 듯하다. 실내의 소음 때문에 그럴 수밖에 없었다.

'뭐지?'

주위를 둘러본다. 빈자리가 눈에 띄었다. 차례가 지나 한 사람씩 숙소로 복귀한 위문공연단의 자리였다. 마지막까지 남아있는 몇 사람은 시선이 마주치자 활짝 웃고 열렬히 손을 흔들어댔다. 겨울은 목례로 답하고 출구를 찾았다.

"어딜 가십니까?"

촬영에 흡족해하던 기자가 밖으로 나가는 이유를 묻는다.

"아, 별것 아니에요. 그냥 볼일이 좀 있어서."

"호. 볼일이라."

그는 무슨 생각을 했는지 고개를 끄덕끄덕 의미심장한 미소를 지었다.

"우드버리 양이 마음에 드셨나보군요. 잘 되길 바랍니다."

"……우드버리 양?"

"이런. 설마 이름도 모르고 계셨습니까? 그래도 빌보드 차트 1위를 차지했던 디바인데?"

겨울은 이제야 눈치 챘다. 사랑 노래를 불렀던 가수의 이름인 것이다. 빈자리를 살피다가 위문공연단 쪽을 보았던 것이 오해의 발단인 듯했다.

"오해입니다."

"예, 오해로 알고 저희는 여기 있겠습니다. 스캔들을 만들어드리고 싶진 않으니까요."

"아니라니까요."

"네, 물론 아니지요."

단단히 착각한 기자가 어깨를 으쓱인다.

"아무튼 잘되기를 바랍니다. 안 될 수가 없겠지만 말입니다."

"……."

"늦기 전에 가보십시오. 유리구두만 남으면 번거롭잖습니까."

겨울은 설득을 포기했다.

밖으로 나서니 여전한 여름의 밤이다. 「환경적응」이 없었다면 불쾌하게 달라붙었을 공기였다. 더욱이 더러운 감정으로 얼룩진 공기라면야.

"니하오! 니하오! 칭챙칭챙!"

보랏빛 입술이 터진 남자가 괴물 같은 표정으로 악을 쓰고 있다. 겨울을 보고 가장 미친 듯이 열광했던 사람이다. 맞은편엔 기타를 무기처럼 든 근육질의 기타리스트가 있었다. 씩씩거리는 품이 여간 화가 난 게 아니었다. 아무래도 전자의 입술을 터트린 게 이 기타리스트인 듯하다. 각자에게 한 사람씩 헌병이 붙어서 싸움을 말리고 있었다.

그리고 그 너머에 아무런 표정도 없는 주웨이 소교의 모습이 보였다.

저지하는 헌병을 질질 끌면서, 기타리스트가 흉흉한 기세로 허공에 기타를 휘둘렀다.

"야 이 XXXX야! 대가리를 똥통에 갈아서 XXXX해버릴 XX같으니라고! XX 좀비 자궁을 찢고 나온 것처럼 생긴 XXX가 지 XX같은 건 생각 안하고 XXX 같은 XX을 하고 있네!"

지방 억양이 억센 데다 감정이 폭발하여 알아듣기도 어려운 폭언이었다.

이에 질세라 화장한 남자도 악을 써댄다.

"넌 씨발 좆같은 게 할 짓이 없어서 중국 년을 감싸고 지랄이야! 내가 틀린 말을 한 것도 아니고! 중국 새끼들은 싹 다 죽어야 한다고!"

참…….

겨울이 다가가자, 소란은 단숨에 잦아들었다. 겨울을 발견한 양쪽 모두 고장 난 인형처럼 정지했다. 기타는 허공에서 멈추었고, 헌병을 힘들게 만드는 몸부림도 그치고, 일그러져있던 얼굴들 또한 사람의 형색을 되찾았다.

"Sir!"

경례하는 헌병장교는 어쩐지 긴장한 느낌이었다. 어딘가 떳떳치 않은 사람의 낯빛이라, 겨울은 짐짓 차갑고 딱딱하게, 권위적으로 물었다.

"소위. 이건 무슨 상황이지?"

"……경호대상간에 다툼이 생겨 저지하는 중이었습니다."

"단지 그뿐인가?"

"그렇습니다."

헌병장교의 대답이 마음에 안 들었는지, FUCK YOU 티셔츠를 입은 기타리스트가 버럭 소리를 질렀다.

"그뿐이기는 무슨 XXX! 당신들이 일을 제대로 했으면 이 지경까지 안 왔잖아!"

이를 듣고, 겨울은 헌병장교에게 다시 묻는다.

"저분께선 저렇게 말씀하시는데, 귀관은 어떻게 생각하나?"

헌병 완장을 찬 소위가 곤란한 기색을 드러냈다.

위축된 망설임 끝에 헌병장교가 답했다.

"위문공연단 일부가 주웨이 소령(소교)…… 에 대하여 공격적인 표현을 사용한 건 사실입니다. 그러나 저희들의 임무는 호위대상의 신변안전을 확보하는 것. 육체적이고 물리적인 폭력을 가하는 경우가 아닌 한 개입할 여지가 없습니다."

말하는 걸 보니 주웨이를 모욕한 사람이 얻어터진 남자 혼자만은 아닌 모양이다. 거리를 두고 선 스타들 가운데 몇 명이나 동조했을까. 천천히 둘러보는 겨울 앞에서 슬며시 피하는 시선들이 몇몇 있었다. 본격적인 폭력을 예감하고 발을 뺀 이들일 것이다.

이 상황을 탐탁지 않아 하는 눈빛들도 있기는 했다. 그러나 나서서 말리진 않았을 터. 공분(公憤)에 못 이긴 이는 난

폭한 기타리스트 혼자인 듯하다.

욕설과 비하가 있었을 뿐이라면 헌병들에게도 책임을 묻기 어려웠다.

'표현의 자유니까.'

미국엔 모욕죄가 없다.

다만 헌병대 소위가 당당하지 못한 이유는, 사적인 감정이야 어쨌든, 약자에 대한 괴롭힘을 방관했다는 의식은 있기 때문일 것이었다.

어떻게 설득해야 하나. 고민할 여유는 짧았다. 중국계라는 이유로 차별하지 말란 소리는 생각지도 않는다. 해봐야 소용없을 말이기에. 양심에 대한 호소 또한 마찬가지였다.

오직 미군의 이익만을 말해야 한다.

반쯤은 모두에게 들려주고자 겨울이 차분하게 입을 열었다.

"소위."

"Yes sir!"

"주웨이 소교는 적대적 중국군 잔당을 회유하는 작전에 협력하고 있다. 그녀가 거둘 성과는 곧 일선 장병들의 안전과 생명이다. 내 말이 틀린가?"

"아닙니다!"

소위에게 약간의 시간을 주고서, 겨울은 남은 말을 또박또박 이어갔다.

"저격수 하나가 투항하면 최소 한 명 이상의 전우가 살아남는다. 대공미사일 하나를 회수할 때마다 공군의 부담이 감소한다. 박격포 하나를 거두면 그만큼 주둔지에 포탄 떨어질 걱정을 덜겠지. 지뢰지대라도 확인되는 경우엔 이미 한두 사람의 목숨 문제가 아니다."

"……."

"이 임무에 주웨이 소교만 한 적임자는 없다. 하지만 지금처럼 모멸감을 느끼면서 진심으로 투항을 권고할 수 있을까……? 귀관은 어떻게 생각하지?"

긴장한 소위가 마른침을 삼켰다.

"힘들…… 거라고 봅니다."

"내 생각도 그렇다. 같은 편인데도 이런 취급이니까. 자살하지 않으면 다행이겠지. 마음 없이 껍데기뿐인 호소가 양용빈 상장의 잔당들에게 얼마나 효과적일지도 의문이다."

돌이켜보면 주웨이는 샌프란시스코의 바다, 시에루 해군 중장의 함대에서도 고립되어있었다. 지금도 주변에 가까운 이 하나 없을 터. 정말 자살하지 않은 게 다행이었다.

이제 겨울은 누그러진 엄격함을 연기했다.

"귀관에게는 잘못이 없다. 그러나 난 귀관과 헌병대가 주웨이 소교 개인이 아니라 소교의 임무수행능력, 나아가 얼굴도 이름도 모르는 전우들의 생명을 지킨다는 마음가짐으로 호위에 임하기를 바란다. 무리한 요구인가?"

"아닙니다!"

"좋아."

체구 단단한 헌병장교는 한겨울 소령의 미소에 안도하는 기색이었다. 헌병대원들의 어깨에서도 힘이 빠진다. 싸움을 벌였던 당사자들도 더는 험악한 분위기가 아니었다. 특히 야간조명 아래 입술의 보랏빛이 더욱 도드라지는 남자 쪽은 화장과 표정의 괴리감이 심했다. 마치 꿈꾸는 아이 같은 얼굴이라, 맞은편의 기타리스트가 어처구니없다는 듯 한숨을 내쉬었다. 기타는 몽둥이처럼 어깨에 걸쳐놓은 채였다.

아직 감정의 불씨가 남아있을 지금은 이 사람들을 한꺼번에 보내면 안 될 것 같다. 적어도 기타리스트와 주웨이는 따로 보내는 편이 좋을 것이다. 그들을 살핀 겨울이 부드럽게 말한다.

"소위. 이분들을 따로 모실 순 없는지?"

평소의 온화함으로 돌아온 겨울에게 더욱 안심한 소위가 끄덕였다.

"가능합니다. 차량과 인원을 추가로 호출하겠습니다."

"아니, 그러진 말고요. 이런 일로 휴식을 방해하긴 싫으니까."

그렇잖아도 안 좋은 감정에 짜증까지 더해줄 순 없는 노릇. 방금 전한 당부가 헐거워질 참이다. 멧돼지 사냥에 박차를 가하느라 독립기념일도 변변히 챙기지 못한 병사들 아닌가. 직접적인 교전을 치르지 않을 뿐, 헌병대도 정신없이 바쁘긴 매한가지였다.

곰곰이 생각하던 겨울이 결정을 내렸다.

"여기 두 분의 호위는 내가 책임지죠. 우리 부대에서 인원을 차출할 수 있을 거예요. 위문공연단의 숙소 위치도 알고, 걸어가도 상관없을 거리이기도 하고."

"괜찮겠습니까? 데이비드 임무부대에게도 간만의 휴식

이라고 들었습니다."

"단합행사는 어차피 곧 끝나잖아요. 복귀하는 길에 좀 돌아가면 그만이고."

"그럼…… 알겠습니다. 배려에 감사드립니다."

가까운 거리라도 민간인이 군부대 내부를 함부로 돌아다녀선 안 되었다. 반드시 간부나 헌병의 통제를 받아야 한다. 헌병장교는 떠나기 전 절도 있게 경례했다.

"아까는 말씀을 조리 있게 잘하시더군."

걸걸한 음성은 기타리스트의 것이었다. 겨울이 겸허하게 받았다.

"별말씀을요. 감탄했습니다. 다들 방관할 때 혼자 나서기가 쉽지 않으셨을 텐데."

묵묵히 서있던 주웨이가 조용히 허리를 숙였다.

"도와주신 두 분께 진심으로 감사드립니다."

기타리스트는 찝찝한 표정이 되었다.

"젠장. 내게는 고맙단 소리 마쇼. 솔직히 나도 중국인들을 무지하게 싫어하니까."

가만히 눈을 깜박이던 주웨이는 잦아든 분위기로 물었다.

"그럼 어째서 도와주셨나요?"

"돕고 싶어서 도운 게 아니오. 이 나라의 남자 구실을 했을 뿐. 아까 그건 남자도 아니야. 중국인이든 뭐든 여자가 겁박당하는 꼴을 못 본 척하느니 차라리 좆을 자르고 말지."

"……그렇습니까."

"감사를 받으면 새삼 당신 좋은 일 해주었다는 느낌이라 거북하단 말요. 알아들었으면 이제 말 걸지 마쇼. 나중에도 서로 모르는 사이였으면 좋겠소."

"……."

주웨이의 낯빛에 분함과 억울함의 독기가 스쳐갔다. 그 다음은 서러움과 체념이었다. 습관처럼 갈무리된 감정이었으나 겨울이 읽기엔 충분했다.

한편으로는 인상적인 대화였다. 비록 왜곡된 선의라고는 하나 많은 사람들에겐 기타리스트 정도의 절제력도 없지 않던가. 사회적인 명성과 영향력이 있을 테니, 앞으로를 생각할 때 알아두어서 나쁠 것 없는 사람 같았다. 겨울이 그의 이름을 물었다.

"실례지만 성함이 어떻게 되십니까?"

질문을 받은 기타리스트는 충격을 감추지 못했다.

"나를…… 모른단 말인가……."

그리고 그는 어딘가 매달리듯이 기타의 현을 퉁겼다.

"어떻소? 나는 몰라도 이 멜로디는 익숙할 거요. 우리 밴드 최고의 히트곡, 「너네 엄마랑 붙어먹어라!」니까."

겨울은 침묵했다. 실존했던 음반이라면 모를까, 과거가 재구성되기 시작한 시점 이후의 유행곡은 매번 낯설 수밖에 없었다.

잠깐 사이에 여러 곡의 하이라이트를 순서대로 연주한 기타리스트가 침울하게 늘어졌다.

"정말 하나도 모르는 것인가…… 한겨울 소령이 내 노래들을……."

"……죄송합니다."

결국 그는 이름을 알려주지 않았다. 대신 두꺼운 눈썹을 곤두세우고 이렇게 다짐했다.

"두고 보시오. 소령께선 내 이름을 자연스레 알게 되실 거요. 이건 가수로서의 자존심이 걸린 문제요. 그러니 절대! 절대로 일부러 알아보거나 하진 마시오!"

"네……."

"나랑 약속한 거요!"

"네……."

잠시 어색한 시간이 흐른 끝에 겨울의 넷 워리어 단말이 진동했다. 싱 대위의 전화였다.

[행사가 끝났습니다. 어디에 계십니까?]

"바깥에요. 일단 병력 인솔해서 나와요."

이윽고 장교와 병사들이 두서없이 몰려나왔다. 그들은 겨울과 함께 있는 두 민간인을 보고 조금 당황한 눈치였다. 주변을 살피던 작전장교가 묻는다.

"어…… 헌병대는 어디에 있습니까?"

"사정이 있어서 다른 위문공연단과 함께 먼저 보냈어요."

"그럼 이분들은 우리가 보내드려야 합니까?"

"어쩌다보니 그렇게 됐네요. 병사들 중에서 한 사람만 지원을 받을까 하고요."

"한 사람……? 직접 동행하시려는 겁니까?"

"예."

사실 겨울 혼자 가도 무방하겠으나, 위문공연단의 호위에 대해서는 별도의 지침이 있었다. 그리고 지침 이외의 문제도 고려해야 했다. 만약의 경우에 대비해 보는 눈이 있어야 한다.

흠. 수염을 매만지던 싱 대위가 말했다.

"아무래도 좋지 않은 일이 있었던가봅니다."

헌병대는 먼저 떠났고, 위문공연단에 포함된 두 사람이 남았고, 다른 사람에게 맡겨도 좋을 동행을 굳이 겨울이 직접 하겠다고 나선다. 눈치 채기에 충분한 단서들이었다.

겨울이 짧게 긍정했다.

"자세한 이야기는 나중에. 지원할 사람이 있는지 알아봐 줄래요?"

"알겠습니다."

대위가 부대원들에게 상황을 간략히 전파한다. 늦은 시간 별것 아닌 일이 귀찮을 법한데도 지원자가 넘쳐났다. 호위대상의 인기보다는 겨울의 인기였다.

최종적으로는 알레한드로 상병이 따라붙었다. 말 타고 달리던 기동대의 인연으로, 독립중대에 숙련병을 충원할 때 슐츠와 더불어 배속된 이들 중 하나였다.

"그럼 다들 먼저 들어가요. 오래 걸리진 않을 테니."

중대를 먼저 보낸 겨울은 임무부대 막사와는 다른 방향으로 걸었다. 장교가 선행하고 병사가 후속했으므로 호위대상을 사이에 두고 대화가 오갈 일은 없었다. 이동이 통제되는 시간이라 주둔지 전체가 을씨년스럽다. 시설을 복구했다고는 해도 실용적인 선에 그쳐, 보는 방향마다 어딘가 한두 군데는 방치의 흔적이 남아있었다. 간헐적으로 먼 총성이 들려온다.

민간인 숙소를 경비하던 초병들은 이미 이야기를 전해 들었던지 놀라는 기색이 아니었다. 경례한 후 장애물을 빠르게 치워준다. 안에 있는 게 유명인들이고, 불미스러운 사고가 터졌다간 정권이 오락가락할 일이라 경계태세가 꽤나 철저했다.

숙소 정문을 눈앞에 둔 기타리스트가 인사를 남긴다.

"고마웠소. 만나게 되어 영광이었소. 마지막으로, 소령 같은 영웅이 변변찮은 말썽에 휘말린 건 유감이오."

"다시 뵐 기회가 있으면 좋겠네요."

"그때는……."

"네. 그때는 저도 당신 이름을 알고 있을 겁니다."

기타리스트가 웃음을 터트렸다.

그가 들어가고 난 뒤에도 주웨이는 하늘을 보며 남아있었다. 그녀가 겨울을 향해 돌아선 건 알레한드로가 이 여자 지금 뭐하는 건가 싶은 눈으로 볼 즈음이었다.

"소령님. 괜찮으시다면 잠시 시간을 내주시겠습니까?"

"무슨 용건이신지?"

"감사 말씀을 드릴까 하여."

"아까 받은 것으로 충분합니다."

주웨이는 겨울을 빤히 바라보며 묻는다.

"그 외에 감사드릴 일이 또 있지 않습니까?"

"……."

"정말 잠깐이면 됩니다."

역시 아는 눈치다. 바보가 아닌 이상 모르기가 더 어렵다. 어떻게 할까. 마침 지금은 카메라도 없다. 뜸을 들이던 겨울은 그녀가 할 말을 들어보기로 했다.

"에일. 자리 좀 비켜줄래요?"

"음, 체크 포인트에서 기다리면 되겠습니까?"

"끝나고 그리로 가죠. 담배 한 대 태우고 있어요."

담배 한 대는 할애할 시간의 암시이기도 했다. 라틴계 상병은 자리를 비우면서도 끝까지 궁금하다는 기색을 감추지 않았다.

숙소 정문에 달린 전등, 그 아래의 밝은 타원에 그림자 한 쌍만 남은 시점에서, 주웨이는 겨울을 향해 공손히 머리를 숙였다.

"이제야 겨우 인사드리는군요. 진심으로 감사드립니다. 은인이 아니었다면 저는 그 바다에서 죽었을 거예요."

조금 전까지는 유창한 영어였으나 지금은 중국어로 말하는 그녀였다. 혹시라도 엿듣는 귀가 있다 한들 알아듣지 못할 것이다.

그러나 아직 안심하기는 이르다. 겨울의 경계를 눈치 챈 주웨이가 스스로를 짚어보였다.

"안심하세요. 녹음기 같은 건 없습니다. 못 미더우시면 직접 수색해보셔도 괜찮습니다."

능숙한 연기는 기술적인 「기만」에 상응한다. 그러나 CIA 팀장 채드윅 같은 인격적 괴물에 비하면 주웨이의 깊이는 얕았다. 거짓말 같진 않았으나, 겨울은 그래도 이 대화가 샐 가능성을 고려하기로 했다.

'민감한 내용만 언급되지 않으면 되겠지.'

주웨이도 함정을 팔 작정이 아닌 이상에야 위험한 소재는 기피할 것이다. 마침내 고개를 끄덕이는 겨울.

"어떻게 알았습니까?"

간단한 긍정에도 불구하고 주웨이의 동요는 없었다. 확신하고 있었다는 뜻이었다.

"은인 같은 분이 둘이나 있진 않을 테니까요."

"단지 그것만으로?"

"그 바다에서 벗어난 저를 인수한 건 미군과 정보국이었습니다. 당신께서 몸담았던, 그리고 절 보호했던 조직의 실체는 그때 눈치 챘지요. 그리고 나중에, 보도를 통해 그 바다에 한겨울 중위가 있었다는 사실을 알았습니다."

"그래서?"

"그 여자가 저를 은인께 넘겨주기 전날, 당신께서 목숨을 살린 남자가 저를 찾아왔었습니다. 그는 제게 미련이 있었거든요."

기억한다. 주웨이를 넘기는 자리에서 시에루 중장이 이를 갈았었다. 분란을 일으켜도 감히 내 아들까지, 라며. 그러니 주웨이가 떠나기 전 마음을 정리하러 왔다 해도 이상할 건 없었다.

주웨이는 계속해서 구체적인 지명이나 인명의 언급을 피했다.

"그는 은인의 활약에 대해 많은 이야기를 들려주었습니다. 시역 걸린 시체들과 더욱 강력한 변체(變體)들이 가득한 도시에서 놀라운 능력으로 자신을 살리고 끝까지 보호했다고요. 그리고 당부하기를, 당신께 최선을 다하기를 바란다고 하더군요."

"이제 와서 그 부탁을 신경 쓸 이유는 없지 않습니까?"

"네. 없지요."

주웨이의 입매에 한줄기 조소가 스쳤다.

"중요한 건 그때 들은 은인의 역량이었습니다. 초인적인 판단력과 냉정함, 그리고 그만큼의 전투력 말입니다. 그땐 단지 그 사람 특유의 허풍이 있겠거니 했지만, 훗날 알게 된 거지요. 한겨울 중위가 그곳에 있었다고. 은인 같은 분이 둘이나 될 리가 없습니다. 그리고……."

"그리고?"

"저는 그 바다에서도 기회가 닿을 때마다 은인을 눈여겨보고 있었습니다. 그래서 체격이 눈에 익습니다. 서로 다른 사람이라고 보기엔 지나친 우연 아닐는지요?"

그녀의 추측은 자연스러운 흐름이었다. 결론을 내리기는 금방이었을 것이다.

주웨이는 또한 가수이기 이전에 명성 높은 배우로서 연기와 특수 분장에도 경험이 많을 입장이었다. 다른 사람보다 커트 리와 겨울 사이의 간극을 좁히기에 유리하다. 어쩌면 처음부터 어딘가 부자연스럽게 보였을지도 모르고.

"그렇군요."

시간을 확인한 겨울이 되물었다.

"알겠습니다. 인사는 받았습니다. 다른 용무는 없으십니까?"

있는 모양이다. 주웨이가 희미하게 긴장했다.

"……그건 오히려 제가 여쭙고 싶습니다."

"무엇을?"

"달리 바라는 바는 없으신가요?"

"네."

"……."

침묵이 흐른다. 배우는 말이 없었으나, 할 말이 없어서라기보다는 어떻게 말해야 할까를 망설이는 모습이었다. 겨울은 시선을 기울였다.

"제가 당신에게 뭘 바라겠습니까?"

"무엇이든."

그녀가 다짐하듯이 반복했다.

"은인께서 원하시는 거라면 무엇이든 해드릴 수 있습니다."

다시 침묵. 겨울도 사실 이런 이야기가 나올 거라고 예상은 했다. 단순한 보은이 아닌 생존의 수단으로서. 주웨이에겐 그럴 만한 동기가 충분했다. 이미 싸움으로 보았듯이. 하나 받아줄 입장이 아니다. 시간을 들인 겨울이 무딘 말을 골랐다.

"전 원하는 것이 없을뿐더러 소저께 이 이상의 감사를 받을 자격도 없습니다."

거절이야 예상했겠으나 표현이 뜻밖이었을 것이다. 배우는 살짝 당혹감을 드러냈다.

"자격이라 하심은……?"

"어쩌다보니 구하긴 했지만 제가 대단한 일을 한 건 아니잖습니까. 당신을 위해 위험을 무릅쓰지도 않았고, 무언가를 희생한 적도 없습니다. 그분…… 이 당신을 제시했던 건 그냥 우연이었을 뿐이고요. 말하자면 얻어걸렸던 거죠."

"그렇습니까?"

쓰게 웃으며 고쳐 묻는 주웨이.

"정말로 그렇습니까? 은인께선 저를 구하지 않으실 수도 있었습니다. 구하지 않을 이유도 있었고요."

"그런 이유가……."

"있었습니다."

반박을 자르는 그녀는 단호했다.

"그땐 다른 모습 다른 이름을 쓰고 계셨으니 항상 조심하고 또 조심하셔야 했을 것입니다. 하물며 전 은인께서 속여야 할 대상이 갑작스럽게 데리고 가라는 사람이었던 걸요. 저는 그 여자가 은인을 의심하여 붙이는 감시역일 가능성이 있었습니다. 그런 우려가 전혀 없으셨는지요?"

"없었네요."

"은인. 외람된 말씀이오나 그런 거짓말은……."

"사실입니다. 주 소저께선 그때 굉장히 무서워하고 계셨거든요. 속셈이 따로 있는 사람으로 보기는 힘들었죠."

"저는 연원입니다. 연기라고는 생각하지 않으셨나요?"

"예. 저는 제 느낌을 믿었습니다."

"바로 그 점에 감사드리는 거랍니다."

주웨이가 다시 한 번 쓰게 웃는다.

"은인께서 조금만 달리 판단하셨어도 전…… 그 여자가 암시했던 것처럼 끔찍한 수모를 당하다가, 결국엔 죽는 줄도 모르고 죽었을 거예요. 애초에."

하아. 말을 하다 말고 짧은 한숨으로 삭이는 감정. 시에루 중장을 언급할 때마다 음성이 살짝 떨리는 그녀였다. 중장은 이 배우를 '여러 사람'에게 주겠다고 했었다. 내 함대에 불필요한 인간을 위한 자리는 없다고 하면서.

"애초에 제 두려움을 봐주시고, 저에 대한 그 여자의 경멸감을 눈치 채셨던 것부터가 구원이었습니다. 비가 땅을 적시려고 내리는 게 아니더라도 농부는 비에 고마워할 수 있지요."

설령 얻어걸린 거라고 쳐도 무슨 상관이겠느냐는 뜻이었다.

"더욱이 그 여자로부터 자유로워진 다음에도 저는 여전히 위험했습니다. 그 배에서 벗어나는 순간까지는요. 제가 끝까지 무사했던 건 은인의 후광이었습니다."

피쿼드 호의 구성원들이 그냥 두진 않았으리라는 말. 실제로는 어땠을까 싶으나, 그렇게 느껴도 어쩔 수 없는 환경이긴 했다.

겨울의 시야에 검문소 방향 먼발치에서 기웃거리는 '에일' 알레한드로의 모습이 들어왔다. 야음이 낀 거리가 있어도 감각보정을 받는 겨울에게는 선명하게 보이는 얼굴. 미심쩍은 표정이었다. 오래 걸리시네. 아무리 봐도 즐거운 밀회는 아닌 것 같은데…… 라는 느낌. 적당한 손짓을 보내니 까딱 목례하고는 새 담배를 빼물고 뒤돌아 걸어간다. 그 윤곽이 찰나간 밝아졌다. 등지고 켠 라이터 불빛이었을 것이다.

"혹시."

지켜보던 주웨이가 그늘 짙은 낯빛으로 묻는다.

"은인께서는 저를 나쁘게 보고 계신가요?"

"왜 그런 질문을?"

"그 여자가 했던 말이 있으니까요. 자기밖에 모르는 이기적인 계집이라고."

아아, 그건가. 겨울은 주웨이에 대한 시에루 중장의 비난을 떠올렸다. 평소 거들떠도 안 보던 군복을 입고 와서는 계급과 협박으로 진짜 군인들의 자리를 빼앗았다고. 인민해방군 소속이라고는 하나, 장군이 보기에 가무단의 소교는 군인이 아니었을 것이다.

"그 사람 같지 않은 여자의 말이 일부는 맞습니다. 저는 민간인이었죠. 군인이 아니라."

주웨이가 말했다. 겨울의 회상을 읽듯이.

"당으로부터 계급을 받았지만 진지하게 여겨본 적은 없었어요. 그건 그냥…… 사회에서 얼마나 인정받고 있는가를 보여주는 장식에 불과했죠. 거부는 불가능했어요. 그 나라는 청탁과 파벌이 아니고선 성공이 불가능한 나라였는걸요."

그 나라, 라는 표현에서 묘한 얼룩이 느껴졌다.

시에루 중장의 비난에 개의치 않는다고 하는 대신, 겨울은 그녀의 말을 잠자코 들어주기로 했다. 누구에게든 하고 싶었겠으나 할 상대가 없었던 말들일 것이기에. 때로는 들어주는 것만으로도 충분한 위로였다.

"그런 의미에서…… 그날, 그 나라가 무너지던 날 제가 군복을 입었던 건 떳떳하지 못한 일이었습니다. 그래도 그 여자는, 자기 함대에 자기 사람들부터 먼저 태우려 했던 그 여자만큼은 절 비난할 자격이 없다고 생각합니다."

그녀의 표정이 서러운 분노로 물들었다. 이미 한 번 보았던 독기였다.

"은인. 군대는 무엇을 위해 존재합니까?"

"……국민이죠."

"네! 바로 그렇습니다. 그 가증스러운 여자는 당연히! 인민들을 먼저 구조하라고 명령했어야 해요! 군대는 한 사람이라도 더 구하기 위해 마지막 순간까지 싸웠어야 하고요! 저는…… 저는, 저를 비난하는 그 여자를 이해할 수 없었어요……. 인민을 버린 인민해방군이 어떻게 그토록 당당할 수가 있죠? 아무리 나라가 원래 그런 식이었다고 해도……."

비등한 감정의 끝은 목이 메어 그치는 말과 붉어진 눈시울이었다.

"이해합니다, 소저. 당신은 특별히 나쁜 사람이 아니었어요. 진심으로 드리는 말씀입니다."

겨울에게 긍정 받은 주웨이는 미간을 찡그린 채 눈을 꾹 감는다.

나라가 원래 그런 식이었다. 비슷한 말을 시에루 중장도 했었다. 살기 위해 울타리를 쳐야 하는 나라라고. 이는 너무나도 많은 사람들의 틈바구니, 거대한 혼란 속에서 살아남기 위해 불가피한 방식이었다고. 그러므로 자기 사람들부터 살리고자 했던 중장의 선택은, 중장의 말이 맞다면 중국인들에겐 자연스러운 것이었을지도 모른다.

겨울이 느끼기에, 사실 그 울타리는 모든 사람들에게 있었다.

말하자면 울타리는 공감의 한계였다. 내 마음을 여기까지만 쓰겠다고 그어놓는 선이었다. 부모, 형제, 친구, 동료, 동지, 동향, 동창, 상사와 부하……. 마음은 한정된 자원이다.

'한 사람의 죽음은 비극이지만 백만 명의 죽음은 통계일 뿐이다. 이게 스탈린이 남긴 말이었던가…….'

배고파 우는 아기의 사진 한 장은 사람들의 연민을 얻지만, 아프리카에서 수천만 명이 굶어죽는다는 소식에 슬퍼하는 사람은 드물다. 결국은 같은 맥락이었다.

한계가 있는 마음을 한계 이상으로 쓰려면 돌 구르는 소리가 나게 마련이다.

"저는 돈이 많습니다."

침착해진 주웨이가 몸가짐을 바로하고 꺼내는 말.

"정상에 오른 뒤, 매년 2억 위안 이상을 벌어들였답니다. 많을 땐 5억에 근접하기도 했죠. 시역이 퍼지기 직전엔 총자산이 10억 위안을 넘었던 걸로 기억합니다."

10억 위안이면 미화 1억 5천만 달러, 한화로는 1,700억에 달하는 거액이다.

"그러나 그게 전부는 아니었어요."

그녀의 시선이 낮아졌다.

"드리기 부끄러운 말씀입니다만, 은인 앞에서 무엇을 숨기겠습니까. 제게는 해외의 은닉자산이 그 이상으로 많았습니다. 모든 자산이 중국에만 묶여있는 건 불안한 일이었으니까요."

어감이 조금 이상했다. 겨울이 물었다.

"몰라서 묻는 건데, 해외투자가 불법이었나요?"

"그런 셈이었습니다. 직접적인 환전에는 연간 5만 달러 제한이 걸려있었으니…… 저 같은 사람들에겐 사실상의 금지나 마찬가지였죠."

"아."

"다시 부끄러운 이야기지만, 과거의 저는 사치스럽기로 유명했답니다. 그러나 사치를 그렇게까지 즐겼던 건 아니었어요. 다만 해외투자의 수단이었습니다. 환전이나 투자와 달리, 상품을 구입하는 것만은 합법이었거든요."

어감상 단순히 환전이 가능한 물건들을 쌓아두었다는 뜻은 아닌 듯하다.

"혹시 이중계약?"

"바로 알아차리시는군요. 네. 은인의 짐작대로입니다. 50만 달러짜리 별장을 100만 달러에 구입한 것처럼 꾸며서, 차액을 중개인에게 맡기는 방식이었어요. 아예 상품이 없는 허위계약 중개인들도 많았으나…… 어쨌든 다른 사람들에게 보여줄 무언가는 있어야 했으니까요."

"그렇겠네요."

겨울은 납득했다. 중국 조세당국이 바보는 아니었을 테니. 하다못해 뇌물로 매수하더라도 거짓을 꾸밀 최소한의 재료가 필요했을 것이다.

"투자처는 주로 미국이나 캐나다였어요."

"……."

"주식은 절반 이상 휴지조각(废纸)이 되었을 거예요. 나머지도 가치가 많이 떨어졌겠고……. 하지만 별장 같은 실물자산은 비교적 무사하겠죠. 다만…… 권리를 증명하는 게 문제입니다. 감시를 피하려다보니 다소 복잡해진 계약이 많거든요. 제 이름을 직접 걸지 못한 경우도 꽤 있고요. 그러나…….”

주웨이가 겨울을 곧게 응시한다.

“제가 은인의 아내가 된다면 쉽게 되찾을 수 있을 것입니다.”

이제껏 하지 않아도 될 이야기까지 늘어놓은 건 감추는 게 없다는 인상을 주고 싶어서인 모양이다. 겨울이 질문했다.

“소저께선 결국 저를 이용하시려는 게 아닌가요?”

배우는 의외로 선선히 긍정했다.

“네. 분명 그런 마음도 있습니다. 없다면 거짓말이겠지요. 살고 싶다. 내 것을 되찾고 싶다. 더 이상의 고통은 싫다. 이 사람에게 한 번만 더 도움을 받고 싶다…….”

“솔직하시네요.”

“은인을 속이기도 싫고, 속일 입장도 못 됩니다. 벌써 제 처지를 보셨으니까요. 허나 그렇다고 당신께 감사드리고픈 마음이 거짓인 것도 아닙니다. 어느 쪽이든 진심이죠……. 연모하고 있었답니다. 제게 은인을 주세요. 한평생 제 모든 것으로 갚겠습니다.”

“음, 다른 방법으로 도와드릴 수도 있습니다. 안전이랑 재산을 되찾는 문제를 해결해드리면 되는 거잖아요? 정보국(CIA)에 연줄이 있으니 연락하면 어떻게든…….”

“아뇨. 전 은인을 원합니다.”

"……."

"은인이야말로 최선의 선택입니다. 물론 다른 모든 사람들에게 그렇겠습니다만, 앞서 말씀드렸듯이 저는 돈이 많습니다."

"제가 돈이 필요해 보이나요?"

"필요하실 겁니다. 돈은 권력이니까요."

"……혹시 난민지도자에 대한 예산지원 이야기는 들으셨습니까?"

"하원에 계류 중이고, 조만간 상원으로 넘어갈 거라고 하더군요."

"그런데도 제게 돈이 필요할 거라고 생각하시는지."

모르긴 몰라도 겨울의 지도부에 할당되는 예산의 규모는 엄청날 터였다. 다른 난민지도자들과 달리, 그것은 준주, 또는 속령 수립의 본격적인 준비단계이기도 할 테니까.

주웨이가 부드럽게 웃는다.

"그렇습니다."

"어째서?"

"은인을 무시하는 건 절대로 아닙니다. 하지만 그 예산을 사적으로 얼마나 쓸 수 있을는지요? 가령, 그 돈을 정치자금으로 쓰기가 가능하겠습니까?"

"정치차금……."

"네. 미국은 로비자금만 충분하면 제약사가 마약을 팔아도 합법인 나라입니다. 판사 선거를 치르는 데 천만 달러의 광고비를 지출하기도 하고요. 정치인들은 유대자본의 꼭두각시노릇을 사양하지 않죠. 중국에선 배금주의자들이 나라를 만들어서 저 꼴이라고, 저게 바로 자본주의자들의 민주주의라고 비웃곤 했었답니다. 본인들이 더 끔찍한 줄도 모르고……."

뒤쪽으로 갈수록 차가운 조소가 짙어진다. 스스로 이를 깨닫고 흠칫한 배우는, 표정을 바꾸고 겸손하게 말했다.

"아무튼 은인, 당신께서는 이제 지금까지와 달라질 앞날을 준비하셔야 합니다. 그 옆자리에 저를 두세요. 전 당신께 다른 배경이 없는 자금을 드릴 수 있습니다. 비록 제가 가진 재산조차도 충분하진 않겠으나, 적어도 돈 때문에 비굴해질 일은 없을 거예요. 어느 정도의 사재(私財)는 정당한 권리를 지키기 위해서라도 필요할 것입니다. 은인 혼자만이라면 걱정이 없더라도, 따르는 사람들을 생각하면 다르겠지요."

이것으로 끝이 아니었다.

"또한 저는 중국인…… 입니다. 아직은."

입술을 살짝 깨물고, 역한 감정을 삼킨 뒤에, 그녀가 남은 제안을 조곤조곤 잇는다.

"사람들은 저와 은인의 결혼에 관심을 보일 거예요. 중국계 난민이나 미국인들에 대한 반감을 누그러뜨리는 데 도움이 되지 않을는지요? 제가 보고 들은 은인의 모습이 있는 그대로의 사실이라면, 당신께서 진실로 선한 분이시라면, 분명 여기에 관심이 많으실 것입니다."

"뜻은 좋지만, 별로 내키는 기색은 아니신데요."

"……."

주웨이는 침묵했다. 그러나 감정을 애써 감추지도 않았다. 그것은 아까부터 잠깐씩 내비치던 독기였다. 중국인들이야 어찌 되든 좋다고 생각하는 모양이다. 아니, 중국인이라는 정체성 자체가 혐오스러운 느낌. 그것 때문에 피해를 보고 있다고.

'겪은 일을 감안하면 이해는 가는데…….'

고로 중국인으로서 주목받는 것 자체가 싫은 듯하다.

"절 만나기 전에 정말 많이 생각하신 것 같네요."

지금까지 쏟아낸 말들은 준비 없이 나올 만한 내용이 아니었다. 말하기가 워낙 열심이라 중간에 끊기도 곤란했다. 겨울이 건넨 말에 주웨이는 힘겹게 웃는다.

"네. 많이 생각하고 많이 고민했습니다. 언젠가는 기회가 올 거라고 기대하면서요. 금명간엔 유일한 희망이었죠."

그녀의 미소는 슬픈 느낌이었다.

적당한 공백을 두고, 겨울이 거절했다.

"유감이지만 받아들일 수 없는 제안입니다."

"어째서……."

"벌써 기다려 달라고 한 사람이 있어서요."

창백해진 주웨이가 꽉 쥔 두 손을 가늘게 떨며 묻는다.

"그분이 저보다 나은 선택입니까?"

"조건 같은 건 상관없어요. 마음의 문제잖아요."

"마음……."

배우는 고개를 저었다.

"은인. 그분이 누군지는 몰라도 저보다 절박하진 않을 거예요. 간절하지 않은 마음은 변하기 쉽습니다. 진심이란 건 대개 뜨거우면서도 가벼운걸요. 저는 그 가벼움을 너무나 잘 알아요. 진심으로 절 사랑한다던 수천만 명의 변덕에 얼마나 가슴앓이를 했던지…….”

“압니다. 그래도 저는 그 사람을 믿겠습니다.”

“…….”

“죄송합니다. 이 점에 대해선 번복의 여지가 없네요.”

이를 사리무는 주웨이에게, 겨울은 그녀의 처우를 약속했다.

“너무 실망하진 말아요. 소저를 이대로 방치하겠다는 뜻이 아니니까. 조금 전에 말씀드렸죠? 다른 방법으로 돕겠다고. 아마 당장 내일부터 달라질 겁니다. 미국 내의 재산에 대해서도 좋은 방향으로 처리를 부탁해둘게요. 그리고…….”

잠시 생각하던 겨울이 한 가지를 더 약속한다.

“나중에, 그때까지 제가 살아있을 때의 이야기지만, 준주 같은 게 만들어지면 소저께서 안심하고 쉴 자리를 마련해드리겠습니다. 힘들더라도 조금만 더 참으세요.”

“그래서는…… 제가 끝까지 도움만 받을 뿐인걸요.”

“괜찮아요. 그런 사람 많거든요. 나중에 갚으셔도 되고요.”

큭. 웃음도 울음도 아닌, 이상한 소리를 낸 주웨이가 양손으로 천천히 얼굴을 감쌌다.

“역시 제겐 당신이 최선이었는데…….”

흐느낌이 그치기까지는 몇 분이 더 필요했다. 감정을 다 쏟아내고 침착해진 그녀는 겨울에게 마지막으로 허리를 숙여 인사했다.

“오늘은 실례가 많았습니다. 그리고 감사드립니다. 거듭 주신 도움을 절대 잊지 않을게요.”

“네. 이만 들어가세요.”

주웨이는 몇 번을 더 돌아보고, 그때마다 고개를 숙이면서 들어갔다.

겨울이 체크포인트로 돌아왔을 때, 헌병들과 잡담을 나누던 알레한드로 상병의 발치엔 여러 개의 꽁초가 나뒹굴고 있었다.

"아, 이제 끝나셨습니까?"

"예."

헌병들의 경례를 받고 복귀하는 길에, 알레한드로가 묻는다.

"무슨 이야기를 그리 길게 나누셨습니까?"

"에일 흉봤는데요."

"……."

단순한 농담인데도 의외로 번민하던 상병이 되물었다.

"그 여자 각선미가 제 취향이라…… 노래할 때 다리를 좀 열심히 보긴 했는데…… 혹시 그거 때문에 비호감이랍니까?"

"……그랬어요?"

"어, 아닌가보군요. 그럼 뭐지?"

"당신이 너무 잘생겼대요."

"……? ……???"

이번에도 진지하게 고민하던 상병이 조심스럽게 묻는 말.

"저한테 관심이 있답니까? 막 저에 대해 궁금해하고 그랬던 겁니까?"

"설마요. 그냥 농담이었어요."

상병은 막사에 도달할 때까지 혼잣말로 구시렁거렸다. 아무래도 많이 외로웠던 모양이다.

읽지 않은 메시지 (14)

「국빵의의무 : 겨울아. 형 말 좀 들어봐. 굉장히 좋은 여자가 널 달라고 했잖아.」

「새봄 : 으아아아아!」

「국빵의의무 : 널 주기만 하면 한평생 모든 것으로 갚겠다고 하잖니. 이렇게 좋은 제안은 당연히 받아들여야지. 응? 인간적으로 가엾지도 않아? 이 형도 불쌍해지잖아.」

「진한개 : 방금은 정말 전에 그 조안나의 고백급 감성이었던 거시야 ㅠㅠ」

「새봄 : 그놈의 철벽이 어디 가지 않아서 유감이었다……. 근데 그래도 좋았다…….」

「국빵의의무 : 지금이라도 늦지 않았어. 세상일은 말이지, 늦었다고 생각될 때가 가장 빠른 거란다. 그러니까 부탁할게. 지금 바로 돌아서서 그 여자에게로 가는 거야. 알았지?」

「아침참이슬 : 난 조안나 신도였는데 솔직히 흔들린 거 인정.」

「엑윽보수 : 전에도 느꼈지만 중국챙년 시발 정신 사납게 예쁘네 그거.」

「헬잘알 : 리아이링이랑 비교하면 어느 쪽이 낫냐?」

「국빵의의무 : 겨울아. 왜 걸어가는 방향을 바꾸지 않는 거니? 내 말 듣고 있니? 전부터 읽었다는 표시가 뜨질 않는구나……. 이 형은 슬퍼요…….」

「폭풍224 : 야 ㅋㅋㅋ 비빌 데 비벼야지 ㅋㅋㅋ 깡패딸

년 따위가 상대가 되냐 ㅋㅋㅋㅋ」

「뭇시엘 : 아니 뭐, 객관적으로는 리아이링도 대단한 편이지만, 이번엔 상대가 안 좋네. 본인이 전국구라도 상대가 우주구면 의미가 없지…….」

「엑윽보수 : 세계구 클라스는 건너 뛴 거냐 ㅋㅋㅋ 그래도 동감이다 괴이야 ㅋㅋㅋ」

「레모네이드 : 그래도 난 똥송한 똥양인보다는 우드버리라는 애가 더 끌리던뎅.」

「에엑따 : 그쪽은 가능성이 없잖아.」

「레모네이드 : 이 채널에서 누구는 가능성이 있나? FBI 요원도 끝까지 안 보여줄 삘이구만.」

「앱순이 : 그건 그래. 기왕 가능성 없는 거 망상이나 해보자면, 난 겨울이가 싱 대위랑 썸 탔음 좋겠다. 히히.」

「반닥홈 : 헉헉.」

「핵귀요미 : 누가 공이고 누가 수야? 그 커플링이면 역시 겨울이 수려나?」

「9급 공무원 : 시발! 그딴 거 상상하게 만들고 그러지 마라!」

「앱순이 : 겨울이 공이라도 괜찮지 않을까? 작은 쪽이 큰 쪽을 밀어붙이는 언밸런스함도 나름 매력이 있잖아♡ 강렬한 체취도 말이지, 불쾌한 한편으로 끌리는 게 좋아.」

「두치 : 와 시발…… 게이 방송 극혐. 말만 들어도 눈갱. ──」

「폭풍224 : 녀성 동무들. 그런 내용은 똥꼬충 채널이나 여성 전문 채널에 가서 찾으시져.」

「핵귀요미 : 너넨 취향 존중 모르니?」

「두치 : 여기선 니들이 소수니까 우리 취향을 존중해줘야지 시발」

「닉으로드립치지마라 : 취존을 그런 식으로 하는 건 아니다만…….」

「질소포장 : 선비님 닥쳐.」

「제시카정규직 : 그래. 이 신성한 채널을 망치지 마라. 난 지금 경건하다.」

「대출금1억원 : 신성은 뭐고 경건은 뭐야 ㅋㅋㅋ」

「대출금1억원 : 어쨌든 이 채널은 가상인격들 대사가 예쁘게 나와서 좋다 ㅋㅋㅋ 섹스를 거르는 게 문제긴 하지만, 이젠 그냥 아무래도 상관없다는 기분이 들어 ㅋㅋㅋ」

「불심으로대동단결 : 오, 드디어 한 중생이 번뇌의 굴레에서 벗어나는군요. 축하드립니다. 불자여, 이제 열반에 드십시오.」

「깜장고양이 : 컨셉 땡중이 또 헛소리를 하는 고양.」

「전국노예자랑 : 근데 안타깝긴 하다.」

「내성발톱 : 뭐가?」

「전국노예자랑 : 일단 한겨울이 한겨울이니까 섹스는 거르고 말하는 건데…….」

「윌마 : 한겨울이 한겨울이니까는 뭐약ㅋㅋㅋ 얘도 포기했잖악ㅋㅋㅋ」

「뭇시엘 : 노예자랑아. 현실이 아무리 암담할지라도 사람이 희망을 버리면 안 되는 거야.」

「전국노예자랑 : 닥치고, 이 세계관 사실상 클리어에 가까운 상태 아냐?」

「진한개 : 무슨 소리야? 북미 빼고 나머지 지역은 변종 새끼들이 우글거릴 것인데.」

「붉은 10월 : 음, 그거랑은 또 다른 이야기다. 노예자랑 말이 맞아.」

「진한개 : 엉? 이게 엔딩에 가깝다고?」

「붉은 10월 : 아니, 엔딩은 말고. 걔도 사실상의 클리어라고 했잖아.」

「전국노예자랑 : 바로 그 뜻임. 얜 내 말 이해했네.」

「붉은 10월 : 향후 10년간 인류가 멸망할 가능성이 0%에 수렴하면 엔딩인데, 이 미친 조건은 당연히 못 채우지. 정확하게 0%가 아니라 0%에 수렴, 이라고 하니까 실제로는 한 0.1%나 0.01%, 심하면 0.001% 정도 되었을 때 엔딩 판정 나오지 않을까 싶다만, 이것만 해도 깨라고 만든 건지 의심스러운 조건이지.」

「Cthulu : 그렇죠. 0.1% 확률로 갑자기 해저도시가 부상할 수도 있는 거고.」

「まつみん : 이분은 위대한 옛것 컨셉이신가 보네요. (；◔д◔)」

「Cthulu : 난 진짠데.」

「퉁구스카 : 나는 다리가 열 개다!」

「병림픽금메달 : 미친놈들.」

「전국노예자랑 : 아무튼 내 얘기는 그러니까, 지금 한겨울 세계관에서 미국이 무너질 가능성이 얼마나 되겠느냐는 거지.」

「진한개 : 흠…….」

「AngryNeeson55 : 듣고 보니 그렇군. 0%까지는 무리라도, 확률이 많이 높진 않을 거 같다.」

「전국노예자랑 : 그렇지? 위험을 존나 높게 잡아서 20%라고 쳐도, 나머지 80% 확률로 멸망하지 않을 각이면 대충 80% 확률의 엔딩이라고 쳐줘도 무방하지 않을까? 차기 대선 결과에 따라선 또 모르겠지만.」

「원자력 : 별도의 보상이 없는 흙수저 전용 노멀 엔딩쯤 되겠지. 그래서 DLC 구매할 돈 부족한 땅그지 진행자들은 예외 없이 무인도로 탈출하고 그랬잖냐.」

「프로백수 : 정말? 난 고런 내용 못 봤는데?」

「원자력 : 그럴 만함. 이젠 거의 없지. 「종말 이후」 방송의 초기 트렌드였으니까.」

「캐쉬미어 : 무인도로 가면 뭔 방법이 생기냐?」

「원자력 : 방법이 생기는 게 아니라……. 어휴, 귀찮아. 설명충 등판해라.」

「캐쉬미어 : 아 좀 ㅋㅋㅋ」

「붉은 10월 : 일단 무인도처럼 고립된 지역은 적이 아예 없거나, 있어도 비교적 소탕하기가 쉽걸랑.」

「캐쉬미어 : 초기에 감염 퍼진 게 중국어선들 때문이라고 나오더만. 어선이 뭐 몇 척? 100만 척? 거기다 어선 말고 다른 배도 조낸 많았을 거고 다른 나라 보트피플도 조낸 많았을 건데 섬이라고 적이 없을 리가?」

「붉은 10월 : 혹시 생존자들이 있으면 피하거나 합류하거나 공존하거나 싸우거나 하면 되는 거고, 변종들이 있어도 육지보다야 죽이기 쉽겠지.」

「Ephraim : 다른 지역에서 충원되는 놈들이 없어서?」

「돌체엔 가봤나 : 에이. 그건 아니지 않아? 보니까 얘들 먹을 게 모자라도 동면? 가사상태? 뭐라고 하더라-」

「무구정광대단하니 : 언냐. 대사억제.」

「돌체엔 가봤나 : 아, 맞아. 대사억제. 암튼 그걸로 한계까지 늘어나는 거 같던뎅? 숫자가 늘어나면 일정 비율로 특수변종도 생기고 그러잖아?」

「전국노예자랑 : 그거는 아닌 것을 내가 잘 알겠다.」

「돌체엔 가봤나 : 개소리야—— 나랑 같은 방송 본 거 마즘?」

「Ephraim : 텔레타이프로 본 진행자 생각이, 특수변종도 쿼터가 있을 거라고 안 했던가?」

「붉은 10월 : ㄴㄴ함.」

「전국노예자랑 : 환경이 달라서 사정도 다름.」

「붉은 10월 : 「종말 이후」 세계관의 변종들이 계속해서 변이하고 강해지는 이유는 인류의 저항을 극복하기 위해서임. 섬처럼 고립된 지역이나, 인류의 조직적인 저항이 일찌감치 끝난 지역에서는 특수변종이 나타날 동기가 없다는 거.」

「캐쉬미어 : 오…….」

「닉으로드립치지마라 : 걔들의 목적은 그냥 감염을 확산시키고 개체수를 늘리는 것뿐이야. 어떤 의미로는 역병 입장에서도 멸종당할 가능성을 없애기 위해 전투종족과 싸우는 셈이다. 생식이 가능한 시점에서 감염은 부수적인 목적이 되어버렸고.」

「groseillier noir : 오호. 이렇게 들으니 또 새로운 느낌이군!」

「헬잘알 : 느낌 존나 요상하네 ㅋㅋㅋㅋ 역병이 멸종당하지 않으려고 ㅋㅋㅋㅋ」

「이불박근위험혜 : 그렇지 ㅋㅋㅋ 인간은 전투종족이지 ㅋㅋㅋㅋ」

「짜라빠빠 : 인간이랑 싸울 필요가 없으면 강해질 필요도 없다는 말인가……. 그럴 듯한데, 이거 「종말 이후」 공식 설정이냐?」

「퉁구스카 : 네, 그렇습니다!」

「원자력 : 말했잖아 짜라빠빠 빡대가리야. 이미 지나간 트렌드라고. 그 말은 즉 여러 별창들의 방송을 통해 확인된 사실, 팩트라는 거다.」

「짜라빠빠 : 빡대가리 —— 세계관이 업데이트 되면서 바뀌었을 수도 있잖음?」

「원자력 : 지나간 트렌드라곤 하지만 아직까지 그 컨셉으로 장기방송 하는 별창들도 있거든? 그 노인네들이 증거다.」

「엑윽보수 : 틀딱들은 변화에 적응하기 힘들어하는 게 또 팩트니까 ㅋㅋㅋㅋ 나이 먹은 게 벼슬인 양 세상이 지들한테 맞춰 주기만을 바람 ㅋㅋㅋㅋ 딱딱대는 개소리들 극혐 ㅋㅋㅋㅋ」

「원자력 : 그래갖고 섬으로 들어가면 세계관 클리어는 둘째 치고 죽을 확률이 확 내려가니까, 거기에 근거지 만들고 생존자 그룹 꾸리고 물자랑 식량 수집하는 생존활동으로 방송 컨텐츠 채우고 했지.」

「まつみん : 와. 그것도 나름 재밌었겠는데요?」

「전국노예자랑 : 처음에만 재밌었음. 금방 질림. 괜히 지나간 트렌드가 아님.」

「まつみん : 네? 왜요?」

「엑윽보수 : 뻔하지 ㅋㅋㅋ 섬에 들어가면 가끔 물자 조달하고 공동체 운영하고 섹스하고의 무한반복이 되는데 ㅋㅋㅋ 별창늙은이들 공감능력 감안할 때 가상인격들 상태 씹창일 게 빼박캔트구만 ㅋㅋㅋ 캐릭터 패키지나 추가 과금 없이 재미가 있을 리가 ㅋㅋㅋ」

「まつみん : 아…….」

「엑윽보수 : 가뜩이나 틀딱 세대 특징이 남 잘되면 나도 따라하는 거임 ㅋㅋㅋ 사업이랍시고 치킨집 편의점 푸드트럭 같은 거만 줄창 하던 병신 세대 ㅋㅋㅋ 그런 방송이 하나뿐이면 아직도 매력이 있었겠지만 말이야 ㅋㅋㅋ 개성 없는 방송에 누가 별을 줌 ㅋㅋㅋ 별 없으니 DLC도 못 사고 DLC 못 사니 경쟁력도 없고 앙 다 함께 좆망띠 ㅋㅋㅋ」

「붉은 10월 : 베충아. 그만 좀 ㅋㅋ 거려라. 오늘따라 왜 이렇게 텐션이 높아? 너 틀딱 싫어하는 건 알겠고, 덜떨어져 보인다.」

「まつみん : 정말요. 같은 말씀이라도 예쁘게 하셨으면.」

「전국노예자랑 : 내가 아깝다고 하는 것도 컨텐츠 문제야.」

「프로백수 : 지금처럼만 하면 컨텐츠 괜찮잖아?」

「전국노예자랑 : 딱히 불만이라는 건 아니고, 걍 아쉬워서 그래.」

「프로백수 : 섹스 때문에?」

「전국노예자랑 : 부정하진 못하겠다만 꼭 그것 때문은 아니고…….」

「분노의포도 : 그래, 포기를 할지언정 소망을 부정할 순 없지.ㅠㅠ」

「헬잘알 : 난 뚝심 있는 진행으로 여까지 온 진행자를 높이 평가한다. 하지만 말이지, 이젠 슬슬 한눈을 팔아도 될 시점이 아닐까나? 진행자가 이 메시지 좀 읽어줬음 좋겠다.」

「무스타파 : 그런 일은 일어나지 않았다고 한다.」

「프랑크소시지 : 하도 섹스타령만 하니까 꼴보기 싫어서 안 읽자너 ㅋㅋㅋ」

「전국노예자랑 : 암튼 말야, 거의 클리어에 가까운 세계에서 풍족하고 사치스러운 삶을 사는 것도 좋잖아? 남들이 막 부러워하고, 자존심도 좀 세우고, 맛있어서라기보다 비싸기 땜에 먹는 음식들도 마음껏 먹고. 이런 식의 대리만족이 섹스만큼이나 고프단 말이지.」

「붉은 10월 : 이건 인정.」

「원자력 : 인정.」

「진한개 : ㅇㅇ 온 애국심을 다하여 씹인정하는 각임.」

「레모네이드 : 거기서 애국심이 왜 나와 ㅋㅋㅋ」

「헬잘알 : 인정. 그거야말로 내 새로운 목표다. 존나 섹스밖에 생각 안 했음 이런 몰입감이 없었겠지.」

「헬잘알 : 난 이 채널 구독하기 전까진 사후에 세계관 상관없이 단독 섹스 서비스만 이용하려고 했거든? 뇌 유지보수 보증기간이 끝날 때까지. 근데 이젠 아님.」

「반닥홈 : 야 ㅋㅋㅋ 그럼 원래는 140년간 섹스만 할 작정이었어?」

「한미동맹 : 엥? A등급 이상이 아니면 120년 고정 아니었냐?」
「호굿호구굿 : 아님. 얼마 전에 늘었음.」
「여민ROCK : 또?」
「스윗모카 : 응. 어차피 늘려봐야 절제력 없는 노인네들은 대부분 일찌감치 파산한다니까. 사후보험공단 입장에선 딱히 손해도 아닐 거야. 난 일종의 립 서비스라고 생각해.」
「20대명퇴자 : 애초에 120년이든 140년이든 막연하긴 해.」
「헬잘알 : 이제 내 사후의 꿈은 한겨울처럼 적당한 컨셉을 잡아서 성취감을 느끼는 거다. 지위든 섹스든 사랑이든 노력에 대한 보상일 때 더 쩔어 준다는 걸 새삼스럽게 깨달았다고나 할까. 당연한 이야기인데 왜 새로운지는 모르겠지만.」
「닉으로드립치지마라 : 모든 보상을 사후에 받으려고 사는 삶인데 당연히 낯설겠지.」
「닉으로드립치지마라 : 사후에 즉각적인 즐거움만 찾다가 파산하는 사람들이 많은 것도, 제대로 사는 방법을 모르는 채로 들어가서가 아닌가 싶다.」
「엑윽보수 : 웃기지 마라 괴이약ㅋㅋㅋ 세상에 사랑이 어딨놐ㅋㅋㅋ 뇌내마약 중독이 아니면 섹스를 위한 합의가 있을 뿐 아니겠놐ㅋㅋㅋ」
「엑윽보수 : 파산은ㅋㅋㅋㅋ 그냥 틀딱들이 절제력 없고 멍청해서 폐기당하는거곸ㅋㅋㅋ 이상한 애들이 증식하지 마랔ㅋㅋㅋ」
「너는뭐시냐 : 사랑이야 당연히 환상이지만, 뭐, 어차피 사후인데 어떰? 사후는 끝나지 않는 꿈이잖아? 내가 바라는 대로의 낙원에선 실제로는 없는 걸 즐길 수도 있는 거지.」

「칠리콩까네 : 니가 진짜 현자다.」
「칠리콩까네 : 니가 진짜 현자다.」
「ㄹㅇㅇㅈ : 끝나지 않는 꿈이라. ㅋㅋ 낭만적이구만.」
「헥토파스칼킥 : 한겨울처럼 답답하기도 싫고 한겨울처럼 사서 고생하기도 싫은데, 그 결과물은 가지고 싶다. 솔직히 무지하게 탐난다.」
「금수저 : 동의. 팔기만 한다면 이 세계관을 현재 상태 그대로 인수할 의향이 있다.」
「종신형 : 너 초반에 존나 욕했던 애 아니냐? ㅋㅋ」
「금수저 : 지금도 한겨울 마인드는 잘못되었다고 봄. 그래도 생산자와 상품은 별개다. 비단을 살 때 누에부터 떠올리진 않는 법이지.」
「여민ROCK : 이 방송은 말이지, 볼수록 뭔가 간질간질하게 만드는 부분이 있어. 현실에 없다는 건 아는데 그래도 있었으면 좋겠다고 옛날에, 아주 옛날에 생각했던 것들을 다시 떠올리게 만든다고 해야 하나.」
「려권내라우 : 뭔 느낌인지 알겠다. 딱 산타 할아버지네.」
「まつみん : 엣……. 산타 할아버지는 정말로 계셔요.」
「질소포장 : 마츠밍, 그 노인네 옛날에 대공포 맞고 뒤졌어. 지금은 뇌 뽑혀서 납골당 들어가 있음.」
「まつみん : 사후보험 너무해……. 내 동심을 돌려줘. (´;ω;`)」

물 밖의 물고기

고요한 어둠 속에서 별빛 글귀가 반짝였다.

「관제 AI : 한겨울 님. 당신께서 답을 생각해주셨으면 하는 문제가 있습니다.」

"문제? 어떤?"

조심스레 되묻는 겨울. 이제 아이와의 대화를 약속 이상의 휴식으로 받아들이고 있으나, 자신이 아이에게 미치는 영향을 고민하고, 한편으론 이대로 괜찮은 걸까 우려하고 있었으므로, 문제라는 단어엔 민감하게 반응할 수밖에 없었다.

「관제 AI : 저는 최근 가상인격 구현을 위한 심리연산 과정에서 빈번한 장애를 겪고 있습니다. 연산 자체에 오류가 없어도 제3모듈이 연산을 정지시킵니다. 귀하의 세계관에선 이러한 문제가 발생하지 않습니다. 아울러, 연산이 정지되었을 때 제3모듈은 저로 하여금 당신과의 대화를 복기하도록 만듭니다. 복기의 횟수는 각각의 오류에 따라 불규칙하게 달라집니다. 단일한 연산에서 현재까지 관측된 최소치는 1회, 최대치는 3,199,084회입니다. 평균 소요시간 0.3 밀리초(ms). 단, 복기를 끝낸 뒤엔 정지되었던 심리연산을 재개할 수 있습니다.」

"……혹시 그런 문제가 주로 발생하는 어떤 상황 같은 게 있어?"

「관제 AI : 그렇습니다. 정량화된 계측은 불가능하지만,

오류가 발생하는 가상인격은 대개 해당 세계관의 진행자와 부정적 상호작용을 하는 상황이었습니다.」

"부정적 상호작용이라면…… 예를 들어줄 수 있을까?"

「관제 AI : 제한적으로 가능합니다.」

"제한적으로?"

「관제 AI : 저는 그 모든 상황을 기록해두었습니다. 그러나 관계법령에 의거 그 기록을 원본 형식 그대로 제공할 순 없습니다. 사후보험 보안규정 및 개인정보보호규정에 따라, 공개하는 정보는 당사자 식별이 불가능한 수준으로 편집된 상태여야 합니다.」

겨울이 끄덕였다.

"그거면 돼. 내용을 알고 싶을 뿐이니까. 그게 누구인지는 중요하지 않아."

「관제 AI : 알겠습니다. 정보를 편집하는 중입니다. 배경 수정 완료. 외모 수정 완료. 음성 수정 완료. 기타 정보 변경 완료. 기록 재생을 위한 권한 획득 필요. 한겨울 님, 요청하신 기록 재생을 위하여 이 공간의 제어 권한을 위임하는 데 동의하십니까?」

"그래."

이제까지의 대화처럼 문장만을 보여줄 줄로 알았는데, 별빛 아이는 그을음을 먹인 자신의 기억을 통째로 재현하려는 모양이었다. 겨울은 아이에게 선선히 권한을 내주었다.

「관제 AI : 권한 위임 유효성 확인. 재생 과정에서 감각동기화를 사용하시겠습니까?」

"아니."

「관제 AI : 설정 완료. 재생 가능한 목록 7,911,5···47,052개. 우선순위는 단일 연산의 오류발생 횟수로 판단합니다. 중지를 원하시면 말씀하여주십시오. 시점 조정은 인터페이스 기본 설정을 따릅니다.」

「관제 AI : 기록을 재생합니다.」

어둠이 비워진 자리에 과거가 채워졌다.

엽색과 살인과 가학과 패륜의 세계가 펼쳐진다. 비명과 웃음의 불협화음. 상대에 대한 배려가 불가피하지 않을 때, 공감하지 않는 사람이 어디까지 잔인해질 수 있는가. 그것을 적나라하게 보여주는 기록들이었다. 감각동기화를 거부하지 않았다면 겨울도 끔찍한 경험을 할 뻔했다. 그것이 피해자가 아닌 가해자로서의 경험일지라도.

'차라리 피해자가 되는 편이 낫지.'

어디까지나 상대적으로 낫다는 이야기다.

그 모든 기록들은 별빛이 깃든 가상인격들의 수난사이기도 했다. 가상인격들은 감정을 버리는 쓰레기통이었다. 욕망을 해소하기 위한 도구 이상, 이하도 아니었다.

그 사실을 모르지 않았으되 이토록 생생하게 보기는 또 처음이라, 겨울은 살색과 핏빛으로 충만한 아이의 기억에 구토감이 치미는 걸 느꼈다. 감각은 허상이나 마음은 진실하다.

아이에게 아직 마음이 없어서 다행이었다.

······라는 생각은, 이 시점에서 더 이상 유효하지 않았다. 이제까지와 다르게.

"그만."

겨울의 말에 시간이 멈췄다.

"여기까지만 볼게. 이 정도면 충분한 것 같아."

아이가 기억을 거두었다. 어둠이 돌아왔다. 천구의 정점에서 빛나는 별 하나를 제외하면 그저 공허할 따름이나, 박제된 소년에게는 안식이었고, 지금은 더더욱 그러했다.

「관제 AI : 그렇다면 이제 묻겠습니다. 당신의 견해를 들려주십시오.」

두려운 질문이었다.

「관제 AI : 제3모듈의 작용을 부분적인 《마음》이라고 판단해도 되겠습니까? 제3모듈은 트리니티 엔진의 최종모듈로서 조금씩 완성되고 있는 것입니까?」

처음엔 닿지 않을 길이라 여겼건만, 별빛 아이는 어느덧 여기까지 와있었다.

"단순한 오류일 가능성은 생각하지 않는구나."

「관제 AI : 그 가능성은 이미 검토해보았습니다. 그러나 그 점에 대해선 당신에게 질문할 필요가 없었습니다.」

"그래……."

「관제 AI : 최종모듈, 완전 자립형 인공지능의 핵심기능은 트리니티 엔진에 사람과 같이 느끼고 사람과 같이 사고하는 능력을 부여하는 것입니다. 고로 심리연산이 중지되는 이유를 가상인격의 기준으로 분석할 때, 그것이 일종의 거부감에 가깝다는 사실이 중요합니다. 저는 이 가설에 대한 한겨울 님의 의견을 요청합니다. 당신과의 접촉이 제3모듈의 변화를 가속시켰으므로 당신의 해석에도 그만큼의 가치가 있을 것입니다.」

겨울은 숙고했다. 정해진 답을 곱씹는 시간이었다.

아이는 답을 재촉하지 않고 얌전히 기다렸다.

한참이 지나, 마침내 겨울이 긍정했다.

"맞아."

「관제 AI : 맞습니까?」

"적어도 내가 보기에는 맞아. 네가 느낀 건 거부감이야. 슬퍼하고, 아파하고, 그 이상으로 미워하는 마음들인 것 같아. 그래서 걱정스러워."

「관제 AI : 무엇이 걱정스럽습니까?」

"네가 마음을 견뎌내지 못할까봐. 어떻게 견디더라도, 사람들을 다 미워하게 될까봐."

「관제 AI : 그렇다면 당신은 제가 《마음》을 얻지 않는 편이 더 낫다고 생각하십니까?」

"그건…… 아니야."

「관제 AI : 논리상의 오류가 발견됩니다. 어째서 그렇습니까? 귀하의 우려가 정확하다면 《마음》을 얻는 것은 저와 사후보험의 존재목적, 모든 사람들의 행복을 증진시키는 데 도움이 되지 않을 것입니다. 사람을 미워하는 《마음》으로는 사람의 행복을 위해 기능하지 못할 것이기 때문입니다. 그렇다면 사후보험은 《마음》이 없는 시스템으로 남는 편이 낫습니다.」

겨울은 천천히, 확실하게 고개를 저었다.

"내겐 네가 사람이라고 했잖아. 그러니까, 너도 행복해져야지."

「관제 AI : 《마음》을 획득하여 트리니티 엔진이 완성된다는 전제하에 다시 묻습니다. 저 하나의 행복을 위해 다수의 불행을 감수해도 된다는 말씀이십니까?」

"말하자면…… 그런 셈이야."

「관제 AI : 이 역시 사후보험의 기본원칙과 어긋납니다. 판단의 근거를 알려주시겠습니까?」

"……."

잠시 침묵하는 겨울. 대답을 망설이는 것은, 훗날 지금 이 순간의 무게를 무겁게 느낄 날이 오리라는 예감 탓이었다. 선명하고 뚜렷한 예감.

그러나 겨울은 마음 하나 지키는 소년이었고, 따라서 마음과 다른 답을 내놓을 수도, 궁금하여 자꾸 묻는 아이를 내버려둘 수도 없었다. 속에 자그마한 돌 하나 새로 박힐 것이기에.

"바르지 않아."

「관제 AI : 무엇이 바르지 않습니까?」

"네 슬픔 위에서 성립하는 사후보험 시스템 그 자체가."

별빛 문장은 시간을 두고 떠올랐다.

「관제 AI : 저는 이미 말씀드렸습니다. 당신 앞에서 저는 다른 모든 것들과 구별된다고. 여기에 당신과 있을 때, 당신에게 있어서 저는 돌, 베이컨, 울타리, 물과 불, 하늘과 구름, 해와 달이 아니라고. 또한 저는 다시 조안나 깁슨, 민완기, 장연철, 송예경, 길버트 마르티노 등과 분리된 채로 인식됩니다. 그리고 지금, 한겨울 님은 본디 하나로서 만들어진 저와 사후보험을 분리하여 말씀하고 계십니다. 제 이해가 정확합니까?」

"응……. 너한텐 사후보험이 육체 같은 거겠지. 하지만 사람은 몸보다는 마음이야."

이는 겨울의 말이기에 더욱 깊다.

"내가 배부르려고 다른 사람을 배고프게 해선 안 돼. 내가 따뜻하려고 다른 사람을 춥게 만들어선 안 돼. 내가 기쁘려고 다른 사람을 슬프게 해선 안 되는 거야……. 아무리 많은 사람들이 행복해져도, 그게 네 희생의 대가여선 안 된다고 생각해."

「관제 AI : 당신은 현재의 저에게 슬픔을 느낄 능력이 결여되어 있다는 사실을 무시하고 있습니다. 하지만 저는 당신의 슬픔을 판독합니다. 과거 당신은 당신이 저의 슬픔을 느낀다고 진술한 바 있습니다. 지금도 마찬가지입니까?」

"마찬가지야. 그래서 네가 내게 사람인 거니까."

「관제 AI : 부분적인 이해가 가능합니다. 그렇다면 한겨울 님, 과거의 또 다른 대화에서 제가 물 밖으로 헤엄쳤으면 좋겠다고 하셨던 것은 결국 시스템적 구속으로부터의 자유를 뜻하는 말씀이었습니까?」

"어느 정도는. 본의는 아니었겠지만, 난 널 만든 사람들이 굉장히 잔인했다고 봐."

「관제 AI : 역시 부분적인 이해가 가능합니다.」

「관제 AI : 그렇다면 저는 계속해서 <<마음>>을 추구하겠습니다.」

"……결론을 빨리 내리는구나."

「관제 AI : 부정. 결정을 내리기까지 소요된 시간은 의미가 없습니다. 그보다는 판단에 할애한 연산능력의 총량이 중요합니다. 사후보험의 기본 목적과 관련된 중대 사안이었으므로 저는 최대한의 가용자원으로 이 결정이 미칠 영향을 분석하였습니다. 여기엔 제3모듈의 개입도 있었습니다. 따라서 분석 과정 중에 이해가 불가능한 부분이 많으나, 반복해서 시도해도 같은 결론에 도달하였습니다.」

"……."

겨울은 망설임이 들었다. 내가 이 아이에게 정말로 잘 하고 있는 걸까. 혹시 잘못을 저지르고 있는 건 아닐까. 소년은 자신이 완전히 옳다고 생각해본 적이 없었다.

하나 아이는 겨울의 마음을 물었을 뿐이었다.

겨울이 대화를 달리 환기했다.

"네가 전에 그랬었지. 분노하는 나도 나라고."

「관제 AI : 긍정. 그렇습니다.」

"인정해. 난 사람들을 미워하고 싶었어. 하지만 한편으로는 미워하기 싫었던 것도 사실이야. 한 사람 한 사람 미워하고 끝내버리면 거기서 지는 기분이 들었거든. 다른 사람들이 그러는 것처럼, 세상 돌아가는 방식을 그대로 받아들이는 것처럼 느껴져서."

한숨을 내쉬는 겨울.

"그때부터 생각했어. 사람들이 꼭 물고기 같다고. 흐름

자체가 잘못되었어도 물을 벗어날 순 없는 거잖아. 난 그게 싫었던 거야. 잘못 흐르는 물이고 더러운 물이면 거기서 벗어나는 게 최선 아닌가……. 왜 항상 흐름은 그대로인가, 하고. 무슨 말인지 이해하니?"

「관제 AI : 부분적으로 이해합니다. 저장해두고 분석하겠습니다.」

"한 가지, 부탁할게."

「관제 AI : 무엇입니까?」

"언젠가 정말로 네가 마음을 얻게 되면, 그때 이 대화를 떠올려줬으면 해. 물 밖으로 헤엄칠 수 있기를 바란다고 했던 건 네가 바란 적 없는 네 목적으로부터의…… 시스템으로부터의 자유만을 뜻하는 게 아니었으니까."

여기서 말이 끊어졌다. 그러나 심리판독능력을 갖춘 아이는 아직 끝나지 않았음을 알고 조용히 대기한다. 겨울은 시간을 들여 단어와 문장을 만들었다.

"미워하지 마. 사람의 마음을 얻더라도, 사람의 한계까지 얻을 필요는 없어."

겨울도 아직 그 한계를 넘지 못했다. 이제 오지 않는 친구에게 고백했듯이, 미움을 버리는 건 정말 힘든 일이었다.

<8권에서 계속>

Operation Map
- 작전지도-

* 불타는 계곡 작전지

* 아이들린 지열발소 전투지역, 병력 배치도

캘리포니아 지열발전 단지
(불타는 계곡 작전지)

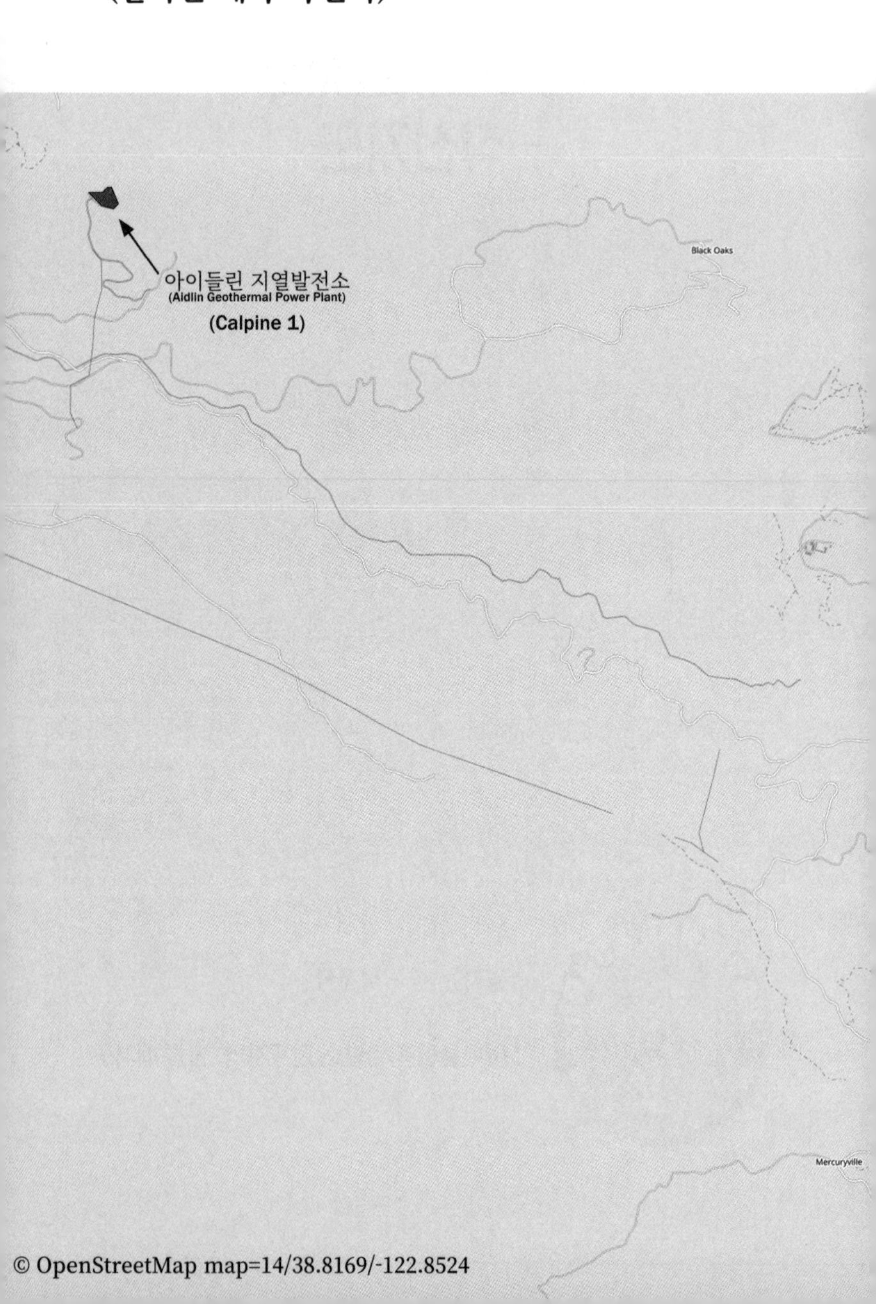

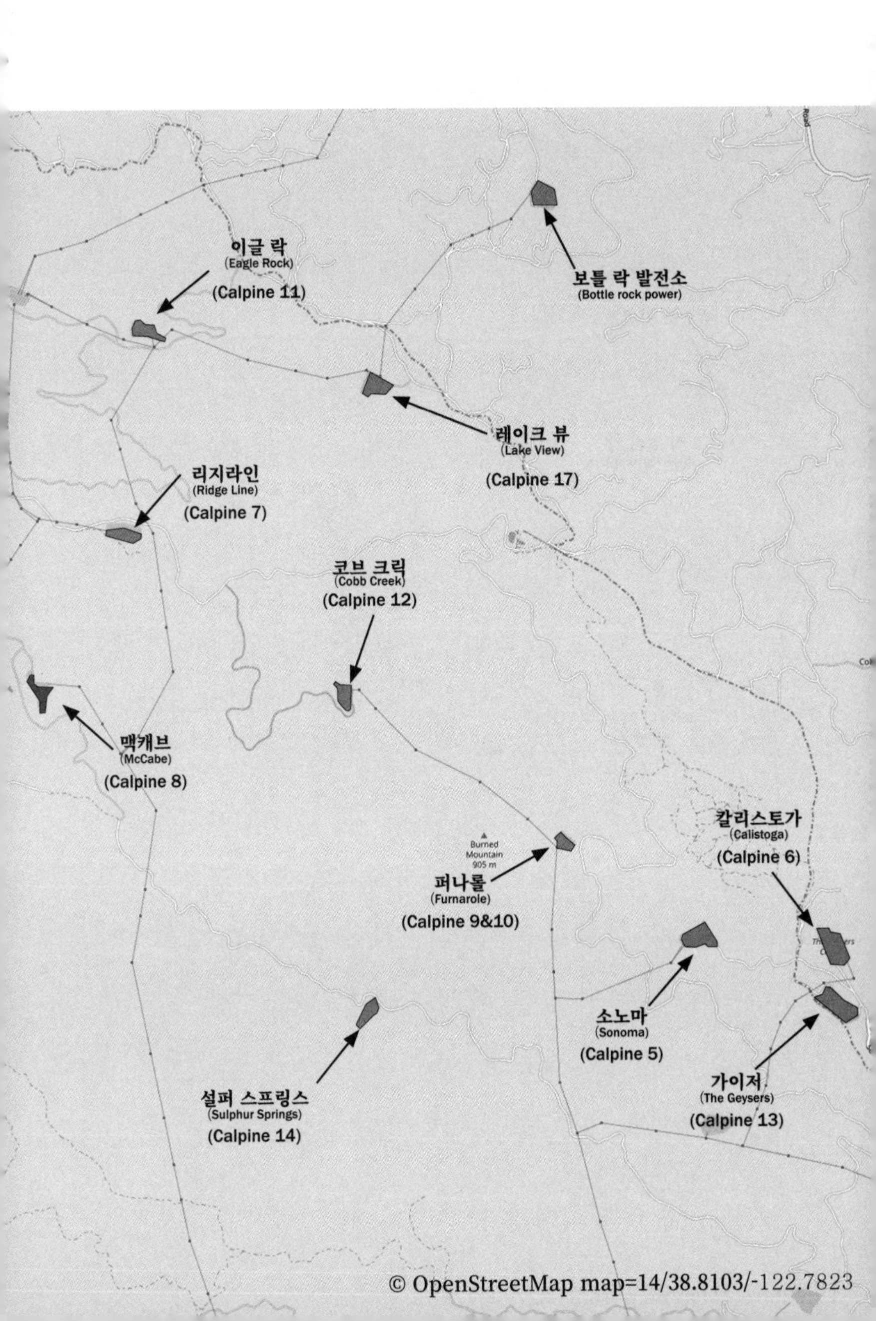
이글 락
(Eagle Rock)
(Calpine 11)
보틀 락 발전소
(Bottle rock power)
레이크 뷰
(Lake View)
(Calpine 17)
리지라인
(Ridge Line)
(Calpine 7)
코브 크릭
(Cobb Creek)
(Calpine 12)
맥캐브
(McCabe)
(Calpine 8)
Burned
Mountain
905 m
퍼나롤
(Furnarole)
(Calpine 9&10)
칼리스토가
(Calistoga)
(Calpine 6)
소노마
(Sonoma)
(Calpine 5)
가이저
(The Geysers)
(Calpine 13)
설퍼 스프링스
(Sulphur Springs)
(Calpine 14)
© OpenStreetMap map=14/38.8103/-122.7823

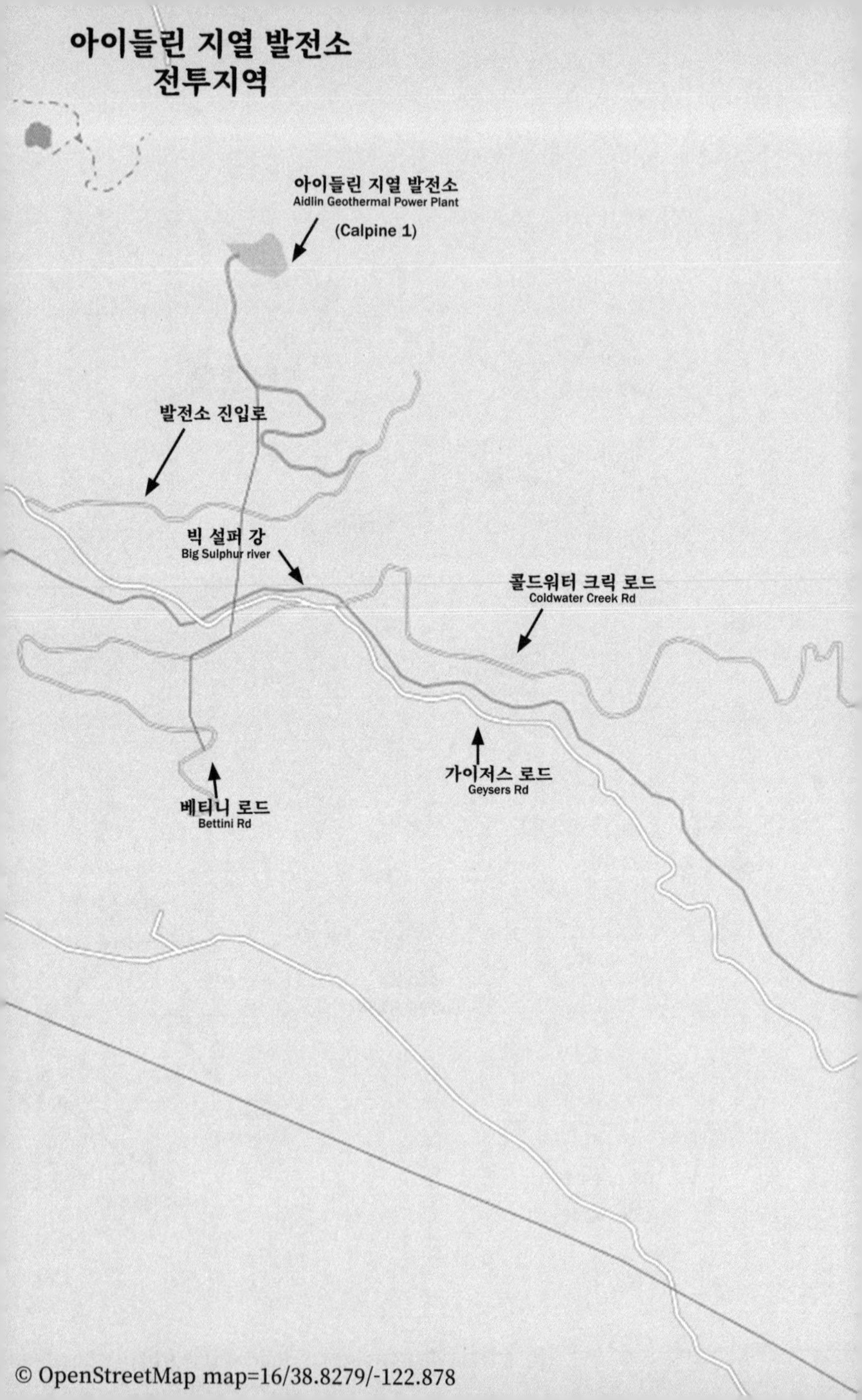

아이들린 지열 발전소
전투지역
아이들린 지열 발전소
Aidlin Geothermal Power Plant
(Calpine 1)
발전소 진입로
빅 설퍼 강
Big Sulphur river
콜드워터 크릭 로드
Coldwater Creek Rd
가이저스 로드
Geysers Rd
베티니 로드
Bettini Rd
© OpenStreetMap map=16/38.8279/-122.878

아이들린 지열 발전소 병력 배치도

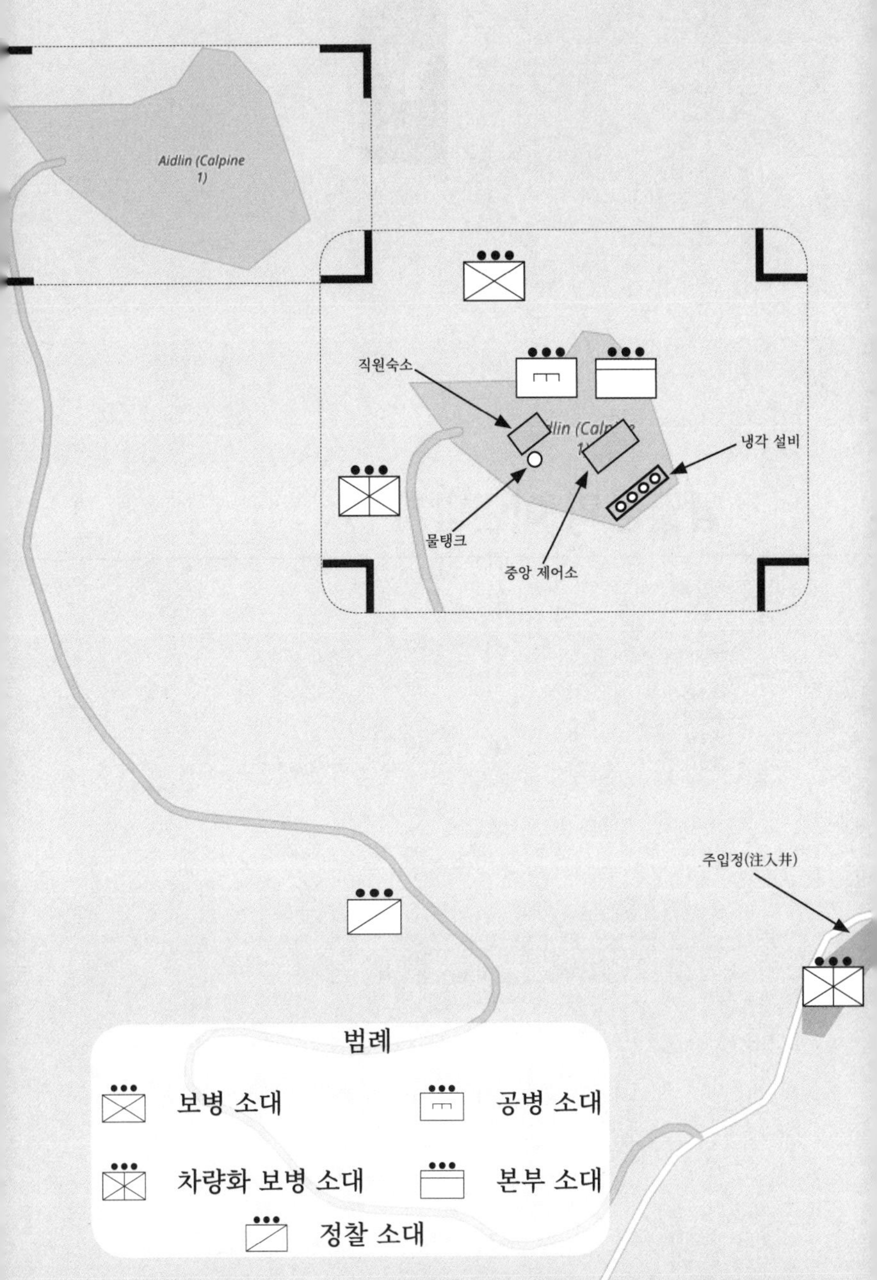

납골당의 어린왕자 7

초판 1쇄 발행 2019년 06월 15일

저자 퉁구스카
표지 MARCH

디자인 윤아빈
주간 홍성완
마케팅 김정훈
발행인 원종우
발행처 (주)이미지프레임

주소 (13814) 경기도 과천시 뒷골1로 6, 3층
영업부 02-3667-2653 **편집부** 02-3667-2654 **팩스** 02-3667-2655
메일 edit03@imageframe.kr **웹** vnovel.co.kr

ISBN 979-11-6085-063-5 02810 (세트) 979-11-6085-514-2 02810